DEAR HEART I MISS YOU

ELIAH GREENWOOD

DEAR HEART I MISS YOU

Aus dem Englischen von Friedrich Pflüger

CARLSEN

Für alle, deren Herz zu oft gebrochen wurde …

Ich hoffe, ihr schafft es, wieder zu lieben.

VORBEMERKUNG

Liebe Leserin, lieber Leser,

dieser Roman enthält potenziell triggernde Inhalte. Aus diesem Grund befindet sich hier eine Triggerwarnung. Am Romanende findest du eine Themenübersicht, die Spoiler enthält.

Entscheide bitte für dich selbst, ob du diese Warnung liest. Gehe während des Lesens achtsam mit dir um. Falls du auf Probleme stößt und/oder betroffen bist, bleibe damit nicht allein. Wende dich an deine Familie und an Freunde oder suche dir professionelle Hilfe.

Wir wünschen dir alles Gute und das bestmögliche Erlebnis beim Lesen dieser besonderen Geschichte.

Eliah und das Carlsen-Team

PLAYLIST

BROKEN – ANSON SEABRA

SIX FEET UNDER – BILLIE EILISH

DON'T DESERVE YOU – PLUMB

ALWAYS – GAVIN JAMES

PROLOG

FINN

ALTER: SECHZEHN

Liebe Mom,

heute habe ich wieder gelogen.

Ich habe einem erbärmlichen Scheißer erzählt, ich würde mich nicht erinnern.
Diesmal war es einer von Dads Freunden.
Großer Typ mit Halbglatze, der zu laut kaut.

Klingelt da was?

Nein, ich behaupte nicht, dass es mir leidtut.
Denn dann wäre ich ein guter Mensch.
Wie du.
Und gute Menschen lügen nicht.

Gute Menschen sagen nicht, sie hätten einen »Blackout«, um nicht über den schlimmsten Tag ihres Lebens reden zu müssen. Und gute Menschen bringen todsicher nicht ihre eigene Mutter um.

Weil ich das getan habe.
Ich habe dich umgebracht.
Wenn auch nicht mit Absicht.

Meine Therapeutin würde der Schlag treffen, wenn sie wüsste, dass ich dir freiwillig einen Brief schreibe. Dad schleppt mich schon seit Monaten nicht mehr zur Therapie, aber hier bin ich und schaue immer noch bei einem Geist vorbei.

Ich kann mir ganz gut vorstellen, wie du mich dabei beobachtest, wie ich all die neugierigen Mistkerle anlüge, die fragen, was an diesem Tag passiert ist. Wie du ein enttäuschtes Gesicht machst, wenn ich vorgebe, ich könne mich nicht erinnern.

In Wirklichkeit erinnere ich mich an alles. *Natürlich.*

Ich wäre nicht so am Arsch, wenn ich mich nicht daran erinnern würde, wie das Boot voller betrunkener College-Idioten direkt auf uns zuhielt. Ich hätte keine posttraumatische Belastungsstörung, wenn ich mich nicht an die laute Musik erinnern würde, als der Bootsführer aus den Latschen kippte – wahrscheinlich nach einer Sauftour durch sämtliche Schnapsläden von North Carolina.

Ich würde alles dafür geben, mich nicht zu erinnern. Aber mein Gehirn ist ein hinterhältiges Arschloch, das noch jede beschissene Einzelheit weiß, vom Wetter bis zu dem, was ich dir als Letztes gesagt habe.

Ich sehe es immer noch so deutlich.

Es war ein ganz besonders heißer Tag. Xavier und ich waren an Deck und machten Unsinn, wie das Achtjährige so tun. Ich war so glücklich. Endlich hatte ich dich überredet, Dads Yacht zu betreten. Ein Jahr lang hatte ich dir in den Ohren gelegen, *und* es war mein Geburtstag. Der schönste Tag meines Lebens, stimmts?

Du hattest gerade auf der Bank hinter uns Platz genommen und versucht, mit deiner Seekrankheit klarzukommen, während Dad und Brody im Cockpit herumstritten.

Die College-Typen ließ ich während der ganzen Zeit nicht aus den Augen. Ich sah, wie das Motorboot immer mehr beschleunigte, während die Partygänger ihren bewusstlosen Kapitän nicht auf dem Schirm hatten. Ich wartete darauf, dass er aufwachte und das Boot zur Seite lenkte.

Er tat es nicht.

Ich wusste, dass etwas nicht in Ordnung war, aber ich sagte nichts. Ich stand nur wie erstarrt da und sah zu, wie das Boot völlig hirnrissig auf uns zuraste.

Hätte es etwas geändert?

Wenn ich dich früher gewarnt hätte?
Mir kam es damals wie eine Ewigkeit vor, aber in Echtzeit waren es wohl nicht mehr als fünf Sekunden. Wahrscheinlich hätten dich diese fünf Sekunden gerettet.

Aber ich sagte immer noch nichts.
Ich. Sagte. Nichts.

Dir fiel das Boot kurz nach mir auf, aber da war es schon zu spät. Die Kollision stand unmittelbar bevor, und Xavier und ich würden direkt getroffen werden.

Ich weiß noch, wie die Mädchen auf dem Boot schrien, als sie begriffen, dass sie mit uns zusammenkrachen würden. In dem Augenblick hörte ich dich meinen Namen rufen.

Und als Nächstes war ich schon unter Wasser.

Du hattest mich mit einer Kraft zur Seite gestoßen, die ich dir gar nicht zugetraut hätte. Es raubte mir den Atem und presste meine Lunge so heftig zusammen, dass ich glaubte, ich würde ersticken.

Nur ein paar Stunden vorher hatten wir gestritten, weil du darauf bestanden hattest, dass Xavier und ich an Bord Schwimmwesten tragen, obwohl wir gar nicht ins Wasser wollten. Ich schimpfte, du wärst echt nervig. Das war *das Letzte*, was ich zu dir gesagt habe.

Ich dachte, du wärst überängstlich.
Bis mir die Schwimmweste, die ich deinetwegen tragen musste, das Leben rettete.
Da ergab alles einen Sinn.

Zuerst konnte ich nur das Wasser in meinen Ohren gurgeln hören. Ein paar Verbindungsstudenten waren so schlau gewesen, vor dem Aufprall aus dem Partyboot zu springen, aber die anderen …

Die anderen ertranken.

Das Wasser war rot. Leute riefen um Hilfe, während sie verletzt zu schwimmen versuchten. Aber es fühlte sich erst real an, als ich Xavier sah. Er war bewusstlos und trieb ganz in meiner Nähe. Und das Schlimmste?

Auch um ihn herum war alles rot.

Brodys Stimme lenkte mich von Xavier ab. Ich drehte mich herum und sah ihn im Rettungsboot der Yacht, wo er aus vollem Halse schrie, um meine Aufmerksamkeit zu bekommen. Mein großer furchtloser Bruder, dem ich immer nachgeeifert hatte, war ebenso entsetzt und hilflos wie ich.

Er fing an, mit den bloßen Händen auf Xavier und mich zuzupaddeln. Als er uns beiden ins Rettungsboot half und ich sah, wie meinem besten Freund das Blut aus dem Bauch lief, wäre ich beinahe in Ohnmacht gefallen.

Xavier rührte sich nicht; ein scharfes Metallteil war in ihn eingedrungen. Zuerst dachte ich, er wäre tot, aber er hatte nur vor Schmerzen die Besinnung verloren.

Brody schrie hinaus aufs Wasser, und ich sah in einiger Entfernung Dads Kopf auftauchen. Dad rief deinen Namen. *Nora, Nora, Nora,* immer wieder, bis ihm die Stimme brach. Dann schöpfte er Atem und tauchte wieder unter.

Später erzählte er uns, dass du ins Wasser geschleudert worden seist und er sei hinterhergesprungen. Zwar seist du bewusstlos gewesen, doch er habe aber deine Hand für eine Sekunde zu fassen bekommen.

Dann sei sie ihm entglitten.
Und er habe dich verloren.
Das hat er sich nie verziehen.

Dad suchte nach dir, bis er so schwach war, dass er selbst zu versinken drohte. Zu *ertrinken.* Brody musste ihn gegen seinen Willen ins Rettungsboot ziehen. Er hörte nicht auf, sich zu wehren, und rief, wir sollten ihn loslassen. Er kämpfte bis zur allerletzten Minute, Mom.

Und er hätte weitergemacht, wenn nicht die Rettungsmannschaften am See eingetroffen wären.

Ich weiß noch, wie ein Mann von der Küstenwache sagte, du seist wahrscheinlich schon beim Aufprall ums Leben gekommen. Du hättest Xavier und mich noch vom Boot gestoßen, und dann sei es vorbei gewesen. Und er wäre überrascht, wenn man deine Leiche finden würde. Lake Belmont sei bekannt dafür, seine Opfer im dichten Gewirr der Wasserpflanzen festzuhalten.

Und er hatte recht.
Wir haben dich nie gefunden.

Ein Jahr lang sagten mir die Leute immer wieder, wie stolz ich auf dich sein sollte. Dass ich deinen Mut bewundern sollte. Aber wenn ich nicht gebettelt hätte, dass du mit aufs Boot kommst, hättest du gar nicht mutig zu sein brauchen.

Deine Mom war eine Heldin, sagten sie.
Aber es gibt keine Helden ohne Schurken.

Und es tut mir so leid, Mom.

Es tut mir leid, dass in deiner Geschichte ich der Schurke sein musste …

- Finley

1. KAPITEL

FINN

JETZT

Mein Vater sagte mir einmal, die Lügen, die wir uns selbst erzählen, könnten uns entweder herunterziehen oder über Wasser halten. Ich habe nie verstanden, was er damit meinte. Bis das Lügen zur einzigen Waffe meines Vaters wurde in seinem Krieg gegen die Realität.

»Alles okay.«

»Macht euch keine Sorgen um mich.«

»Wir schaffen das schon.«

Das Einzige, was er in dem Jahr nach dem Tod meiner Mutter tat, war alle anzulügen.

Die Leute.

Uns.

Sich selbst.

Aber die Lügen hielten ihn am Laufen. Der Mist, den er wie ein Mantra wiederholte, half ihm morgens aus dem Bett zu kommen. Damals hat mich das total angepisst. Seine ungerührte Fassade war wie Salz in meinen offenen Wunden.

Ich wollte ihn zerbrechen sehen. Wollte ihn so vor Schmerz gelähmt sehen, dass er aufhörte zu funktionieren. Und jetzt? Bin ich froh, dass er gelogen hat. Wir hatten schon einen Elternteil verloren; wir durften nicht auch noch ihn verlieren.

Monatelang erlebte ich, wie er die Augen vor der Wahrheit verschloss, bevor ich es selbst mit seiner Wunderkur versuchte. Das Problem war nur, ich schaffte es nicht wie er, so zu tun als ob. Ich konnte dem Universum nicht vergeben, dass sie uns genommen wurde.

Ich konnte dem Mond nicht vergeben.

Ich konnte der Sonne nicht vergeben.

Ich konnte dem Meer nicht vergeben.

Die ganze Welt war schuld.

Alles.

Jeder.

Ständig.

Natürlich gab es Augenblicke – wenn ich mit den Jungs trank, Basketball spielte oder mich bis zu den Eiern in namenlose Cheerleaderinnen versenkte –, in denen ich loslassen konnte.

Um zu vergessen.

Aber nur vorübergehend. Der bedeutungslose Sex, das Saufen, meine Sucht nach Basketball. Die Linderung war lediglich von kurzer Dauer. Und bis heute habe ich nur eine einzige immerwährende Heilung gefunden.

Sie.

Diamond Mitchell.

Meine Medizin.

Meine Rettung.

Mein Juwel.

Dieses Mädchen ist wie ein Rausch, der niemals endet. Ein Heilmittel fürs ganze Leben, das man nur ein einziges Mal nehmen muss. Solange ich sie bei mir hatte, war die Dunkelheit verschwunden. Es ist weniger als vierundzwanzig Stunden her, seit ich sie verloren habe. Es ist nicht einmal ein ganzer beschissener Tag vergangen, seit sie bei Aveena ins Auto gestiegen ist und mich mit einem Tritt aus ihrem Leben befördert hat. Und schon fühle ich, wie die Finsternis herankriecht. Tropfen für Tropfen. Nach und nach.

Was erklären dürfte, weshalb ich hier bin, weshalb ich um verfickte sieben Uhr morgens gegenüber von ihrem Haus im Auto sitze. Welcher Geistesgestörte steht schon samstags um 6:00 Uhr auf, um bei seiner Ex am Haus vorzufahren?

Genau genommen muss man das streichen. Ich bin gar nicht um 6:00 Uhr aufgestanden. Dazu müsste ich ja *geschlafen* haben. Aber meine Dämonen haben mir keine Ruhe gegönnt. Dabei war nichts als Stille im Haus. Nichts als Fragen und Bedauern und herzzerreißende Erinnerungen. Ich werde davon heimgesucht, wie sie mich angesehen hat. Als könne sie mich endlich richtig erkennen. Als könne sie nun wie alle anderen auch das Monster sehen.

Auf der anderen Straßenseite bewegt sich etwas, und ich reiße den Kopf zu Dias Haus herum. Ihr Bruder hat eben die Vorhänge aufgezogen. Ich erwarte, dass Jesse wieder vom Fenster weggeht, aber er rührt sich nicht und starrt direkt zu mir herüber.

Er hat mich gesehen.

Und er will, dass ich das weiß.

Ich bin nicht dumm. Mir war klar, dass ihnen früher oder später auffallen würde, dass ich vor ihrem Haus parke, doch ich hatte auf mehr Zeit gehofft. Ich habe keine Ahnung, was ich ihnen sagen soll, geschweige denn, was ich *ihr* sagen soll.

Angesichts der Tatsache, dass mich Jesse in Gedanken gerade umbringt, bin ich mir ziemlich sicher, dass er weiß, dass irgendetwas passiert ist. Dia wird ihnen vom Sextape erzählt haben, oder? Gott, wie soll ich das jemals überleben?

Warte, das ist ja gar nicht sicher.

Es könnte sein, dass Dia ihnen gar nichts erzählt hat. Sie erwähnte einen Streit, nachdem ihre Väter dahintergekommen waren, dass sie den ganzen Sommer mit mir zusammengelebt hatte, und deshalb würde es mich nicht wundern, wenn sie ihre Eltern mit Schweigen straft.

Mein Blick wandert zur Einfahrt der Mitchells hinüber. Hinter Dias Wagen parkt der von Aveena, und dafür gibt es eigentlich nur eine Erklärung: Aveena muss bei den Mitchells übernachtet haben. Gerade als mir klar wird, dass mir nur die Möglichkeit bleibt, mit den beiden zu reden, tritt einer von Dias Dads zu Jesse ans Fenster. Während er Dias kleinen Bruder im Arm hält, schießen sie mir in Gedanken gemeinsam Kugeln durch den Kopf.

Bis jetzt habe ich Dias Eltern noch nie getroffen. Ich weiß, einem von beiden gehört das »Gaten's«, ein Restaurant in der Stadt, aber weil das mit Dia und mir seit Monaten in aller Heimlichkeit abgelaufen ist, gab es nie die Gelegenheit, mich bei ihnen vorzustellen. Zu meiner Verteidigung, was zum Teufel hätte ich ihnen auch sagen sollen?

Hi, ich bin Finn. Das Arschloch, das Ihre Tochter den ganzen Sommer über hinter Ihrem Rücken gevögelt hat. Ach ja, und Sie wissen ja, dass sie gestern Abend weinend nach Hause gekommen ist? Das war meine Schuld. Kann ich reinkommen?

Ich fühle mich wie ein Süchtiger, als ich aus dem Wagen steige. Sie sind das Einzige, was zwischen mir und meiner Dosis im Weg steht. Was ich tue, ist also wahrscheinlich keine gute Idee, aber irgendwo in diesem Haus ist das Mädchen, das ich liebe, während sie davon überzeugt ist, dass sie mir scheißegal ist, und ich will verdammt sein, wenn ich nicht wenigstens *versuche*, sie vom Gegenteil zu überzeugen.

Langsam gehe ich Richtung Haustür. Ich komme nicht einmal dazu, anzuklopfen, da schwingt sie knarrend auf und ein stinksaurer Jesse und Dias besorgte Eltern kommen zum Vorschein. Sie schauen mich an, als fürchteten sie, ich würde hereinstürmen und auf der Suche nach Dia jedes einzelne Möbelstück auseinandernehmen. Und die traurige Wahrheit ist …

Das wäre möglich.

»Was willst du?« Jesse schiebt sich nach vorn, um den Eingang zu blockieren.

»Ich will nur mit ihr reden«, bringe ich mit erstickter Stimme hervor. »Bitte lass mich zu ihr.«

Großer Gott, ich klinge nicht einmal wie ich selbst.

Fuck, ich kann nicht glauben, was aus mir geworden ist.

Jesse zieht eine Augenbraue hoch. »Sag mir einen guten Grund, warum ich das tun sollte.«

»Weil ich Mist gebaut habe.« Ich wähle die »sichere« Antwort. Ich weiß nicht, wie viel sie ihnen erzählt hat, aber falls sie noch ahnungslos sind, will ich nicht mehr verraten als nötig. Es reicht, dass sie mich auch so schon genug hassen.

Jesse lacht verbittert, schüttelt den Kopf und antwortet: »So nennst du das? Mist gebaut?«

Wie kann er das wissen?

»Woher weißt –«

Er fällt mir ins Wort. »Dünne Wände.«

Oh.

Er muss gehört haben, wie sich die Mädels gestern Abend unterhielten.

»Alter, geh einfach nach Hause. Es ist vorbei.« Jesse will die Tür schließen, aber ich klemme meinen Fuß dazwischen.

»Ich möchte doch bloß fünf Minuten«, beharre ich.

Er schnaubt: »Dass du selbstsüchtig bist, wusste ich, aber du musst auch noch ein verdammter Narzisst sein, wenn du glaubst, es würde jetzt noch eine Rolle spielen, was du möchtest.«

»Ist sie … okay?« Meine Stimme bebt.

»Kümmert dich das?«, wirft mir Jesse vor. Am liebsten würde ich mir das blutende Herz aus der Brust reißen und ihm zeigen, wie verdammt gebrochen es ist.

Ich nicke. »Und wie.«

»Das hättest du dir vielleicht überlegen müssen, bevor du deinen Schwanz in ein anderes Mädchen reingesteckt hast, *Betrüger.*«

Hinter ihm schnappen Dias Väter erschrocken nach Luft.

Ich hatte also recht.

Sie wussten *nicht* Bescheid.

Dia hat ihnen nichts erzählt, aber Jesse hat mich nur zu gern den Wölfen zum Fraß vorgeworfen. Und der Bastard wusste genau, was er tat. Das war die ganze Zeit sein Plan. Sicherstellen, dass Dias Eltern nie mit mir einverstanden sein werden.

»Fuck, ich habe sie nicht betrogen«, sage ich, obwohl ich genau weiß, dass ich damit nur meinen Atem vergeude. Seine Meinung über mich steht längst fest.

Einem von Dias Vätern scheint meine derbe Ausdrucksweise nicht zu gefallen, denn er hält ihrem kleinen Bruder die Ohren zu und wirft einen missbilligenden Blick in meine Richtung. Ihr anderer Dad – der große, massige – gibt seinem Partner mit einer Kinnbewegung ein Zeichen, in den anderen Raum zu gehen, was er sofort tut. In einem Augenblick reinster Verzweiflung recke ich den Hals, gehe auf die Zehenspitzen und suche Blickkontakt mit dem großen Dad. Er ist meine beste Chance.

»Sir, bitte, ich liebe Ihre Tochter. Ich muss sie nur für fünf Minuten sprechen.«

Zwar hält er den Blickkontakt aufrecht, reagiert aber nicht. Er zuckt nicht mal mit der Wimper, völlig unbeeindruckt von meinem Flehen.

»Sie müssen mich anhören.«

»Einen *Scheiß* müssen wir uns anhören«, blafft mir Jesse direkt ins Gesicht. »Außer Dia, die sich die Augen ausweint, dass man es durch die Wände hört.«

Schuldgefühle erdrücken mich fast.

Hat sie die ganze Nacht geweint?

Noch bevor ich etwas antworten kann, hat Jesse genug. Er will mir wieder die Tür vor der Nase zuschlagen, aber ich presse die Hand dagegen.

Da entdecke ich sie. Ich habe freie Sicht bis zur Treppe und sehe mein Baby mit Aveena herunterkommen. Wahrscheinlich haben sie mich rufen hören und wollten nachsehen, was los ist.

Ich erfasse sie mit einem Blick. Sie trägt ein oversized T-Shirt und dazu Plüsch-Pyjama-Shorts, das Haar ist zu einem nachlässigen Knoten hochgesteckt. Sie sieht erschöpft aus. Aber selbst jetzt ist sie so verdammt schön, dass es eine Tortur ist. Ihr Gesicht ist rot und aufgedunsen vom Weinen, und ich könnte schreien, weil ich weiß, dass ich für ihre Tränen verantwortlich bin.

Ich habe ihr das angetan.

Ich habe sie verletzt.

Zuerst sieht sie mich nicht.

Doch dann schon.

Ihr Mund klappt auf.

Und mit einem Mal ist meine Selbstbeherrschung zum Teufel.

»Dia!« Ohne mit der Wimper zu zucken, schiebe ich ihren Bruder zur Seite. »Dia, bitte.«

Ich schaffe es bis an den Fuß der Treppe. Wir stehen nur wenige Schritte voneinander entfernt. Völlig schockiert starrt sie mich für einen Moment an. Schon nach wenigen Sekunden ist Jesse bei mir und versucht, mich wieder zur Tür zu zerren. Unsere Blicke treffen sich für einen Augenblick. Dann sieht sie weg.

Als würde ihr schon bei meinem bloßen Anblick *übel* werden.

»Dia, Baby, schau mich an.« Immer wieder rufe ich ihren Namen und gebe alles, um zu ihr durchzudringen. Dabei habe ich keine Ahnung, was passieren wird, wenn sie mich *tatsächlich* ansieht. Ich kann sie nicht zwingen, mir zu verzeihen, aber gerade habe ich das Gefühl, verrückt zu werden.

»Dia, geh nach oben«, befiehlt der große Dad, aber seine Tochter bewegt sich keinen Millimeter, die braunen Augen voller Tränen.

So schnell gebe ich nicht auf. »Dia, bitte. Lass es mich erklären.«

»Diamond, du gehst *jetzt sofort* nach oben«, ruft ihr Dad, und Aveena zerrt an ihrem Arm, um sie aus ihrer Starre zu holen. Erst da kehrt sie wieder ins Land der Lebenden zurück.

Sie wirft mir einen letzten Blick zu, bevor ihre beste Freundin sie nach oben schafft. Ich rufe ihren Namen, bis sie nicht mehr zu sehen ist, aber Jesse hat die Nase voll, schubst mich zu Tür hinaus und weiter auf die Veranda. Ich stolpere rückwärts und kann mich gerade noch abfangen, bevor ich stürze.

Jesse, der große Dad und ich stehen auf dem Rasen vor dem Haus der Mitchells. Ich weiß, dass die Kacke wirklich am Dampfen ist, als ihr anderer Dad herausgerannt kommt, nachdem er sichergestellt hat, dass sein Baby drinnen in Sicherheit ist. Pures Entsetzen flackert in seinen Augen.

Sie fürchten sich vor mir.

Ich habe mehr als nur einen schlechten Eindruck gemacht.

Sie fühlen sich von mir bedroht.

»Verschwinde von meinem Grundstück, sonst rufe ich die

Cops«, faucht der große Dad, und ich glaube ihm jedes Wort. Das ist kein Bluff. Er würde meinetwegen *wirklich* die Polizei rufen.

»Es tut mir leid. Fuck, ich …«, stottere ich, als ich begreife, was ich angerichtet habe. »Es tut mir so leid.«

Dann drehe ich mich um und gehe über die Straße zu meinem Auto. Ich schließe mit der Fernbedienung auf und lasse mich mit einem Fluch auf den Fahrersitz fallen. Beim Wegfahren habe ich Dias schmerzverzerrtes Gesicht vor Augen.

Jesse hatte recht.

Ich bin *wirklich* selbstsüchtig.

Ich bin selbstsüchtig, weil ich glaube, dass es eine Rolle spielt, was ich jetzt will.

Ich bin selbstsüchtig, weil ich hier aufkreuze und sie dazu zwingen will, mich anzuhören.

Aber vor allem bin ich selbstsüchtig, weil ich denke, dass das Mädchen, das ich haben möchte …

… *mich* immer noch will.

2. KAPITEL

DIAMOND

@The_Axel_Fletcher: **Hab gehört, du und Richards seid Geschichte. Zu früh für ein Date?**

Angewidert wandert mein Blick über die Instagram-Nachricht auf meinem Bildschirm. Er lässt wirklich nichts anbrennen, oder? Fairerweise muss man sagen, dass er nicht der Einzige ist. Jede Menge Kerle haben sich gemeldet, seit die Neuigkeit raus ist.

Größtenteils Typen vom Basketball-Team.

So viel zum Ehrenkodex unter Brüdern, was?

Ein anderes Mädchen wäre wahrscheinlich geschmeichelt, und auf ein paar Nachrichten habe ich auch geantwortet, aber es geht mir deswegen kein bisschen besser. Ich fühle mich dabei eher wie ein Stück Fleisch, umgeben von Jungs wie ein Rudel sabbernder Hunde, die mal probieren wollen.

Gerade will ich Axels Nachricht wegwischen, als mein Handy schon die nächste anzeigt.

Auch von Axel.

Er hat eine SMS geschickt.

Mich über Instagram zu bedrängen, reicht wohl nicht.

Axel: Komm schon, Baby, sag Ja. Ich sorge dafür, dass es dir besser geht.

Zum Glück habe ich auf das Frühstück verzichtet, es wäre mir bestimmt wieder hochgekommen.

Schon möglich, dass ich mit irgendwelchen Typen flirte, um die Zeit rumzukriegen, aber dieser Kerl muss voll auf Crack sein, wenn er glaubt, dass ich ihn auch nur in meine Nähe lasse. Ich hätte es besser wissen müssen, als ich vor Monaten mit ihm geflirtet habe, um Finn anzupissen. Seither glaubt er, bei mir eine Chance zu haben; dabei hat er so viel Sexappeal wie ein Kuhfladen.

»Werden wir jemals darüber reden?« Ich höre Aveena wie ein fernes Echo, während wir zur Schulturnhalle schlendern. Sportunterricht ist der Fluch meiner Existenz, aber wenigstens muss ich mir keine Sorgen machen, dort mit Finn zusammenzurasseln.

Seit einer Woche schaue ich nun ständig über meine Schulter. Finn und ich haben zusammen Englisch und Mathe, aber zum Glück schwänzt der Fremdgänger die Schule, seit er bei mir zu Hause aufgetaucht ist und die ganze Familie in Angst und Schrecken versetzt hat.

Wie es am Ende ausging, haben mich meine Dads nicht mitbekommen lassen. Schon vorher waren sie bestimmt keine Fans von Finn. Aber jetzt? Jetzt *hassen* sie ihn. Einziger Silberstreif am Horizont? Ich habe keinen Hausarrest mehr. Sie bekamen Mitleid, nachdem sie mich acht Stunden am Stück hatten schluchzen hören. Außerdem ging es ja darum, mich von Finn fernzuhalten, und das brauchen sie jetzt nicht mehr.

»Dia?«, bohrt Aveena nach.

»Was?«, sage ich, ohne von einer Unterhaltung mit einem Typen aus dem Basketball-Team aufzublicken. Er heißt Seb. Er ist süß, groß und charmant – perfekt zum Trösten. Zugegeben, er ist ein bisschen langweilig, aber einem betrügerischen Arschloch ziehe ich so einen gerade allemal vor.

»Sprechen wir irgendwann einmal über deine Trennung?«, fragt Aveena und ich versuche, nicht gleich wieder zu seufzen. Seit Tagen liegt sie mir mit Finn in den Ohren. Sie sagt, ich wolle mich der Wahrheit nicht stellen, und vielleicht ist das auch so. *Na und?*

Erst seit Kurzen kann ich überhaupt wieder schlafen und habe nicht mehr ständig das Bild von Remy vor Augen, wie sie sich in Finns Rücken krallt, als er in ihr kommt. Außerdem höre ich nicht mehr, wie er zu ihr das sagt, wovon ich glaubte, es sei unser Ding.

Alles außer dir.

Alles außer dir.

Alles außer dir.

Das hat mich richtig verfolgt, aber dann wurde mir klar, dass ich mich entweder in Selbstmitleid suhlen kann – oder den Rest meines Abschlussjahrs genießen. Ich entschied mich für Möglichkeit Nummer zwei, aber Aveena macht es mir nicht gerade leicht.

Mir ist schon klar, wieso sie darauf herumreitet. Schließlich habe ich kaum an der Oberfläche von dem gekratzt, was passiert ist. Ich habe ihr nur erzählt, dass Finn mich betrogen hat, mehr aber auch nicht. Sie weiß nichts von dem Sexvideo oder Finns offensichtlicher Vergangenheit mit Remy. Ich hatte Angst, bei den grausigen Details nicht mehr aufhören können zu weinen.

»Man kann sich nicht von jemandem trennen, mit dem man nie zusammen war«, erkläre ich, und sie könnte kaum skeptischer dreinblicken. Sie nimmt mir meine »Gleichgültigkeit« nicht für eine einzige Minute ab. Dafür kennt sie mich zu gut, aber im Augenblick brauche ich niemanden, der mich kennt. Ich brauche auch niemanden, der mich weinen lässt und mich festhält, bis ich nicht mehr atmen kann. Ich brauche jemanden, der mich vergessen lässt.

Mich ablenkt.

Und wenn diese Ablenkung ein steinhartes Sixpack hat und in derselben Basketballmannschaft wie Finn spielt?

Dann ist das eben so.

* * *

FINN

»Herr im Himmel, wer ist denn hier gestorben?«, reißt mich mein bester Freund aus dem Schlaf. Als meine Sinne in Gang kommen, meldet mein Mund sofort den Geschmack von Hochprozentigem. Irgendetwas Kaltes presst gegen meine Wange.

Vielleicht *Leder*?

Eine Minute lang kann ich mich nicht rühren. Mein Kopf dröhnt so sehr, dass ich erst nach ein paar Augenblicken begreife, wo ich bin. Ich befinde mich auf meiner Couch und liege auf dem Bauch. Außerdem habe ich nichts an und friere. Ich zwinge mich dazu, meine Augen zu öffnen, und blinzele benommen durchs Fenster hinaus in die Sonne.

Xavier gibt den Erstaunten: »Ist es zu fassen? Er lebt!«

»Wie spät ist es?« Ich reibe mir die Augen, bis ich wieder etwas sehen kann, und drehe mich auf den Rücken. Als Erstes sehe ich Xavier, der neben der Couch steht und mich mustert.

»Zwei Uhr nachmittags«, antwortet er.

Eigentlich müsste Xavier jetzt in der Schule sein, also schwänzt er. Sein Blick hat etwas Besorgtes, während er die Müllhalde betrachtet, die einmal mein Wohnzimmer war. Ich kann es ihm nicht verdenken. Überall liegt Zeug herum – leere Essenskartons, Bierdosen und Schnapsflaschen, alles auf dem Teppichboden verstreut. Dad würde mich umbringen, wenn er wüsste, was ich die ganze Woche so getrieben habe. Aber zum Glück ist er geschäftlich unterwegs.

Es ist eine ganze Weile her, seit er bereit war, die Stadt zu verlassen. Überraschenderweise ist er seit Lexies Tod immer hiergeblieben. Ausnahmsweise hat er sich mal wie ein besorgter Vater benommen. Ich hätte wissen müssen, dass das nicht andauert.

»Alter, zu krass«, kommentiert Xavier den Zustand meines Hauses.

Ich würde ihm gern widersprechen, aber er hat recht. Ich bin wirklich zu weit gegangen. Schon an dem Tag, als ich einen Privatdetektiv angeheuert habe, um Dias Vergangenheit zu durchleuchten. Ich bin zu weit gegangen, als ich Remy anrief, weil ich ein Feigling war, der die Angestellte seines Vaters auf dem Kieker hatte. Aber vor allem ging ich zu weit, als ich morgens um sieben vor Dias Haus aufkreuzte und ihrer Familie eine Heidenangst einjagte.

Sich Abend für Abend die Birne vollzusaufen, dreht die Zeit zwar nicht zurück, aber es hilft mir mit meinen Schuldgefühlen. Ich habe alles verbockt. Und jetzt muss ich lernen, mit den Konsequenzen zu leben.

»Verschwinde.« Ich schütze die Augen mit dem Unterarm vor der Sonne.

»Alter, warum warst du nicht in der Schule? Der Coach ist angepisst, weil du nicht zum Training kommst. Du kannst von Glück sagen, wenn er dich überhaupt wieder spielen lässt.« Xavier lässt sich aufs andere Ende der Couch fallen.

»Ist mir egal«, lalle ich, und überraschenderweise meine ich das auch. Ich hätte nie gedacht, dass mich ein Mädchen eines Tages mehr kümmern würde als meine Verpflichtung gegenüber der Mannschaft. *Was zum Teufel hast du mit mir gemacht, Juwel?*

»Gibts irgendeinen Grund fürs Blaumachen?«

Ich seufze. Er gibt einfach keine Ruhe.

»Mir ist schlecht«, improvisierte ich.

Xavier schnaubt verächtlich über meine Ausrede. »So ist das eben, wenn man seine Freundin betrügt.«

Ich hätte ihm nicht vom Sexvideo erzählen dürfen. Damit habe ich ihm nur zusätzliche Munition gegeben.

»Ich habe sie nicht betrogen«, stelle ich richtig.

Außerdem habe ich das Video nicht aufgenommen – zum Teufel, ich hatte nicht mal *eingewilligt*, gefilmt zu werden – aber ich erspare mir, ihm das zu sagen. Was soll das ändern? Er hält mich ohnehin für ein Arschloch.

»Schon klar«, murmelt Xavier, und Wut kocht in mir hoch.

»Ich habe sie verdammt noch mal nicht betrogen«, schnauze ich, stehe von der Couch auf und hebe eine leere Bierflasche vom Boden auf. Ich wanke in die Küche und werfe sie weg. Xavier folgt mir.

»Und warum kommst du nicht in die Schule? Und erzählst das der einzigen Person, die das kümmert?«

Darauf habe ich keine Antwort. Nachdem ich vom Grundstück der Mitchells verjagt wurde, habe ich den Versuch aufgegeben, Dia zurückzugewinnen. Jeder normale Typ hätte sich davon nicht abhalten lassen, aber ich ertrage so etwas nicht noch mal. Der Scheiß hat mich verletzt. Nein, er hat mich *bloßgestellt*.

Vor Dia musste ich nie um irgendetwas flehen. Dann taucht sie auf, und plötzlich mache ich nichts anderes mehr. Ich flehte, dass sie die Nacht bleibt, als wir zum ersten Mal Sex hatten. Und am nächsten Tag flehte ich sie an, mir zu vergeben, weil ich sie alleingelassen hatte.

Flehen, flehen, flehen.

Verdammt, ich höre nicht auf zu *flehen*.

Ich habe es satt. Manchmal erkenne ich mich gar nicht wieder. Jedes Mal, wenn ich sie sehe, lösen sich die von mir aufgebauten Mauern in Rauch auf, und ich sehne mich wieder so sehr nach ihr, dass es schmerzt. Ich hasse es, wie viel Macht sie über mich hat. *Deshalb* gehe ich nicht in die Schule. *Deshalb* bin ich ihr aus dem Weg gegangen. Solange ich sie nicht sehe, kann ich immer noch glauben, dass ich meine Gefühle wenigstens ein bisschen unter Kontrolle habe.

»Ich hatte meinen Spaß mit ihr, aber jetzt bin ich drüber hinweg«, lüge ich nach Strich und Faden und gehe, gefolgt von Xavier, wieder zurück ins Wohnzimmer.

Der Mistkerl lacht über meine Bemerkung. Er glaubt mir kein Wort. Gerade hebe ich die nächste Flasche auf, als er sagt: »Das trifft sich gut. Ich habe gehört, das halbe Team will bei ihr landen.«

Ich bleibe abrupt stehen.

»Fuck«, stöhne ich vor Schmerz und blicke auf meine Hand.

Sie blutet. Als er erzählt hat, dass die Mannschaft hinter Dia her ist, habe ich die Flasche tatsächlich in der Hand zerdrückt. Eine kleine Scherbe schneidet mir in die Handfläche und reißt die Hand auf.

Ich muss daran denken, wie ich mich vor sechs Monaten mit einem Plastikmesser geschnitten habe. Axel hatte beim Mittagessen mit Dia geflirtet. Ich muss unbedingt aufhören, ständig für dieses Mädchen zu bluten.

Xavier beobachtet, wie ich zum Waschbecken laufe und die Scherbe mit einer Grimasse herausziehe. »Soso, du bist also drüber hinweg, was?«

Ich reiße die Tür der Hausbar auf und schnappe mir eine Flasche Wodka. Desinfektionsmittel haben wir keines da. Es muss auch so gehen.

»Fick dich, Mann«, knurre ich, während ich die Wunde desinfiziere.

»Wie läufts mit der Intervention?«, höre ich eine vertraute Stimme und fluche leise. Eine Sekunde später platzt Theo in die Küche, und ich durchbohre Xavier förmlich mit Blicken. Was kommt denn noch? Hat er vielleicht auch meinen verdammten Vater angerufen?

»Zwecklos«, antworte ich. »Euer Scheißmitleid könnt ihr euch sparen. Mir gehts bestens.«

»Das kannst du deiner Hand erzählen.« Xavier zeigt auf meine blutende Handfläche und ich seufze.

Theo bleibt nach ein paar Schritten in der Küche stehen und verzieht das Gesicht. »Alter, wenn du irgendwen gefickt und das gefilmt hast, gibt dir das noch lange nicht das Recht, eine Millionenvilla in einen Müllplatz zu verwandeln.«

Er hat es ihnen erzählt?

Theo kann nur Bescheid wissen, wenn Xavier nicht den Mund halten konnte. Oder ist es jetzt schon allgemein bekannt? Wahrscheinlich hat Dia mit Lacey darüber gesprochen. Wenn sie einer klatschsüchtigen Cheerleaderin davon erzählt hat, dann weiß es inzwischen die ganze Schule.

»Ich habe es nicht gefilmt«, korrigiere ich ihn und schnappe mir das Verbandszeug aus der Küchenschublade.

»Ach, das ändert natürlich alles«, prustet Theo, und ich zeige ihm über die Schulter den Mittelfinger.

»Pass auf: Er sagt, er hätte sie nicht betrogen«, stellt Xavier für Theo klar, während ich meine Schnittwunde verbinde.

»Im Ernst?« Theo kichert, ein bisschen zu amüsiert für meinen Geschmack. »Und das hast du Dia nicht erzählt, *warum*?«

Das ist der Punkt, an dem ich ausraste.

»Der Nächste, der noch mal ihren Namen ausspricht, wird dieses Haus mit dem Abdruck meiner Faust in seinem verdammten Gesicht verlassen, habt ihr das verstanden?«

Die beiden sind völlig verblüfft über meinen Ausbruch.

»Wenn ich sie sehen oder Leuten dabei zuhören wollte, wie sie über sie reden, dann wäre ich jetzt in der Schule.«

Stille.

»Kapiert?«, hake ich nach, woraufhin beide nicken.

»Nächstes Thema.« Ich packe das Verbandszeug weg.

Wir gehen wieder hinüber zur Couch, aber ich achte nicht auf ihr Gespräch. Ich will mich jetzt besinnungslos betrinken. Das ist eine beschissene Verdrängungsstrategie, das ist mir schon klar, aber im Augenblick denke ich nur an die volle Flasche Tequila in der Hausbar meines Dads.

»Sie sind übers Wochenende weg. Wollen irgendwie ihre beschissene Ehe retten.« Theos Worte wecken mein Interesse.

Ich reiße den Kopf hoch. »Deine Eltern fahren weg?«

»Genau das sagte ich gerade, du Genie.«

»Wann?«, frage ich.

»Irgendwann heute Abend. Sie wollen erst Montag zurück sein. Wollt ihr Arschgesichter bei mir abhängen?«

Mir kommt eine Idee.

Ich zucke mit den Achseln. »Bei einer Party wäre ich dabei.«

Theo überlegt ein paar Sekunden lang. »Könnte spaßig werden. Das Team wäre sicher mit dabei.«

»Die Cheerleaderinnen könntest du auch einladen«, schlage ich vor. »Ach, weißt du, was? Am besten alle Mädchen, die du auftreiben kannst. Mehr Auswahl.«

Theo muss nicht länger überzeugt werden, aber Xavier scheint alles andere als begeistert. Er glaubt, ich sei ein hoffnungsloser Fall. Er glaubt, Dia hätte mich so fest unter ihrem Pantoffel, dass ich nicht mit einer anderen in die Kiste springen werde.

Er glaubt, ich komme nicht über sie hinweg.

Und, na ja …

Das lässt sich nur auf eine Weise herausfinden.

3. KAPITEL

DIAMOND

Der Sportunterricht war eine Tortur.

Und das meine ich nicht *metaphorisch.*

Bestimmt gibt es in der Hölle einen besonderen Platz für denjenigen, der Klettern am Turnseil für den Lehrplan vorgeschrieben hat. Ich habe überall Abschürfungen und kann kaum noch laufen.

Seit einer halben Stunde ist Sport vorbei. Eigentlich wäre ich längst fort, aber ich habe Lacey angeboten, sie zu Hause abzusetzen, und jetzt lässt sie sich jede Menge Zeit.

»Lace, kannst du dich ein bisschen beeilen? Ich habe meinen Dads versprochen, dass ich zum Abendessen zu Hause bin.« Ich checke auf meinem Handy die Uhrzeit, während Lacey ihr Make-up in Ordnung bringt.

Normalerweise macht es mir nichts aus, wenn ich das Abendessen verpasse, aber ich möchte meinen Eltern demonstrieren, dass es richtig war, meinen Hausarrest aufzuheben. Ich will sie davon überzeugen, dass sie mir wieder vertrauen können.

»Gleich fertig«, ruft Lacey und trägt noch mehr Mascara auf ihre schon jetzt perfekten Wimpern auf. Fünf Minuten später packt sie die Wimperntusche weg und geht zurück zu ihrem Spind. Gerade als sie ihr Make-up-Täschchen in die Handtasche geschoben hat, trifft auf ihrem Handy eine Textnachricht ein.

Sie verzieht ihren Lipgloss-Mund zu einem schelmischen Lächeln, während ihr Blick über den Bildschirm wandert. »Party bei Theo, heute Abend. Seine Eltern sind übers Wochenende weg. Interessiert?«

Ob Finn auch kommen wird?

Gott, wenn ich ihn dort treffe?

Wenn –

Dia, hör auf. Du gibst ihm viel zu viel Kontrolle über dich.

»Was für eine Frage!« Ich werfe mir den Riemen der Sporttasche über die Schulter und schiebe meine Spindtür zu.

Lacey kreischt. »Ich frage gleich mal bei Axel nach, ob dieser Typ mit den Magic Mushrooms auch kommt.«

Mich beschleichen Zweifel.

Lacey und ich reden schon eine Weile darüber, diese Pilze mal auszuprobieren. Nachdem ich das Sexvideo gesehen hatte, war ich fix und fertig. Als Lacey dann vorbeikam, sprach ich in einem verzweifelten Moment von Drogen. Ich meinte eigentlich harmloses Zeug, aber als Lacey Pilze vorschlug, widersprach ich ihr nicht.

Gott, wer bin ich eigentlich?

Bis vor dem letzten Sommer hatte ich keinen einzigen Drink angerührt.

Ich wusste nicht mal, wie Alkohol schmeckt, und jetzt sind Drogen und Alk jedes Wochenende das Thema. Das kommt davon, wenn man einen Sportler datet. Die wenigen Male, die ich mich fast habe mitreißen lassen, war zum Glück Aveena zur Stelle, um mich wieder zur Vernunft zu bringen.

Ich habe ihr versprochen, künftig von hartem Zeug die Finger zu lassen. Dieses Versprechen würde ich brechen, wenn ich das mit den Pilzen durchziehe. Bis jetzt war es leicht, Finn mit seinem Lebensstil die Schuld dafür zu geben, aber jetzt wo wir Geschichte sind?

Jetzt bin allein ich verantwortlich.

»Kann ich Vee einladen?«, frage ich, als wir die Umkleide verlassen.

Lacey windet sich. »Muss das sein?«

Ich würde gern behaupten, dass mich ihre Reaktion überrascht, aber Lacey hat schon mal erwähnt, sie finde Aveena ein bisschen … verklemmt? Lacey hält Aveena für einen Moralapostel, aber ich habe deutlich gemacht, dass ich Vee trotzdem weiter einladen werde.

»Ich muss das nicht, ich *will*. Sie ist meine beste Freundin, Lace.«

»Das macht sie trotzdem nicht zur Stimmungskanone«, murmelt sie vor sich hin. »Also schön, lade die Spaßbremse ein.«

»Sie ist keine Spaßbremse.«

»Wirklich?« Lacey zieht eine Augenbraue hoch. »Hast du ihr denn von den Magic Mushrooms erzählt?«

Ich öffne den Mund, um etwas zu sagen, klappe ihn aber gleich wieder zu.

Lacey deutet mein Zögern als Bestätigung. Höhnisch meint sie: »Wie schon gesagt: Spaßbremse. Du machst dir was vor, wenn du glaubst, sie wäre damit einverstanden.«

Ich weiß, dass sie recht hat. Natürlich habe ich Vee nichts davon erzählt. Aber nur weil ich wusste, dass sie dagegen wäre. In Wahrheit bin ich nicht mehr das unschuldige Mädchen, das ich vor den letzten Sommerferien noch war. Vielleicht hat Lacey ja recht. Vielleicht mache ich mir etwas vor.

Aveena und ich haben uns auseinandergelebt.

Und ich bin mir nicht sicher, ob wir wieder zusammenfinden können.

* * *

Ich hätte nicht herkommen sollen.

Während ich mich mit den Mädchen fertig machte, konnte ich mir einreden, Finn hätte keine Macht mehr über mich. Es war leicht zu sagen »Zum Teufel mit ihm«, während wir bei Lacey vorglühten und tanzten.

Aber jetzt wo wir hier sind? Und vor Theos Haus parken? Alles ist schwierig. Aus dem Auto aussteigen. Ein entschlossenes Gesicht aufsetzen. So tun, als würde ich Finns Auto auf der anderen Straßenseite nicht sehen.

So verdammt schwierig.

Er ist dort drin. Trinkt wahrscheinlich mit seinen Freunden und spuckt große Töne, sich heute Abend jemand aufzureißen. Ich dachte, ich würde sterben, als Lacey mir den Grund erzählte, warum Theo eine Party schmeißt. Offenbar hatte ihn Finn darum gebeten, damit er sich nach etwas Neuem umsehen kann.

Einem neuen Mädchen.

Einem neuen *ich*.

Nennt mich nachtragend, aber ich werde es ihm nicht leicht machen. Ich werde jedes Mal da sein, wenn er versucht, mich hinter sich zu lassen. Ich werde ihn verurteilen, ihn anstarren. Er wird sich nicht einfach so eine Neue anlachen nach dem, was er getan hat.

»Danke fürs Fahren, Vee«, lalle ich, als wir aus meinem Auto aussteigen.

Der letzte Tequila-Shot war definitiv zu viel.

»Kein Problem.« Aveena ringt sich ein Lächeln ab und ich krümme mich innerlich zusammen.

Noch etwas, das ich nicht hätte tun sollen: *sie einladen.*

In dem Moment, in dem sie bei Lacey auftauchte, konnte ich es ihr schon ansehen. Ihr Bedauern. Sie bereute ihre Entscheidung. Ich kann es ihr nicht verdenken. Lacey und ich waren schon angetrunken, bevor sie ankam. Ich war gar nicht mehr in der Lage zu fahren, wodurch ihr nichts anderes übrig blieb, als Chauffeuse zu spielen.

Warum ich sie eingeladen habe, wollt ihr wissen?

Weil ich sie brauche, deshalb.

Ich habe sie angefleht mitzukommen, obwohl ich weiß, dass ihr diese Dinge unangenehm sind. Aveena Harper ist meine Stimme der Vernunft. Sie hält mich zurück, wenn ich etwas Dummes tun will. Ich benutze sie als moralischen Kompass und behalte sie in meiner Nähe als Erinnerung daran, wie ich war – eine gute Schülerin, eine gute Tochter, ein guter *Mensch.*

Ich weiß, wenn sie dabei ist, werde ich nicht zu weit gehen.

Wie abgefuckt ist das?

Lacey hält jeder von uns eine Flasche Wodka hin, hängt sich bei mir ein, dann stolpern wir gemeinsam Richtung Haustür. Ich sehe Aveena auf ihrem Handy herumtippen und hake sie unter, um ihre Sozialphobie etwas zu lindern. Sie schenkt mir ein dankbares Lächeln.

Ich zähle die Sekunden herunter, bis wir drin sind.

4.

Ich lege die Hand auf den Türknauf.

3.

Wir gehen hinein.

2.

Es fühlt sich an, als würde uns der ganze verdammte Raum anstarren.

1.

Ich sehe ihn.

»Scheiße, ist es hier voll«, bemerkt Lacey, aber ich kann nicht antworten.

Ich kann nur den Kerl anstarren, der mir das Herz gebrochen hat.

Finn, Xavier und Theo sitzen im Wohnzimmer auf der Couch. Ich hasse es, wie schnell Finn quer durchs Zimmer meinen Blick erhascht. Ich hasse es, dass ich den Blickkontakt aufrechterhalte. Ich hasse es, dass ich immer noch den Typen sehe, der Lexie in den Armen hielt, als sie starb. Ich bin so dumm, in seinen Augen nach einem schmerzlichen Ausdruck zu suchen. Überraschenderweise finde ich dort nichts als Wut.

Er ist stinksauer.

Er will nicht, dass ich hier bin.

Tut mir leid, versaue ich dir etwa die Chance, ein neues Mädchen zu finden, das du betrügen kannst?

Selbst wenn ich nicht hier wäre, weiß doch jedes Mädchen in der Schule, was er getan hat. Als ich es Lacey anvertraut habe, hätte ich wissen müssen, dass sie es der halben Cheer-Truppe weitererzählt. Zuerst hat mich das geärgert, aber jetzt? Ich bin froh, dass es alle wissen. Wenn ich damit verhindern kann, dass auch nur einem Mädchen so etwas passiert, sehe ich das als Gewinn.

Ich habe Lacey natürlich nicht erzählt, wer das Mädchen im Video ist. Sie und Remy sind seit ihrer Kindheit befreundet und ich wollte nicht, dass Lacey deswegen ihre Meinung über sie ändert.

Ich gebe Remy nicht die Schuld daran, was geschehen ist. Ich gebe sie Finn.

Wahrscheinlich ist Remy nur ein weiteres Opfer von seinen hübschen Lügen. Ich bin ihr dankbar, dass sie mir das Video geschickt hat. Ansonsten wäre ich immer noch die Idiotin, die glaubt, dass Finn Richards sie lieben würde.

In dem Moment sagt Finn etwas zu seinen Freunden, und man muss kein Genie sein, um zu erraten, dass es um mich geht. Xavier und Theo werfen fast augenblicklich die Köpfe in den Nacken und wenden uns ihre Aufmerksamkeit zu.

Dann springt Finn ohne einen weiteren Blick in meine Richtung auf und schnappt sich seine Schnapsflasche von der Couch. Er setzt zu einem langen Schluck an, dann verschwindet er.

Ein Blick.

Nur ein Blick zu mir, dann läuft er davon.

Eigentlich nichts Neues – der Unterschied ist nur …

Diesmal jage ich ihm nicht hinterher.

4. KAPITEL

DIAMOND

Ich kann euch gar nicht genau sagen, wann dieser Abend scheiße wurde.

Vielleicht war das bereits vorbestimmt, als wir bei Theo vorfuhren. Oder die Sache ging bergab, als ich Finn im Wohnzimmer entdeckte. Klar, der Abend begann schon nicht gerade verheißungsvoll, aber wenn ich raten müsste? Ich denke, es gab kein Zurück mehr ab dem Punkt, als Lacey in Aveenas Gegenwart von den Pilzen anfing.

»Dia, Axel hat die Pilze dabei. Gehen wir«, sagte Lacey.

Dabei hatte ich Lacey doch erzählt, was ich Aveena versprochen hatte. Offensichtlich war sie zu betrunken, um sich daran zu erinnern. Aber der Ausdruck in Aveenas Gesicht ließ keinen Raum für Zweifel. Auch sie erinnerte sich nur zu gut daran. Ich konnte die Gedanken förmlich in ihren Augen aufblitzen sehen.

»Keine harten Drogen mehr, Dia. Du hast es versprochen.«

Ich gebe das ungern zu, aber die Enttäuschung in ihrem Blick war nur allzu vertraut. Ich hatte ihn schon oft gesehen. Meistens auf Partys. Aveena hält nicht viel von der neuen Dia. Zum Teufel, ich selbst halte nicht viel von der neuen Dia, aber das hinderte mich nicht daran, dem Gruppenzwang nachzugeben, als Lacey nachhakte: »D, komm schon! Schließlich war es deine Idee!«

Aveena konnte ihr Entsetzen darüber nicht verbergen, dass ich die harten Drogen vorgeschlagen hatte. Wütend war sie allerdings nicht. *Nur traurig.* Aber sie fühlte auch nicht, was ich im Inneren fühlte. Diese Höllenqual, die sich wie ein Schatten an mich klammert. Das verzweifelte Verlangen, dem Schmerz zu entkommen. Ich stand von der Couch auf, aber das schlechte Gewissen ließ mich wie angewurzelt stehen bleiben. Ich konnte Aveena nicht alleine lassen, nicht wenn sie nur meinetwegen zur Party mitgekommen war.

»Vee, ich …«

»Schon gut, ich möchte ohnehin gehen.« Aveena stand auf.

Im Handumdrehen hatte sie sich durch die Menge geschoben. Ich rief ihr nach, aber es war schon zu spät. Sie war längst aus dem Haus.

»Lass sie. Sie hätte uns sowieso den Abend verdorben.« Lacey schnappte mich am Arm, bevor ich meiner Freundin nachgehen konnte. »Los, Axel wartet schon.«

»Ich will nicht.« Ich löste meinen Arm aus ihrem Griff.

Lacey zog eine Augenbraue hoch. »Wie bitte?«

»Du hast richtig gehört. Ich komme nicht mit.«

Sie verzog ärgerlich das Gesicht. »Was ist dein Problem?«

»Dass du unbedingt vor ihrer Nase darüber reden musstest. Was hast du nur gegen sie?«

Lacey zuckte mit den Schultern. »Vielleicht bin ich einfach kein Fan von diesem Mädchen, na und?«

»Was hat sie dir denn getan? Bloß weil sie sich nicht zum Spaß volldröhnt, ist sie nicht gut genug?«

»Bekommst du überhaupt mit, was du da sagst? Das Ganze war doch deine Idee. Ist doch nicht meine Schuld, dass deine Freundin eine verdammte Loserin ist.«

»*Sie* soll eine Loserin sein? Du bist es doch, die sich ein Wochenende nach dem anderen abschießt, um ihre ständig abwesenden Eltern zu vergessen.«

Sofort wusste ich, dass ich zu weit gegangen war. Laceys Gesichtsausdruck veränderte sich innerhalb von Sekunden von angepisst zu verletzt.

»Weißt du, was? Fick dich. Geh zurück zu deiner Loser-Freundin«, keifte sie und verschwand in der Menge.

Mittlerweile ist es fünfzehn Minuten her, seit Lacey davongestürmt ist und den Nagel in den Sarg unserer Freundschaft geschlagen hat. Seither irre ich ziellos auf der Party umher. Ich trinke von meinem Wasserglas, warte darauf, dass ich nüchtern genug bin, um heimzufahren. Dummerweise dreht sich mein Kopf wie eine verdammte Ballerina und ich glaube nicht, dass ich mich allzu bald ans Steuer setzen werde.

Ich habe keine Ahnung, wohin Aveena verschwunden ist. Nach der Sache mit Lacey habe ich im Garten vor dem Haus nach ihr gesucht und es gab noch einmal Streit, aber von Aveena war weit und breit nichts zu sehen. Ich schätze, sie hat sich von ihrer Mom abholen lassen? Ich habe überlegt, ihr eine Nachricht zu schicken, aber ich fürchte, sie würde eh nicht antworten, so wie das hier gelaufen ist.

Mir fällt auf, dass mein Glas fast leer ist, und ich gehe auf direktem Weg in die Küche, um es wieder aufzufüllen. Dort ist längst nicht so ein Gedränge wie im Wohnzimmer, aber trotzdem werde ich auf dem Weg zum Kühlschrank von zwei miteinander rangelnden Typen angerempelt. Sie sind so betrunken, dass sie nicht einmal bemerken, wie mir das Glas aus der Hand rutscht und auf den Fliesen in tausend Stücke zerspringt.

Scheiße, es sah wie ein ziemlich teures Glas aus. Dieses edle, alte Zeug, das man für besondere Gelegenheiten aufhebt. Ich hatte mir das erstbeste Glas geschnappt, das ich finden konnte, weil Theo keine roten Pappbecher mehr hatte.

Fluchend gehe ich in die Knie und fange an, die Scherben einzusammeln. Vielleicht könnte ich auch einen Besen finden, aber ich habe keine Ahnung, wo. So gehe ich mit jedem Stück zum Mülleimer und werfe es hinein.

Das dauert ewig. Ich bin schon kurz davor, Theo eine Nachricht zu schicken und zu fragen, wo ich den Besen finde, als ich jemanden in meiner Nähe spüre. Jemanden, der sich vor mir auf den Boden hockt.

»Kann ich helfen?«

Seine tiefe raue Stimme würde ich überall erkennen, aber das schmerzt noch nicht einmal am meisten. Was mir das heiße Eisen tief in die Brust stößt, sind die schwarzen Edelsteine an seinem Handgelenk.

Er trägt immer noch das Armband, das ich gemacht habe.

Es ist ein Fehler, dass ich aufsehe und sich unsere Blicke für drei herzzerreißende Sekunden treffen.

Finn sieht gut aus.

Vernichtend gut.

Das dunkle zerzauste Haar fällt ihm in die Augen, scharf zeichnet sich sein Kinn im Licht ab. Er wirkt nicht mehr so wütend wie vorher, und seine roten Augen verraten auch, warum. Er hat getrunken. Vielleicht auch geraucht.

Er hat seine Hemmungen verloren, was erklären könnte, warum er mich plötzlich nicht mehr hasst. In seinen Augen leuchtet etwas wie eine Entschuldigung auf, aber ich beachte ihn nicht und konzentriere mich auf die Scherben vor meinen Füßen.

»Im Ernst, willst du mich wirklich nicht ansehen?« Er klingt verletzt, aber ich lasse ihn links liegen. »Du kannst mich nicht ewig ignorieren, Dia.«

Das wollen wir doch mal sehen.

Ich bin gereizt, doch dann trifft es mich wie ein Schock, als ich eine Scherbe zu schnell aufhebe und mir den Handballen daran aufschneide.

»Scheiße.« Ich starre auf das Blut, das mir von der Hand tropft. Es ist nur seine Schuld, dass ich so abgelenkt bin.

»Lass mal sehen«, sagt Finn, aber es klingt nicht wie eine Bitte.

»Es ist nichts.« Ich merke, wie sich mir der Magen umdreht.

Krass. Normalerweise ist der Anblick von Blut für mich kein Problem.

»Dia …«

»Ich sage doch, alles in Ordnung.«

»Verdammte Scheiße«, schnaubt Finn und packt mich trotzdem an Handgelenk. Er mustert die Wunde für einen Moment. »Das ist nicht allzu tief.«

Ich kann schon gar nicht mehr hinsehen, ohne dass mir schwindelig wird. Als er das bemerkt, stemmt er sich hoch und streckt mir seine Hand hin. Aus purem Trotz schlage ich sie aus und stehe alleine auf. Doch er lässt sich nicht beirren.

»Ich helfe dir, das zu verbinden.« Er gibt mir Zeichen, ihm zu folgen.

Ohne zu zögern, schnauze ich: »Ich brauche deine Hilfe nicht.«

»Verdammte Scheiße, wer hat das Kristallglas von meiner Mutter zerbrochen?«, ruft Theo quer durch die Küche. Er steht an der Tür und muss eben gekommen sein.

Ich habe also ein Kristallglas fallen lassen.

Theo kommt näher. »Ich will nicht das Arschloch raushängen lassen, aber wer das getan hat, schuldet mir einen Hunderter. Sonst schaffe ich es nicht lebend bis zum Schulabschluss.«

Mir schnürt sich die Kehle zu.

Hundert Mäuse?

So teuer?

Ich seufze. »Entschuldige, Theo, das war –«

Finn schaltet sich ein. »Ich. Ich war das. Ich habe das Glas zerbrochen.«

Ich presse die Lippen aufeinander und blicke zu ihm auf. Er hat die Schuld auf sich genommen. *Warum tut er so was?*

Theo sieht meine blutige Hand und zuckt zusammen. »Was ist passiert? Sieht ziemlich schlimm aus.«

»Sie hat sich geschnitten, als sie mir geholfen hat, die Scherben aufzusammeln«, lügt Finn. »Wo ist bei euch das Verbandszeug?«

Theo deutet zur Tür am Ende des Ganges. »Badezimmer. Los. Ich mache hier sauber.«

Finn verliert keine Zeit, packt mich am Handgelenk und geht los Richtung Bad. Die Schlange davor zieht sich durch den ganzen Flur, aber das ist ihm scheißegal – er geht, ohne mit der Wimper zu zucken, an allen vorbei. Gerade als wir vorn ankommen, stolpert ein Mädchen aus der Badezimmertür, und Finn grinst den Typen ganz vorn an der Schlange breit an.

»Du hast doch nichts dagegen, oder?«, fragt Finn.

Ohne auf die Antwort zu warten, drängelt er sich vor und zieht mich mit hinein. Während er die Tür hinter uns schließt, scheint eine Faust mir die Lunge zusammenzuquetschen.

Wir sind allein.

Keine Zeugen, keine neugierigen Blicke, nur wir beide.

Als wir zuletzt allein waren, war er in mir.

»Ich suche mal nach einem Verband.« Finn lässt mein Handgelenk los und fängt an, im Bad herumzukramen.

»Hast du den Teil verpasst, in dem ich sagte, dass ich deine Hilfe nicht brauche?«

Finn stoppt und nagelt mich mit einem Blick fest, der mir die Haut an *allen* Stellen kribbeln lässt, die er je berührt hat. Das Timing ist beschissen, aber ich sehe auf meine blutende Hand herunter und zucke zusammen.

Er schnaubt: »Du siehst aus, als würdest du gleich in Ohnmacht fallen. Oder kotzen. Oder beides.«

Damit hat er nicht unrecht.

Während er den Abstand zwischen uns verringert, bleibt mir die Luft im Hals stecken. Er fasst mich mit beiden Händen an der Taille, hebt mich hoch und setzt mich auf den Badezimmertisch, als würde ich rein gar nichts wiegen.

Jetzt ist er nur wenige Zentimeter von mir entfernt, hält mich immer noch fest. Es ist eine Woche her, seit er mich das letzte Mal berührt hat. Wirklich berührt hat. Und sosehr ich mir zu vergessen wünsche, wie sich das angefühlt hat, wie *er* sich angefühlt hat, ist mein Körper fest entschlossen, sich daran zu erinnern.

»Du bist das Einzige, das für mich von Bedeutung ist. Ich würde für dich sterben, Dia. Für dich töten.«

Immer wieder treffen mich Flashbacks von diesem Tag in seinem Schlafzimmer wie Stiche ins Herz. Es klang so gut. So wahr. Zu schade, dass es das nicht war.

Finn scheint die Spannung auch zu spüren, denn er muss ständig schlucken, weil wir uns so nahe sind. Dann rückt er jedoch von mir ab und macht dort weiter, wo er aufgehört hat – jeden Zentimeter von Theos Badezimmer zu durchkämmen. Nach wenigen Sekunden findet er, was er gesucht hat, und stellt eine weiße Kassette mit der Aufschrift *Erste Hilfe* auf den Badezimmertisch.

»Hast du davon überhaupt eine Ahnung?«, frage ich, während er meine Hand unter den Wasserhahn hält und ihn aufdreht.

»Ich bin da inzwischen Profi, das kannst du mir glauben.« Er zeigt mir seine Handfläche, die ebenfalls verbunden ist.

Hat er sich etwa selbst geschnitten?

Ich will ihn fragen, was passiert ist. Bis mir einfällt, dass mich das nichts angehen darf. Ich beobachte, wie er schweigend die Schnittwunde säubert und verbindet. Mein Herz macht jedes Mal einen Sprung, wenn sich unsere Blicke treffen. Er geht so konzentriert und vorsichtig zu Werke, dass es mir gegen meinen Willen das Herz erwärmt. Als er fast fertig ist, stelle ich ihn deswegen zur Rede.

»Warum bist du so nett zu mir?«

Verblüfft rückt er etwas ab. »Warum auch nicht?«

»Na hör mal – vielleicht, weil du das Weite gesucht hast, kaum dass ich das Haus betreten habe?«

Er weiß, dass ich recht habe. Als ich vorhin hereinkam, sah es wirklich aus, als würde er deswegen Zustände kriegen.

»Das tut mir leid«, haucht er.

»Schon gut.« Ich springe vom Tisch herunter, und meine nächsten Worte hinterlassen bei mir einen bitteren Nachgeschmack. »Aber es wäre leichter, wenn wir uns weiterhin hassen.«

Ich gehe zur Tür und bin schon fast draußen, als seine Stimme die Stille durchschneidet.

»Also … dann haben wir ein Problem.«

Wie angewurzelt bleibe ich stehen.

»Weil ich dich nicht hasse«, sagt er mit belegter Stimme.

Ich höre an seinen Schritten, dass er näher kommt, rühre mich aber nicht.

»Fuck, Dia, du bist wahrscheinlich der Mensch, den ich auf diesem Planeten am *allerwenigsten* hasse.«

Als ich seinen Atem im Nacken spüre, spanne ich mich unwillkürlich an; er ist dichter, als ich dachte.

»Ich kann das jetzt nicht.« Ich will die Tür öffnen, aber Finn hat andere Pläne. Mit der flachen Hand schlägt er gegen die Tür und hält sie zu.

»Ich habe dich nicht betrogen«, sagt er leise.

Sofort sehnt sich mein Herz danach, ihm zu glauben.

Fall nicht darauf rein, Dia.

Bleib stark.

Als könnte er spüren, wie meine Entschlossenheit bröckelt, vergräbt er das Gesicht von hinten in meiner Halsbeuge. Ich kann nicht atmen und stehe stocksteif wie eine Backsteinmauer, während er tief einatmet und etwas gegen meine Haut flüstert.

»Hast du mich verstanden? Ich habe dich nicht betrogen. Ich würde das *niemals* tun.«

Während er mit dem Mund über meinen Hals streicht, muss ich die Augen zukneifen, um nicht komplett die Kontrolle zu verlieren.

»Ich liebe dich, Diamond. Ich liebe dich so verdammt sehr. Ich habe dich nicht betrogen. Das musst du mir glauben.« Wieder saugt er meinen Duft ein, als versuche er mit aller Macht, ihn sich einzuprägen.

In diesem Augenblick macht es bei mir Klick. Ich kann gar nicht glauben, wie schnell ich herumwirble und ihn wegstoße.

»So wie ich dir glauben sollte, dass du niemanden namens Remy kennst?«

In seinen Augen blitzt es schuldbewusst.

»Okay, klar, da habe ich gelogen, aber nur, weil ich dich nicht beunruhigen wollte. Das war bedeutungslos, Dia. *Sie* ist bedeutungslos.«

»Es ging nur um dich, schon immer, Rem. Alles außer dir«, bringe ich stockend hervor – genau im Wortlaut, wie er es ihr im Video gesagt hat, und aus seinem Gesicht weicht alle Farbe. Ich habe die Aufnahme nur zweimal angesehen, aber das hat gereicht, mir die Worte genau einzuprägen. »Hört sich das für dich bedeutungslos an?«

Finn öffnet den Mund, um etwas zu sagen, aber ich reiße die

Badezimmertür auf und jage hinaus, bevor er etwas einwerfen kann.

»Dia, warte!«, ruft er mir nach.

Ich beschleunige meinen Schritt und dränge so schnell ich kann durch die Menge, aber er holt mich trotzdem ein. Ich bin kaum zwei Schritte weit im Wohnzimmer, als meine Füße im Parkett zu versinken scheinen.

Sie ist hier.

Sie ist verdammt noch mal hier.

Remy.

Sie steht mit Lacey und ein paar anderen mir unbekannten Mädchen an der Tür. Die Gruppe unterhält sich und lacht, als würde meine Welt nicht gerade zusammenbrechen. Ich dachte, ich würde ihr nicht die Schuld geben, aber jetzt wo sie mir gegenübersteht? Ich gebe ihr die Schuld. Ich weiß schon, dass ich das nicht sollte, aber ich hasse sie ebenso sehr, wie ich Finn hasse.

»Dia, jetzt warte doch mal für zwei verdammte Sekunden. Ich –«

Ich sehe Finn an, der den Satz nicht zu Ende bringt. Natürlich, er schaut sie an. Das Mädchen, von dem er mir versprach, sie sei »niemand«.

Das Mädchen, nach dem er sein Auto benannt hat.

Remy bemerkt ihn sofort und zieht den Mund zu einem schelmischen Lächeln. Finn wirft mir einen Blick zu. Er schwankt mehrere Sekunden lang zwischen uns hin und her, als könne er sich nicht entscheiden.

»Fuck«, sagt er schließlich.

Und geht zu ihr.

Das stimmt.

Er. Geht. Zu. Ihr.

Er geht direkt auf Remy zu, packt ihr Handgelenk, so wie er eben meines gepackt hat, und zieht sie in Theos Schlafzimmer.

5. KAPITEL

FINN

Ich war nie ein Drückeberger.

Wenn ich etwas will, könnt ihr euer Erstgeborenes darauf verwetten, dass ich alles daransetzen werde, um es zu bekommen. Deshalb bin ich aber noch lange nicht blind. Ich konnte es Dias Gesicht ansehen. Ich drang nicht zu ihr durch. Ich hätte ebenso gut ins Leere schreien können. Es heißt, im Leben kommt irgendwann der Moment, in dem man die Niederlage akzeptieren muss. Nun, bei mir? Da ist dieser Moment jetzt gekommen. Plan A hat nicht funktioniert.

Zeit für Plan B.

Kaum habe ich Theos Zimmertür zugezogen, kommt ein riesiges Lachen über Remys Lippen. »Keine zwei Minuten da, und schon sind wir beide allein. Nicht schlecht, Richards.«

Sie zieht ihr Handy aus dem Ausschnitt und schickt, weiß Gott wem, eine Nachricht. Ich lasse den Blick über sie wandern – pechschwarzes Haar, blasse Haut, lebhafte blaue Augen. Die Erinnerungen an das letzte Mal machen mir zu schaffen.

Eine Nacht.

Eine bescheuerte Nacht, und alles ging zum Teufel.

»Leg dein Handy weg«, befehle ich.

Sie blickt mich nicht einmal an, ist ganz auf ihr Telefon fokussiert.

»Remy, verdammt, ich meine das ernst. Leg dein Handy weg.«

Nichts.

Im Nullkommanichts bin ich am anderen Ende von Theos Zimmer und schnappe mir ihr Smartphone.

Abwehrend hebt sie die Hände. »Herrgott, schon gut, ich höre.«

»Weißt du überhaupt, warum ich dich hierhergebracht habe?«, frage ich, während ich das Gerät aufs Bett werfe.

Mit einem hinterhältigen Lächeln kommt sie dichter. »Ich habe da ein paar Theorien.«

Ist das ihr Scheißernst??

Sie glaubt, wir wären hier, um Sex zu haben?

Na, das gibt aber ein böses Erwachen.

Ich trete zurück, bevor sie mir zu nahe kommt. »Was habe ich dir eigentlich getan?«

Abrupt bleibt sie stehen. Die Verwirrung steht ihr ins Gesicht geschrieben.

»Ich muss irgendetwas Unverzeihliches getan haben. Weil du Himmel und Hölle in Bewegung setzt, um mein Leben zu zerstören.«

Endlich scheint sie zu begreifen und reißt die Augen auf. »Ich nehme an, du meinst die Housesitter-Katastrophe? Lacey hat mir davon erzählt. Zu schade, dass ihr jemand unser Video geschickt hat.«

»Lass den Scheiß. Ich weiß, dass du das warst.«

Sie weicht meinem Blick aus und schaut stattdessen auf ihre Fingernägel.

»Schlimm genug, dass du mich ungefragt gefilmt hast, aber warum musstest du ihr das verdammte Video auch noch schicken?« Wütend gehe ich auf sie zu. Remy weicht zurück und wirkt längst nicht mehr so überheblich wie noch vor einer Minute. Aber sie stellt sich immer noch dumm.

»Keine Ahnung, wovon du redest.«

Seufzend fahre ich mir mit der Hand durchs Haar.

Ich verschwende meine Zeit, nicht wahr?

Sie wird mir niemals helfen.

»Ach, fuck!« Ich mache auf dem Absatz kehrt und gehe zur Tür.

Ich will schon hinausstürmen, aber …

Die Tür geht nicht auf.

Sie ist verschlossen.

»Aber, aber – willst du irgendwo hin?«, höhnt Remy.

Ich reiße den herum und sehe sie finster an.

»Lustige Geschichte … ich bin erst zum zweiten Mal bei Theo.« Seelenruhig schlendert sie durch Theos Zimmer, als würde es ihr gehören. »Aber beide Male, als mich Lacey eingeladen hat, sind mir die Türschlösser im ganzen Haus aufgefallen. Theos Eltern scheinen es wirklich ernst zu meinen, wenn sie am Zimmer ihres Sohnes außen Schlösser anbringen lassen.«

Mir fällt die Kinnlade herunter.

Sie hat doch nicht etwa …

»Fuck, hast du uns etwa eingeschlossen?«, platzt es aus mir heraus.

Hatte sie deshalb Nachrichten am Handy getippt?

Natürlich.

Wahrscheinlich hat sie einer Freundin getextet, damit die uns hier einsperrt. Ich will mir gar nicht vorstellen, was Dia jetzt denken muss. Ich habe sie einfach stehen lassen und gehofft, Remy dazu zu bringen, ihr alles zu erklären. Und jetzt glaubt Dia mit Sicherheit, ich hätte Remy hierhergeschleift, um sie zu vögeln.

»Was zum Teufel ist los mit dir?« Wie wild zerre ich am Türknauf. »Lass mich hier raus.«

»Erst, wenn du zurückkommst.«

Ich drehe mich um. »Was soll das nun wieder bedeuten?«

»Ich will meinen Komplizen zurückhaben.« Remy bleibt nur wenige Zentimeter von mir entfernt stehen.

Ich weiche zurück. »Und deshalb sperrst du mich gegen meinen Willen in einem Zimmer ein? Verdammte Scheiße, Remy, ich erkenne dich nicht wieder.«

»Du erkennst *mich* nicht wieder?«, kreischt sie. »Du bist es doch, der sich verändert hat. Du bist diese gebrainwashte, weichliche Version von dem Typen, den ich mal gekannt habe.«

»Also schön, ich habe mich verändert. Aber du hast dich auch verändert. Die Remy von früher hätte niemals ein Sexvideo benutzt, um mich zu verarschen.«

Endlich gibt sie das Theater auf. »Ich habe dir damit einen Gefallen getan!«

Das soll wohl ein Witz sein.

»Du ruinierst meine Beziehung und behauptest, du tätest mir damit einen *Gefallen*?«

»Ach, komm schon. Aus deiner *Beziehung*«, sie macht mit den Fingern Anführungszeichen, »wäre sowieso nie was geworden.«

Ach, und sie ist auf einmal die Beziehungsexpertin?

Also gut, ich spiele mit.

»Dann erzähl mal. Warum war meine Beziehung zum Scheitern verurteilt?« Ich verschränke die Arme, damit ich nicht irgendwas kaputt schlage.

Sie seufzt. »Leute wie sie … begreifen solche wie uns einfach nicht. Scheiße noch mal, Finn, *schau* dir das Mädchen doch an. Ihr ist alles auf dem Silbertablett gereicht worden. Perfekte Familie, ein perfektes Leben. *Nie* hat sie für irgendwas kämpfen müssen.«

Dias Familie ist alles Mögliche, aber nicht perfekt. Ihre Eltern bewahren Geheimnisse, die sich Remy nicht einmal vorstellen kann. Und was von außen gut aussieht, kann von innen immer noch eine Katastrophe sein.

»Und was ist mit mir? Hast du dir mal unser verdammtes Haus angesehen? Ich habe doch auch alles bekommen.«

»Ja, schon, aber du kennst auch den Schmerz. Du kennst die Finsternis. Du weißt, wie es ist, allein zu sein. *Sie* nicht.«

Damit hat sie natürlich recht. Ein lebensveränderndes Trauma musste Dia nicht durchstehen. Sie ist auch nicht alleine aufgewachsen wie Remy und hat auch nicht versehentlich ihre Mutter in den Tod geschickt wie ich. Aber deswegen kann man nicht davon ausgehen, dass Dia nichts vom Schmerz weiß.

Denn das tut sie.

Nur deshalb konnte sie mich davon überzeugen, von der Silver Bridge herunterzukommen, wo ich beinahe gestorben wäre. Und deshalb konnte sie mich davon abhalten, unser Haus niederzubrennen, als Lexie ermordet wurde.

»Hast du schon mal daran gedacht, dass ich sie vielleicht gerade deswegen mögen könnte?«, fauche ich sie an.

Remy klappt der Mund auf.

»Dass ich nicht will, dass jemand die zerbrochenen Teile von mir sieht, bevor er die noch zusammenhängenden Teile kennengelernt hat? Du willst doch, dass ich zerbrochen bleibe, Remy. *Sie* dagegen will mich als Ganzes sehen.«

Remy schweigt einige Sekunden.

»Ich mag sie, weil sie gut ist. Weil sie kein Trauma mit sich herumschleppt oder Dämonen aus früheren Kämpfen und sie die Welt nicht nur schwarz und weiß sieht. Sie sieht *Farben*. Fuck, Remy, sie ist … sie ist alles, was ich mir je gewünscht habe.«

Aus ihren Augen quellen Tränen. »Wir haben es uns versprochen, Finn. Wir haben uns versprochen, dass wir nicht wie die andern sein wollen.« Sie ballt die Fäuste, bis Blut zwischen den Knöcheln hervordringt.

Ich erinnere mich nur zu gut an die Nacht, als wir uns das versprachen. Wir hatten gerade zusammen mein Auto gestohlen und bei der Silver Bridge geparkt, um die Lichter der Stadt zu betrachten. Wir blickten in eine Welt ahnungsloser Idioten. Menschen mit einem relativ normalen, langweiligen Leben. Menschen, die ihre ganze Existenz verleben, ohne dass eine einzige Tragödie sie zerreißt. Bei uns sollte das anders sein. Wir wussten, wie finster die Welt sein konnte, und wir glaubten, das würde uns zu etwas Besonderem machen.

Aber jetzt wird mir klar …

Es hat uns nur unglücklich gemacht.

»Ich weiß«, flüstere ich. »Es tut mir leid.«

Eine Träne läuft über ihre Wange und ich hoffe, sie begreift, wie falsch sie lag. Doch sie belehrt mich eines Besseren, denn sie kommt viel zu dicht heran und geht auf die Zehenspitzen, um mit mir auf Augenhöhe zu sein.

»Soll das heißen, du willst mich jetzt *nicht* ficken? Wie früher? Schau mir in die Augen und sage mir, du willst mich jetzt nicht dort über den Schreibtisch beugen und mir die Kleider vom Leib reißen.«

Eigentlich sollte ich ausrasten, beobachte aber nur ihre Selbstzerstörung und fühle nichts als Mitleid. Remy ist nicht böse. Sie macht diese abgedrehten Dinge nicht, weil sie ein schlechter Mensch ist. Sondern weil sie verletzt ist. Sie hat ihr Trauma zu einem Wesenszug gemacht und lässt sich durch den schlimmsten Tag ihres Lebens definieren.

Wie ich das auch getan habe.

Vor Dia.

»Ich liebe sie, Remy«, krächze ich.

Mein Geständnis verärgert sie nur. »Verdammt, sag das nicht.«

»Ich liebe sie«, wiederhole ich. »Ich bin in sie verliebt.«

»Ich sagte, du sollst das nicht sagen.« Sie dreht durch und schlägt mir mit voller Kraft ins Gesicht. Ich beiße die Zähne zusammen und der Schmerz ihres verwundeten Egos breitet sich auf meiner Wange aus.

Ich sage es noch einmal. »Ich. Liebe. Sie.«

Durch ihre Augen sehe ich ihr zuvor schon lädiertes Herz brechen. Ihr ganzes Leben hat sie sich tough gegeben – nach dem, was sie erlebt hat, blieb ihr nichts anderes übrig –, aber jetzt kann sie die Maskerade nicht mehr aufrechterhalten. Ich weiß, wie sie sich fühlt. Als verlöre sie den einzigen Menschen, der sie je verstanden hat. Ich weiß das, weil es mir genauso ging, als mich Dia verließ.

»Es tut mir leid, dass ich alles kaputtgemacht habe«, kommt sie zur Vernunft. »Ich … ich hätte ihr das Video nicht schicken dürfen. Das war echt beschissen von mir. Es hat mich wahnsinnig gemacht, dass du glücklich bist und ich nicht. Insbesondere mit jemandem, der alles hat. Gott, du musst mich echt hassen.« Verärgert stöhnt sie auf und wischt sich über die tränennassen Wangen. Sie hasst es, so verletzbar zu sein. In all den Jahren, die ich sie kenne, habe ich sie noch nie weinen sehen.

»Wir waren schon lange befreundet, bevor zur Freundschaft noch Extras dazukamen, Remy. Also nein – ich hasse dich nicht.«

»*Ich* würde mich hassen. Ich war so in meine Eifersucht und Feindseligkeit verbohrt. Himmel, ich habe sogar über den Zeitpunkt gelogen, wann es passiert ist.« Sie verzieht das Gesicht. »Es tut mir leid. Wirklich. Ich wünschte, ich könnte es ungeschehen machen.«

Ihre Worte gehen mir im Kopf herum. Sie sagt, sie wünscht sich, sie könnte die Dinge wieder in Ordnung bringen. Vielleicht … *kann* sie das ja?

»Hast du das Video noch?«

Sie zieht eine Augenbraue hoch. »Schon, warum?«

Sieht aus, als gäbe es wieder Hoffnung.

»Weil du mir helfen wirst, sie zurückzubekommen.«

6. KAPITEL

DIAMOND

Was ist schlimmer als dein fremdgehender Ex, der dich bei einer Party bedrängt, ihm zu vergeben? *Richtig.* Dein fremdgehender Ex, der dich bei einer Party bedrängt und dann mit einem anderen Mädchen verschwindet.

Ich war mir so sicher, dass Finn mich nicht mehr überraschen könnte. Ich dachte, das Schlimmste hätte ich bestimmt hinter mir. Bis er auf der Party Remy am Arm packte und sie mit sich zog. Ach, und habe ich erwähnt, dass er sie ausgerechnet in Theos *Schlafzimmer* zerrte? Ich bin ja nicht blöd. Dort haben sie bestimmt nicht Schnick Schnack Schnuck gespielt.

Gerade biege ich bei Aveena in die Einfahrt, als mein Handy eine Nachricht meldet. Von Finn. Er bombardiert mich, seit ich gestern Theos Party verlassen habe. Ich scrolle wieder hinauf zu seinen ersten verzweifelten Bitten.

Finn: Bist du immer noch bei Theo?

Finn: Ich muss dich sehen.

Finn: Fuck, Dia, antworte!

Finn: Egal was du glaubst, was mit Remy war – du irrst dich.

Finn: Ich kann alles erklären.

Finn: Bitte rede mit mir.

Und dann noch seine neueste Nachricht.

Finn: Bitte …

Ich sollte ihn einfach blockieren, aber ein kleiner Teil von mir – okay, ein *großer* Teil von mir – genießt sein Leid. Selbstverständlich werde ich keinesfalls auf seinen Monolog reagieren, aber ich habe sichergestellt, dass die Lesehäkchen aktiviert sind. Er soll wissen, dass ich seine Nachrichten gesehen habe.

Er soll wissen, dass ich ihn in voller Absicht schmoren lasse.

In solchen Sachen kann ich ziemlich kleinlich sein, falls man das noch nicht bemerkt hat.

Ich drücke das Handy wieder in meine Gesäßtasche und schnappe mir den Korb mit Mini-Muffins vom Beifahrersitz. Letzte Nacht habe ich kein bisschen geschlafen. Wann immer ich die Augen schloss, sah ich Aveenas Blick, als ich unsere Freundschaft in Brand steckte.

Eigentlich wollte ich ihr eine Nachricht schicken, aber dann dachte ich, es ist besser, wenn ich mich persönlich entschuldige. Sie hatte allen Grund, sauer zu sein. Ich habe mich verändert. Und nicht zum Besseren.

Es war mir so wichtig geworden, bei den falschen Leuten Eindruck zu schinden, wodurch ich den einen Menschen von mir stieß, der immer für mich da war. Meine beste Freundin. Das Mädchen, das mich *stundenlang* in ihren Armen hielt, während ich Finn nachweinte.

Und Lacey kehrte mir sofort den Rücken, als ich bei den Pilzen einen Rückzieher machte. Das ist der Unterschied zwischen Lacey und Aveena. Lacey verurteilte mich wegen meiner Entscheidungen – Aveena dagegen sorgte sich deswegen.

Mir schlägt das Herz bis zum Hals, als ich aussteige und Richtung Haus gehe.Aveenas Auto ist nicht da. Hoffentlich ist sie bald zurück. Ich klopfe ein paarmal vergeblich an die Tür, hinter der in voller Lautstärke Beyoncés »Single Ladies« plärrt.

Wahrscheinlich hört man mich nicht. Nach ein paar Minuten klingele ich. Schließlich kommt Mrs Harper an die Tür. Mit ihrem schwarzen Blazer und dem beigen Bleistiftrock sieht sie aus wie eine Geschäftsfrau auf dem Weg zu einer Besprechung.

»Diamond.« Sie nickt höflich.

»Hi, Mrs Harper. Ist Vee da?«, frage ich, obwohl ich die Antwort weiß.

»Leider nein, Liebes. Sie musste kurz was besorgen.« Wir reden kaum eine Minute miteinander, da sieht sie schon auf ihr Handy. Natürlich. Ich habe sie noch nie ohne Telefon in der Hand gesehen.

»Wissen Sie, wann sie zurückkommt?«

Mrs Harper zuckt mit den Schultern. »Eigentlich jeden Moment.«

»Wäre es okay, wenn ich hier auf sie warte?«

»Sicher.« Sie tritt zur Seite und lässt mich ein. »Ich muss jetzt wieder zu Ashleys Tanzstunde, aber machs dir bequem.«

Damit verschwindet sie nach oben zum Tanzstudio über der Küche – habe ich erwähnt, dass die Harpers wohlhabend sind? Als sie gegangen ist, sinke ich auf die Bank in der Diele. Eine halbe Stunde später höre ich in der Einfahrt Reifen knirschen.

Aveena kommt.

Ich nestle an meinem Jackensaum herum, warte darauf, dass meine beste Freundin durch die Tür tritt, und fürchte mich vor ihrer Reaktion. Sie muss mein Auto draußen gesehen haben. Die Frage ist, *will* sie überhaupt mit mir reden? Kurz darauf kommt sie herein.

»Hey.« Ich springe auf und strecke ihr den Korb mit den Apfel-Pekannuss-Muffins hin. Für ihre Lieblingssorte bin ich extra quer durch die ganze Stadt gefahren. Zunächst sieht sie verwirrt aus. Vielleicht ein bisschen schockiert.

Dann zieht sie eine Augenbraue hoch. »Hey?«

»Deine Mom hat mich reingelassen. Aber dann musste sie wieder rauf zu Ashleys Tanzstunde.« Ich deute die Treppe nach oben.

Für einen Moment herrscht betretene Stille.

»Ich dachte, ich bring dir Muffins vorbei«, rede ich um den heißen Brei herum.

Doch sie lässt sich nicht täuschen. »Was willst du wirklich hier, Diamond?«

Autsch.

Mein voller Name – das hat gesessen.

Ich stelle den Korb hinter mir auf die samtbezogene Bank. »Meine einzige Freundin nicht verlieren.«

Ihre Antwort kommt wie aus der Pistole geschossen. »Ich bin nicht deine einzige Freundin. Du hast doch auch Lacey, schon vergessen?«

Lacey hat mich gestern Abend keine Minute nach unserer Auseinandersetzung auf Snapchat blockiert. Unsere Freundschaft ist vorbei, keine Frage.

»Nicht mehr«, schnaube ich.

Aveena fragt zwar nicht, was ich damit meine, aber ich spüre, dass sie es gerne wüsste. Sie kann einfach nicht anders. Obwohl ich sie – mehrfach – verletzt habe, sorgt sie sich immer noch um mich.

So ist Aveena eben.

»Es tut mir so leid, Vee. Ich bin eine unmögliche Freundin. Und damit meine ich nicht nur gestern Abend. Schon das ganze Abschlussjahr.«

Ihr Mund bleibt geschlossen, aber die Erleichterung in ihren Augen verrät, dass ich weiterreden soll.

»Wenn ich ehrlich sein soll, bin ich schon eine schreckliche Freundin seit dem Augenblick, als ich vergangenen Sommer Finns Haus betreten habe. Ich habe mich verändert. Ich weiß das selbst«, räume ich ein.

Immer noch keine Antwort.

»Ich habe mich so hineingesteigert. Ich wollte auch mal was von diesem *Teenagerleben* haben, von dem alle sprechen, neue Dinge ausprobieren, und ich …« Ich komme ins Stocken. »Ich mag dich so sehr, Vee, aber ich dachte immer, ich müsste diesen Teil von mir vor dir verstecken. Den Teil, der Fehler machen möchte und die falschen Jungs küssen. Der Teil, der ab und zu mal über die Stränge schlagen möchte.«

Das wirkt. Die Mauern, die sie um sich errichtet hat, stürzen endlich zusammen und ich kann einen Blick auf das verwundete Mädchen dahinter werfen.

»Habe ich irgendwas getan?«, fragt sie besorgt.

»Nein, es ist nur … du bist immer so gefasst. Du willst keine Aufmerksamkeit, bist nicht verrückt nach Jungs und hast mit Beliebtheit nichts am Hut. Und dann das mit dem Alkohol wegen deinem Dad …« Mich schaudert bei dem Gedanken, wie oft ich sie zu Partys geschleppt habe, obwohl das schlimme Trigger für sie gewesen sein müssen.

»Ich komme mir fast wie ein Monster vor wegen alldem. Und als ich dann anfing, mich mit Finn zu treffen …«

Kurz muss ich innehalten und durchatmen. Ich bin noch ziemlich verkatert und natürlich weiterhin untröstlich wegen gestern Abend, außerdem fürchte ich alle Schleusentore zu sprengen, wenn ich über ihn rede.

»Er hat mir das Gefühl gegeben, es sei okay, meinen Impulsen nachzugeben. Mit ihm, das war ein Rausch, wie ich es noch nie erlebt hatte. Aber dann war der Höhenflug vorbei. Und ich versuchte, mir das Gefühl anderswo zu holen, um es so lange wie möglich aufrechtzuerhalten … koste es, was es wolle.«

Dass ich am Zusammenbrechen bin, merke ich erst, als bei Aveena etwas wie Mitleid aufblitzt.

»Bis du gestern Abend gegangen bist. Und ich kapiert habe, dass das High es nicht wert ist, wenn man niemanden hat, bei dem man wieder runterkommen kann.«

Ich bin nicht mehr die Einzige, die weint.

Sie auch.

»Ich habe Lacey gesagt, ich mache nicht mit, und es kam zum Streit. Sie hat mich auf Snapchat blockiert, also … ich schätze, das wars.« Ich schmunzle.

»Echt beschissen, D. Tut mir leid.«

Ich zucke mit den Achseln. »Egal. Lacey war witzig – als Partyfreundin. Sie ist aber keine, die man morgens um vier weinend anruft, oder mit der man Sachen erlebt, die in Erinnerung bleiben. Ehrlich gesagt ist sie nicht einmal jemand, mit dem man nach der Highschool in Kontakt bleibt. Wir, das mit uns … das ist fürs Leben, Vee. Wegen einer vorübergehenden Freundin will ich keine Freundin fürs Leben verlieren.«

Inzwischen heult sie wie ein Schlosshund, und bei mir ist es nicht besser.

»Vertragen wir uns wieder?« Ich bin völlig aufgelöst.

»Was glaubst du, warum ich so flenne, Dummerchen?« Sie streckt die Arme aus und ich stürze mich ohne Zögern in ihre Umarmung.

Ich mag Finn verloren haben, dafür habe ich aber meine beste Freundin wieder.

Besser noch – ich habe mich *selbst* wieder.

* * *

»Das wird wohl nicht gut ausgehen, oder?«, fragt Aveena, als ich mein Auto ein paar Blocks von der Schule entfernt abstelle.

»Wahrscheinlich nicht.« Ich schalte den Motor aus und grinse meine beste Freundin verschmitzt an. Wer vor ein paar Monaten behauptet hätte, dass Aveena Harper *freiwillig* zum Schulabschluss-Streich mitkommt, den hätte ich für verrückt erklärt.

Vee und ich reden schon seit dem ersten Highschool-Jahr davon, aber ich hatte immer gedacht, sie würde mich bei dieser Sache hängen lassen. Streiche, mitten in der Nacht in die Schule einbrechen, Alkohol für Minderjährige? *Nicht gerade Aveenas Lieblingsdinge.*

Da ich mich bei Lacey unbeliebt gemacht habe, dachte ich, ich würde allein hingehen. Aber das war, bevor scheinbar ein böser Geist in Aveenas Körper gefahren ist und sie in einen geselligen Menschen verwandelt hat – so jedenfalls meine Theorie.

Ich musste nicht einmal betteln und ich glaube, sie hat nur eingewilligt, weil sie weiß, dass Finn auch da sein wird. Sie kümmert sich noch mehr um mich, seit ich mit den Muffins bei ihr vorbeigeschaut und ihr alles erzählt habe – von dem Sexvideo bis zu Finns Verschwinden mit Remy bei Theos Party. Jede Einzelheit bin ich mit ihr durchgegangen. Sie konnte nicht fassen, dass ich die Geschichte so lange für mich behalten hatte, und ehrlich gesagt geht es mir genauso.

Ich war so besessen davon, den Liebeskummer in Schach zu halten, dass ich mich vor der einen Person verschloss, die mir darüber hinweghelfen konnte. Weil ich nicht darüber hinwegkommen wollte. Ich wollte *davonlaufen.*

»Vorwarnung: Wenn wir verhaftet werden, sage ich, du hättest mich gezwungen, mitzukommen.« Vee stupst mich mit dem Ellenbogen an, während wir uns dem Gebäude nähern. Das meint sie im Spaß … glaube ich?

Der Himmel ist pechschwarz, als wir den durchlöcherten Metallzaun um die Easton High erreichen und aufs Schulgelände kriechen. Ich hatte gehört, dass sich die Seniors eine halbe Stunde nach Mitternacht treffen, aber hier ist niemand zu sehen. Sind sie vielleicht alle drinnen?

»Dia!«, flüstert jemand links von mir sehr laut. Ich reiße den Kopf herum und sehe Hadley Queen, eine von Laceys Cheerleader-Freundinnen, bei der Turnhalle stehen. Wir haben ein paarmal zusammen abgehangen. Als Lacey mich noch nicht hasste. Theo, Axel und ein paar andere Mädchen der Cheer-Truppe sind auch da. Keine Spur von Finn.

Gott sei Dank.

»Los, Leute, Axel hat die Schlüssel.« Hadley gibt Zeichen, ihr zu folgen.

»Wen hat er dafür wohl bestechen müssen?«, bemerkt Aveena leise. Kichernd greife ich nach ihrem Arm und wir eilen zur Gruppe hinüber.

Die ersten beiden Stunden geht alles glatt. Zuerst verpacken wir die Spinde in Luftpolsterfolie und kleben dann in der ganzen

Schule Dollarnoten mit Heißkleber fest, um die Schüler zu beschäftigen. Schließlich gehen wir wieder zurück zur Turnhalle, um dort alles mit Klopapier einzuwickeln.

In der Halle herrscht ziemlicher Lärm. Kaum sind wir drin, sehe ich sie. Streicht das – Kaum sind wir drin, sehe ich *ihn*. Finn, Xavier und Theo stehen an den Notausgang gelehnt, lachen und scherzen, wie das angetrunkene Basketballer eben so tun.

Dann sieht Finn auf.

Und bemerkt mich.

Ich gestatte mir keinen Blickkontakt mit ihm und sehe weg. Aber wisst ihr, wer seinen Blick nicht abwendet?

Finn.

Er starrt weiter herüber.

Kein schlechtes Gewissen, kein Benehmen – er starrt unverwandt, während Aveena und ich uns Klopapierrollen schnappen und an die Arbeit machen. Schlimmer noch – er will, dass ich weiß, dass er herstarrt. Bei jedem kurzen Seitenblick ertappe ich ihn dabei, wie er mich beäugt, als wäre er ein Verhungernder und ich ein Fünfgängemenü.

Zehn Minuten später fällt es auch Aveena auf.

»Okay, Finn hört nicht auf, dich anzustarren, und es wird allmählich gruselig.«

Ich lache, aber tief im Innern hasse ich mich. Weil es mich überhaupt nicht stört. Wenn überhaupt, dann ist es eher, als stünde meine Haut in *Flammen*. Törnen mich seine Blicke etwa an? Nein, unmöglich. Er hat mich betrogen. Dass er mich jetzt ansieht, als wäre ich das einzige Mädchen im Universum, spielt keine Rolle.

Ironischerweise leuchtet eine Sekunde später eine Nachricht auf meinem Handy auf.

Finn: Fuck, siehst du gut aus.

Finn: Du bist verdammt noch mal alles, was ich sehe, Dia.

Ich antworte ihm *absichtlich* nicht und erwarte, dass ihn meine Sturheit anpisst, aber sie scheint ihn nur zu amüsieren. Ich spüre die Auswirkungen seines Schmunzelns im ganzen Körper, als er wieder zum Handy greift.

Finn: Ach, du glaubst, du könntest mich ignorieren, was?

Finn: Komm schon, Mitchell, du solltest mich besser kennen.

Ich will ihn weiter ignorieren, als eine maskuline Stimme an mein Ohr dringt.

»Verrückte Nacht, was?«

Ich reiße den Kopf hoch und zucke innerlich zusammen, als ich sehe, wer vor mir steht – Sebastian Stein, dem ich Nachrichten geschrieben habe, wenn mir langweilig war, Basketballspieler und offen gesagt jemand, mit dem ich eigentlich nie wieder sprechen möchte.

Versteht mich nicht falsch, er ist ja nett, aber eben auch ein bisschen … *öde*. Mit solchen Leuten kann man nur reden, wenn man die ganze Unterhaltung selbst in Gang hält. Fragen stellen ist nicht so sein Ding, aber Mann, spricht dieser Typ gern über sich selbst.

»Sebastian, hey.« Ich setze ein Lächeln auf. Seit ein paar Tagen habe ich ihm nicht mehr geschrieben. Irgendwann sind mir die Themen ausgegangen und ich wollte ums Verrecken nicht noch einmal von seinem jüngsten Angelausflug hören.

»Du hast mir nicht geantwortet.« Er kommt gleich zur Sache. Direkt ist der auch, falls euch das nicht aufgefallen ist.

»Ja, tut mir leid. Ich hatte … viel zu tun.«

Auf meinem Handy leuchtet eine neue Nachricht auf.

Von Finn.

Schon wieder.

»Entschuldige, das könnte wichtig sein«, lüge ich und deute auf mein Telefon. Sebastian nickt kurz.

Finn: Zwinkere kurz, wenn du Hilfe brauchst.

Eine Sekunde später noch zwei Nachrichten.

Finn: Du hast gezwinkert.
Gleich kommt ein »Notruf«.

Finn: Such dir bitte einen Notfall aus.
A) Dein Dad wurde gerade vom Blitz getroffen.
B) Deine Oma hat versehentlich ihr Gebiss verschluckt.
C) Deine beste Freundin hat gerade herausgefunden, dass sie und ihr fester Freund verwandt sind.

Es kostet meine ganze Kraft, ein Lächeln zu unterdrücken.

Dieser verdammte Kerl.

Und er schreibt schon wieder.

Finn: Also schön, ich entscheide. Anruf in 3, 2, 1.

Das meint er doch nicht ernst, oder?

Etwas nervös werfe ich meinen Vorsatz über den Haufen und antworte.

Dia: Noch eine Nachricht und ich blockiere deine Nummer.

Ich sehe auf; er schmunzelt noch breiter.

Finn: Also schön, aber wenn du mich blockierst, dann höre mich wenigstens zuerst an. Damit ich dir die Wahrheit sagen kann. Bitte.

Ein Wirbelwind der Gefühle dreht mir den Magen um.

Wahrscheinlich ist es idiotisch, ihm zu glauben, aber er würde doch nicht zu zuversichtlich klingen, wenn er mich wirklich betrogen hätte. Er klingt so selbstsicher. Als wäre er davon *überzeugt*, dass ich ihm verzeihen werde. Was, wenn nun doch mehr an der Geschichte dran ist?

Unsicher blicke ich zu ihm hinüber; das übermäßige Funkeln in seinen Augen ist einem traurigen, flehenden Lächeln gewichen. Er bittet mich, ihn alles erklären zu lassen. Und zum ersten Mal seit dem Ansehen des Sexvideos …

Will ich das auch.

»Alle raus hier, verdammt! Die Cops sind da.« Axel bringt meine wirren Gedankengänge zum Stillstand. Ehe ich michs versehe, ist Sebastian verschwunden. Nein, *alle* sind verschwunden. Theo, Finn, Xavier. Sogar Aveena.

Alle Seniors laufen und schubsen einander bei der Flucht aus der Halle. In der panischen Menge rufe ich nach meiner besten Freundin, bekomme aber keine Antwort. Es ist scheißdunkel, auch auf den Gängen. Ich habe keine Ahnung, wohin, renne aber trotzdem weiter.

Weiter.

Weiter.

Immer weiter.

Bis mich jemand am Handgelenk packt und zurückhält.

Zuerst bin ich sicher, dass mich die Cops geschnappt haben. Dann hüllt mich ein verführerischer Duft ein und ich werde in irgendeine Nebenkammer gezerrt. Finsternis umfängt uns, da der Raum nur spärlich von einem roten Nachtlicht beleuchtet wird. Mein Rücken prallt gegen eine Wand, die Tür schlägt zu und mir sticht scharfer Chemiegeruch in die Nase.

Warum stinkt es hier nach Putzmittel?

Eine große Hand legt sich auf meinen Mund, bevor ich mich orientieren kann. Außer dem überwältigenden Geruch von Chlorbleiche und dem Verhallen eiliger Schritte draußen auf dem Gang nehme ich nichts wahr.

Und dann … nichts.

In der Kammer breitet sich Stille aus und ich sehe auf. Mein Puls schlägt gefühlt außerhalb meines Brustkorbs, als mich die vertrauten Hasselnussaugen anstarren.

Aveena hatte recht …

Das wird nicht gut ausgehen.

7. KAPITEL

DIAMOND

Das ist schlimm.

Wirklich schlimm.

Sagte ich schlimm? Ich meinte schrecklich.

Noch vor fünf Minuten überlegte ich, ob ich ihn überhaupt anhören soll. Zwar entschied ich, ihm eine Chance zu geben, aber was jetzt, wo wir beide alleine sind? Ich wünsche mir, eine Million Meilen weit weg zu sein.

Freiwillig mit deinem Ex zu reden, ist eine Sache. Etwas anderes ist es, mit ihm in einer Putzkammer festzustecken, während es in der ganzen Schule von Polizisten nur so wimmelt. Ich lasse meinen Blick durch das Kabuff, das jetzt mein Gefängnis ist, schweifen. In den Regalen stapeln sich Putzmittel, und in einem großen Eimer in der Ecke stehen eine Handvoll Besen und Wischmopps.

Ich höre die Leute des Sheriffs den Korridor hinunterpoltern, eine Mischung aus Schritten, Stimmen und knarzenden Funkgeräten. Finns Hand dämpft zwar meine Atmung, aber die warnende Stimme in meinem Kopf bringt sie nicht zum Schweigen. Wenn sie uns erwischen, wird es nichts damit, das Vertrauen meiner Dads wiederzuerlangen. Ich will mir nicht einmal vorstellen, was sie tun würden, wenn sie wüssten, dass ich heimlich aus meinem Zimmerfenster hinausgeklettert bin, um hierher zu kommen.

Fünf Minuten lang warten wir, bis die Stimmen leiser werden. Die ganze Zeit halte ich die Augen geschlossen. Ich schaffe es einfach nicht, Finn anzusehen. Ihm in die faszinierenden braunen Augen zu sehen und mich an all das Schöne unserer Liebe zu erinnern. Ich muss mich an die schlimmen Momente halten.

Die hässlichen, herzzerreißenden, vernichtenden Momente.

Nur auf diese Weise wird mein Herz diese Nacht überstehen.

»Ich glaube, sie sind fort«, murmelt Finn leise, nimmt die Hand von meinem Mund und ich öffne die Augen.

Das ist das Stichwort für meine Flucht.

»Super. Bis dann.« Ich habe noch keinen ganzen Schritt in Richtung Tür getan, da schließen sich Finns Finger um mein Handgelenk.

»Hast du den Verstand verloren? Du kannst jetzt nicht weg.« Finn zieht mich in einer einzigen Bewegung wieder an seine Brust und unsere Körper prallen mit einem dumpfen Geräusch aneinander. Mir stockt der Atem und seine Wärme lässt mich wünschen, mich in seinen Armen zu verlieren.

Gott, wie ich seine Umarmungen vermisse.

Er umarmt am besten.

Okay, ich muss hier raus.

Die Chemikalien steigen mir definitiv zu Kopf.

»Du hast doch selbst gesagt, dass sie weg sind.« Ich gehe an meinen ursprünglichen Platz zurück.

»Und? Wenn dieser Flur frei ist, heißt das noch lange nicht, dass sie nicht gleich hinter der nächsten, verdammten Ecke lauern.«

Ich zucke mit den Schultern. »Das riskiere ich.«

Er tritt mir in den Weg, bevor ich zur Tür komme.

»Verfickte Scheiße, Dia, willst du mir so dringend aus dem Weg gehen, dass du lieber in Kauf nimmst, von den Cops erwischt zu werden?«

»Genau!«, flüstere ich laut.

Sein Mund geht auf, als hätte er meine brutale Ehrlichkeit nicht erwartet. Ich nutze seine Verblüffung und schlüpfe an ihm vorbei.

Finn schnaubt. »Du willst also verhaftet werden? Schön. Viel Spaß, wenn du deine Dads aus dem Gefängnis anrufen musst.«

Abrupt bleibe ich stehen.

Damit hat der Fremdgänger leider recht.

Nichts von dem, was mich auf der anderen Seite dieser Tür erwartet, macht Spaß. Klar, mein Herz ist in Gefahr, wenn ich bleibe, aber wenn ich gehe, riskiere ich meine Freiheit. Und das Verständnis meiner Eltern. Ich stehe da eh schon auf wackeligem Boden und ich fürchte, eine weitere Lüge würde ihn einbrechen lassen.

Ich will schon nachgeben, da kommt mir Aveena plötzlich in den Sinn. Im Gedränge vorher habe ich sie verloren. Was, wenn sie nun geschnappt wurde? Ich sollte ihr eine Nachricht schicken.

Meine Hand fliegt an die Tasche, aber …

Mein Telefon ist weg.

»Fehlt was?«, höhnt Finn.

Fuck, nicht möglich.

Ich wirbele herum und sehe Finn, mein Handy in der Hand, unverschämt grinsen. Wie hat er überhaupt … *Scheiße*, er muss es mir aus der Tasche geangelt haben, als er mich an seine Brust riss.

»Her damit.« Ich strecke ihm die flache Hand hin.

»Warum? Offensichtlich kannst du nicht damit umgehen, sonst hättest du meine verfickte Million Nachrichten beantwortet.«

Schlauer Mistkerl.

»Was soll ich sagen? Dich zu ignorieren ist ein Vollzeitjob.« Listig funkele ich ihn an. »Jetzt gib schon her.«

Finn zieht eine Augenbraue hoch, sieht mich trotzig an und schiebt sich mein Handy in die Tasche – als Druckmittel. »Erst wenn wir geredet haben.«

»Es gibt nichts zu reden.«

»Gott, Dia, du hast mir noch nicht mal die Chance gegeben, alles zu erklären.«

»Du meinst, ich habe dir keine Chance gegeben zu lügen«, verbessere ich ihn.

»Ich habe dir doch schon gesagt, dass ich dich nicht betrogen habe.«

»Wann war das noch mal?« Ich überlege. »Ach, richtig. Bei Theos Party. Kurz bevor du verschwunden bist, um Remy zu vögeln.«

Schmerz fährt wie eine Sternschnuppe über sein Gesicht.

Dann krächzt er: »Traust du mir das wirklich zu?«

Sein verletzter Gesichtsausdruck fährt mir wie ein Messer ins Herz. Was sollte ich sonst denken? Die Beweise häufen sich.

»Glaubst du wirklich, ich würde das, was wir hatten, … für eine Nacht ruinieren?«

Ich öffne den Mund, aber es kommt nichts heraus.

»Ich habe Remy bei der Party nicht gefickt. Wir haben nur geredet.«

»Und das soll ich ernsthaft glauben?«

Er nickt. »Ja. Weil es die Wahrheit ist.«

Er kommt mir gefährlich nahe.

Ich weiche zurück. »Dann klär mich auf. Worüber habt ihr geredet?«

»Über dich.«

»Mich?«

»Genau. Dich.« Wieder kommt er näher und mir geht langsam der Platz zum Ausweichen aus. »Ich habe sie angefleht, dir die Wahrheit zu erzählen. Ich habe sie verdammt noch mal nicht angerührt.«

Fast glaube ich ihm.

Fast.

»Du warst stundenlang weg«, bemerke ich.

»Mir blieb nichts anderes übrig. Sie hatte dafür gesorgt, dass jemand uns beide einschließt. Theos Psycho-Eltern haben an seinem Zimmer außen ein Schloss anbringen lassen.«

Über das andere weiß ich nichts, aber das mit dem Schloss stimmt. Ich weiß noch, dass mir das beim ersten Besuch bei Theo aufgefallen ist und ich es merkwürdig fand. Weil es ein altes Haus ist, dachte ich, die Vorbesitzer hätten es anbringen lassen. Unfassbar, dass Theos Eltern das selbst gemacht haben.

Seufzend fährt sich Finn mit den Händen übers Gesicht. »Fuck, Dia, du musst mir glauben. Da ist nichts passiert.«

Ich antworte nicht gleich. »Ich glaube dir.«

Der Schock lässt seine Wangen leuchten. »Wirklich?«

»Ja.«

»Aber?«, ahnt er meinen Einwand voraus.

»Das ändert nichts an der Tatsache, dass du mit Remy geschlafen hast. Schau, Finn, ich will das einfach hinter mir lassen. Es wäre schön, wenn du mich lässt.«

Völlig unerwartet fängt er an zu lachen. Der Mistkerl lacht, als hätte ich ihm gerade einen großartigen Witz erzählt. »Was glaubst du, mit wem du redest, Juwel?«

Gerade will ich antworten, da kommt er ganz dicht an mich heran. Ich stolpere nach hinten und kann mich im letzten Moment noch abfangen, als Finn mich gegen die Wand presst und seine tätowierten Arme neben meinem Kopf abstützt.

»Wirke ich wie ein Typ, der aufgibt, was er will?«

Ich. Kann. Nicht. Atmen.

»Dia, ich liebe dich. Ich weiß nicht, wie das passiert ist oder was zum Teufel du mit mir gemacht hast, aber ich bin in dich *verliebt*. Verstehst du, was das bedeutet?« Sein Atem vermengt sich mit meinem, und mein dummer Körper beginnt sich nach seiner Berührung zu sehnen.

Was ist bloß los mit mir?

Er beugt sich näher heran und flüstert gegen meine Lippen. »Das bedeutet, dass ich der Scheiße nicht aus dem Weg gehe.«

Für einen Augenblick vergesse ich, wie man spricht.

»Ja, ich habe mit Remy geschlafen«, gibt er zu.

Ich bin erleichtert, dass er das sagt. Versteht mich nicht falsch, es schmerzt wie die Hölle, aber wenigstens lügt er nicht mehr.

»Aber ich habe dich nicht betrogen. Scheiße noch mal, Dia, wir beide hatten uns noch nicht einmal *geküsst*, als das Video aufgenommen wurde. Wir waren noch nicht einmal ansatzweise dabei, zusammenzukommen.«

Warte mal, was?

Kann das stimmen?

Nein, nein, *unmöglich*.

»Und warum hat Remy dann gesagt, das wäre vor Kurzem gewesen?«

»Weil sie eine verdammte Lügnerin ist. So was macht Remy eben. Sie sabotiert Dinge. Schon seit ich sie kenne, zerstört sie alles

Gute in ihrem Leben. Sie ist so sauer auf die Welt, dass alle leiden sollen. So wie sie.«

Diese Version klingt zu schön, um wahr zu sein. Es wäre so leicht, Remy alles in die Schuhe zu schieben.

»Gott, ich … ich wünschte, ich könnte dir glauben.« Mir bricht die Stimme.

Sofort hebt Finn mein Kinn an.

»Schau mich an«, murmelt er.

Ich verweigere ihm den Wunsch.

»Dia, schau mich an.« Er drückt seine Stirn gegen meine, und seine Forderung wird zu einem Flehen. »Bitte.«

Ich gebe nach und lasse zu, dass sich unsere Blicke im Halbdunkel der Putzkammer finden. Er nimmt mein Gesicht in beide Hände, so als wolle er mir seine Worte ins Gehirn meißeln. »Von dem Augenblick an, als ich dich geküsst habe, war es geschehen.«

Eine Sturzflut von Erinnerungen bricht über mich herein. Unser erster Kuss ist noch zu frisch, zu lebendig in meinen Gedanken. Das war letzten Sommer im Weinkeller seines Vaters. Finn hatte mich dabei erwischt, wie ich ihn und seine Freunde belausche.

»Ein Kuss«, haucht er. »Nur ein Kuss und ich wusste … keine andere hatte eine Chance.«

Mich packt die Angst, als die Eiswälle um mein Herz herum Risse bekommen.

Schmelzen.

Ich lasse ihn wieder rein.

Fuck, fuck, fuck.

»Dia, ich schwöre beim Leben meiner Mutter, seit jenem Abend habe ich kein anderes Mädchen gesprochen, berührt, ja nicht einmal *angesehen*.«

Ich schweige. »Und dein Auto? Remy muss schon ziemlich besonders für dich gewesen sein, dass du dein Auto nach ihr benennst.«

»Ich habe es nicht nach ihr benannt«, sagt Finn nüchtern.

Jetzt bin ich total verwirrt.

»Aber Theo sagte doch –«

»Theo irrt sich«, schneidet er mir das Wort ab. »Denk mal nach. Hast du je gehört, dass ich meinen Wagen Remy nenne?«

Ich zermartere mir das Hirn und durchkämme all unsere gemeinsam verbrachten Augenblicke – vergeblich. Finn hat seinen Wagen, seit ich ihn kenne, niemals Remy genannt.

»Und warum sagt Theo so etwas?«

Finn seufzt. »Das ging vor einem Jahr los. Die Jungs und ich hatten uns nach einem Spiel volllaufen lassen. Wir machten uns lustig darüber, dass Axel sein Auto ›Der General‹ nennt. Wir gaben allem möglichen Zeug Namen – unseren Lieblingsbasketbällen und unseren Trikots. Und dann unseren Autos. Ich nannte den ersten Namen, der mir in den Sinn kam.«

»Und dieser erste Name war Remy?«

»Ja, aber nur weil sie mir den Wagen besorgt hat. Na ja, sie hat ihn gefunden und dann haben wir ihn zusammen gestohlen.«

Warte, sie haben ihn *gestohlen*?

»Ich habe das Auto später nie mehr Remy genannt, aber irgendwie blieb es dabei. Ich machte mir nicht die Mühe, den Jungs das auszureden.«

Gut, dann hat er sein Auto also nicht Remy genannt. Wenigstens weiß ich jetzt, dass sie nicht irgendeine monumentale Liebe war, über die er nie hinweggekommen ist. Was aber die Frage aufwirft: Was *war* Remy denn nun für ihn?

»Was war sie für dich?« Ich fürchte die Antwort. »Remy, meine ich. Was ist die Geschichte dahinter?«

»Sie war eine Freundin«, seufzt er. »Anfangs.«

Ich krümme mich innerlich zusammen.

»Als wir uns kennenlernten, war ich fünfzehn. Remy war die beste Freundin von Lacey. Jahre zuvor war sie weggezogen, verbrachte aber den Sommer wieder hier. Ich war damals ein selbstzerstörerisches Wrack. Ich drehte durch, trauerte um meine Mom und gab mir selbst die Schuld. Mein Vater tat alles, damit ich wieder zur Therapie gehe, und ich hasste ihn dafür. Er behandelte mich wie einen Durchgeknallten, wie Scheiße. Aber Remy … Remy tat das nicht. Sie nahm mich, als wäre ich normal. Weil völlig im Eimer zu sein für sie normal war.«

»Dann … habt ihr über euer Leid zusammengefunden?«, schließe ich daraus.

»Genau. Sie hatte eine schwierige Vergangenheit und eine Schwäche für die Finsternis. Ich fühlte mich irgendwie verstanden. Wir beide hassten alles und jeden und fühlten uns alleine. Um es kurz zu machen, wir wurden Freunde.« Er schweigt für einen Moment, zögert. »Und dann wurde mehr daraus.«

Herzschmerz.

»In dem Sommer machten wir jede Menge verbotenes Zeug. Einbrüche, Graffiti, stahlen Autos, was du willst. Den Wagen, den ich jetzt habe, haben wir kurz vor meinem sechzehnten Geburtstag gestohlen.«

Die Gerüchte über ihn stimmen also.

»Hat man euch erwischt?«

»Klar. Ich habe die Schuld auf mich genommen und eine Menge Schwierigkeiten bekommen. Am Ende musste mein Dad dem Besitzer das Auto abkaufen. Hat ihm als Schweigegeld das Fünffache bezahlt.«

Er hat für sie den Kopf hingehalten. Genau wie für mich, als ich das Glas zerbrochen habe.

»Hast du …«, meine Stimme zittert. »Hast du sie geliebt?« Ich klinge erbärmlich, aber ich musste fragen. Was Remy mir angetan hat, ist auf dem Level einer abgedrehten Ex-Freundin. Entweder hat sie starke Gefühlsschwankungen oder ihre Beziehung bedeutete mehr.

»Nein.« Seine Antwort kommt prompt. »Ich liebte, dass sie mich nicht wegen meiner dunklen Seiten verurteilte, aber ich liebte nicht sie. Wir machten nichts anderes, als miteinander zu vögeln und alles zu zerstören, was wir anfassten.«

Mich schaudert. »Dann hattet ihr also eine Freundschaft Plus?« Das hatten *wir* den Leuten erzählt, wenn sie wissen wollten, ob wir offiziell zusammen sind. Im Grunde waren wir ein Paar ohne diesen Titel, aber Finn fand das leichter, als zu erzählen, wir hätten eine »Fick-Beziehung«.

Sieht aus, als würde sich die Geschichte wiederholen.

Man könnte glauben, ich hätte das laut gesagt, so schnell wie er antwortet: »Ja, wir hatten eine Freundschaft Plus, aber es war nicht … Fuck, Dia, es war nicht wie mit dir. Es könnte nie sein wie mit dir.«

Sein trauriger Hundeblick geht mir zu Herzen.

»Und dann?« Ich wechsele das Thema, bevor mich die Gefühle überwältigen. »Der Sommer war vorbei und sie ging wieder nach Hause?«

»Ungefähr so.«

»Bis?« Jetzt will ich den Rest der Geschichte wissen.

»Bis letzten Sommer. Ein paar Tage bevor mein Dad dich anheuerte, kam sie zurück. Als du mich am Fenster in der Bibliothek fandest, hatte sie mein Telefon schon wochenlang heiß laufen lassen. Bis dahin hatte ich ihre Nachrichten weitgehend ignoriert, aber in dieser Nacht beschloss ich, ihr zu antworten.«

Heilige Scheiße.

Das stimmt. Finn hat an dem Abend *tatsächlich* jemandem geschrieben. Wir tranken zusammen in der Bibliothek und ich dachte, dass er wohl Brie textet. Ich fragte ihn danach, aber er gab mir keine Antwort. Das war alles Remy.

»Als ich dich damals in der Bibliothek bedrängt und dir all die verfickten Sachen gesagt habe, die ich mit dir tun wollte …« Er hält inne. »Sagen wir einfach, es hat mir Angst gemacht. Eine riesige Scheißangst.«

»Warum?«

»Weil mir nicht klar war, wie sehr ich dich haben will, bis ich es aussprach. Ich sollte dich doch hassen. Zum Teufel, ich hasste dich ja auch. Weil ich deinetwegen Sachen fühlte, die ich nicht fühlen wollte.«

Und da ist es passiert, oder?

An diesem Wochenende?

»Du bist am nächsten Tag nach Hause gegangen, und ich ... ich schrieb ihr, um mir selbst zu beweisen, dass ich nicht von dir besessen war. Ich bat sie rüberzukommen, und das tat sie dann auch, aber kaum war sie zur Tür herein, hat sie mich mit Fragen über dich bombardiert.«

Remy wusste von mir?

»Woher kannte sie mich? Wir hatten uns ja noch gar nicht getroffen.«

»Fuck, wenn ich das wüsste. Vielleicht hatte ja Lacey von Theo erfahren, dass wir eine Housesitterin eingestellt hatten, und ihr davon erzählt? Anders ergibt es keinen Sinn.«

»Versprich, dass dir dieses Miststück nichts bedeutet.« Remys Worte aus dem Video lassen mir noch immer keine Ruhe. Sie fühlte sich von mir bedroht. Wahrscheinlich dachte sie, dass Finn meinetwegen nicht auf ihre Nachrichten geantwortet hat.

»Dieses Miststück bedeutet mir nichts.« Finns Worte lassen mich nicht los. *»Es ging nur um dich, schon immer, Rem. Alles außer dir.«*

Und schon sind meine Schutzwälle wieder in Stellung. Wenn er es tatsächlich gewagt hat, unser Motto zu verraten, dann ist diese ganze Geschichte womöglich erstunken und erlogen.

Ich komme wieder zu Verstand. »Das alles beweist aber nicht, dass du mit ihr geschlafen hast, bevor wir zusammengekommen sind.«

Ich erwarte, dass er sagt, ich müsse ihm einfach vertrauen, aber er zieht wortlos sein Handy hervor.

»Was machst du?«

»Ich hatte gehofft, dass dir mein Wort genügt, aber wenn du nicht glaubst, was ich sage, dann glaubst du vielleicht deinen eigenen Augen.« Ich fürchte, ich muss mich übergeben, als er das Telefon herumdreht und mir etwas zeigt. Kaum dass ich auf dem Bildschirm Finns Schreibtisch erkenne, habe ich bereits Tränen in den Augen.

Es ist der Anfang vom Sexvideo.

»Fuck, was ist nur mit dir los?« Ich schiebe seine Hand weg. Lieber sterbe ich, als mir das noch einmal anzutun.

»Glaub mir, wenn ich dich anders überzeugen könnte, würde ich das tun. Aber es geht nur so, Dia. Vertrau mir.«

Ich verkneife mir die Tränen, schlucke und konzentriere mich auf den Bildschirm. Zum Glück läuft das Video ohne Ton. Remys Gestöhne könnte ich nicht ertragen.

»Hast du das gesehen?«, fragt Finn.

»Was?« Ich kneife die Augen zusammen.

»Na das!« Er zeigt auf irgendwas und hält dann das Video an.

»Ich habe nichts gesehen.«

»Schau noch mal.« Er hält mir das Handy dicht vors Gesicht.

Und da sehe ich es.

Es sieht aus wie … ein Hundespielzeug?

Jep, das ist ein Hundespielzeug.

Lexies Lieblingsspielzeug, genau genommen. Es liegt unter Finns Schreibtisch auf dem Boden. Warum soll Lexies Spielzeug beweisen, dass Finn vor dem Beginn unserer Beziehung mit Remy gevögelt hat?

»Ich kann dir nicht folgen«, sage ich.

»Weißt du noch, wann wir zum ersten Mal miteinander geschlafen haben?«

Meint er das ernst?

Wie könnte ich das vergessen? Das war am Tag, an dem Lexie getötet wurde.

»Natürlich. Nachdem Lexie starb …«, bringe ich mühsam heraus, weil mir die Erinnerung an den verblutenden Golden Retriever den Magen umdreht.

»Ich hätte an dem Abend beinahe alle ihre Sachen verbrannt, aber du hast mich aufgehalten. Am nächsten Morgen wurde ich dann zur Polizeistation gerufen. Den Anblick ihrer Spielzeuge konnte ich nicht mehr ertragen, also warf ich auf dem Weg dorthin alles weg.«

Langsam dämmert es mir. Als ich am nächsten Morgen aufbrach, sah ich tatsächlich Lexies Sachen bei den Mülltonnen an der Straße. Er sagt die Wahrheit. Er hat alle ihre Sachen weggeworfen, nachdem wir Sex hatten, und damit kann das Video mit Remy nicht vor Kurzem gefilmt worden sein. Lexies Sachen wären längst weg und nicht im Hintergrund zu sehen.

O mein Gott.

Es ist wahr.

Alles, was er sagt, ist *wahr.*

Ich bekomme kaum mit, wie schnell mir die Tränen kommen. Ich schlage die Hand vor den Mund, während ich den Sommer mit Lexie noch einmal durchlebe. Unwillkürlich frage ich mich, ob das unser braves Mädchen ist, das aus dem Jenseits auf uns aufpasst.

Aber die Erkenntnis zerschmettert mich eine Sekunde später.

Warte.

Lexies Spielzeug bestätigt zwar seine Schilderung, aber es ändert nichts an der Tatsache, dass er zu Remy »Alles außer dir« gesagt hat.

»Glaubst du mir jetzt?« Finn wischt mir eine Träne von der Wange.

»Ja.«

So breit habe ich ihn noch nicht lächeln gesehen.

»Aber … trotzdem hast du zu ihr gesagt: ›Alles außer dir.‹«

Sein Lächeln verfliegt.

»Dia, der ganze Mist, den ich in diesem Video zu ihr gesagt habe … mit jedem einzelnen Wort … wollte ich mir einreden, dass du mir nichts bedeutest. Du hattest mein ganzes verficktes Leben eingenommen. Und ich konnte mich nicht mehr selbst belügen, wo du doch mit im Haus lebtest. Ich konnte an nichts anderes denken, beim Aufwachen, beim Einschlafen, und du …« Er bricht ab, als fürchte er meine Reaktion. »Ich konnte nur an dich denken, als ich in ihr war.«

Der Gedanke ist schwer zu ertragen.

Es sollte mich nicht überraschen. Er sagte ja auch, er hätte an mich gedacht, während er es mit dieser Cheerleaderin Louise trieb. Wahrscheinlich war sie ein weiterer Versuch, sich davon zu überzeugen, dass er mich nicht wollte, oder?

»Als du mich am Fenster in der Bibliothek fandest, war das, vierundzwanzig Stunden bevor ich mit ihr schlief. Unsere Unterhaltung war ständig in meinem Kopf abgelaufen. Genau genommen der Moment, in dem du mir sagtest, ich würde alles hassen.«

Natürlich.

»Während ich mit ihr zusammen war, konnte ich an nichts anderes denken, und da ist mir ›Alles außer dir‹ … einfach rausgerutscht.«

Er sagte das gar nicht zu ihr.

Er antwortete dabei *mir.*

In seinen Gedanken waren wir wieder in der Bibliothek und stritten uns um drei Uhr morgens.

»Sie war so verwirrt, dass sie mich hinterher fragte, was das bedeutet, aber ich meinte nur, ich hätte das vergessen. Ich konnte ihr ja schlecht sagen, dass ich während der ganzen Zeit mit ihr nur an dich gedacht hatte.«

Mir ist, als wäre mir das Herz brutal aus der Brust und in Stücke gerissen worden, dann wieder zusammengesetzt und wieder zwischen meinen Rippen eingepflanzt.

»Dann hast du nach unserem ersten Kuss nicht mehr mit ihr geredet?« Ich schiebe die Unterlippe vor.

»Ich habe mit *niemandem* mehr geredet. Na ja, bis ich Remy bei der Party zur Seite nahm und davon überzeugte, mir zu helfen. Sie hat mir das Video geschickt, damit ich die Scheiße zwischen uns wieder in Ordnung bringen kann.«

Ich schweige ein paar Sekunden lang, während meine Gedanken rasen. Sie hätte ihm nicht zu helfen brauchen. Sie hätte ihn zum Teufel schicken können, aber das hat sie nicht. Ihm das Video zu schicken, war natürlich das *Mindeste,* was sie tun konnte, wenn man bedenkt, dass sie für diesen ganzen Mist verantwortlich ist, aber trotzdem. Es wundert mich, dass sie geholfen hat.

Finn wartet nicht auf eine Antwort von mir, sondern umarmt mich fast bis zum Ersticken und schmiegt seine Nase in meine Halsbeuge. Ich genieße es und lasse für einen Augenblick den Atem aus mir herausquetschen. Mir ist, als wollte er sagen: *Ich weiß nicht, wie es für uns weitergeht, aber wenn das der Abschied ist, muss ich dich wenigstens noch ein letztes Mal in den Arm nehmen.*

»Komm zu mir zurück, Juwel«, flüstert er ganz nah und klingt dabei so zerbrechlich, dass es mich aus der Bahn wirft.

Weint … er etwa?

Tränen auf seinem Gesicht kann ich nicht sehen, aber ich kann es seiner Stimme anhören. Ich spüre es an der Art, wie verzweifelt er mich festhält.

»Alles außer dir«, krächze ich.

Für einen Augenblick herrscht Stille.

Dann macht sich Finn los. Im Halbdunkeln der Putzkammer sieht er mich ungläubig an. Er scheint sich zu fragen, ob ihm sein Verstand einen Streich spielt. Ich lege meine Hand an seine Wange und mein Puls beschleunigt sich, als ich es bemerke …

Seine Wange ist feucht.

Er weint *wirklich*.

Weil er Angst hat.

Nein, er fürchtet, dass dies nicht genügen wird.

Dass ich ihn trotzdem verlasse.

Man könnte meinen, ich hätte ihm das Heilmittel gegen ein tödliches Gift verabreicht, als ich seine Schultern fasse und meinen Mund auf seinen presse. Ich habe Finn ja schon öfter stöhnen gehört. Meistens beim Sex. Aber jetzt? Sein Stöhnen ist pure *Erleichterung*. Als würde mein Kuss die Angst aus seinem System verbannen und ihm wieder Leben einhauchen. Er küsst mich, als würde er sich bei mir bedanken. Und ich gebe alles, um seiner Dankbarkeit ebenbürtig zu sein. Ich werfe die Arme um seinen Hals und drücke unsere Körper gegeneinander, als würde ich hoffen, dass so ein Teil seiner Seele auf mich abfärbt. Damit ich ihn bei mir tragen kann.

Jetzt und für immer.

Ich öffne ihm meine Lippen und sofort gleitet seine Zunge zwischen meine Zähne, vertieft unsere Verbindung und jagt mir süße Schauer über den Rücken. Mit jeder Sekunde löst sich seine Anspannung mehr, aber das ist nicht *alles,* was ich spüre.

»Da hat mich wohl jemand vermisst, was?«, murmele ich mit Blick auf die Beule in seiner Hose.

Finns Lippen sind sofort wieder auf meinem Mund, aber seine Hand umfasst meine Finger, bevor mir eine Erwiderung einfällt. Er führt meine Hand an seinen Schwanz, der tatsächlich steinhart ist.

»So sehr habe ich dich vermisst«, flüstert Finn. Mein Bauch explodiert förmlich vor Hitze, als ich die Hand um seinen Schaft lege. Ich möchte ihn berühren, ihn zum ersten Mal seit einer Woche wieder schmecken. Wenn es nach mir ginge, würde ich sofort auf die Knie gehen, aber Finn hat etwas anderes im Sinn.

Entfernt höre ich mein Handy in seiner Tasche klingeln, als Finn den Knopf meiner Hose aufmacht. Dann folgt der Reißverschluss und ich bebe vor Erwartung, während sich seine Finger über meinen Bauch zum pinkfarbenen String hinunterschieben.

»Habe ich dir denn auch gefehlt?«, haucht er dicht neben meinem Ohr.

Ich werde gleich in der Hausmeisterkammer um zwei Uhr morgens gefingert. *Unmöglich, sich so einen Shit auszudenken.* Mein Handy klingelt ein zweites und drittes Mal, aber wir achten nicht darauf – wenigstens *ich* achte nicht darauf.

Finn dagegen …

»Wer textet dir da, verdammt noch mal?«, knurrt er ungeduldig und zieht mein Handy hervor. Zunächst glaube ich, dass Aveena hinter den Nachrichten steckt. Aber Finn liest den Absender und seine Miene verfinstert sich. Das muss jemand anderes sein.

»Entsperre es«, befiehlt er zu meinem Entsetzen.

»Was?«

Anstatt zu antworten, reicht er mir das Handy; seine Erwartungen und sein Ärger sind ihm deutlich anzumerken. Verwirrt drehe ich das Smartphone herum und schlucke, als ich die Absender sehe. Da sind ein paar Nachrichten von Vee. Aber auch zwei von Axel. Ich schwöre, dass dieser Typ unfähig ist, Anspielungen zu begreifen.

Ich entsperre den Bildschirm und öffne meine Unterhaltung mit Axel. Wobei, kann man das überhaupt eine Unterhaltung nennen, wenn ich ihm nie geantwortet habe?

Axel: Du machst dich wohl rar, was?

Axel: Du weißt, dass du mich willst, Baby. Gib einfach nach.

Ein Wort: *Igitt*.

Finn verliert keine Sekunde; er windet mir das Telefon aus der Hand und überfliegt Axels Nachrichten. Sein Mundwinkel zuckt vor Wut, während er die unbeantworteten Texte durchgeht. Dann verlässt er den Chat mit einem Klick.

»Was machst du?« Ich mache mir Sorgen, was er in meinen Nachrichten finden könnte. Immerhin habe ich seit unserer Trennung mit anderen Kerlen geschrieben.

»Ich mache nur eine Liste der Verräter, die ich verprügeln muss.«

Ich muss auflachen, weil ich glaube, er macht nur Witze.

Aber er lacht nicht.

Lächelt nicht einmal.

Er meint das todernst, oder?

»Seb Stein, was?« Finn zieht eine Augenbraue hoch. Ich greife mir mein Handy und er fragt: »Ist da irgendwas gelaufen?«

»Nein.« Es schockiert mich, dass er an so was auch nur denken kann. Glaubt er wirklich, ich wäre mit irgendwem ins Bett gegangen, um über ihn hinwegzukommen? Sofort lässt er erleichtert die Schultern sinken.

»Und wenn ich Ja gesagt hätte?«

Er lacht tief aus dem Bauch und dreht mich ohne Vorwarnung

herum. Finn drückt mich gegen die Wand, presst seine Brust an meinen Rücken und flüstert mir ins Ohr: »Du meinst, außer dass ich ihn im Schlaf ermordet hätte?«

Dann macht er ansatzlos dort weiter, wo wir aufgehört haben, und widmet sich ausgiebig der empfindlichen Haut rund um mein Ohrläppchen. Alle Knochen in meinem Körper scheinen sich zu verflüssigen, während er hemmungslos an meinem Nacken saugt, an mehreren Stellen Knutschflecken hinterlässt. Er stöhnt, wann immer mein Hintern seinen Schwanz streift. Eine Zehntelsekunde später schiebt er die Hand unter mein Shirt und schließt die Finger in meinem Spitzen-BH um meine Brust.

»Und worüber habt ihr gesprochen?« Er kreist mit dem Zeigefinger um meinen Nippel, dabei küsst und knabbert er abwechselnd an meinem Hals.

»Hm?« ist alles, was ich herausbringe.

»Als du Stein geschrieben hast, worum ging es da?«

Was kümmert ihn das *jetzt*?

»Hast du ihm erzählt, dass ich mir alle deine ersten Male genommen habe?«, raunt er, während seine rechte Hand in meinen String gleitet und die andere meine Brustwarze kneift. Ich erwarte, dass er langsam vorgeht und seine Finger vorsichtig in mich schiebt, aber ich irre mich. Grob fährt er mit zwei Fingern statt nur einem in mich.

»Finn«, ächze ich und seine Hand fliegt in meinen Mund.

»Hast du ihm erzählt, dass du ein ungezogenes Mädchen bist, das es liebt, wenn ich es auf meiner Motorhaube nehme?« Er zieht seine Finger ganz heraus, nur um dann wieder hineinzustoßen. Ich schreie unter seiner Hand auf und er stöhnt. Ich kann hören, wie feucht ich bin, wenn er seine Finger hinein- und herausbewegt. Sein Spiel hat etwas Rachsüchtiges, aber ich spreize die Beine trotzdem, um mehr zu bekommen.

Sein Daumen findet meine Klit. »Von außen wirkst du wie ein braves Mädchen, aber du und ich … wir beide kennen die Wahrheit, nicht wahr, Baby?«

Ich kann den Laut, der mir über die Lippen kommt, nicht ganz unterdrücken, als er mir so heftig auf den Hintern haut, dass ich nach vorn zucke und meine Brüste an die Wand klatschen.

»Hast du mit ihm geflirtet? Den Mistkerl glauben lassen, dass er bei dir eine Chance hat?« Seine Hand rutscht von meinem Mund hinunter zum Hals. Er reißt mich wieder an seine Brust und fingert mich schneller. Ich bin zu sehr mit dem Unterdrücken meines Stöhnens beschäftigt, um zu antworten.

»Ich fragte, ob du mit ihm geflirtet hast?«, hakt er nach.

»Ja«, gebe ich zu, während sein Daumen mich immer näher an den Abgrund treibt.

»Dann hast du ihm also *nicht* gesagt, dass du mein bist?«

»Ich ... ich weiß nicht mehr.«

»Falsche Antwort.« Sofort fingert er mich stärker, während sein Daumen minutenlang meinen Kitzler bearbeitet. Ich merke nicht einmal, wie mein Orgasmus kommt. Er passiert einfach. Urplötzlich. Mein Körper bricht aus wie ein Vulkan; durch meine Adern pulsiert pure Lust und ich bebe in seinen Armen.

»So ist das gut, Baby. Wollen mal sehen, wie brav du wirklich bist.«

Das hat seine Wirkung. Ich reiße die Augen auf, während ich über seine Finger komme, das angestaute Stöhnen herausbricht und Finn mir erneut die Hand auf den Mund presst.

»Keinen Laut, verdammt«, schnauzt er, aber das entzieht sich meiner Kontrolle. So heftig bin ich im ganzen Leben noch nicht gekommen.

Insbesondere nicht in der Schule. Noch immer bin ich ganz benommen von meinem welterschütternden Orgasmus, als er die Hand aus meinem Höschen zieht und fragt: »Weißt du jetzt wieder, wem du gehörst?«

»Keine Ahnung, tut mir leid«, antworte ich ihm zum Trotz.

Er schmunzelt. »Wirklich? Dann wollen wir mal sehen, ob du dich daran erinnerst.«

Es kribbelt an meinem ganzen Körper, als Finn mich nach vorne beugt und seine Hose aufmacht. Kaum dass er seinen Schwanz befreit hat, greift er mir ins Haar, schlingt meine Locken um seine Faust und zieht mit der anderen Hand meinen String zur Seite.

Bevor ich michs versehe, stößt er in mich. Die Geräusche, die er dabei macht, lassen mich fest um ihn zusammenziehen. Sofort verändert sich sein Atem und er füllt mich voll aus. Dieser Kerl scheint nur dazu erschaffen, mir zum Verhängnis zu werden.

Wir hatten bereits von hinten Sex, aber das hier ist etwas völlig anderes. Vielleicht liegt es auch an der drohenden Gefahr oder daran, dass wir glaubten, wir würden das nie wieder tun, aber sein Gleiten in mir fühlt sich überirdisch an.

»Oh, fuck.« Finn packt meine Taille. »Ja, Baby. Stoß mich auch.«

Ich wiege die Hüften vor und zurück, kralle mich an die Wand vor mir und versuche mir einzuprägen, morgen die Pille zu nehmen. Als er sein Stoßen verlangsamt, würde ich am liebsten schreien.

»Was tust du?«, beschwere ich mich.

»Das kannst du doch besser.« Das ist keine Aufforderung, sondern ein Befehl.

»Was?«, keuche ich und werfe einen Blick über meine Schulter.

»Stottere ich? Stoß. Mich. Auch.« Er rührt sich nicht mehr.

Ich überlege nicht lange und versuche mit aller verbliebenen Energie, ihm zu geben, was er will. Die Hände lege ich flach an die Wand und stoße mit dem Becken immer wieder gegen ihn. Die Arbeit mache ich nun ganz alleine. Bis das schallende Aufeinanderklatschen unserer Körper die ganze Putzkammer erfüllt.

»Hast du dich selbst angefasst, während ich weg war?« Finn zieht an meinem Haar und legt mir dann die Hände von hinten um den Hals. Ich höre mit meinen Stößen auf, um mich auf seine Worte zu konzentrieren.

»Habe ich gesagt, du sollst aufhören«, knurrt er.

Das fühlt sich versaut an.

Als müsste ich mich schämen.

So, als sollte ich mich erniedrigt fühlen.

Aber das tue ich nicht.

Wenn überhaupt, dann fühle ich mich *lebendig*.

Ich nehme die Bewegung wieder auf und spüre jeden Zentimeter von ihm, wieder und wieder.

»Hast du an mich gedacht, wenn du nachts alleine an dir herumgespielt hast? Hast du daran gedacht, dass wir so ficken?« Er presst meine Kehle zu.

»J-Ja«, räume ich ein.

»Gut. Dann mache es noch mal.«

»Du willst, dass ich …?«

»Sag es. Es ist nicht schmutzig.«

»Mich anfassen«, presse ich hervor.

»Ja, verdammt noch mal.«

Widerstrebend schiebe ich die Hand in meinen Slip und fahre in langsamen Kreisen über meine empfindlichste Stelle. Die Lust überwältigt mich, als Finn seine Hüften nach vorne presst und wieder seinen Part übernimmt.

»Ich werde dich nie wieder teilen, hast du das verstanden?«, zischt er und hämmert mich praktisch gegen die Wand. »Fucking *niemals*.«

Meine Klit ist angeschwollen und wahnsinnig empfindlich, während ich sie mit den Fingern bearbeite, aber ich lasse jetzt nicht locker und folge seinen Anweisungen bis aufs i-Tüpfelchen.

»Bist du mein?« Als ich kurz vor dem Orgasmus bin, hört Finn auf sich zu bewegen.

Ich gebe keine Antwort.

Ich kann jetzt überhaupt nicht denken, geschweige denn sprechen.

»Lass mich deine Stimme hören, Dia.«

»Ich bin dein«, gebe ich nach.

»Immer, Baby.« Finn fickt mich weiter, in ein anderes Universum. »Und jetzt reite meinen Schwanz, bis du das auch wirklich meinst.«

Und das tue ich. Ich reite ihn und komme so heftig und intensiv, dass es mich wundert, dass ich nicht das Bewusstsein verliere.

»Gott, du bist so eng.«

Unwillkürlich presse ich ihn so fest zusammen, dass er sich augenblicklich zurückzieht. Und dann explodieren wir beide gemeinsam. Schon davon, wie er ein Ächzen unterdrückt, als er in mir abspritzt, könnte ich gleich noch mal kommen. Ihn stöhnen habe ich schon öfter gehört, aber ächzen? Eigentlich nie.

Fuck, das ist heiß.

Keiner von uns rührt sich für einige Sekunden. In unseren ausklingenden Orgasmen sind wir beide fix und fertig, völlig außer Atem. Finn schafft es als Erster zurück in die Realität und nimmt mich behutsam mit.

»Du hast mir so gefehlt«, haucht er, dreht mich herum und küsst mich bis zur Besinnungslosigkeit. Bis wir keine Luft mehr in den Lungen haben und voneinander lassen *müssen.*

»Und jetzt?«, flüstere ich im Hinblick auf unsere derzeitige Lage.

Schließlich stecken wir immer noch mitten in der Nacht in unserer Schule fest, während Polizisten auf den Gängen unterwegs sind. Finn denkt aber, ich meine unsere Beziehung, denn er antwortet: »Ab jetzt läuft wieder alles normal.«

Erst nach einem Moment begreife ich, was »normal« bedeutet.

Es bedeutet, wir sind jetzt wieder »Freunde mit gewissen Vorzügen«.

Für den Rest der Welt sind wir »inoffiziell«.

Wir sind also wieder »irgendwie zusammen«.

Und während ich meine Beine in die Jeans sortiere und meine Würde überall auf dem Boden verstreut ist, wird mir etwas klar, auf das ich nicht vorbereitet bin.

Nur weil ich sein bin, bedeutet das noch lange nicht, dass er auch *mein* ist.

8. KAPITEL

DIAMOND

»Ich wette, Hadley Queen ist Love«, trällert Theo, was mir zum einen Ohr hinein und zum anderen wieder hinausgeht. Aus ihren Theorien habe ich mich schon zweieinhalb Mutmaßungen zuvor ausgeklinkt.

»Auf keinen Fall. Ich kenne Hadley. Die Geständnisse passen überhaupt nicht«, gibt Lacey zu bedenken und greift sich im Whirlpool ihren Vodka Spritz aus dem Getränkehalter.

Nicht, dass ich etwas gegen eine gesunde Neugierde habe, aber jetzt beschuldigen sie schon drei Stunden lang alle möglichen Leute. *Drei verdammte Stunden.* Eigentlich hätten ihnen längst die Verdächtigen ausgehen müssen, aber nein, es geht immer noch weiter. So ist das schon, seit wir Montag früh an der Easton angekommen sind. In der ganzen Schule waren sie verteilt, angeklebt an jeder glatten Oberfläche …

Die Geständnisse.

Geheimnisse.

Sünden.

Eine finsterer als die andere.

Von der Sorte, die man besser mit ins Grab nimmt.

Es geht das Gerücht herum, die Geständnisse wären in einem Buch in der Bibliothek versteckt gewesen. Die Urheber nennen sich »Zac und Love«. Wir wissen weder, wer die Geständnisse verbreitet noch wer sie geschrieben hat. Es ist schon wahrscheinlich, dass Zac und Love Schüler an der Easton sind, aber selbst das ist nicht sicher.

»Heilige Scheiße, schaut mal was Brie in dieser Facebook-Gruppe gepostet hat.« Axel stößt Xavier in die Rippen. Genau, jemand hat sich tatsächlich die Mühe gemacht, wegen der Geständnisse eine Gruppe ins Leben zu rufen. Nur damit alle über Zac und Love und ihre Identität ablästern können.

So schlimm ist es inzwischen geworden.

Fast wünsche ich, Axel würde sein Handy in Finns Whirlpool fallen lassen, als er Xavier den Bildschirm vors Gesicht hält. Ich glaube, Xavier erbleicht, als er Bries Posting überfliegt.

»Hältst du das für möglich? Dass Aveena *Love* ist?«, fragt Axel, und schon drehen sich alle zu mir um. Sie glauben, ich wüsste etwas, weil sie meine beste Freundin ist. Aber da irren sie sich.

Dazu wäre Kommunikation nötig, aber Aveena war die ganze Woche nicht in der Schule. Sie sagte, sie hätte Grippe, und danach antwortete sie überhaupt nicht mehr auf meine Nachrichten. Objektiv betrachtet ist das Timing ziemlich verdächtig. Gott, wenn Brie nun recht hat?

Was, wenn Aveena tatsächlich die Geständnisse geschrieben hat?

»Es ist nicht Vee«, springe ich meiner besten Freundin bei und lehne mich an Finns Schulter. Er legt mir wie auf Kommando den tätowierten Arm um den Hals, zieht mich an sich und küsst meine Stirn.

Theo nickt. »Also schön. Aveena ist ein viel zu braves Mädchen, um so einen Shit zu schreiben.«

»Aber merkwürdig ist es schon, dass sie gleich nach dem Auftauchen der Geständnisse verschwunden ist, das musst du zugeben«, gießt Lacey Öl ins Feuer.

Warum ist sie *eigentlich wieder hier?*

Kurz nachdem Finn und ich wieder zusammenkamen, haben sie und ich Frieden geschlossen. Theo lädt sie öfter ein, wenn wir zusammen abhängen, und da wollte ich mir peinliche Situationen ersparen. Wir kommen miteinander aus, sind aber keine Freundinnen und ich hätte keine Hemmungen, Finn zu bitten, sie rauszuwerfen, wenn sie Mist über Vee erzählt. Das hier ist immer noch sein Haus.

»Sie ist es nicht. Ende der verdammten Geschichte.« Finn unterstützt mich.

Theo, Axel und Lacey verstehen den Fingerzeig. Während Xavier indessen irgendwie abwesend zu sein scheint, *von allem*. Sein

Körper ist da, aber geistig ist er meilenweit entfernt. Fünfmal hat er an diesem Abend schon zu seinem Handy auf dem Terrassentisch hinübergelinst. Offensichtlich hofft er, von irgendwem zu hören. Die Frage ist nur, von wem?

Dankbar für Finns Eingreifen beuge ich den Kopf nach hinten und drücke ihm einen Kuss auf die Wange. Er dreht aber in der letzten Sekunde den Kopf, und ich erwische seinen Mund. Ich will mich von ihm losmachen, aber seine Hand gleitet in mein nasses Haar und hält mich fest. Er küsst mich so heftig, dass ich beinahe vergesse, dass wir Zuschauer haben.

Es ist jetzt fünf Wochen her, seit mich Finn beim Senior-Streich in die Putzkammer gezogen hat. Ich dachte, wir kämen dort nie wieder raus, nachdem er mich bis aufs Äußerste gefickt hat. Schließlich meldete Axel, die Cops hätten den Parkplatz verlassen und die Luft wäre rein.

Als wir das Remy-Fiasko hinter uns gebracht hatten, nahmen Finn und ich wieder unsere gewohnte Routine auf, und mit »Routine« meine ich, wir trafen uns wieder heimlich, hatten im Wald verbotenen Sex und logen meine Eltern an.

Ich bin nicht stolz darauf, aber meine Dads sind inzwischen praktisch Mitglieder des »Ich hasse Finn Richards«-Klubs. Von Jesse will ich lieber gar nicht anfangen. Mein Bruder würde mich sofort verpfeifen, wenn er wüsste, dass Finn und ich wieder zusammen sind. Na ja … Wenn man unsere zwanglose Beziehung so nennen möchte.

Das Gespräch hat immer noch nicht stattgefunden. Ich schiebe es vor mir her und rede mir ein, dass ich damit zufrieden bin, wie es läuft. Es ist ja nicht so, dass Finn mich versteckt. *Alle* wissen, dass wir zusammen sind. Finn hat Axel sogar ein blaues Auge für die Nachrichten verpasst, die er mir während unserer Trennung geschrieben hat. Ach ja, und Sebastian Stein hat er die Reifen aufgeschlitzt. Alle vier.

Habe ich dafür gesorgt, dass er sich entschuldigt und dem armen Kerl neue Reifen kauft?

Darauf könnt ihr wetten.

Sebastian mag ein bisschen langweilig sein, aber er hat nichts Falsches getan. Da er nicht eng mit Finn befreundet ist, hat er ihn mit seinen Nachrichten an mich auch nicht hintergangen.

»Brie ist an der Tür.« Lacey holt mich zurück in die Wirklichkeit.

Finn zuckt zusammen. »Was zum Teufel will sie hier?«

»Ich habe gestern Abend meine Cheer-Uniform bei ihr vergessen. Die bringt sie jetzt nur vorbei.«

Aha. Lacey und Brie sind wieder beste Freundinnen. Sie hatten sich auseinandergelebt, während Lacey und ich befreundet waren. Schon witzig, wie schnell Lacey mich ersetzt hat. Wenn man bedenkt, wie sie vor gerade mal einem Monat bei jeder Gelegenheit über Brie gelästert hat.

»Und das konnte sie nicht bei dir zu Hause vorbeibringen?«, seufzt Xavier, der es nicht gerade berauschend findet, mit seiner Ex zusammenzutreffen.

»Finns Haus ist für sie näher. Was ist schon groß dabei?«

»*Groß* dabei ist, dass niemand sie verdammt noch mal leiden kann«, bemerkt Finn.

»Entspann dich, sie bleibt ja nicht«, lallt Lacey und rutscht fast aus, als sie aus Finns Whirlpool steigt. Ein Wunder, dass sie sich aufrecht halten kann, so viel wie sie schon intus hat.

»Das will ich ihr auch raten.« Finn findet unter Wasser meine Hand.

Auf diese Weise lässt er mich wissen, dass auch er sie hasst. Er weiß, dass ich das Mädchen nicht ausstehen kann. Dass die beiden schon mal miteinander geschlafen haben, macht es nicht besser. Und am schlimmsten ist, dass Xavier immer noch nicht weiß, was zwischen Finn und seiner Ex gelaufen ist.

»Lacey, du überschwemmst mir das ganze Haus«, warnt Finn.

»Tue ich nicht. *Gott*«, sagt Lacey, schleppt sich zu einem Liegestuhl, um ihr Handtuch zu holen. Sie trocknet sich rasch ab und geht dann ins Haus. Keine zwei Sekunden später beschließen die Jungs, ihre Handys mit den Terrassenlautsprechern zu verbinden und Musik laufen zu lassen. Gerade als der Beat einsetzt, klingelt ein Telefon.

Xaviers Handy.

Er ist im Nullkommanichts aus dem Whirlpool und läuft zu seinem Telefon auf dem Terrassentisch. Er macht ein enttäuschtes Gesicht, als er sieht, wer anruft, und eines ist sicher: Es ist *nicht* die Person, auf die er gehofft hat.

»Hey, Dad«, kann ich über der Musik gerade so verstehen. »Warte mal, ich kann dich nicht hören.« Schon ist er auf dem Weg zum Haus.

»Wir haben keinen Alk mehr«, bemerkt Finn kurz darauf. »Bin gleich wieder da.«

Er setzt mir noch einen langen Kuss auf den Mund, bevor er ebenfalls den Whirlpool verlässt. Ich sehe ihm nach, wie er zum Haus geht, und verkneife mir mühsam eine Bemerkung. Er hat schon mehr als genug getrunken, aber offenbar ist ihm das nicht klar. Sein Alkoholkonsum machte mir in letzter Zeit Sorgen. Er trinkt zwar nur in Gesellschaft, aber das ändert nichts an der Tatsache, dass es eine *Menge* ist. Ist das ein Bewältigungsmechanismus? Eine nach dem Tod seiner Mutter angenommene schlechte Gewohnheit?

Im Nachhinein wurde mir klar, dass er auch damals getrunken hatte, als er auf der Silver Bridge beinahe gestorben wäre. Und in der Nacht, als er in der Bibliothek am Fenster stand. Und wenn man's sich recht überlegt, hatte er auch vor unserem ersten Kuss im Weinkeller getrunken. Gott, war dieser Typ zu irgendeinem Zeitpunkt unserer Beziehung einmal nüchtern?

Es vergehen fünf Minuten, bevor ich mich frage, ob Finn auf dem Weg zum Schnapsschrank wohl verloren gegangen ist. Ich rede mir ein, mir keine Sorgen machen zu müssen. Bis aus fünf Minuten zehn werden. Als es beinahe zwölf sind, bin ich so weit, der Sache nachzugehen. Während sich Theo und Axel weiter zanken, schlüpfe ich aus dem Whirlpool. Das Wohnzimmer ist bei meinem Eintreten verlassen.

Doch dann bemerke ich ihn.

Mir stockt der Atem, als ich Xavier in der Ecke stehen sehe, mit dem Rücken zur Wand. Sofort haben wir Blickkontakt, ihm sind Unsicherheit und Zweifel ins Gesicht geschrieben. Er scheint innerlich zerrissen. Warte, *versteckt* er sich etwa?

Warum sollte er das –

»Einen Scheiß weißt du über uns, Randall«, schallt Finns Stimme herüber.

Da begreife ich die Situation. Finn spricht an der Haustür mit Brie. Und Xavier belauscht die beiden. Ich überlege, ob ich etwas sagen oder zu Finn in die Diele hinübergehen soll, aber Xavier hebt den Zeigefinger an den Mund.

»Also schön, vielleicht weiß ich nicht alles, aber wenn du sie wirklich wolltest, dann wäre das mit euch inzwischen doch offiziell«, blafft Brie.

In meinem Kopf geht ein Alarm los. *Das wird jetzt wehtun,* warnt mich mein Herz, aber meine Füße scheinen in den Fliesen Wurzeln geschlagen zu haben.

»Deswegen sagst du, ihr wärt Freunde mit gewissen Extras, was? Weil du nicht willst, dass sie sich mit jemand anderem trifft, während du nicht eingeschränkt bist. Du siehst sie an und siehst dabei einen verfickten *Käfig*.«

»Entschuldige, bist du noch am Reden?« Ich höre, wie Finn die Haustür aufmacht, um sie hinauszubringen.

»Jetzt gib wenigstens zu, dass du Schiss hast. Du weißt, Dia ist ein Mädchen für immer. Sie ist die Art Mädchen, das man heiratet, und dazu bist du noch nicht bereit. Nicht mal ansatzweise.«

Für einen Moment herrscht Stille.

»Was denn, keine abfällige Bemerkung? Vielleicht weil du weißt, dass ich recht habe?«

»Ne, ich überlege nur, was ich den Bullen sage, wenn ich sie dir wegen Hausfriedensbruch auf den Hals hetze.«

»Das wirst du nicht tun.« Sie kann ihre Angst nicht ganz verbergen.

»Soweit ich weiß, hasse ich dich immer noch, also doch, ich *würde* es tun.«

»Aber du hast mich nicht immer gehasst, schon vergessen? Jedenfalls nicht alles an mir. Wenn ich mich recht erinnere, hat dir gefallen, was ich mit meiner Zunge angestellt habe.«

Ihr Geständnis raubt mir den Atem. Sie hat das einfach so gesagt. Und Xavier hat alles gehört.

Oh. Mein. Gott.

Ich schalte um auf »weiteren Schaden vermeiden«, blicke zu Xavier hinüber und merke, wie mir angesichts seines Gesichtsausdrucks der Magen durchsackt. Er ist nicht wütend.

Verdammt, er sieht nicht einmal überrascht aus – wusste er schon Bescheid? Aber er wirkt enttäuscht.

»Wenn du willst, kann ich dich gerne daran erinnern, wie sehr dir das gefallen hat«, neckt ihn Brie.

»Raus mit dir, verfickt noch mal«, zischt Finn.

»Dein Pech!«, schnaubt Brie. Dann höre ich sie mit klappernden Absätzen davonstürmen.

Ich gebe mich der törichten Hoffnung hin, dass Xavier den Mund hält, um seine Freundschaft zu retten. Dass er sie gehen lässt und sich später mit Finn ausspricht, hoffentlich unter vier Augen. Aber offenbar hat er genug davon, der bessere Mensch zu sein, denn er springt augenblicklich aus seinem Versteck.

Oje, jetzt wirds krass.

Ohne nachzudenken, eile ich zur Diele hinüber, ins Blickfeld von Brie und Finn. Dem ist die Bestürzung anzusehen, als er uns beide dort stehen sieht. Er zählt eins und eins zusammen und vermutet, dass wir alles mit angehört haben. Aber Xavier verwandelt diese Vermutung sofort in Tatsachen.

Er blickt Finn geradewegs ins Gesicht. »Lass dich nicht aufhalten. Was magst du sonst noch an der Zunge meiner Ex-Freundin?«

Ich habe Finn noch nie so blass gesehen. Er öffnet den Mund, findet aber nicht die passenden Worte. Indessen sieht Brie nicht annähernd so reumütig aus, wie sie sollte. Eigentlich wirkt sie fast …

Zufrieden?

Als *genieße* sie die Wendung der Ereignisse.

Heilige Scheiße, hat sie etwa Bescheid gewusst?

Sie wusste wohl, dass Xavier lauschte, nicht wahr?

»Wie oft?«, fragt Xavier ohne jede Emotion.

Finn windet sich. »Xav, ich …«

»Wie oft, verdammt noch mal?«, schnauzt Xavier. Seltsamerweise würdigt er Brie keines Blickes, während er spricht. Denn er spricht nicht mit ihr. Es ist nicht ihr Verrat, der ihn schmerzt. Sondern der von Finn. Die Tatsache, dass Finn, *sein ältester Freund,* ihm das antun konnte. Finn zögert einen Moment, während hinter seinen Augen eine ganze Armee von Dämonen herumwirbelt.

Dann knickt er ein. »Zweimal.«

»Wann?«, fragt Xavier und Finn hütet sich, noch einmal einer Frage auszuweichen.

»Letzten Sommer. Als du im Sportcamp warst.«

Das war vor mir. Ich hatte damals an meinem ersten Arbeitstag für Finns Dad sogar ihr Rendezvous vermasselt, aber die Erinnerung schmerzt noch immer.

»Warum?« Xavier geht nun in der Diele auf und ab. »Scheiße noch mal … warum überhaupt?«

»Ich kann dir keinen guten Grund nennen.« Finn geht einen Schritt auf seinen Freund zu. »Ich war ein Stück Scheiße damals. Bin es immer noch, zugegeben, aber ich arbeite daran.« Sein Blick wandert zu mir herüber, während er das sagt, und ich habe das Gefühl, dass er mir das zugutehält.

»Ich war so verdammt sauer auf dich … Ich war ständig wütend, weil es mir vorkam, als ob du alles hast, während ich …« Finn überlegt. »Mein Dad hat ständig nur über dich geredet. Als wärst du der Sohn, den er sich immer gewünscht hat. Den er verdient hat.«

»Und deshalb hast du meine Freundin gevögelt?«, faucht Xavier.

»Deshalb habe ich dir etwas weggenommen. So wie du mir meinen Vater weggenommen hast.«

Es fühlt sich an, als würde die Luft immer dünner. Als würde der Sauerstoff langsam aus dem Zimmer gesaugt.

Xaviers Wut verebbt. »Ich wollte ihn dir niemals wegnehmen.«

»Das weiß ich. Und jetzt kapiere ich es auch. Du hast ihn mir nicht weggenommen. Er hat dich gewählt. Weil ich nicht zuließ, dass er *mich* wählt.«

Auf diesen Einblick in Finns Psyche war ich nicht vorbereitet, und auf diese dunkle Seite schon gar nicht.

»Ich war ihm gegenüber ein Arschloch seit dem Tag, als sie starb. *Ich* bin der Grund, weshalb mein Vater und ich uns nicht nahestehen. Nicht du. Es war nie deine Schuld. Das tut mir so verdammt leid, Mann.«

Die Wut lastet so schwer auf der Atmosphäre, dass es mir die Schultern niederdrückt und ich fürchte, wie ein Käfer zerquetscht zu werden. Xavier schweigt für einige Sekunden und erwägt seinen nächsten Schritt. Ich halte den Atem an, als er mit rätselhafter Miene auf Finn zugeht. Dann holt er aus und versetzt Finn einen Faustschlag ins Gesicht.

Mit voller Wucht.

Unwillkürlich kreische ich auf, als Finn zu Boden geht und mit dem Kopf beinahe gegen die Glastür schlägt. Finn wusste, dass Xavier angepisst ist, aber irgendwas sagt mir, dass sich die beiden in den achtzehn Jahren, die sich kennen, nie geprügelt haben und Finn nicht damit gerechnet hat, dass es jetzt so weit sein würde.

In Sekunden bin ich bei Finn, fasse ihn am Gesicht und suche nach Verletzungen. Die Unterlippe ist aufgeplatzt und sein Mund voller Blut.

»Baby, ich bin okay«, behauptet Finn und ich löse meine Hände von seinem Kinn und blicke zu Xavier auf. Ich erwarte, dass er sich abermals auf Finn stürzt, aber das tut er nicht. Er atmet einmal tief durch, dann bückt er sich und reicht ihm seine Hand.

Warte mal, was?

Finn betrachtet die Hand, überlegt, ob er sie ergreifen soll. Sein

Brustkorb hebt und senkt sich. Xavier reckt die Hand noch näher und zuckt auffordernd mit dem Kinn.

»Finn …« Ich klinge wie ein verschrecktes kleines Mädchen, als ich meine Fingernägel in seinen Unterarm bohre. Xavier hat ihn beim ersten Mal überrascht, aber wenn er jetzt nachsetzt, dann wird Finn sich wehren müssen. Das könnte hässlich werden.

»Ist schon okay, Juwel.« Finn lässt ein beruhigendes Lächeln aufblitzen.

Dann greift er nach Xaviers Hand.

Meine Lunge stößt den letzten Rest an Atem aus, als Xavier Finn auf die Beine hilft.

Kein Faustschlag.

Kein Tritt.

Nichts.

Nach einem gefühlten Jahrzehnt sagt Xavier mit einem tiefen Seufzer: »Wenn du noch mal so eine Scheiße machst, bringe ich dich um.«

Einfache Worte, aber sie sind voller Bedeutung. Xavier lässt ihn damit davonkommen. Er vergibt ihm – oder nimmt zumindest seine Entschuldigung an. Verdammt noch mal, Xavier Emery ist *tatsächlich* der bessere Mensch.

»Verstanden.« Finn nickt. Beim Sprechen weitet sich der Riss in seiner Lippe. Xavier lächelt fast unmerklich.

Ganz ist die Sache noch nicht aus der Welt, aber das wird schon werden.

Irgendwann.

»Das ist alles?« Bries schrille Stimme schmerzt in meinem Ohr.

Wir drehen uns zu ihr um, hatten sie ganz vergessen.

»Problem?«, fragt Xavier.

»Ein Schlag, und schon ist wieder Friede, Freude, Eierkuchen? Du kannst ihm doch nicht so einfach vergeben!«

»Doch, das kann ich.« Xavier zuckt mit den Schultern. »Dachtest du, ich würde deinetwegen meinen besten Freund umbringen?«

Brie schnaubt entrüstet und macht auf dem Absatz kehrt.

»Ach, und Brie?«, sagt Xavier, als sie die Tür aufreißt.

Sie bleibt stehen, blickt aber nicht zurück.

»Falls du mal wieder zwei gute Freunde gegeneinander aufhetzen willst, schau vorher, ob du wenigstens einem von beiden etwas bedeutest.«

Autsch.

Sie stürmt davon, kaum dass Xavier ausgeredet hat, und knallt die Tür hinter sich zu.

»Ich trinke nie wieder einen Wodka Spritz.« Eine Sekunde später kommt Lacey in die Küche gestolpert. Als wir uns herumdrehen, sehen wir gerade noch, wie sie sich mit der Hand den Mund abwischt. War sie etwa die ganze Zeit hier?

Beim Kotzen?

»Fuck, was ist? Habe ich was verpasst?« Sie glotzt Finns blutigen Mund an. Die Jungs speisen sie mit ein paar Lügen ab, aber ich bin ganz woanders.

An einem Ort, den ich hasse.

Den ich nie wieder besuchen will.

Wenn du sie wirklich wolltest, dann wäre das mit euch inzwischen doch offiziell. Deswegen sagst du, ihr wärt Freunde mit gewissen Extras, was? Weil du nicht willst, dass sie sich mit jemand anderem trifft, während du nicht eingeschränkt bist. Du siehst sie an und siehst dabei einen verfickten Käfig.

Bries Worte hallen mir im Kopf, während Finn von hinten die Arme um meine Taille legt. Und ich hätte nicht gedacht, dass ich das irgendwann in meinem Leben einmal sagen werde, aber …

Brie hat recht.

9. KAPITEL

FINN

In Hollywood-Filmen sieht es immer so leicht aus, wenn jemand bei einem Mädchen durchs Zimmerfenster einsteigt. Der Typ wirft Steine ans Fenster, das Mädchen öffnet, und dann klettert er an der Hauswand hinauf, als wäre er Spider-Man persönlich. Aber was, wenn sie von den Steinen nicht aufwacht? Ich fürchte, wenn ich noch einen Stein schmeiße, werde ich entweder Dias Fenster einschlagen oder ihre Dads aufwecken.

Wahrscheinlich sollte ich meinen verdammten *Schuh* werfen.

Seit dreißig Minuten warte ich jetzt im Garten der Mitchells und verstecke mich wie ein verfickter Perverser im Gebüsch. Natürlich habe ich versucht, Dia anzurufen – öfter als ich zugeben möchte –, aber es schaltet sofort auf Voicemail.

Es lässt sich nicht leugnen …

Dia geht mir aus dem Weg.

Und das schon seit Tagen.

Genau genommen seit dem »Brie«-Desaster vergangene Woche. Sie antwortet kaum auf meine Nachrichten, sieht mich beim Mittagessen nicht an, und nach dem Basketballspiel gestern hat sie mich einfach stehen lassen.

Normalerweise verschwinden wir nach den Spielen in den Wald, um ein bisschen für uns zu sein, aber sie sagte, sie hätte etwas mit Vee vor. Dann tauchte sie zusammen mit Aveena bei Theos Party auf. Sie sagte, Aveena müsse mit Xavier reden, aber zwei Minuten später war sie schon wieder weg. Keine Ahnung, was bei Xavier und Aveena los ist.

Beim Senior-Streich hatte ich die beiden überrascht, als sie sich gerade küssen wollten, und gedacht, das wäre ein einmaliger Ausrutscher.

Aber jetzt?

Langsam glaube ich, die beiden haben eine Menge mehr gemacht, als sich *beinahe* zu küssen.

Das Verwirrende dabei ist, dass Xavier seit Kurzem wieder mit Brie zusammen ist; was zwischen ihm und Aveena war, kann ihm daher nicht wichtig sein.

Genau.

Xavier geht jetzt wieder mit Brie.

Selbst nach dem Streit bei mir zu Hause.Und obwohl er weiß, dass ich mit ihr geschlafen habe. Ich weiß nicht, was zum Teufel in ihn gefahren ist, aber er verhält sich nicht wie er selbst. Der Xavier, den ich kenne, würde sich lieber den Schwanz abhacken, als wieder mit Brie zusammenzukommen. Ich würde ihn ja danach fragen, kann mir nach meinem Fehltritt aber kaum erlauben, seine Entscheidungen infrage zu stellen.

Ebenso wenig kann ich Dia fragen, weshalb sie so viel Zeit mit Aveena verbringt.

Aveenas Leben ist zurzeit eine Katastrophe. Überall heißt es, sie sei Love und habe die Geständnisse geschrieben, die überall in der Schule zu sehen waren. Alle haben deswegen auf ihr herumgehackt, besonders die Cheer-Truppe. Den Basketballern habe ich gesagt, sie sollen sie in Ruhe lassen, aber Brie und ihre Sklaven tun, was sie wollen.

Mir selbst habe ich eingeredet, Dia wäre einfach als gute Freundin gefragt, aber ich kann nicht länger ignorieren, was gerade läuft. Sie hält mich definitiv auf Abstand. Und ich werde herausfinden, warum.

Ich schiebe mich aus meinem Versteck und schleiche zum Backsteinhaus der Mitchells hinüber. Bereits zuvor habe ich mich schon in Dias Schlafzimmer geschlichen, aber da hatte sie mich erwartet und das Fenster geöffnet. Diesmal hat sie keine Ahnung, dass ich komme.

Scheiße, hoffentlich ist ihr Fenster nicht verriegelt.

An den Ranken seitlich am Haus ziehe ich mich zu ihrem Zimmer hinauf. Meine Schultermuskeln sind völlig erschöpft, als ich das Fenster aufgewuchtet habe. So leise wie möglich schiebe ich mich durch den schmalen Spalt und sehe mich im winzigen Zimmer um.

Anfangs kann ich praktisch nichts erkennen. Dann gewöhnen sich meine Augen an das fahle Mondlicht, das durch die Gardinen hereinfällt, und ich kann Dias Umriss im Bett ausmachen. Sie liegt auf der Seite, nur ein Betttuch über den zarten Körper gezogen, mit dem Rücken zu mir. Ihr Atem geht friedlich, während ich auf Zehenspitzen zu ihrem Bett gehe. Ihr Atem pausiert kurz, als ich mich auf der Matratze niederlasse.

Ist sie wach?

Ne, da hätte sie ja eine Million Steine hören müssen, die ich ans Fenster geworfen habe.

Oder … hat sie mich ignoriert?

Mir fällt auf, dass das Laken ihren Oberkörper nicht bedeckt, und ich ziehe mein Shirt aus. Ihre gebräunte Haut fühlt sich warm an, als ich mich von hinten an ihren Rücken schmiege. Keine Reaktion. Vielleicht schläft sie tatsächlich. Ich gehe einen Schritt weiter, schiebe ihre schwarzen Locken zur Seite und presse meine Nase an ihre nackte Schulter.

Immer noch nichts.

Ihre Täuschung gelingt bis zu dem Moment, als meine Lippen ihren Hals berühren und sie scharf den Atem einzieht.

Hinterhältige kleine Schwindlerin.

Um sicherzugehen, schiebe ich den Arm unter das Bettlaken und weiter um ihre Taille. Sie trägt nur Mini-Shorts und ein weites Top, und fuck, sie hat mir so sehr gefehlt.

Nicht jetzt, du Arsch.

Erst lasse ich die Hand Zentimeter über ihren Shorts liegen, dann schiebe ich die Finger tiefer. Aber ich berühre sie nicht. Ich tue nur so und fahre immer wieder unter dem Gummibund entlang. So mache ich sie höllisch scharf, bis sie das Theater aufgibt und meine Hand tief in ihre Shorts hinunterschiebt.

Ich muss lächeln.

Ich wusste es.

Sie hat gar nicht geschlafen.

Sie hat mich nur auflaufen lassen.

»Schau, schau … So tief schläfst du ja gar nicht«, flüstere ich ihr ins Ohr, lege meine Hand innen an ihren Oberschenkel und streiche über ihre Haut, lasse aber die Stelle aus, wo sie meine Finger haben will. Sie gibt keine Antwort, aber so wie sie ihren Hintern gegen meinen Schwanz presst, ist sie nicht annähernd so sauer auf mich, wie sie glaubt.

Wenigstens ihr Körper ist das nicht.

»Dia?« Ich fahre mit der Hand an ihrem Bein auf und ab. »Baby, rede mit mir.«

Sie sagt nichts.

Kein Wort.

Noch immer werde ich mit Schweigen gestraft.

Um wenigstens ein bisschen Aufmerksamkeit zu bekommen, schiebe ich die Finger zwischen ihre Beine und finde ihre Klit. Kaum dass ich anfange, an ihr zu spielen, beginnt sie schon, sich unter meiner Hand zu winden. Anfangs gehe ich langsam vor, etwa im Takt mit ihrer Atmung. Je schneller ihre Atemzüge werden, desto flinker kreise ich um ihre empfindliche Stelle und weiß, dass ich auf dem richtigen Weg bin, als sie seufzt.

»Ich sollte stinksauer auf dich sein«, wimmert sie, und ihre müde Stimme wirkt unmittelbar auf meinen Schwanz.

Gott, selbst ihre *Stimme* lässt mich hart werden.

Unmöglich, dass sie nicht mitbekommt, wie ich gegen ihren Hintern drücke. Sie reibt sich wiederholt an meinem Schoß und gibt mir damit recht. Daraufhin bewege ich mich tiefer und schiebe einen Finger in sie, um die Dämonen in ihrem Kopf zum Schweigen zu bringen. Sie ist so warm. So verfickt feucht für mich.

»Seltsam. Du scheinst froh zu sein, mich zu sehen.« Ich zwänge einen zweiten Finger in sie und ernte dafür ein kurzes Stocken des Atems von dem Mädchen, dessen Schweigen mich fast umgebracht hat. Sie muss über meine Bemerkung kichern, stößt mir den Ellenbogen in den Bauch und ich schwöre, ihr Lachen gehört auf den Soundtrack des Himmels …

Ich wechsle von sanft auf hart und fahre nun immer schneller in sie hinein. Ich bin hin- und hergerissen – will ich nun eine Aussprache, oder will ich so tief in ihr versinken, dass ich vergesse, jemals *nicht* in ihr gewesen zu sein?

»O Gott.« Sie unterdrückt einen Seufzer, als ich die Finger aus ihrer nassen Pussy ziehe und mich einzig auf ihre Klitoris konzentriere.

»Warum bist du mir die ganze Woche aus dem Weg gegangen?« Ich bedecke ihre Schulter mit Küssen. Sie presst die Augen zu, ignoriert meine Frage und öffnet ihre Beine noch weiter.

»Dia, antworte.« Ich halte inne und ihre geschwollen Klit schreit praktisch meinen Namen, als ich die Hand aus ihren Shorts ziehe.

»Weil du nicht mit mir zusammen sein willst«, entgegnet sie.

Ich rücke ein Stück von ihr ab und warte auf eine Erklärung.

Aber sie geht nicht weiter darauf ein.

Ich fasse ihre Schulter, um sie auf den Rücken zu drehen. Sie seufzt tief und blickt mit glasigen Augen an die Decke.

»Ich lasse dein Telefon heiß laufen und drücke mich wie ein verdammter Stalker bei dir im Garten herum, und du denkst, ich will dich nicht haben?«

»Ich sagte nicht, dass du mich nicht haben willst. Ich sagte, du willst nicht mit mir *zusammen* sein«, korrigiert sie mich.

»Ist das nicht dasselbe?«

»Nein, ist es nicht.«

Was. Zum. Teufel.

»Okay, hilf mir mal auf die Sprünge. Was ist daran anders?«

»Es ist anders, weil du mich nicht *ganz* haben willst. Du willst Sex und andere Annehmlichkeiten, die das Zusammensein mit mir mit sich bringt, aber du willst dich nicht binden.«

Ich füge die Teile zusammen. »Ist es wegen dem, was Brie letzte Woche gesagt hat? Dass unsere Beziehung wie ein Käfig sei? Das war doch völliger Mist, und das weißt du auch.«

»So, war es das? Wenn du mich fragst, war da einiges Wahres dran. Du willst, dass ich gebunden bin, aber dich selbst willst du nicht binden. Und das soll fair sein?«, meint sie vorwurfsvoll.

»Ich bin gebunden. Verdammt noch mal, *alle* wissen, dass wir zusammen sind.«

»Ja, aber nicht wirklich zusammen. Und das sendet eine Botschaft.«

»Was für eine Botschaft?«

»Dass du nicht voll dabei bist. Du verprügelst Typen, weil sie mit mir reden, aber für andere Mädchen bist du ständig verfügbar.«

Sie setzt sich auf und schlägt die Hände vors Gesicht.

Ich setze mich auch gerade auf. »Darum geht es? Andere Mädchen?«

Sie ist das einzige Mädchen für mich. Habe ich das denn immer noch nicht deutlich gemacht?

»Schau, Finn, du kannst es nicht alles haben. Entweder du willst mich haben oder nicht.« Das schlechte Gewissen erdrückt mich fast, als ihr die Stimme bricht.

Meine Antwort kommt prompt. »Aber ich will dich. Und du weißt das.«

»Warum ist das mit uns dann nicht offiziell?«

Es ist ihr gutes Recht, das zu fragen. Ich sagte, wir sollten es langsam angehen lassen, aber das ist sechs Monate her, und seither hat sich an dieser Front nichts geändert.

»Weil ich nicht alles dadurch verderben will … *ich* zu sein.« Ich rede Klartext. »Begreif doch, vor gerade mal sechs Monaten konnte ich mir im Leben nicht vorstellen, mit jemandem zusammen sein zu wollen. Ich … ich weiß einfach nicht, wie dieser Beziehungskram funktioniert, Dia.«

»Ich doch auch nicht. Aber wir können das herausfinden. Zusammen«, versucht sie mich zu überzeugen, und mir schmerzt die Brust vor Selbsthass. Es quält mich, dass sie glaubt, mich von meiner Liebe zu ihr überzeugen zu müssen, wo es doch keinen Menschen auf der Welt gibt, den ich mehr liebe.

»Dia, hör mir zu …« Ich lege ihre Hand in meine. »Mein ganzes Leben lang habe ich keine Bindung zugelassen. Denn wenn du jemanden liebst, dann hast du etwas zu *verlieren*.«

Fuck, ich ertrage es nicht, wie sie mich ansieht.

Die großen verweinten Augen voller Enttäuschung.

»Als meine Mutter starb, habe ich mir geschworen, niemals in die Lage meines Vaters zu kommen. Niemand sollte jemals wieder so viel Kontrolle über mich haben. Ich hatte keine Kontrolle, als sie …« Es dauert einen Moment, bis ich den Satz zu Ende bringen kann. »… als sie *ertrank*, und deshalb muss ich alles unter Kontrolle haben.«

»Und du glaubst, in einer Beziehung würdest du diese Kontrolle verlieren?«, folgert sie.

Ich atme tief aus. »Ich glaube, wenn du Menschen an dich heranlässt, gibst du ihnen Gelegenheit, dich zu zerstören.«

Ich könnte mich ohrfeigen, als sie auf ihre Hände hinunterblickt, um die Träne zu verbergen, die ihr übers schöne Gesicht läuft.

»Hey.« Ich hebe ihr Kinn mit dem Zeigefinger an. »Dia, schau mich an. Es muss nicht ewig so bleiben. Aber es braucht eben seine Zeit, den Schutzmechanismus all dieser Jahre zu überwinden. Der sitzt einfach sehr tief in meinem verdammten Gehirn. Ist mir quasi in Fleisch und Blut übergegangen.«

Lange Zeit sagt sie nichts.

Jetzt habe ich es vollends verkackt, oder?

Jetzt wird sie sagen, dass sie fertig mit mir ist und keine Lust hat auf einen Typen mit so viel Gepäck.

»Dia, ich liebe dich«, rufe ich ihr in Erinnerung. »Aber der Freund, den du verdienst, kann ich erst sein, wenn ich mit meinem Mist klarkomme.«

Eigentlich speise ich sie im Augenblick nur mit Ausreden ab. Ich wünschte bloß, sie wüsste, wie wichtig mir das alles ist. Jede einzelne Sekunde mit ihr fühlt sich für mich gefährlich an. Als würde ich meine eigenen Regeln brechen und die Mauern einreißen, die ich jahrelang um mich herum aufgetürmt habe.

Sie versteht nicht, wie stark dieser Instinkt bei mir ist. Ich musste damals vor sechs Monaten wirklich alles daransetzen, nicht mehr wegzulaufen und mit ihr *gewissermaßen* zusammen zu sein. Und um den Rest meines Lebens stillzuhalten, wird noch eine Menge mehr nötig sein.

Sie seufzt. »Ich …«

Jetzt ist es also so weit.

Sie wird mit mir Schluss machen.

»Danke, dass du ehrlich mit mir bist.«

Fuck. Bitte noch mal.

»Was hast du gerade gesagt?« Ich muss blinzeln.

Sie lächelt schwach. »Danke, dass du ehrlich mit mir bist. Ich komme damit klar, noch ein bisschen zu warten, während du an dir arbeitest.«

Ich mache große Augen.

Dann ist mein Mund schon auf ihrem, bevor ich den Drang bremsen kann. Mich kümmert es nicht im Geringsten, dass ihre Eltern gleich den Flur runter schlafen, während ich meine Zunge an ihren Zähnen vorbeischiebe und ihre Lippen in Besitz nehme, so wie sie es mit dem schwarzen Gefäß in meiner Brust getan hat.

»Gibt es so was wie dich wirklich?«, murmele ich an ihren geöffneten Lippen, während ich ihr meine Hand ins Haar schiebe. Ich ziehe ihren Kopf nach hinten, denn ich will jeden Zentimeter von ihr schmecken und ihrer Haut das Dankeschön einprägen, das sie verdient.

Entschuldige, dass ich so abgefuckt bin.

Verlass mich nicht.

Worte, die ich aussprechen würde, wenn ich ihr nicht gerade den Knutschfleck des Jahrhunderts verpassen würde. Dann ist mein Mund wieder auf ihrem, aber diesmal ziehe ich nicht zurück. Ich küsse sie, bis wir verdammt nah am Ersticken sind.

»So gierig?«, lacht Dia unter meinem Kuss.

»Fuck, ja«, antworte ich schamlos.

Sie glaubt wohl, ich wäre auf etwas anderes scharf als Küssen, denn ihre Hand legt sich um meinen Schwanz – ich bin übrigens so steif, dass meine Boxershorts wahrscheinlich ein Loch haben –, aber ich fasse ihre Hand und ziehe sie weg.

»Erst, wenn du gekommen bist.«

Bevor mir klar wird, was ich tue, liegen ihre Shorts schon auf dem Boden und ihre gebräunten Beine sind um meinen Hals geschlungen. Ich brauche das. Wahrscheinlich noch dringender als sie. Ich habe das Gefühl, dass ich dieses Mädchen so was von nicht verdiene. Ihr goldenes Herz und ihre Selbstlosigkeit. Mir ist, als müsste ich mich bewähren, und ihre Seufzer sind die einzigen Beweise, die ich akzeptiere.

Ich muss die Daumen tief in ihre Taille bohren, damit sie nicht zu sehr mit den Hüften ruckt, während ich mit der Zunge zwischen ihren Beinen hinauffahre. Ich lecke sie auf- und abwärts, bevor ich mich voll auf sie einlasse und sie verschlinge, als wäre es das Einzige, um das es im Leben ginge. Ich sauge so heftig an ihrer empfindlichsten Stelle, dass ich sie festhalten und ihr alle Auswege versperren muss, während sie sich in meinen Armen windet.

Normalerweise muss ich mir bei Dia Zeit lassen. Sie bremst sich immer ein bisschen und braucht meine Finger *und* meine Zunge, um zu kommen. Umso größer ist meine Überraschung, als sie unter gedämpftem Stöhnen plötzlich ungläubig die Augen aufreißt. Ich entscheide mich um.

Ihr *Stöhnen* sollte auf den Soundtrack des Himmels kommen.

Vielleicht liegt es daran, dass ich mein Baby schon eine Weile nicht mehr auf diese Weise verwöhnt habe, aber ich bin immer noch stolz darauf, wie rasch sie zu beben anfängt. Man sieht, dass sie den Augenblick der Lust länger ausdehnen möchte, und dieses Mal ist *sie* es, die nicht zu kommen versucht.

»Ich bin immer noch sauer auf dich«, wimmert sie in einem lächerlichen Versuch, sich einzureden, dass sie die Kontrolle habe. Offensichtlich gefällt ihr nicht, dass ich ihr eine Abfuhr erteile und mich schon kurze Zeit später mit dem Kopf zwischen ihren Beinen befinde.

»Ich weiß, Baby«, beruhige ich ihr schlechtes Gewissen, und sie scheint auf die Erlaubnis gewartet zu haben, denn sie kommt nur einen Augenblick später zum Höhepunkt. Ich genieße jede Sekunde davon, sauge an ihrer Klitoris und lasse sie über mein ganzes Gesicht kommen.

Und ich bin noch nicht fertig.

Nicht einmal ansatzweise.

Ich will, dass sie in dieser Nacht mindestens fünfmal kommt. Vielleicht sechsmal, bevor ich mich wieder zum Fenster hinausschleichen muss. Ich habe gerade ihre wachsweichen Beine von meinem Hals gelöst, als mir ihre Worte von zuvor noch einmal durch den Kopf gehen.

Danke, dass du ehrlich mit mir bist.

Schöne Worte.

Schön, aber falsch …

Ich war nicht ehrlich mit ihr.

Jedenfalls nicht ganz.

Und ich war vielleicht so dumm, ihr Remy zu verheimlichen, aber *das* nicht. Das muss ich ihr sagen.

»Was hast du morgen vor?« Ich ziehe ihren erschöpften Körper in die Arme und drücke ihr ein Küsschen auf die Nase.

Sie lächelt, noch immer benommen von ihrem Orgasmus.

»Noch nichts. Warum?«

Ich habe mich entschieden.

Morgen bringe ich sie dorthin zurück, wo alles begonnen hat.

Auch, wenn es sie zerstört.

Auch, wenn es *uns* zerstört.

»Ich muss dir was zeigen.«

10. KAPITEL

DIAMOND

Ich muss dir was zeigen.

Gestern Abend war ich zu benommen gewesen, um die Bedeutung dieser Worte zu erfassen.

Zu meiner Verteidigung muss ich sagen, dass Finn kaum eine Minute vorher noch den Kopf zwischen meinen Beinen hatte, wodurch ich einfach nur Matsch in der Birne hatte. Ein Blick zu ihm und mir war klar, dass ich besser kein romantisches Picknick erwarten sollte. Er schien hin- und hergerissen. Irgendetwas nagte an ihm.

Sein plötzlicher Stimmungswandel hat wahrscheinlich mit dem zu tun, was immer er mir zeigen will. Was mich am Ende einer zweistündigen Autofahrt erwarten wird.

Das kann nichts Gutes sein.

Seit er mich heute früh abholte, bereute ich, dass ich ihn nicht gefragt habe, wo wir hinfahren. Ich hätte vorige Nacht ein bisschen Detektiv spielen sollen, aber das war nicht so leicht, solange Finn mit *mir* spielte. Er meinte, ich solle in meinem Terminkalender Platz schaffen, und zwei Sekunden später verlangte er, ich solle mich auf sein Gesicht setzen.

Was ich … dann auch tat. Drei Orgasmen später konnte ich mich gerade noch an meinen Namen erinnern, aber nicht mehr an seine mysteriösen »Pläne« für den nächsten Tag.

Mittlerweile sind wir schon eine Ewigkeit im Auto unterwegs. Finn hat seit der Abfahrt nicht viel gesagt, aber seine Hand ist nicht von meinem Oberschenkel gewichen, den er besitzergreifend mit den Fingern festhält.

Als er das letzte Mal so still war, war Lexie gerade gestorben. Wir standen bei den Quellen auf dem Parkplatz und warteten, bis die Tatortreiniger fertig waren. Auf der Fahrt habe ich ein paar

Witze gerissen, um die Spannung abzubauen, und er hat auch jedes Mal gelacht, aber es klang gezwungen. Ich kenne Finn. Ihm geht gerade voll die Düse.

Die Frage ist nur, warum?

Gerade will ich dem Theater ein Ende machen und ihn mit Fragen durchlöchern, als mir in der Ferne ein Ortsschild ins Auge fällt. Mit jeder Meile wird es größer, und während die Angst mir alle Luft aus den Lungen saugt, rede ich mir ein, dass ich mich verlesen habe.

Nein.

Wir *können* einfach nicht da sein.

Bis wir so nahe heran sind, dass ich die Buchstaben auf dem alten Schild entziffern kann.

Willkommen in Redwater.

Es stimmt also.

Wir sind wirklich hier.

In der Stadt, in der ich geboren wurde.

In der ich bei meiner Pflegefamilie lebte.

Hier haben unsere Eltern Jesse und mich gefunden.

Mit offenem Mund reiße ich den Kopf zu Finn herum und zermartere mir das Hirn nach einer Erklärung. Warum sollte er mich hierherbringen? Was kann er mir in dieser erbärmlichen Stadt nur zeigen wollen? Er schließt die Hand fester um meinen Schenkel und blickt kurz in meine Richtung, während er auf der Innenseite seiner Wange kaut.

»Was wollen wir hier?«

»Es dauert nur noch zwei Minuten.«

»Das habe ich nicht gefragt«, stelle ich fest.

»Vertrau … mir einfach, okay?« Mehr sagt er nicht.

Allmählich bekomme ich es mit der Angst zu tun. »Finn, was soll das?«

»Ich erkläre dir alles, wenn wir da sind, versprochen.«

Kurz gehe ich meine Möglichkeiten durch und beschließe, abzuwarten.

Schließlich habe ich ja nichts in der Hand, um eine Antwort aus ihm herauszupressen. Wie sollte das gehen? Soll ich vielleicht drohen, aus dem Wagen zu springen?

Während der folgenden Minute gehe ich die schlimmstmöglichen Szenarien durch. Wenn er mich nun zu der beschissenen Pflegefamilie von Jesse und mir bringt? Vielleicht bin ich durch Jesses Schilderungen voreingenommen, der diesen Ort vom Grunde seines Herzens hasst, aber ich bin nicht gerade erpicht darauf, die Lücken im Trauma meines Bruders mit Bildern zu füllen. Jesse hat kein einziges gutes Wort für diese Leute übrig, und nach allem, was ich weiß, waren seine Schimpftiraden berechtigt.

Kurz gesagt, unser Pflegevater war ein Säufer, unsere Pflegemutter tat es nur fürs Geld und unsere abgebrühten Pflegegeschwister verstanden sich bestens auf das Naturgesetz vom »fressen und gefressen werden«. In diesem Haus gab es keine Liebe und kein Erbarmen, und das Schlimmste ist, dass Jesse hier von allen Orten am längsten leben musste.

Ich war damals noch ein Kleinkind und kann mich an nichts erinnern – *zum Glück*, sagt Jesse immer. Die Erinnerungen an diese Zeit würde er nicht einmal seinem schlimmsten Feind wünschen.

Meine Befürchtungen lösen sich auf, als Finn links abbiegt und gegenüber von einem verblichenen Backsteingebäude anhält. Er schaltet den Motor aus und es dauert eine Minute, bis ich begreife wo wir sind.

Auf einem blauen Schild neben dem Parkplatz steht in großen Buchstaben »Medizinisches Zentrum Redwater«.

Ein Krankenhaus.

Von allen möglichen Orten bringt mich Finn ausgerechnet *hier her*?

Ein paar Sekunden lang sitzen wir schweigend da und ich lasse forschend den Blick schweifen. Aber ich komme nicht dahinter, was er mir zeigen will. Bevor mich die Spannung in den Wahnsinn treibt, muss ich etwas sagen.

»Ein Krankenhaus?«, frage ich, als Finn sich abschnallt.

»Ich war nicht ganz ehrlich mit dir«, berichtet er.

»W-Was meinst du damit?« Ich muss mich räuspern.

Er atmet tief durch, als würde ihn gerade der Mut verlassen, doch dann antwortet er: »Weißt du noch, als ich immer diese rätselhaften Anrufe bekommen habe?«

Mir ist sofort klar, dass er die Zeit meint, als Remy mir das Sexvideo geschickt hat. Da bekam Finn den ganzen Tag über immer wieder Anrufe. Das war auffällig, denn er verließ zum Sprechen immer gleich das Zimmer, was er nie tat, wenn seine Freunde am Apparat waren.

Am Tag, als ich das Video sah, warf ich ihm vor, er telefoniere mit Remy, aber dann machten wir Schluss, und mein gebrochenes Herz überschattete diese Geschichte.

Ich nicke. »Ich dachte, dass du etwas vor mir verbirgst.«

»So war das auch.« Seine Ehrlichkeit schockiert mich.

Mir ist nicht wohl in der Magengegend.

Als ich nichts sage, fährt er fort. »Ich stehe seit letztem Sommer in Verbindung mit einer Privatdetektivin.«

Ich habe ja vieles erwartet, aber das? So etwas hätte ich mir wirklich nicht ausmalen können. »Aber … warum sollte eine Detektivin zu dir Kontakt aufnehmen?«

Finn antwortet wie aus der Pistole geschossen: »Weil ich sie angeheuert habe.«

Je mehr er sagt, desto größer wird meine Verwirrung. »Ich versteh das nicht. Wozu brauchtest du einen Detektiv?«

Eine Weile überlegt er, was er mir erzählen soll.

»Sag schon«, befehle ich.

»Sie sollte Nachforschungen über dich anstellen.«

Ich habe das noch nicht ganz verarbeitet, da fügt er schon an: »Also, über dich und deine Familie …«

»Und warum?« Mir wird klar, wie dumm meine Frage ist, in dem Moment, in dem ich sie stelle.

Ich weiß, warum. Trotzdem soll er es laut aussprechen.

»Um irgendwas Schmutziges auszugraben«, räumt er ein.

Da ist es also.

»Du wolltest mich loswerden.« Ich zähle eins und eins zusammen und starre lange aufs Armaturenbrett. Etwas besorgt greift Finn nach der Hand auf meinem Schoß, aber ich ziehe den Arm weg. Er versteht, was ich meine. Ich will jetzt Einzelheiten wissen. Und das *sofort*.

»Aber das war vor allem anderen. Bevor ich dich kennenlernte. Bevor ich zuließ, dass du *mich* kennenlernst. Fuck, Dia, du musst verstehen, dass ich damals keine Ahnung hatte, dass ich mich in dich verlieben würde.«

Da fällt bei mir der Groschen.

»O mein Gott. Hast du dir deshalb Geld von dem Typen geliehen, der Lexie getötet hat? Um einen Detektiv zu bezahlen?«

Auch ohne eine Antwort weiß ich, dass ich recht habe. Wie er den Kopf senkt und seine Hände anstarrt, spricht Bände. Ich sinke auf dem Beifahrersitz zusammen und starre mit glasigen Augen nach vorn.

Der Kerl, den ich liebe, hat einen Detektiv angeheuert, um mein Leben zu zerstören. Er hat jemanden *bezahlt*, um etwas herauszufinden, das meiner Familie schaden kann. Was, glaubte er denn, würde passieren? Dass irgendwas Schmutziges herauskäme und er mich erpressen kann, damit ich kündige?

»Verdammt, es tut mir so leid. Ich hätte es dir längst erzählen sollen.«

»Hast du aber nicht«, spreche ich das Offensichtliche aus.

»Ich konnte einfach nicht, ich steckte in der Klemme«, stellt er klar. »Sonst hätte ich dir auch …« Er klappt den Mund zu, bevor er zu viel erzählt. Ich habe das Gefühl, ihm war zu spät klar, was ihm da auf der Zunge lag.

»Was hättest du mir sonst sagen müssen?«, will ich wissen.

Er zögert und nestelt an den Fingern herum.

»Was denn, Finn? Spucks schon aus.« Ich fühle mich wie ein Hund mit seinem Knochen.

»Ich wollte nicht, dass es auf diese Weise herauskommt, aber …

die Detektivin fand etwas heraus. Informationen über deine leiblichen Eltern.«

»Was für Informationen?«

Mit einem Seufzer lässt er den Kopf gegen die Kopfstütze sinken.

Es wird jetzt noch schlimmer werden, nicht wahr?

»Ich weiß, dass du glaubst, dein Dad sei nie da gewesen. Hätte deine Mom sitzen lassen, als du noch ein Baby warst, aber das hat er nicht. In Wirklichkeit saß er im Gefängnis. Er bekam kurz nach deiner Geburt zwanzig Jahre aufgebrummt.«

Gefängnis.

Das Wort geht mir im Kopf herum, während ich zu begreifen versuche, was das bedeutet. Gefängnis, Gefängnis, Gefängnis. *Ne, es klingt immer noch nicht wirklich.*

»Mein leiblicher Vater ist ein Krimineller?«

Finn gibt keine Bestätigung, aber er lässt mir die nötige Zeit, das alles zu verarbeiten.

»Was hat er getan?« Meine Atemwege schnüren sich mit jeder Sekunde weiter zu.

»Er …« Finn ringt mit sich, den Satz zu beenden. »Er war ein Kinderschänder.«

All meine Hoffnungen und Träume gehen in Flammen auf. Praktisch mein ganzes bisheriges Leben habe ich mich gefragt, wie er wohl war. Ob er irgendwo dort draußen war, ob er überhaupt wusste, dass er eine Tochter hat. Ich träumte von einem Mann, der es wert war, dass man ihn kennenlernte – und nun erfahre ich, dass er das Monster war, vor dem man seine Kinder warnt.

»O Gott.« Mehr bringe ich nicht heraus.

Was soll ich auch sonst sagen?

Hier gibt es keine Erlösung.

Es gibt keine Welt, kein Universum, in dem mein Vater ein guter Mensch sein könnte.

Eine normale Person bräuchte einen Moment, um eine solche Information zu verarbeiten, aber ich? Ich sehne mich nach dem

Rest der Geschichte. Ich muss jetzt den Anfang, die Mitte und das Ende wissen, selbst wenn ich mich nie davon erholen würde.

»Wusste meine Mom das?«

Finns Blick fliegt zu mir herüber.

»Dass ihr Freund ein …« Ich bringe das Wort nicht einmal über die Lippen.

Er windet sich. »Er war nicht ihr Freund.«

»Aber wie kam es dann, dass sie schwanger wurde?«

»Du hörst mir nicht zu, Dia.«

Das Gefühl, mich übergeben zu müssen, übermannt mich, als ich begreife, was das heißt.

Sie waren gar nicht zusammen.

Er war ein Kinderschänder.

Eins plus eins macht …

»Sie war eins seiner Opfer, nicht wahr?«, würge ich heraus.

Finn presst die Augen zu, als würde ihm beim Gedanken daran übel. Er nickt. Meine Hand fliegt an meinen Mund. Der Schleier der Unschuld, der mich achtzehn Jahre lang beschützt hat, löst sich auf.

Ich bin das Resultat einer Vergewaltigung. Es gibt mich, weil sich ein Widerling über ein junges Mädchen hergemacht hat.

»Ihr Name war Beatrix. Sie war vierzehn«, erklärt Finn.

»Beatrix.« Ich lasse den Namen meiner Mutter wie zur Probe über meine Zunge rollen.

Dann begreife ich.

Ihr Name beginnt mit B.

Der Buchstabe war innen am Kragen meines Radiohead-T-Shirts eingeschrieben. Ich liebte dieses Shirt, aber jetzt, wo ich weiß, was seine Besitzerin durchgemacht hat, könnt ihr glauben, dass ich es für den Rest meines Lebens wertschätzen werde.

»Erzähl mir von ihr. Ich will alles wissen.«

Finn zieht eine Augenbraue hoch. »Sicher?«

Es klingt wie eine Warnung. Als würde ich nicht mögen, was er zu sagen hat.

»Sicher.«

»Du weißt doch, die Pflegefamilie, bei der du und dein Bruder wart, bevor ihr adoptiert wurdet?«

Die Antwort schlägt wie ein Blitz bei mir ein.

»Er war ihr Pflegevater, nicht wahr?«, folgere ich.

Finns Blick enthält eine Spur von Mitleid, aber sein Schweigen sagt alles.

»Und sie war nicht die Einzige. Man könnte ein ganzes Land bevölkern mit all den armen Mädchen, die dieser Bastard in Pflege genommen und dann missbraucht hat. Und das begann, lange bevor deine Mom in seine Obhut kam.«

Mir dreht sich vor Abscheu der Magen um. »Das war also sein Ding?«

»Ja. Er ist nachts zu ihnen ins Bett gekrochen und …« Der Satz bleibt in der Luft hängen. »Fünf Jahre lang ging das so.«

Aus meiner Trauer erwächst Wut. »Wie kommt es, dass man ihn nicht früher geschnappt hat?«

»Die meisten Mädchen konnten ja nirgendwo sonst hin. Lauter traumatisierte junge Mädchen, die von nirgendwo herkamen und sich an niemanden wenden konnten. Ich denke, sie hatten auch Angst? Es würde mich nicht wundern, wenn er ihnen gedroht hat.«

Wahrscheinlich fürchteten sie, niemand würde ihnen glauben. In meiner Brust glimmt ein Funken Hoffnung auf.

»Aber warte mal, wenn er hinter Gittern sitzt, bedeutet das, dass er irgendwann erwischt wurde, oder? Eine von ihnen muss ihn gemeldet haben.«

Finn nickt. »Das war deine Mom. Ein paar Tage vor deiner Geburt ging sie zur Polizei.«

»Dann ist er ihretwegen in den Knast gewandert?«, vermute ich.

»Nicht ganz. Die Polizisten nahmen die Anzeige auf, aber … mehr passierte nicht.«

»Sie war schwanger und allein. Und die haben *nichts* unternommen?«

»Nicht sofort, aber durch ihren Mut wagten bald auch andere

Mädchen, sich zu melden. Am Ende waren es sechzehn Opfer, die gegen ihn aussagten. Und am Ende gewannen.«

Haben sie das? Er bekam nur zwanzig Jahre. Wenn ihr mich fragt, hätte er lebenslänglich in den Knast gehen sollen.

»*Sie* ist der Grund, weshalb sie ihn am Ende drangekriegt haben. Ohne sie hätten die anderen Mädchen ihr Schicksal wohl mit ins Grab genommen. Sie hat diese Mädchen gerettet und Hunderte zukünftiger davor bewahrt, in dieser Familie zu landen.«

»Aber … Hat sie sich selbst auch gerettet?«

Finn seufzt. »Sie war wohl enttäuscht über das, was man ihr bei der Polizeistation gesagt hat, denn drei Tage später war sie verschwunden.«

Die haben ihr nicht geglaubt, oder? Sie nicht ernst genommen. Kein Wunder, dass sie keine andere Möglichkeit gesehen hat, als wegzulaufen.

»Verschwunden? Was meinst du mit verschwunden?« Ich kaue auf meiner Unterlippe herum.

»Im Polizeibericht steht nicht viel, aber soweit wir herausfinden konnten, brachte sie das Kind – dich – in der Garage ihrer Pflegeeltern zur Welt. Danach wurde sie nie wieder gesehen.«

Sie brachte ein Kind zur Welt, allein, mit vierzehn.

Großer Gott, was muss sie für eine Panik gehabt haben?

»Ich schätze, sie hatte Angst, ihr Pflegevater könnte herausfinden, dass sie ihn bei der Polizei verpfiffen hat. Oder sie hat es einfach keinen Tag mehr in dieser Hölle ausgehalten«, spekuliert Finn.

Sie hat mich zurückgelassen, in der Obhut eines Monsters. Aber ich werfe ihr nicht vor, dass sie weggelaufen ist. Sie war *vierzehn*. In ihrer jugendlichen Gedankenwelt war ich für sie das Ergebnis der Vergewaltigung durch ein Monster, die Fortsetzung eines Fluchs, mit dem er sie belegt hat. Es würde mich nicht wundern, dass sie weglief, weil sie sich außerstande sah, für das Kind ihres Vergewaltigers zu sorgen. Wie dem auch sei, ich bin froh, dass sie mich verlassen hat. Kein Kind hat es verdient, dass es sich unerwünscht fühlt, seiner Mutter aufgezwungen, wann immer sie das Kind ansieht. Mit dem Tag, an dem sie mich verließ, ersparte sie mir, sie ständig an all die Nächte zu erinnern, in denen dieser Widerling zu ihr ins Bett kam.

»Dann gilt sie also bis heute als vermisst?«

»Wenn du es amtlich haben willst, dann hat man sie nach sieben Jahren für tot erklärt, aber eigentlich ist es so. Sie brachte dich zur Welt, und dann verschwand sie vom Erdboden. Es gibt nirgends irgendwelche Hinweise auf sie.«

Ich stelle mir vor, wie sie irgendwo weit weg ein friedliches Dasein führt. Aber es gibt Wunschdenken und es gibt Wahnvorstellungen. Sie war ja noch ein Kind damals, ohne jede Unterstützung, ohne Geld. Die Chance, dass sie noch lebt, ist gering, wenn nicht gleich null.

»Glaubst du, meine Dads wissen das alles?«

Unterhaltungen über meinen »biologischen Vater« wurden immer auf ein Minimum beschränkt. Ist das der Grund? Wussten sie die ganze Zeit Bescheid?

Finn beißt sich auf die Unterlippe und weicht meinem Blick aus. »Das weiß ich nicht. Aber als deine Mutter verschwand, sprach man mit deinen Pflegegeschwistern, und dein Bruder und Beatrix waren enge Freunde. Sie hatten gemeinsam bei zwei Pflegefamilien gelebt und waren unzertrennlich gewesen.«

Hat Jesse meine Eltern gebeten, mich aufzunehmen?

So viele unbeantwortete Fragen.

Lange Zeit sagt keiner von uns etwas.

Dann breche ich zusammen.

Die Tränen beginnen zu fließen, und ich füge mich der Wahrheit. Wir leben in einer hässlichen Welt mit hässlichen Menschen. Doch die Herausforderung ist, nicht gegen das Hässliche anzukämpfen, sondern trotzdem das *Schöne* zu sehen.

Finn verzieht angesichts meiner Tränen das Gesicht. Wieder fasst er meine Hand, aber diesmal lasse ich es zu und wir flechten die Finger ineinander. Ja, was die Detektivin angeht, hat er mich belogen, und was er getan hat, war abgefuckt, aber wenn er letzten

Sommer nicht so versessen darauf gewesen wäre, mich loszuwerden, dann hätte ich die Wahrheit nie erfahren. Jetzt, wo ich sie kenne, kann ich mir nicht vorstellen, hinsichtlich meiner Herkunft weiterhin ahnungslos durchs Leben zu gehen.

»Es tut mir leid, Dia. Ich wollte es dir erzählen. Ich wusste nur nicht, wie.«

Ich schnalle mich ab und werfe mich wortlos in seine Arme. Er erwidert meine Umarmung nicht sofort, offenbar schockiert ihn mein Gefühlsausbruch.

»Danke«, flüstere ich ihm ins Ohr.

Finn schlingt den tätowierten Bizeps um mich und hält mich fester, als meinen Rippen guttut. Aber ich beachte den Schmerz gar nicht, während wir uns gegenseitig erdrücken. Ich vergrabe das Gesicht an seiner Schulter und weine. Ich brauche diesen Moment, und es gibt nichts, das er sagen könnte, um es mir leichter zu machen, und er versucht es auch gar nicht und lässt mich einfach schluchzen, wie es mein Herz verlangt. Zehn Minuten später öffne ich die Augen und mein Blick fällt auf das große Gebäude gegenüber. Ich weiß immer noch nicht, warum er mich zum Krankenhaus gebracht hat.

Ich mache mich von ihm los. »Warum hast du mich hierhergebracht?«

»Ich fürchtete, ich müsste vielleicht genäht werden, nachdem du erfahren hast, dass ich dich angelogen habe.«

Ich muss über seinen Satz lächeln und versetze ihm einen Klaps auf die Schulter. »Ich meine das ernst.«

Die gelöste Stimmung wird aber sofort wieder durch Anspannung verdrängt.

»Das war eine verdammt blöde Idee. Ich weiß gar nicht, was ich mir dabei gedacht habe. Wir sollten gehen.« Seine Finger ergreifen den Zündschlüssel.

Ich lege meine Hand auf seine. »Das ist keine Antwort.«

Tief atmet er durch. »Ich habe dich hierhergebracht, weil er dort drin ist.«

»Wer ist dort drin?«

Er sagt nichts, sondern wartet einfach, bis ich selbst dahinterkomme.

»O Gott. Der Sexualstraftäter?«

Finn nickt.

»Aber ich dachte, er wäre im Gefängnis?«

»Das war er auch. Aber er wurde wegen guter Führung entlassen.«

»Willst du mich verarschen?«

»Das wäre mir lieber. Der Wichser hätte lebenslänglich bekommen sollen, aber sie haben ihn vor ein paar Monaten entlassen.« Finn spricht mir aus dem Herzen.

»Und wie kommt es, dass er jetzt im Krankenhaus ist?«

»Wenige Stunden nach seiner Freilassung hat jemand die Scheiße aus ihm rausgeprügelt. Und dabei keine halben Sachen gemacht. Das Scheusal liegt seither im Koma. Und heute Abend sollen die lebenserhaltenden Maßnahmen eingestellt werden.«

Ich werde jetzt nicht so tun, als ob mir das leidtut, aber *verdächtig* ist das schon. Scheinbar war jemand mit seiner vorzeitigen Entlassung nicht einverstanden und hat die Dinge selbst in die Hand genommen.

»Wer hat das getan?«

Finn zuckt mit den Schultern. »Das ist es ja. Sie wissen es nicht.«

In meinem bereits überforderten Kopf rattern verschiedene Möglichkeiten durch.

»Warte, wann wurde er angegriffen?«

»Ungefähr vor sechs Wochen.«

War Jesse nicht um diese Zeit in Redwater?

Ja, genau, das war er.

Gegen Ende des letzten Sommers verschwand mein Bruder plötzlich und tauchte erst sechs Monate später wieder auf. Als ich ihn fragte, wo er gewesen sei, meinte er in Redwater, weil er dort einige Freunde besucht habe, aber wenn das nun … in Wirklichkeit *Feinde* waren?

Wenn nun mein Bruder das getan hat?

»Ich weiß nicht einmal, warum ich dich überhaupt hierhergebracht habe. Ich dachte nur … vielleicht willst du ihn ja sehen, bevor er stirbt? Wenigstens ein Mal? Es klingt verrückt, jetzt wo ich es ausspreche.«

Ich denke lange und intensiv nach.

Will ich ihn überhaupt sehen?

Den Dreckskerl, der meine Mutter missbraucht hat?

»Gehen wir rein«, sage ich.

Finn reißt den Kopf hoch und schaut mich mit großen Augen an. »Wirklich?«

»Ja. Wenn ich es nicht tue, werde ich mich immer fragen.«

Die nächsten paar Minuten ist alles wie verschwommen. Ich verliere mich völlig in Gedanken und nehme meine Handlungen kaum wahr, während ich aussteige und geradewegs auf den Eingang des Krankenhauses zusteuere. Finn ist nur noch ein fernes Echo, als er die Empfangsdame nach der Zimmernummer des Bastards fragt. Zusammen gehen wir die Gänge entlang. Mein Herz pocht, und ich bin kurz davor, einen Rückzieher zu machen.

Bis wir vor einer Tür stehen bleiben. Schon bei dem Gedanken an das Monster auf der anderen Seite schmerzt meine Brust. Finn und ich wechseln einen Blick, und seine Haselnussaugen scheinen ein letztes Mal zu fragen, ob ich mir sicher bin. Ich schlucke heftig und nicke zur Bestätigung. Dann drückt er die Tür auf.

Als Erstes fallen mir die vergilbten, ehemals weißen Wände auf. Die Farbe ist abgeplatzt, und in dem kleinen Zimmer riecht es nach … Verzweiflung. Zumindest stelle ich mir vor, dass *Verzweiflung* so riecht.

Und dann sehe ich ihn. Einen bewusstlosen runzeligen Mann, seine Haut blasser als die umgebenden Wände. Er liegt in einem Krankenhausbett, in allen Ecken stehen piepende Geräte. Er sieht aus, wie Männer Ende fünfzig aussehen, mit einer krummen Nase und einer Stirnglatze. Aber er ist nicht wie die anderen.

Er ist ein Raubtier. Er ist das Gesicht, das viele Frauen für den

Rest ihres Lebens sehen, wenn sie ihre Augen schließen. Aber er ist auch die Hälfte der zwei Menschen, die zu meiner Erschaffung nötig waren. Ich teile seine DNA. In meinen Adern fließt sein Blut. Und doch ... wird er *niemals* mein Vater sein.

Ich hätte nicht geglaubt, dass ich das jemals sagen würde, aber ich kann es nicht erwarten, dass er stirbt. Ich kann es nicht erwarten, dass sie die Geräte ausschalten und all seinen Opfern, all den Kindern, denen er wehgetan hat, wenigstens ein bisschen Frieden bringen. Kindern wie meinen Brüdern, die er vielleicht nicht auf die gleiche Weise verletzt, aber dennoch traumatisiert hat.

Heilige Scheiße, was, wenn er auch Jesse sexuell missbraucht hat?

Ich bitte Finn, mich für einen Augenblick allein zu lassen. Widerwillig verlässt er den Raum. Ich rühre mich nicht von der Bettkante und starre ihn gefühlt eine Stunde lang an.

»Du wirst niemandem mehr wehtun«, sage ich ihm.

Und wo immer meine Mom sein mag – ich hoffe, sie weiß das auch.

Eine Schwester kommt herein und teilt mir mit, dass die Besuchszeit gleich vorbei sei. Ich habe nichts dagegen, werfe noch einen letzten Blick auf diesen Abschaum, dann lasse ich einen Teil von mir zurück. Dieser Mann hier gehörte niemals zu meiner Familie. Doch meine *wirkliche* Familie hat mich mein Leben lang angelogen. Und wenn meine Eltern so ein großes Geheimnis vor mir verbergen konnten ...

Wer sagt mir, dass sie nicht auch über alles andere lügen?

11. KAPITEL

DIAMOND

»Ich gehe zu Aveena«, sage ich meinem Dad, während die bittere Lüge auf meiner Zunge mein Pokerface auf die Probe stellt.

»Okay, Schatz. Viel Spaß.« Gaten winkt über seine Schulter und rührt mit der freien Hand am Herd weiter in der Marinara-Soße. Ich schiebe beim Hinausgehen die Hand in meine Gesäßtasche und fische den Autoschlüssel heraus. Gerade gleite ich auf den Fahrersitz, als mein Handy eine Nachricht anzeigt.

Von Finn.

Finn: Bist du schon unterwegs?

Schnell antworte ich.

Dia: Bin eben ins Auto eingestiegen. Hast du was zu essen da? Ich bin am Verhungern.

Finn: Ich habe noch ein bisschen Pizza Hawaii vom Besuch der Jungs übrig.

Dia: Wenn ich's mir recht überlege, passe ich lieber. Pizza Hawaii ist nicht so mein Ding.

Seine Antwort leuchtet auf meinem Bildschirm auf.

Finn: Warum nicht?

Dia: Weil Ananas auf Pizza Teufelswerk ist.

Finn: Zur Kenntnis genommen.

Ich schalte mein Handy lautlos und grüble beim Fahren über die Lüge, die ich meinem Vater gerade aufgetischt habe. Man sollte meinen, dass bei meinen Eltern inzwischen die Alarmglocken schrillen würden, wenn sie die »Aveena«-Ausrede hören. Aveena ist zwar meine beste Freundin, aber wenn ich wirklich *so* viel Zeit bei ihr verbringen würde, würde Mrs Harper von mir bestimmt Miete verlangen.

Außerdem will ich Aveena gerade nicht mit Übernachtungswünschen nerven. Sie ist viel zu sehr damit beschäftigt, Xavier abzuknutschen. Genau, das Mauerblümchen, das sich meine beste Freundin nennt, und der Captain der Basketballmannschaft sind jetzt zusammen. Die Gerüchte stimmten tatsächlich. Aveena war *Love* und damit eine Urheberin der Geständnisse, die sich wie Windpocken in der Stadt verbreitet hatten.

Ihre Identität war schnell geklärt, aber ihr Brieffreund Zac? Sagen wir mal, er war eine harte Nuss. Ihr könnt euch meine Überraschung vorstellen, als schließlich herauskam, dass er kein anderer war als Finns bester Freund Xavier. Als das öffentlich wurde, war echt die Hölle los – seine Geständnisse hatten das Zeug dazu, Leben zu zerstören – aber am Ende kam alles wieder ins Lot.

Ich wünschte nur, ich könnte über meine Beziehung dasselbe sagen. Die letzten Monate mit Finn waren beinahe perfekt. Habt ihr bemerkt, dass ich beinahe gesagt habe? Es ist jetzt Wochen her, dass er mir die Wahrheit über die Privatdetektivin gesagt hat. Damals dachte ich, seine Aufrichtigkeit wäre der Beweis, dass er tatsächlich an sich arbeitet. Ein bisschen abzuwarten, während er sich über die Dinge klar wurde, war kein Problem für mich, aber dieses Gespräch ist mittlerweile lange her und es hat sich noch nichts verbessert.

Für den Rest der Welt sind wir immer noch »zwanglos« zusammen, zwei Jugendliche, die sich hinter dem Rücken ihrer Eltern treffen – nun ja, den Rücken *meiner* Eltern. Mr Richards ist ohnehin ständig geschäftlich unterwegs.

Das Schlimmste ist, dass unser »Freundschaft Plus«-Status im Moment unser kleinstes Problem ist. Finn und ich sind nämlich noch gar nicht dazu gekommen, über unsere Pläne fürs College zu sprechen, und so langsam wächst bei mir die Befürchtung, ob wir da auf der gleichen Seite stehen. Verdammt, ich bin mir nicht einmal sicher, ob wir überhaupt im selben *Buch* sind.

Vor einer ganzen Weile war er einverstanden, dass wir uns gemeinsam an der Duke bewerben, aber er hat auch schon davon gesprochen, nach der Highschool vielleicht ein Jahr Pause zu machen. Ich habe inzwischen die Zusage für die Duke und ein paar andere Colleges bekommen, aber jedes Mal, wenn ich Finn danach frage, sagt er, der Brief mit seiner Zusage müsse wohl in der Post verloren gegangen sein.

Die Fahrt zum Haus der Richards ist kurz, aber nicht ganz frei von emotionalem Stress. Meine Befürchtungen haben mich fest im Griff, als ich in die Auffahrt einbiege, denn mir graut vor dem bevorstehenden Gespräch. Unser Schulabschluss ist schon in wenigen Wochen, und ich muss jetzt endlich wissen, wie es für uns danach weitergeht.

Ist das hier nur eine Highschool-Romanze?

Haben wir eine gemeinsame Zukunft?

Gerade parke ich den Wagen, als auf meinem Handy eine Nachricht von Aveena aufleuchtet.

Aveena: Du kommst doch morgen, nicht wahr? Bitte sag Ja!!!

Ich fass es nicht.

Aveena Harper will mich überreden, zu einem gesellschaftlichen Ereignis mitzukommen.

Die Welt steht offenbar kopf.

Theo schmeißt eine Party, um sein und Xaviers Stipendium für die Duke University zu feiern. Zu Vee meinte ich, ich sei noch nicht sicher, ob ich es hinschaffe. Ich konnte mir nicht vorstellen, mich zur Duke-Party ihres Freundes zu schleppen, während mein eigener »Freund« ums Leben nicht übers College reden will. Ich schicke ihr eine rasche Antwort.

Dia: Ich lass es dich wissen.

Meine Gedanken kreisen, während ich den Motor ausschalte und Richtung Haustür gehe. Mein Finger bewegt sich schon Richtung Klingel, da höre ich im Haus einen hitzigen Streit. Instinktiv greife ich nach dem Türknauf und, tatsächlich, es ist nicht verschlossen.

»Fuck, du warst eine Ewigkeit nicht mehr zu Hause. Warum jetzt?« Finns Stimme ist das Erste, was ich beim Hereinkommen höre. Unschlüssig, ob ich Finn nun auf meine Gegenwart aufmerksam machen oder lauschen soll, nimmt mir mein Körper die Entscheidung ab und schleicht auf Zehenspitzen näher.

»Darf ich mir denn um meinen kleinen Bruder keine Sorgen machen?« Die tiefe Stimme lässt mich innerlich zusammenzucken.

Brody.

Als ich Finns Bruder das letzte Mal sah, hatte er gerade Lexie in der Bibliothek eingeschlossen, damit er sich ungestört mit seinen Kumpels vollaufen lassen konnte.

Finn schnaubt: »Spiel hier nicht den besorgten Bruder. Mir gehts bestens.«

»Kumpel, du hast die Haushaltshilfe gevögelt. Dir gehts nicht bestens.«

Die Haushaltshilfe …

Damit meint er mich, nicht wahr?

Weil ich anfangs Mister Richards' Angestellte war?

»Gerade du musst das sagen. Wenn ich mich recht erinnere, hast du auf dem Gebiet nicht gerade die besten Entscheidungen getroffen.«

Damit hat Finn recht. Durch die Geständnisse von Xavier und Aveena hat Brody jedes Recht verloren, andere wegen ihrer Partnerwahl zu verurteilen.

»Hier geht es nicht um mich«, weicht Brody der Anschuldigung seines Bruders aus.

»Sag mir noch mal, warum dich das auch nur irgendwie etwas angeht?«

»Dass du mit Jesse Mitchells Schwester rummachst, *geht* mich etwas an!«

Es ist kein Geheimnis, dass Brody nicht gerade ein Fan meines Bruders ist, aber ich wusste nicht, dass sein Hass meine ganze Familie einschließt.

»Ich weiß ja nicht einmal, was zum Teufel zwischen euch beiden abgelaufen ist, und da erwartest du, ich soll alles aufgeben, bloß weil du das *verlangst*?«

»In der Sache musst du mir einfach vertrauen. Wenn dir auch nur irgendwas an unserer Familie liegt, dann halt dich von diesem Mädchen fern.«

Was zum Teufel?

»Nein«, antwortet Finn geradeheraus.

»Gott, Finn, es hat dich tatsächlich so sehr erwischt, dass dir deine Freundin wichtiger ist als dein eigen Fleisch und Blut?«

»Sie ist nicht meine Freundin. Wir vögeln nur miteinander«, erwidert Finn.

Seine Worte dringen wie Glasscherben in meine Lunge ein.

»Lass den Scheiß. Fletcher hat gesagt, ihr beide seht aus, als wolltet ihr zusammen durchbrennen oder so ein Mist. Es ist eine langfristige Sache. Gib es zu.«

Im Zimmer herrscht für einen Augenblick Schweigen.

Dann schneidet mir Finn mit einem einzigen Satz das Herz aus der Brust. »Ach was, Mann. Fürs Erste reicht sie, aber auf dem College ist das eine andere Geschichte.«

Mir sackt der Magen durch, als er das zugibt.

Nun … wie's aussieht, habe ich meine Antwort.

Also eine Highschool-Romanze.

Mein Gehirn läuft wie auf Autopilot, als ich durch die Diele stürme und am Durchgang zur Küche stehen bleibe. Die beiden Kerle sehen sofort zu mir. Ich weiß nicht einmal, warum ich mich überhaupt zu erkennen gebe. Ich glaube, ich will nur, dass mir Finn in die Augen sehen muss, während er alles mit Füßen tritt, was wir zusammen durchgestanden haben.

Bei meinem Anblick klappt ihm der Mund auf. »Dia …«

Doch ich bin schon wieder auf dem Weg nach draußen zu meinem Wagen. Ich wünschte, er würde mir nicht folgen, aber das Arschloch ist schnell, und ich habe ein gewaltiges Déjà-vu, während ich zur Haustür haste.

»Dia, warte«, fleht er, während er mir im Gleichschritt folgt. »Fuck, jetzt … lass mich das doch erklären!«

Das hatten wir schon einmal.

Das Flehen, das gebrochene Herz, all die *»Ich kann das erklären«*.

Ich weiß, wie diese Geschichte ausgeht.

Und ich habe keine Lust auf eine Wiederholung.

Meine Hand schließt sich gerade um den Türgriff meines Autos, als Finn hinter mir stehen bleibt. Ich ziehe die Tür auf und will abhauen, aber er streckt den Arm an mir vorbei, greift ans Fenster und schlägt die Tür wieder zu.

»Ich meinte das doch nicht so«, kommt es wie ein Schwall aus seinem Mund. »Ich weiß, das war echt beschissen, was ich gesagt habe, aber dieses Arschloch hat mich so provoziert, und ich –«

»Nein«, schneide ich ihm das Wort ab.

Er stutzt. »Nein?«, fragt er.

Ich wende den Kopf zu ihm um. »Ich rede jetzt.«

Finn taumelt einen Schritt zurück.

»Angenommen, ich würde dir glauben. Dass Brody dich wirklich provoziert hat und ich nur dein Ego habe reden hören. Trotzdem ändert das nichts an der Tatsache, dass du es so hast klingen lassen, als würde ich dir überhaupt nichts bedeuten.«

»Es tut mir so leid –«

»Ich bin noch nicht fertig«, weise ich ihn zurecht, und vielleicht wirke ich dabei von außen stark und selbstbewusst, aber innerlich breche ich gerade zusammen. »Ich habe dir Gelegenheit gegeben, dir über die Dinge klar zu werden, aber allmählich begreife ich … dass du an deinen Problemen gar nicht arbeitest. Du läufst vor ihnen *weg*.«

Finns Kinnmuskeln zucken, und er sieht mich schuldbewusst an.

»Du hast bestimmt gute Gründe, dich vor einer Beziehung zu fürchten. Du hast eine Menge durchgemacht und ich kann es dir nicht verübeln, dass du dafür Zeit brauchst. Aber inzwischen weiß ich gar nicht mehr, worauf ich eigentlich noch warte.«

Sein Hundeblick lässt meine Selbstsicherheit zu Asche zerfallen. »Dia …«

»Ich habe das Gefühl, ich muss dich ständig anflehen, mich zu wollen, und ich … ich habe es satt, Finn.«

»Du musst mich nicht anflehen, dich zu wollen.« Er kommt wieder näher. »Dia, ich tu doch nichts anderes. Kapierst du das nicht? Ich verändere mich. Ich werde besser. *Deinetwegen* will ich besser werden.«

»Vielleicht ist genau das das Problem«, antworte ich.

Ihm klappt der Mund auf.

»Vielleicht solltest du ja *deinetwegen* ein besserer Mensch werden wollen.«

»Wie meinst du das?« Er kann nicht verbergen, dass ihm die Stimme bricht.

»Du willst, dass ich dich heile, damit du es nicht selbst tun musst. Es ist, als würdest du mich nur brauchen, wenn du verletzt bist oder unglücklich.«

»Falsch.« Ich erschrecke, als Finn ganz nahe herankommt und mir an meinem Auto keinen Ausweg lässt. Eine braune Strähne hängt ihm vor den Augen, während er die Hand auf dem Autodach abstützt. Wir sind uns so nah, dass ich sein Aftershave riechen kann.

»Ich will dich, wenn ich aufwache, wenn ich einschlafe, und wenn ich in einem Zimmer mit all meinen Freunden bin und es mir gut geht. Ich will dich, wenn ich Basketball spiele, was ich am liebsten tue. Ich will dich jede Sekunde des Tages und ich werde niemals damit aufhören.«

Nicht weinen.

Dummerweise trüben die Tränen meinen Blick, bevor ich sie aufhalten kann.

»Also gut, wahrscheinlich will ich dich auch, wenn ich verletzt oder traurig bin, aber um ehrlich zu sein … überall auf diesem gottverdammten Planeten wäre ich traurig ohne dich.«

Seine Worte rauben mir den Atem.

Ich schniefe: »Ich möchte dir ja glauben, aber ich –«

»Dann glaub mir.« Finn legt die Hände an mein Gesicht, während seine Mimik vor Entsetzen verzerrt ist. »Glaube mir, dass ich eine verdammte Katastrophe bin, aber eine Katastrophe, die dich liebt.«

Eine flüchtige Sekunde lang glaube ich ihm wirklich. Aber das spielt keine Rolle. Es spielt keine Rolle, weil seine Dämonen noch immer mehr Macht über ihn haben, als ich je haben werde. Und ich bringe es einfach nicht fertig, mein ganzes Freshman-Jahr am College anderen Mädchen dabei zuzusehen, wie sie ihn anschmachten, weil er »Freiwild« ist.

»Bitte, sag etwas«, flüstert Finn, presst seine Stirn an meine, und mein Hals schmerzt vor unterdrückten Schluchzern.

Ich kann keine Entscheidung fällen.

Jetzt nicht.

Noch nicht.

»Ich muss los.« Ich nehme seine Hände von meinem Gesicht und schwöre, dass in seinen Augen etwas zerbricht.

»Nein, warte. Geh nicht. Bitte.« Seine Hand schießt vor und fasst mich am Handgelenk, bevor ich die Autotür öffnen kann. Die Verzweiflung in seiner Stimme lässt mich fast zusammenbrechen. Mit meiner gesamten Willenskraft schaffe ich es, meinen Arm zurückzuziehen.

»Ich habe dir Zeit gelassen. Jetzt musst du für mich dasselbe tun.«

Er schluckt hart und nickt. Dann steige ich ein und werfe einen letzten Blick auf den Jungen mit dem verletzten Herzen …

Und fahre los.

* * *

Mit den tausend Orten, an denen ich jetzt lieber wäre, könnte ich ein ganzes Buch füllen. Mein Bett zum Beispiel. Oder in der Badewanne. Trotzdem, *hier bin ich* und gehe zu Theos Party, obwohl ich nichts lieber möchte, als in die andere Richtung zu rennen.

Aus dem Garten bei Theos Haus schallt laute Musik, der Rhythmus vermischt mit dem fernen Geplapper der Basketballmannschaft, und ich mache mir eine gedankliche Notiz, nie wieder auf eine Party zu gehen, bei der neunzig Prozent auf der Gästeliste Kerle sind.

Eigentlich ist Aveena ja auch hier, aber nur weil Xavier nicht weiß, wie er ohne sie atmen soll, und Finn hat gesagt, er würde nicht kommen, wenn ich nicht eingeladen werde.

Finn …

Ich habe keine Ahnung, was ich ihm sagen soll. Ich habe keinen Pieps mehr von ihm gehört, seit ich gestern weggefahren bin. Was ich ihm nicht verübeln kann. Schließlich bin ich es, die um Zeit gebeten hat, und trotzdem sehe ich alle fünf Sekunden aufs Handy.

Ich hasse es, wie sehr er mir fehlt. Ich hasse es, dass die vernünftige Entscheidung für meine geistige Gesundheit mein Herz fast umbringt. Ich fühle mich wie ein Monster, weil ich ihm so ein Ultimatum stelle. Es ist ja nicht so, dass er sich nicht bemüht hat, seit wir uns kennengelernt haben. Immerhin hat sich der Typ von *Anti-Dating* zu Händchenhalten auf den Schulfluren entwickelt, gibt überall mit mir an und wartet tagtäglich bei meinem Spind. Gegen eine Beziehung hat er offensichtlich eine geistige Blockade, aber seine Fortschritte sind nicht zu leugnen. Vielleicht war ich doch zu streng.

Großer Gott, wenn ich nun einen Fehler gemacht habe?

Derartige Zweifel nagen an mir, während ich geradewegs auf den Garten hinter Theos Haus zusteuere. Ich schiebe das Gartentor auf und werde von Luftballons mit Basketballmotiven begrüßt.

Auf einem großen Banner steht »Duke, verdammt noch mal!« und es gibt auch einen riesigen Kuchen mit Theos und Xaviers Rückennummern darauf. Wie erwartet wimmelt es im Garten von betrunkenen Basketballspielern. Jeder Typ in meinem Gesichtsfeld hat das Gesicht blau-weiß bemalt – wahrscheinlich die Farben der Duke – zur Feier, dass Theo und Xavier zu den Erwählten zählen.

Die beiden stehen mit ein paar anderen aus dem Team um den Bierpong-Tisch herum. In diesem Moment taucht Aveena neben ihrem Freund auf, und Xavier legt ihr sofort den Arm um den Hals, um sie zu küssen.

Während sie ihn küsst, muss sie grinsen und schlägt ihm spielerisch auf die Brust, worauf die anderen anfangen zu pfeifen und zu rufen, sie sollen sich ein Zimmer nehmen. Aber Xavier gehen ihre Sprüche am Arsch vorbei und er küsst sein Mädchen weiter, bis Theo so tut, als müsse er würgen. Unwillkürlich muss ich lächeln, auch wenn die Freude für meine beste Freundin von ein klein wenig Neid getrübt wird.

Ich suche den Garten nach Finn ab, kann ihn aber nirgendwo entdecken. Normalerweise ist Finn immer dort, wo Xavier hingeht, aber aus irgendeinem Grund fehlt er in der Gruppe. Als wir das letzte Mal über Theos Party gesprochen haben, sagte er, er würde kommen. Hat er seine Meinung geändert?

In diesem Moment sieht mich Aveena in der Ecke stehen und nimmt Xaviers Arm von ihren Schultern. Sie sagt ihm etwas, dasich nicht verstehen kann, drückt ihm ein Küsschen auf den Mund und kommt zu mir herüber.

Sie trägt ein übergroßes blaues Duke-University-T-Shirt und weiße Shorts. Ihr rosafarbenes Haar reicht bis über ihre Brüste – vor Monaten hat sie es aus einer Laune heraus gefärbt. Als sie näher kommt, entdecke ich auf ihrer rechten Wange einen aufgemalten Basketball, der durch einen Korb fällt. Sie strahlte förmlich, während ich mich innerlich wie tot fühle.

Ich hätte nicht kommen sollen.

Aber ich will ihr auf keinen Fall die Laune verderben.

»Du hast es geschafft!« Vee öffnet die Arme weit und ich lasse mich, ohne zu zögern, umarmen.

»Ich habe es geschafft.« Als wir uns voneinander lösen, ringe ich mir ein Lächeln ab, aber in ihren Augen blitzt sofort Sorge auf.

»Was ist los?« Ihr Gesicht verfinstert sich.

Fuck, warum in aller Welt kennt sie mich nur so gut?

»Nichts. Warum?«, lüge ich.

»Ich kenne diesen Gesichtsausdruck. Irgendwas stimmt nicht.« Sie verschränkt die Arme. »Raus damit, Mitchell.«

Ich überlege, ihr von meinem Streit mit Finn zu erzählen, entscheide mich aber dagegen. Heute soll der Erfolg ihres Freundes gefeiert werden. Über mein Beziehungsdrama können wir uns auch noch später unterhalten.

»Ich sage doch, alles in Ordnung. Entspann dich, Mama Bär.« Ich bringe ein halbwegs überzeugendes Lachen zustande und ihre Schultern entspannen sich ein wenig.

»Würdest du das auch schwören?« Sie kneift bedrohlich die Augen zusammen.

Ich lege die Hand auf die Brust. »Hand aufs Herz!«

»Aber wenn etwas wäre, würdest du es mir sagen, oder? Weil ich mir nicht zu schade dafür wäre, Finns Gesicht in die Torte zu klatschen.«

Ich kichere. »Du wirst es als Erste erfahren. Apropos, hast du Finn irgendwo gesehen?«

Aveena blickt sich nachdenklich um. »Schon eine ganze Weile nicht mehr.«

»Dann war er vorher hier?«

»Ja, bis er Xavier zum Reden zur Seite genommen hat. Seither habe ich ihn nicht mehr gesehen.«

Jetzt mache ich mir offiziell Sorgen.

»Irgendwie habe ich Durst. Gibts hier was zu trinken?«, wechsle ich das Thema.

»Wir haben Punsch, aber ich kann dir nicht sagen, was drin ist.« Sie deutet über die Schulter auf einen Tisch mit den Snacks.

Ich lache. »Probieren geht über Studieren.«

Ich bin schon auf dem Weg zum Tisch, als Aveena mich anhält. »Ich übernehme das.«

Kaum ist sie gegangen, ziehe ich mein Handy aus der Tasche und schicke Finn eine Nachricht.

Dia: Wo bist du?

Auf dem Bildschirm erscheint unter meiner letzten Nachricht das schrecklichste Wort, das ich je gesehen habe.

Gelesen.

Ich warte, dass er antwortet, aber er tut es nicht. Ignoriert er mich?

Ich blicke auf und sehe, dass Xavier Aveena auf dem Weg zum Punsch abgefangen hat. Er flüstert ihr etwas ins Ohr, woraufhin sie kichert und ihre Wangen rot anlaufen.

Jep, ich habe Zeit.

Ich schreibe Finn noch mal, denn ich will nicht kampflos aufgeben.

Dia: Finn, ich mach mir Sorgen.

Wieder kommt das Gelesen-Zeichen.

Sonst nichts.

»Scheiß drauf!«, murmele ich und wähle seine Nummer. Ich drücke die Ruftaste und nehme das Handy ans Ohr. Es klingelt ein paar Mal, doch dann geht die Voicemail an.

Und das nicht, weil sein Telefon lautlos gestellt ist. Sonst hätte es nicht geklingelt. Ich würde wetten, dass er mich weggedrückt hat.. Er ignoriert mich *absichtlich*. Doch dann stockt mir der Atem, als mein Handy eine Nachricht meldet.

Von ihm.

Finn: Bitte ruf mich nicht an.

Ich tippe meine Antwort so schnell, dass ich zweimal von vorne anfangen muss.

Dia: Warum nicht?

Zu meiner Verwunderung antwortet er sofort.

Finn: Weil ich mich anders entscheiden werde, wenn ich deine Stimme höre.

Mir wird ganz flau im Magen.

Dia: Anders entscheiden bei was?

Wieder bekomme ich nur das »Gelesen« von ihm. Es vergehen ein paar Minuten und er hat immer noch nicht geantwortet. Ich schreibe ihm wieder. Ist mir egal, wenn ich verzweifelt wirke.

Dia: Finn???

Fünf Minuten später erlöst er mich aus meinem Leid.

Dachte ich jedenfalls.

Finn: Ich habe deine Sachen bei euch vorn auf die Veranda gestellt.

Nein. Nein, verdammt.

Das kann er nicht tun. Ich halte mein Handy so fest gepackt, dass ich beim Antworten meine Knöchel kaum spüre.

Dia: Finn, du machst mir Angst. Was tust du?

Ich hatte gestern zwar so meine Zweifel, aber ich habe nicht mit ihm Schluss gemacht. Ich sagte nur, ich bräuchte mehr Zeit. Und nicht, dass unsere ganze Beziehung reif für den Müll wäre. Er antwortet fünf Minuten später.

Finn: Was ich schon vor Jahren hätte tun sollen.

»Wenn du kotzen musst, erledige das bitte drinnen.« Eine maskuline Stimme lässt mich zusammenfahren. Xavier und Aveena starren mich an, als wären mir gerade Nippel auf der Stirn gewachsen. Aveena, die in einer Hand meinen Drink hält, rammt ihrem Freund zur Strafe den Ellenbogen in den Bauch, aber an seinem Vorwurf ist natürlich etwas dran. Ich fühle mich beschissen und wahrscheinlich sieht man mir das auch an.

»Alles in Ordnung, D? Du siehst irgendwie blass aus.« Aveena reicht mir meinen Drink und ich lasse mir in Gedanken noch einmal Finns letzte Nachricht durch den Kopf gehen. Er sagt, er tue, was er schon vor Jahren hätte tun sollen.

Was zum Teufel soll das bedeuten?

»Weißt du, wo Finn ist?«, frage ich Xavier rundheraus.

»Der ist schon vor Stunden gegangen«, erklärt Xavier.

»Hat er da okay ausgesehen? Als er gegangen ist?«

»Also … Er war schon ziemlich betrunken, aber wenn ich's mir recht überlege, fand ich ihn noch hektischer als sonst.«

»Was meinst du mit ›hektisch‹?«

»Ich weiß nicht, er war irgendwie durch den Wind. Hat die ganze Zeit davon gelabert, sich seinen Dämonen zu stellen oder so einen Mist.«

Sich seinen Dämonen stellen.

Dieselben Dämonen, von denen ich ihm gestern vorwarf, er würde vor ihnen davonlaufen. Die er besiegen müsse, wenn wir zusammen sein wollten. *O mein Gott, was habe ich bloß angerichtet?* Ich vergeude keine Sekunde, reiche Aveena den Becher zurück und presche zu meinem Auto.

Ich weiß, wo Finn hingegangen ist.

Und ich muss ihn aufhalten.

12. KAPITEL

DIAMOND

Notiz an mich selbst: immer ein Ladegerät im Auto bereithalten.

Beim Fahren halte ich das Steuer so fest gepackt, dass es alles Blut aus meinen Händen quetscht. Unfassbar, dass ich mein Handy gestern nicht aufgeladen habe. Als ich heimkam, war ich nach dem Streit mit Finn so aufgelöst, dass mir der niedrige Akkustand gar nicht aufgefallen war.

Etwa auf der halben Strecke zu meinem Ziel machte dann mein GPS schlapp. Eigentlich kenne ich mich in Silver Springs ganz gut aus, aber in diesem Viertel war ich noch nie und hatte eigentlich nicht vor, mich gerade dann zu verirren, wenn Finn mich am dringendsten braucht.

Mir blieb nichts anderes übrig, als umzudrehen, nach Hause zu fahren und das Ladegerät zu holen. Ich habe kein gutes Gefühl, als ich bei uns in der Auffahrt parke. Überraschenderweise ist auch der Wagen meines Bruders da.

Zurzeit sind wir eigentlich nie gleichzeitig zu Hause. Jesse hat seit Kurzem zwei Orte weiter einen Job als Barkeeper. Er arbeitet deshalb nur noch nachts und schläft den ganzen Tag, wodurch ich etwas Ruhe vor dem herrischen Arsch habe. Vor dem Aussteigen schicke ich Finn kurz die Nachricht »Bin bald da«. Ich muss nur schnell hinein, mir das Ladegerät schnappen und dann wieder verschwinden. Hoffentlich schaffe ich es zu ihm, bevor er etwas Dummes anstellt.

Klingt eigentlich leicht, oder?

Dass ich an meiner Definition von »leicht« arbeiten muss, wird mir in dem Moment klar, als ich die Haustür aufschließe und meiner Familie gegenüberstehe.

Gaten und Dave sitzen mit ernsten Gesichtern am Küchentisch. Was Jesse betrifft – er erwartet mich an der Tür, die tätowierten

Arme vor der Brust verschränkt. Sie lassen mich nicht aus den Augen, während ich hereinkomme.

Sie sehen verärgert aus. Nein, eher *wütend*.

»Was ist los?« Ich rede nicht um den heißen Brei herum.

»Habt Aveena und du gestern Abend Spaß gehabt?« Dave ergreift als Erster das Wort, was meine Befürchtungen bestätigt.

Sie wissen Bescheid.

Fuck, sie wissen Bescheid.

»Sicher.« Ich ersticke fast an meinem schlechten Gewissen.

Als ich gestern Abend früh von Finn nach Hause kam, erklärte ich Gaten, ich hätte beschlossen, doch nicht bei Aveena zu übernachten. Er antwortete nichts und war weiter mit Spülen beschäftigt. Wenn ich darüber nachdenke, hat er mich kaum angesehen.

Wusste er da schon Bescheid?

Meine Antwort scheint etwas auszulösen, denn nun wirft Dave seinem Ehemann seinen besten »Ich habs dir doch gesagt«-Blick zu und bei Gaten blitzt Enttäuschung auf. Sie haben mich auf die Probe gestellt, nicht wahr?

»Ist Aveena umgezogen?« Daves Frage lässt mich stutzen.

Verwirrt frage ich: »Nein, warum?«

»Weil du nicht bei ihrer Adresse warst, deshalb.«

Meine Augen schießen für einen Moment zwischen Dave und Gaten hin und her. In der Geschichte, die mein Gehirn gerade zusammenbraut, scheint ein entscheidendes Teil zu fehlen. Mir fällt die Kinnlade herunter, als ich begreife.

»Das habt ihr nicht getan«, murmele ich.

Dave nickt. »Verdammt noch mal, das haben wir.«

Sie haben mich getrackt. Ich weiß nicht, wie, aber sie haben mir einen Peilsender verpasst. Ich reiße mein Handy aus der Tasche und mustere es argwöhnisch. Ist es mein Telefon? Mein Auto? Fuck, wie konnte mir das *entgehen*?

»Zuerst schreibt ihr mir vor, wen ich treffen darf und wen nicht, und jetzt spioniert ihr mir nach?« Mein gehässiger Tonfall ist nicht gerechtfertigt.

Ich bin nicht einmal wütend auf sie. Ich bin wütend auf *mich selbst*. Es schmerzt mich, dass ich die Kluft zwischen uns so sehr habe anwachsen lassen. Es schmerzt, dass ich so unaufrichtig mit ihnen war, dass sie glaubten, sie müssten irgendwo in meinem Zeug einen Tracker verstecken.

»Für wie dumm hältst du uns eigentlich? Verdammt, ganz so leichtgläubig sind wir nicht. Wir wissen, dass du dich mit Finn getroffen hast«, blafft Jesse, und wenn man mit Blicken Flammen werfen könnte, dann wäre er jetzt geröstet wie ein Marshmallow am Lagerfeuer.

Warum tut er, als hätte ich sein Vertrauen missbraucht? Ich verstehe, dass meine Dads angepisst sind, aber er ist mein Bruder. Und soweit ich weiß, gehören Erziehungsaufgaben nicht zu seiner Stellenbeschreibung.

Ich beschließe, dass ich genug gehört habe, als Jesse hinzufügt: »Was hast du dazu zu sagen?«

»Was zum Teufel soll das hier sein? Ein Prozess?« Ich stürme die Treppe hinauf, obwohl mir meine Dads hinterherrufen. Sofort greife ich nach dem Ladegerät auf meinem Nachttisch. Ich habe keine Ahnung, wie ich an ihnen vorbeikommen soll, aber ich muss es wenigstens versuchen.

Finn zuliebe.

Ich habe die Küche kaum betreten, da erhebt sich Gaten von seinem Platz und geht hinüber zu seinem Ehemann und seinem Sohn an der Eingangstür. Dort bilden sie jetzt so etwas wie eine menschliche Wand.

»Lasst mich durch.« Mein Hals schmerzt so sehr, dass ich kaum sprechen kann.

Jesse schnaubt: »Warum? Damit du weiter einen aussichtslosen Kampf führen kannst?«

Es ist kein aussichtsloser Kampf. Ich werde Finn nicht aufgeben. *Nur über meine Leiche.*

»Du weißt ja gar nicht, worüber du redest.« Ich versuche, um sie herumzugehen, aber Jesse blockiert die Tür.

»Schau mal, ich habe mit deinem Kerl gesprochen, als er dein Zeug auf der Veranda abgeladen hat. Mag sein, dass ich den Typen nicht ausstehen kann, aber in einem bin ich ganz seiner Meinung. Das muss jetzt ein Ende haben.«

»Geh mir aus dem Weg«, warne ich ihn.

»Verfickt noch mal, Dia, kapierst du's denn nicht? Dieser Kerl wird dich zerstören.«

Mit den Worten verliere ich die Beherrschung. »Ist mir scheißegal!«

»Schau dich doch an.« Dave kommt näher. »Ich erkenne dich fast nicht wieder. Dieser Finn hat aus dir eine Lügnerin gemacht.«

Das schiebt mich endgültig über den Rand. »Wie der Vater, so die Tochter, nicht wahr?« Die Worte rutschen mir heraus, bevor ich sie zurückhalten kann.

Dave verzieht entsetzt das Gesicht und sein Mund klappt ein paar Zentimeter auf. »Was soll das denn nun heißen?«

Gaten tritt zwischen uns und reckt die Hände wie eine weiße Fahne in die Höhe. »I-Ich finde, wir sollten uns alle erst mal beruhigen.«

Ich wünschte, ich könnte das, aber die Büchse der Pandora ist nun einmal geöffnet.

»Das bedeutet, dass ihr mich mein ganzes Leben lang angelogen habt«, werfe ich ihnen die eigenen Sünden vor.

Noch nie habe ich meinen Vater so blass gesehen. Dave stolpert nach hinten, aber in seinen Augen ist nicht Entsetzen zu lesen. Es ist blanke Angst. Er fürchtet sich höllisch vor dem, das offenbar herausgekommen ist.

»Liebling, wovon redet sie da?«, fragt Gaten, während Jesse und Dave schuldbewusste Blicke wechseln. *Oh. Mein. Gott.* Sie stecken alle beide mit drin. Gaten und ich wussten als Einzige nichts davon.

Also lege ich es offen. »Ich rede davon, dass unser Pflegevater ein Kinderschänder war, und meine vierzehnjährige Mom sein Opfer.«

Gaten klappt die Kinnlade herunter. »Ist das … Ist das wahr?« Gaten wendet sich an seinen Mann.

»Es tut mir so leid«, krächzt Dave mit einem Seitenblick auf Jesse, der so heftig seine Fäuste ballt, dass es schon beim *Hinsehen* schmerzt. Angesichts der Bestätigung schlägt Gaten die Hand vor den Mund, sein Gesicht ein Bild des Schreckens. Jesse und Dave dagegen sehen aus, als müssten sie sich gleich erbrechen.

»Und das wusstest du? Als du vorschlugst, dass wir sie ebenfalls adoptieren?«, fragt er vorwurfsvoll.

Hat es sich so zugetragen? Jesse muss Dave die Geschichte meiner leiblichen Mutter anvertraut und ihn davon überzeugt haben, mich ebenfalls zu adoptieren. Aber warum erzählte Dave das nicht seinem eigenen Ehepartner? Ich errate die Antwort, bevor ich die Frage stellen kann. Wahrscheinlich fürchtete er, Gaten würde Nein sagen. Eine solche Zustimmung würde ein *ziemlich* großes zu tragendes Paket bedeuten. Völlig überfordert lässt sich Gaten mit leerem Blick auf einen Küchenstuhl plumpsen.

»Wolltest du mir das irgendwann einmal erzählen?«

»Nicht einmal auf meinem Totenbett«, erwidert Dave ungeniert.

Ich möchte wütend auf ihn sein. Ich möchte schreien und meine Verzweiflung an ihm auslassen, aber stattdessen weine ich zuerst einmal alles Wasser heraus, das mein Körper enthält.

»Und du findest, ich hatte nicht das Recht, das zu wissen?«, schluchze ich.

»Was hätte das für einen Unterschied gemacht?«, schnauzt Dave. »Es ändert nichts an der Tatsache, dass du meine Kleine bist und immer sein wirst.«

»Wolltest du mich überhaupt haben? Oder musste dich Jesse erst davon überzeugen?« Ich wende die Aufmerksamkeit nun meinem Bruder zu.

Für einen kurzen Augenblick herrscht Schweigen.

»Ich fragte, wolltest du mich überhaupt haben?«, hake ich eine Tonlage höher nach und treffe bei meinem Vater einen Nerv.

»Nein!« Dave ist ebenso aufgewühlt wie ich.

Dann stimmt es also.

Hinter allem steckt Jesse. Seinetwegen musste ich nicht mit diesem Monster von einem Pflegevater aufwachsen. Seinetwegen habe ich eine Familie bekommen. Ein Leben. Wie soll ich wütend auf ihn sein, wo ich ihm doch *alles* verdanke?

»Jedenfalls nicht gleich«, präzisiert Dave.

»Schon verstanden«, keife ich.

»Dia, hör mir zu.« Dave kommt näher. »Trotzdem war es die beste Entscheidung aller Zeiten, dich zu adoptieren.«

Fast fürchte ich, mein Herz könnte überlaufen – gibt es so was überhaupt? Wenn nicht, dann sollte es das aber. Denn genauso fühlt es sich an. Als wären da einfach viel zu viele Gefühle in meiner Brust. Mehr Schmerz, Verbitterung und Dankbarkeit, als ein menschliches Herz ertragen kann.

»Du hast das getan?« Ich blicke meinen Bruder an, und mit jedem neuen Informationshäppchen schwindet meine Wut.

Jesse starrt auf seine Füße, während das schlechte Gewissen wie eine bedrohliche schwarze Wolke über seinem Kopf zu schweben scheint. »Ich … Ich konnte dich einfach nicht zurücklassen.«

Eine gefühlte Ewigkeit lang sagt niemand etwas oder macht auch nur das kleinste Geräusch, während jeder von uns etwas Zeit braucht, um das alles zu verarbeiten. Für eine Minute lasse ich mich im Auge des Hurrikans einfangen. Bis mir einfällt, weshalb ich überhaupt hier bin.

Finn.

Der sich seinen Dämonen stellt.

Auf die schlimmstmögliche Weise.

Scheiße.

»Ich muss jetzt los.«

Schon bin ich auf dem Weg zur Tür.

»Fuck, willst du mich verarschen? *Jetzt* willst du gehen?« Jesse tritt mir in den Weg. Ich ramme ihm meine Schulter in die Brust, damit er Platz macht, aber er rührt sich nicht vom Fleck.

»Du verstehst nicht. Ich muss wirklich los«, versuche ich zu argumentieren, aber es hat keinen Zweck.

»Du musst jetzt nur eines, und zwar dich mit deiner Familie hinsetzen und ein ernsthaftes Gespräch führen. Wir haben noch etwas anderes zu bereden.«

Normalerweise wäre ich neugierig. An jedem anderen Tag würde ich mir einen Stuhl nehmen und ihnen meine ungeteilte Aufmerksamkeit schenken. Aber heute ist nicht jeder andere Tag. Denn diesmal fürchte ich nicht nur, dass sich Finn emotionalen Schaden zufügt. Ich fürchte um seine *Sicherheit*.

»Welchen Teil hast du nicht verstanden? Finn braucht meine Hilfe.« Ich stemme mich mit allem, was ich habe, gegen Jesse, und zu meiner Verblüffung weicht er zur Seite. Leider packt mich mein Bruder schon eine Sekunde später am Handgelenk.

»Du bleibst«, erklärt Jesse.

»Fuck, du bist doch nicht mein Dad.«

Dann sagt er das eine, von dem sich unsere Familie vermutlich niemals erholen wird …

»Doch, bin ich!«

Drei Worte.

Drei. Beschissene. Worte.

Und doch … reichen sie, um alles auszulöschen, was je als Wahrheit gegolten hat.

Ist das das andere, das sie noch bereden wollten? Dass der Mann, den ich mein Leben lang Bruder genannt habe, in Wirklichkeit mein Vater ist? In meinem Kopf prallen eine Million Fragen aufeinander. War Jesse deshalb immer so überängstlich, was mich betraf? Wie ist das überhaupt möglich? War Jesse nicht erst vierzehn, als wir adoptiert wurden?

Ich kann nicht atmen; in meiner Lunge wird die Luft knapp, während ich Dave einen flehenden Blick zuwerfe.

Sag, dass das nicht wahr ist.

Sag, dass ihr mich nicht auch dabei angelogen habt.

Sag, dass Jesse nicht all die Zeit mein leiblicher Vater war.

Und es bringt mich um …

Weil er nichts sagt.

14. KAPITEL

FINN

Poch.

Poch.

Poch.

In meinem Kopf höre ich, wie mein Herz schlägt. Der rasche Puls übertönt das Plätschern von Lake Belmont rings um mich herum. Ich streiche mit der Hand über den Bootssteg, auf dem wir an jenem verhängnisvollen Tag standen. Es war nicht übertrieben, als mein Dad sagte, das Boot sei wieder so gut wie neu. Es wirkt, als wäre hier nie etwas passiert. Als hätten uns diese betrunkenen College-Kids niemals gerammt.

Ist schon irgendwie eine Ironie des Schicksals, dass ich ein volles Jahrzehnt nicht mehr hier war und jetzt beim ersten Besuch bei Moms Boot selbst betrunken bin.

»Alles in Ordnung, Kleiner?«, fragt eine raue Stimme.

Ich blicke auf. Am Dock des Yachthafens steht ein ergrauter alter Mann mit Hornbrille und beobachtet mich. Er muss mich für verrückt halten, wie ich mit einer Whiskeyflasche in der Hand auf einer vertäuten Yacht liege. *Wahrscheinlich hat er recht.*

»Verpiss dich.« Ich setze mich auf, hebe die Flasche und trinke noch einen Schluck.

Meine schroffe Erwiderung bringt ihn kein bisschen aus der Fassung. Er lächelt nur.

»Du erinnerst mich an meinen Sohn«, bemerkt er.

Eigentlich sollte mich bei seiner Antwort gruseln, aber ich habe das Gefühl, dass er einfach nur trauert. Irgendwie teilen wir den gleichen Schmerz.

»Hat er dir auch gesagt, du sollst dich verpissen?«

»Ständig.« Er nickt, als wäre das etwas Gutes. »Er fehlt mir.«

Ich nehme das zurück. Der Typ ist total gruselig.

Ich zuckte mit den Schultern. »Hört sich nach einem Arschloch an, dein Sohn.«

»Das war er auch«, sagt er mit einem keuchenden Lachen.

War.

Ich hatte recht.

Er trauert wirklich. Und da frage ich mich, ob mein Vater das auch sagen würde, falls ich sterben würde. *Er war ein Arschloch, aber er fehlt mir.*

»Was an ihm fehlt dir?«, frage ich, obwohl mich das eigentlich nicht kümmert. Der nüchterne Finn hätte ihm längst gesagt, er solle einem anderen auf die Nerven gehen, aber im Augenblick kommt mir die Ablenkung gelegen.

»Er hat nie so getan, als wäre er jemand anderes. Er wusste, wer er war, und hat dazu gestanden. Genau wie du.«

»Du kennst mich doch gar nicht«, schnauze ich.

Er hebt die Hände. »Da hast du natürlich recht. Aber eine verlorene Seele erkenne ich immer.«

Ich bin eindeutig zu nüchtern für einen solchen Mist.

»Okay?« Ich nehme noch einmal einen tiefen Schluck.

»Ich gebe dir einen Rat. Stoß die Menschen nicht weg. Die Reise ist nichts wert, wenn am Ziel keiner wartet.«

Was bildet sich dieser Spinner ein, dass er mir hier Ratschläge erteilt?

Ich stemme mich hoch. »Nimms mir nicht übel, Opa, aber du gehst mir irgendwie auf den Sack.«

Der Mann gibt ein heiseres Lachen von sich, scheint meinen Hinweis aber nicht wahrzunehmen.

Er sieht zu, wie ich zum Cockpit des Boots hinüberwanke, und meint: »Du willst aber nicht raus auf den See, oder? Da ist ein großer Sturm im Anmarsch.«

Ich höre die warnenden Worte, registriere ihre Bedeutung aber nicht, weil in meinem Kopf immer noch sein voriger Rat herumspukt. *Stoß die Menschen nicht weg. Die Reise ist nichts wert, wenn am Ziel keiner wartet.*

Habe ich Dia weggestoßen?

Als ich ihre Sachen zurückgebracht habe?

Ich dachte, es wäre das Richtige, ihr ihre Freiheit zurückzugeben, bis ich meinen Mist verarbeitet habe. Ich wollte ihr ersparen, dass sie auf mich warten muss. Mir war klar geworden, dass es ihr gegenüber nicht fair ist. Ich redete mir ein, das wäre mutig von mir. Aber wenn ich jetzt darüber nachdenke …

Vielleicht war es doch eher feige.

Nein.

Fuck, nein.

Ich bin nicht hergekommen, um mich zu hinterfragen. Ich bin hier, um mich meiner Vergangenheit zu stellen.

Das Letzte, was ich jetzt brauche, ist wegen Mr Kalenderspruch an allem zu zweifeln.

»Geh bitte«, lalle ich.

»Falls du irgendwann was verändern willst, schau bei uns vorbei.« Der Mann reicht mir eine Karte. Nach einem kurzen Blick darauf, stecke ich sie in die Tasche. Die Anonymen Alkoholiker. Das Arschloch nennt mich praktisch einen Alkoholiker.

»Schön, und jetzt geh«, wiederhole ich.

Diesmal folgt er meiner Aufforderung. Ich warte, bis sein Umriss kleiner wird, und krieche dann hinters Steuerrad. Eine Weile überlege ich, ob ich den Motor starten soll. In meinem Kopf herrscht ein gewaltiges Durcheinander. In einem schwachen Moment schaue ich aufs Handy, ob Dia vielleicht auf meine Nachrichten geantwortet hat.

Kein Empfang.

Mist.

Aber egal. Ich glaube sowieso nicht, dass sie mir geschrieben hat. Sie muss mich wegen meiner Entscheidung hassen, zu der sie nicht fähig war. Und wahrscheinlich ist das gut so. Vielleicht hätte sie mir ausgeredet, alleine herzukommen, aber ich muss das tun. Was jetzt geschieht, ist nur eine Sache zwischen mir und diesem verfickten See.

Niemandem sonst.

Die nächsten zehn Minuten tanke ich noch mehr Mut in flüssiger Form, um mich für die Abfahrt zu wappnen. Ich trinke, bis mir kein einziger Grund mehr einfällt, weshalb ich das nicht hinter mich bringen sollte. Ich will schon ablegen, als mein Blick auf den Namen fällt, der über dem Bedienpult geschrieben steht.

Nora.

»Bringen wir's zu Ende, Mom«, flüstere ich mir zu.

Dann gebe ich Gas.

Das Boot hat sich noch kaum bewegt, da höre ich etwas. Eine Stimme. Sie klingt fern, fast als würde ich sie mir einbilden, und ich denke, *so* betrunken bist du also. Dann trägt der Wind die Stimme ein zweites Mal heran, und ich gehe hinaus aufs Bootsdeck. Abendliche Sonnenstrahlen blenden mich. Ich kneife die Augen zusammen und hebe die Hand an die Stirn.

Es dauert einen Moment, bis ich sie sehe.

Dia …

Sie sprintet in vollem Lauf über die Stege und schreit etwas, das ich nicht verstehe. Fuck, wie hat sie mich überhaupt gefunden? Je näher sie kommt, desto deutlicher ist sie zu hören. Eine Sekunde später verstehe ich, was sie sagt.

»Finn, tu das nicht.«

Was soll ich nicht tun?

Nicht für uns kämpfen?

Ich muss es aber tun, wenn ich irgendeine Chance auf ein glückliches Leben mit diesem Mädchen haben will. Zehn Jahre lang laufe ich schon vor diesem See davon. Jetzt hat das ein Ende.

»Bleib zurück.« Mir brennt die Kehle, und der Alkohol in meinem Blut lässt die Konsequenzen ihres Handelns verschwimmen. »Dia, tu das nicht, verdammt noch mal.«

Uns trennen nur noch wenige Meter. Mit jedem ihrer Schritte entfernt sich das Boot weiter vom Ufer, aber so langsam, dass ich fürchte, sie wird mich vielleicht noch erwischen.

Nein, nein, nein.

Gleich ist sie am Ende des Stegs.

»Finn, anhalten!«, brüllt sie.

Erst mache ich mir Sorgen, dass sie das Boot noch erreichen wird, dann aber frage ich mich, was passieren könnte, falls sie es *nicht* schafft. Wenn sie bei dem Versuch, zu mir zu kommen, nun ins Wasser stürzt? Das Wasser ist viel tiefer, als es aussieht.

»Dia, warte«, bringe ich noch heraus, da ist sie schon am Ende der Plattform.

Mit letzter Energie setzt sie zum Sprung an. Bislang dachte ich immer, es wäre totaler Bullshit, wenn Leute erzählen, nervenzerreißende Augenblicke würden in Zeitlupe ablaufen, aber ich schwöre, es fühlt sich an, als hätte sich die Zeit in dem Moment ausgeklinkt, in dem sie sich mit dem Fuß vom Holz abstößt.

Fuck, ich kann nicht atmen.

Auf wundersame Weise schafft sie es. Auf Händen und Knien landet sie auf dem Boot, bevor es zu weit vom Ufer entfernt ist. Ich stelle die Whiskeyflasche beiseite und spurte zu ihr hinüber. Schwer atmend blickt sie durch dunkle Haarsträhnen und tränennasse Wimpern zu mir hoch. Ihre Augen sind hellrot angelaufen. Als hätte sie zwei Stunden am Stück geweint.

»Was zum Teufel hast du dir nur dabei gedacht?«, schimpfe ich, schlinge die Arme um ihre schlanke Taille und hebe sie hoch. Das Adrenalin lässt sie fast zusammenklappen, als ich sie auf die Füße stelle und sie auffange, hin- und hergerissen zwischen dem Wunsch, sie zu küssen und dem Bedürfnis, ihr eine Standpauke zu halten.

»Ich konnte dich nicht im Stich lassen«, würgt sie hervor, bevor sie sich am Kragen meiner Jacke festhält.

So leicht lasse ich sie nicht davonkommen. »Gott, Dia, du hättest verletzt werden können, wenn nicht noch schlimmer.«

»Ich weiß, aber du brauchtest mich doch«, keucht sie und presst eine Hand auf ihr pochendes Herz.

»Nein, brauchte ich nicht. Du hättest mich gehen lassen sollen«, lüge ich und kämpfe gegen die Erleichterung an, die sich in meinem Körper breitmacht.

Ich bin froh, dass sie hier ist.

Scheiße, warum bin ich nur so schwach?

»Niemals«, flüstert sie und befeuert damit mein schlechtes Gewissen.

Sie ist genau wie meine Mom.

Sie würde alles tun, um mich zu beschützen, auch wenn es sie selbst in Gefahr bringt.

Mir geht die Unterhaltung mit ihrem Bruder durch den Kopf, als ich ihre Sachen zurückgebracht habe. Er sagte, es wäre richtig, dass ich sie verlasse. Die Wahrheit stürzt wie ein gottverdammter Meteorit auf mich ein.

Dieses Mädchen könnte meine Rettung sein.

Aber ich bringe *sie* um.

»Du musst das Boot wenden.« Dia blickt zurück zum Steg. Mit jeder Sekunde entfernen wir uns weiter, und die dort festgemachten Boote werden immer kleiner.

»Nein«, lalle ich und wende mich von ihr ab.

»Wir müssen jetzt zurück. Bald wird es regnen«, lässt sie nicht locker und fasst mich am Arm. Statt einer Antwort hebe ich die halbvolle Flasche Whiskey wieder vom Boden auf und kippe einen großen Schluck hinunter. Dabei weiß ich nicht einmal genau, was ich vorhabe. Ich weiß nur, dass mein Trauma mit diesem Ort hier zusammenhängt. Die Antwort, wie es weitergeht, kann also nur hier zu finden sein.

Es muss so sein.

»Hast du mich nicht gehört? Wir müssen hier weg. Es ist nicht sicher.« Sie zieht mich am Ärmel, ohne dass ich darauf reagiere.

»Ich muss das tun«, murmele ich.

»Jetzt schau endlich mal hoch, verdammt.« Sie zeigt auf irgendetwas hoch über uns. Ich lege den Kopf in den Nacken und sehe den dunklen wolkenverhangenen Himmel. Ich schwöre, vor fünf Minuten hat noch die Sonne geschienen.

Es hat keinen Sinn, mit ihr zu streiten. Klar sieht das hier alles andere als gut aus, aber ich fürchte, wenn ich jetzt umkehre, werde ich nie mehr den Mut haben, zurückzukehren, und dann sind wir wieder genau dort, wo wir begonnen haben. Als ich die Flasche aufs Neue ansetze, dreht sie durch.

»Okay, du hast jetzt genug gehabt.« Sie will mir die Flasche aus der Hand schnappen, doch ich reiße sie zurück und verschütte dabei eine größere Menge Whiskey über das Deck. Ohne mich um die Pfütze zu kümmern, trinke ich weiter. Mein Blick geht für eine Sekunde hinüber zum Leuchtturm bei der Anlegestelle.

»Siehst du den Leuchtturm dort?« Ich deute über den See.

Dia nickt.

»Dort hat Mom immer gesessen und gewartet, wenn Dad und ich auf dem See waren. Sie kam nicht mit, weil sie das Wasser hasste; deshalb nahm ich ihr das Versprechen ab, unser Boot von dort im Auge zu behalten. So wusste sie immer, wo wir zu finden waren.«

Dia klappt den Mund zu und hört meinem Gelaber zu. Mittlerweile frischt der Wind merklich auf und das Wasser wird unruhig, aber ich rede mir ein, dass wir wieder zurück sein werden, bevor der Sturm losbricht.

»Nach dem Unfall kam ich jeden Tag her. Jeden. Einzelnen. Tag. Die groß angelegte Suche führte ja zu nichts, aber ich hoffte, vielleicht irgendwas am Horizont zu sehen.«

»Zum Beispiel …?«

»Meine Mom. Wie sie auf irgendwelchen Trümmern davontreibt oder so. Ich glaube, ich dachte einfach, ich würde sie finden … so wie sie mich damals immer im Auge behalten hat.«

Dia hakt ihre Finger bei mir ein, aber ich weise die liebevolle Geste zurück.

»Als klar war, dass sie fort ist, kam ich nicht mehr her«, sage ich.

»Sie ist nicht fort. Sie ist immer noch bei dir«, krächzt Dia und schiebt sich langsam näher, so wie man das bei einem wilden Tier tut, das jeden Augenblick davonhuschen könnte. Ich bringe es nicht über mich, sie anzusehen. In ihre herzzerreißenden Augen zu blicken.

»Lass mich raten. Sie ist immer noch hier drin.« Ich klopfe links gegen meine Brust.

Sie nickt. »Das ist sie.«

»Von wegen!«, schnaube ich.

»Du glaubst das nicht?«

»Als ob.«

»Warum nicht?«, will sie wissen.

Ich zucke mit den Achseln. »Wenn jemand stirbt, bleibt er nicht bei dir. Er wohnt nicht in deinem Herzen und passt nicht auf dich auf, oder was zum Teufel die Leute sonst noch so sagen. Die Person ist einfach tot. Weg. So ist das eben mit der Liebe – sie stirbt mit uns.«

»Glaubst du das wirklich? Dass nichts von einem Menschen zurückbleibt?«

Ich nicke. »Haargenau. Bedauern und Erinnerungen vielleicht mal ausgenommen …« Ich überlege. »Und eine verfickte Kette.«

Es fühlt sich unnatürlich an, als ich nach der Kette um meinen Hals greife und heftig daran reiße. Der Verschluss gibt nach und ich hebe die Silberkette, die meine Mutter für mich gemacht hat, vor meine Augen. Ein volles Jahrzehnt lang habe ich diese blöde Kette nicht abgenommen.

»Was tust du da?«, fragt Dia besorgt.

Ohne den Blick von der Kette zu wenden, gehe ich ein paar Schritte bis an den Deckrand. In diesem Augenblick donnert es laut und beunruhigend nahe. Könnte es daran liegen? Könnte die Kette meiner Mutter der Grund sein, weshalb ich an der Vergangenheit festgehalten habe?

Dia tritt mir in den Weg und hebt vorausschauend die Hände. »Finn. Hör mir zu. Wenn du das tust, dann ist es für immer verloren.«

Aber es ist schon zu spät. Ich schleudere die Halskette in den aufgewühlten See – und bedauere es augenblicklich.

»Nein!« Dia versucht, das Letzte, was mir von meiner Mutter geblieben ist, zu retten.

Mit Erfolg.

Sie fängt die Kette auf, bevor sie ins Wasser fällt, rutscht dabei aber in der Whiskeypfütze aus. Meine Arm schießt nach vorn, um ihre Hand zu packen, aber in diesem Moment trifft uns eine Welle, und eine heftige Böe wirft mich nach hinten. Ich blicke nach oben, während es in meinen Ohren klingelt …

Und dann sehe ich mein Baby fallen.

Ich sehe, wie Dia ins Wasser stürzt, höre aber kein Aufplatschen.

Ich höre nur mein Herz in meinen Ohren pochen, während ich zum Deckrand laufe und mit ansehen muss, wie erbarmungslose Wellen sie verschlingen. Ich möchte schreien, bekomme aber den Mund nicht auf. Ich kann mich nicht rühren, stehe wie angewurzelt da, während Dia mit aller Gewalt gegen die Strömung ankämpft.

»Finn!« Ihre panischen Hilferufe kommen wie ein Echo weit hinten in meinem Gehirn an.

Los.

Beweg dich, verdammt.

Aber ich kann nicht.

Flashbacks kapern mein Gehirn, und jeder beschissene Atemzug brennt wie Feuer in meiner Lunge. Plötzlich bin ich wieder der achtjährige Junge, der seine Mutter sterben sieht und sich wünscht, aus dem Albtraum aufzuwachen.

Rette sie.

Rette sie.

Rette sie.

»Finn, ich kann nicht … Die Strömung …« Dia fleht jedes Mal um Hilfe, wenn ihr Kopf aus dem Wasser auftaucht. Ich ersticke, die Angst verstopft mir die Kehle. Sie ruft meinen Namen einmal, zweimal, dreimal. Dann hört sie auf, bewegt sich nicht mehr, kämpft nicht mehr.

Sie … hört einfach auf.

Ich verliere fast die Besinnung, als sich das Wasser rot färbt.

Mir ist schnell klar, dass sie sich den Kopf am Bootspropeller gestoßen haben muss. Ihr Blut färbt die Wellen und ihr dunkles

Haar treibt um sie, während ihr Körper erschlafft. Blasen steigen an die Oberfläche, während sich ihre Lunge mit Wasser füllt. Dann beginnt sie zu sinken. Nichts möchte ich lieber, als hineinzuspringen und sie zu retten, aber ich tue nichts. Ich lasse es einfach geschehen. Lasse sie gehen. Und während ich zusehe, wie mein Juwel ertrinkt, kommt mir in den Sinn, was ich zu ihr gesagt habe.

So ist das eben mit der Liebe – sie stirbt mit uns.

Und in dem Augenblick, als die Liebe meines Lebens an den Grund des Sees sinkt, der mir auch schon meine Mutter genommen hat, sehe ich keine andere Möglichkeit …

… als mich ihr anzuschließen.

EIN JAHR SPÄTER …

»Und im Chaos … war die Stille.«

15. KAPITEL

DIAMOND

Die Sommerkurse schienen eine gute Idee zu sein.

Seine Leistungspunkte schneller sammeln? *Zum Teufel, ja.*

Vorzeitiger Schulabschluss? *Ganz mein Ding.*

Ich dachte, so bringe ich die Allgemeinfächer rasch hinter mich und brauche mich dann nur noch um den spaßigen Teil meines Abschlusses zu kümmern. Allerdings hatte ich nicht damit gerechnet, dass mein Hirn nach nicht einmal zwei Kurswochen weichgekocht sein würde und ich doppelt so hart arbeiten musste, um Schritt zu halten. Auf dem Papier klingt es prima, den Stoff eines Halbjahrs in vier Wochen abzuhandeln, aber in Wirklichkeit ist das verdammt hart.

Die Bücher an meine Brust gepresst, schlendere ich den Gang hinunter und bete, dass meine Kopfschmerzen weggehen.

Eilmeldung: *tun sie nicht.*

Im vergangenen Jahr war ich bei mehr Ärzten, als ich zählen kann, und bei den Untersuchungen kam immer das Gleiche heraus. Eigentlich fehlt mir nichts. Meine Gehirnerschütterung ist längst passé, aber die Migräne bleibt. Der letzte Arzt, bei dem ich war, meinte, ich werde sie möglicherweise gar nicht mehr los. Manchmal ist es damit richtig schwer, dem Unterricht zu folgen, und wenn das nicht schon schlimm genug wäre, überfällt sie mich häufig im *schlimmstmöglichen* Moment. Eine der charmanten Nebenwirkungen, wenn man sich den Kopf anschlägt und beinahe ertrinkt.

Auf dem Weg zu meinem Wohnheim komme ich gerade an der Mensa vorbei, als mein Handy piept. Eine Nachricht von Aveena.

Aveena: Triff mich bei Lenny's um Punkt 2.

Nicht vergessen.

Ich muss über die Erinnerung lächeln.

Als könnte ich unser Kaffee-Date jemals vergessen.

Vor ein paar Tagen verkündete Aveena, sie hätte Neuigkeiten und müsse mich persönlich sehen. Dazu bat sie Lacey und mich in dieses hinreißende Café in der Nähe des Campus. Ich schätze, sie und Xavier sind verlobt. Oder hat es vielleicht doch nichts mit ihrer Beziehung zu tun? Das wird sich zeigen.

Ich tippe rasch eine Antwort und drücke auf Senden.

Dia: Ohne aufdringlich zu sein, aber falls du wieder einziehen und mich vor meiner dämonischen Mitbewohnerin retten willst, kannst du dir meiner ewigen Liebe sicher sein.

Fünf Sekunden später kommt Aveenas Antwort.

Aveena: Was hat sie denn jetzt schon wieder angestellt?

Ich muss laut loslachen.

Dia: Wie viel Zeit hast du?

Aveena: Echt? So schlimm?

Dia: SCHLIMMER. Du und Xavier wärt mir jederzeit lieber, und wenn ihr aus unserem Stockbett Kleinholz macht.

Ich hätte nie gedacht, dass mir fehlen würde, wie Xavier und Aveena das Wohnheim mit ihrem tierischen Sex niederreißen. Und *nein*, ich übertreibe nicht. Jedes Mal, wenn ich sie alleine ließ, sah das Zimmer bei meiner Rückkehr aus, als wäre ein Hurrikan hindurchgefegt. Das war das einzige Problem beim Zusammenleben mit Aveena, aber meine derzeitige Zimmergenossin? Die lässt solchen Scheiß geradezu wie *Kinderkram* aussehen.

Kurz nachdem sich Aveena und Xavier ein Zimmer außerhalb des Campus nahmen, schaltete ich eine Online-Anzeige. Die Miete auf dem Campus ist zu teuer, um das Zimmer allein zu belegen, also fand ich es sinnvoll, die Kosten mit einer Mitbewohnerin zu teilen.

Auftritt von Grace Paisley, meiner neuen Mitbewohnerin und nun mein schlimmster Albtraum.

Bei der ersten Begegnung wirkte sie wie eine halbwegs anständige Person. Sie war nett – irgendwie –, höflich, sie steht zwar auf Heavy Metal und trägt nichts anderes als Band-T-Shirts und diese Armbänder mit spitzen Nieten, die einem das Auge ausstechen könnten, aber wählerisch zu sein konnte ich mir nicht leisten.

Meine Ersparnisse waren weitgehend aufgebraucht, und ohne sie hätte ich im nächsten Monat ausziehen müssen. Von mir aus hätte sie Müllsäcke tragen können – solange sie die Hälfte der Miete bezahlt, hätte ich trotzdem Ja gesagt.

Ich war verzweifelt und sagte bei der ersten Person zu, die sich meldete.

Und das war mein erster Fehler.

Grace ist alles andere als graziös, um es milde auszudrücken. Sie hat keinerlei Respekt vor persönlichen Gegenständen, wühlt ständig in meinen Sachen herum und verzehrt *alles* Essbare, das ich aufs Zimmer bringe, ganz egal was. Außerdem lädt sie zu allen Tages- und Nachtzeiten ihre Kiffer-Freunde ein. Oh, und sie ist die chaotischste Schlampe, die ich je getroffen habe.

Ich weiß gar nicht mehr, wann ich das letzte Mal den Boden unseres Wohnheimzimmers gesehen habe. Überall lässt sie große Haufen von stinkender, schmutziger Kleidung herumliegen, und damit meine ich *jede ebene Fläche*. Letzte Woche musste ich fast würgen, als ich mich auf der Suche nach meinem Handy durch ihre schmutzige Unterwäsche wühlen musste.

Inzwischen nutze ich jeden Vorwand, meinem Zimmer fernzubleiben. Eigentlich hatte ich ohnehin vor, mich ehrenamtlich zu engagieren, um meinen Lebenslauf aufzupolieren, aber inzwischen ist es so, dass es für mich fast nicht genug zu tun gibt. Zusätzlich zu meinen Kursen führe ich jedes Wochenende Hunde aus oder hüte sie. Nur um die Zeit bis zum Abend irgendwie herumzukriegen.

Ich weiß, irgendwann muss ich ihr etwas sagen. Ich kann so nicht leben, aber dieses Mädchen jagt einem wirklich Angst ein. Nie lächelt oder lacht sie. Ich verstehe gar nicht mehr, wie ich sie einmal nett finden konnte. Mein Kontostand muss mich blind gemacht haben, denn es gibt kein Universum, in dem fucking Grace Paisley *nett* ist.

Ich biege um die Ecke, bevor Aveena antworten kann, und lasse beinah mein Telefon fallen, als ich den Typen sehe, der dort an die Tür gelehnt steht.

Nein.

Nein.

Nicht jetzt.

Sofort drängen sich Erinnerungen auf, während ich seinen Anblick aufsauge – tausend Fragen, die sich mit den Warnsirenen in meinem Kopf überschneiden. Er hat sich kein bisschen verändert, genau derselbe Typ von vor einem Jahr. Anders sind nur die dunklen Bartstoppeln an seinem Kinn, und neue Tattoos am Hals.

Unser letztes Zusammentreffen kommt mir wie gestern vor. Ich war gerade aus dem Krankenhaus entlassen worden und er wartete, die Hände in den Taschen, auf dem Parkplatz. Irgendwo habe ich mal gelesen, dass Lügner gern ihre Hände verstecken. Dass sie den Drang dazu verspüren, weil sie etwas anderes verbergen. Aber einer weiteren zerstörerischen Geschichte war ich damals nicht gewachsen. Von den Geheimnissen, die sich dort hinter seinen Augen zusammenbrauten, wollte ich nichts wissen.

Deshalb durfte er sie weiter hüten.

Mir war klar, dass an diesem Puzzle noch was fehlte, aber für das letzte Teil war ich nicht bereit. Bei mir waren genug Bomben für ein ganzes Leben hochgegangen und ich fand, dass ich ganz gut damit klarkam, nicht Bescheid zu wissen.

Ich sagte ihm, wir würden nie wieder darüber reden.

Und machte deutlich, dass ich ihn niemals, wirklich niemals *»Dad«* nennen würde.

Das war das letzte Mal, dass ich mit meinem Bruder gesprochen habe.

Nun, bis jetzt.

»Jesse?«

16. KAPITEL

DIAMOND

»Was willst du?«, komme ich gleich zur Sache.

Jesse zuckt zusammen; seinen enttäuschten Blick finde ich ziemlich lächerlich. Mehr als ein *Jahr* lang haben wir nicht miteinander gesprochen, uns nicht einmal gesehen. Wenn er aus heiterem Himmel hier aufkreuzt, kann er doch keinen herzlichen Empfang erwarten.

»Begrüßt man so seinen großen Bruder?« Er ringt sich ein Lächeln ab, aber sein lahmer Witz befeuert meine Verärgerung eher noch mehr.

»Meinen Vater, solltest du wohl eher sagen, oder?«, schnaube ich und radiere ihm damit das Lächeln aus dem Gesicht. Er hatte wohl gedacht, wir könnten um den heißen Brei herumreden, aber es gibt auf der ganzen Welt nicht genügend Höflichkeitsfloskeln, um den Abgrund zwischen uns zu füllen. Alles ist jetzt anders.

Er ist mein Vater.

Mein verdammter *Vater.*

Und er muss verrückt sein, wenn er glaubt, ich würde etwas anderes vortäuschen.

Er seufzt, räuspert sich und scheint genauso an der Wahrheit zu knabbern zu haben wie ich. Offenbar kann er es selbst nicht ganz glauben. Als hätte er sich so lange Geschichten ausgedacht, dass er seine Lügen am Ende selbst glaubte.

»Du willst es lieber auf die harte Tour machen, was? Schön.« Er lässt das Theater sein. »Ruf mal bei Dad an. Er vermisst dich. Wir alle vermissen dich.«

Deswegen ist er also hier.

Dave hat ihn geschickt.

»Ich hatte viel zu tun.« Die Lüge kratzt förmlich in meinem Hals.

»Schwachsinn. Du ghostest ihn. Du ghostest uns alle.«

Das stimmt nicht. Ich bin mit Gaten und Catalina in Verbindung geblieben – schließlich hatten sie mit alldem nichts zu tun – aber das kann ich ihm nicht sagen. Das wäre für ihn nur weitere Munition, um mir ein schlechtes Gewissen einzureden.

»Ich sagte doch, dass ich Zeit brauche.«

»Du hattest Zeit. Ein volles Jahr. Dave hat auch so schon genug um die Ohren. Würde es dich umbringen, hin und wieder mal einen seiner Anrufe anzunehmen?«

Ich sehe auf mein Handy.

Für meine Verabredung mit den Mädels bin ich schon ziemlich spät dran.

»Jetzt im Augenblick kann ich nicht.« Ich gehe um meinen Bruder herum, aber als ich den Schlüssel ins Schloss stecken will, versperrt er mir den Weg zur Tür.

»Und wann dann? Verfickt noch mal, Dia, seinen Ehemann hat er schon verloren. Meinst du nicht, er hat genug gelitten?«

Sein Vorwurf trifft mich wie ein Dolch in die Brust. Monatelang habe ich mir die Schuld an der Scheidung meiner Eltern gegeben. Ich war kaum eine Woche aus dem Krankenhaus entlassen, als Gaten sein Zeug packte und aus dem Haus auszog.

Er wurde mit Daves Lügen einfach nicht fertig, was ich verstehen kann, trotzdem habe ich mir die Hölle auf Erden aufgehalst bei dem Gedanken, unsere Familie zerstört zu haben. Denn wenn die Wahrheit nicht herausgekommen wäre, dann wären meine Dads immer noch zusammen. Jesse braucht jetzt nicht auch noch Salz in meine Wunde streuen, wo sie doch gerade zu heilen anfängt.

»Geh mir aus dem Weg«, befehle ich.

Er verschränkt die Arme vor der Brust. »Ich gehe erst, wenn wir geredet haben.«

»Wir reden doch.«

»Ich meine ein richtiges Gespräch. Ohne Themenwechsel, ohne Ausflüchte, einfach zwei erwachsene Menschen, die ihre Probleme besprechen.«

Ich zucke mit den Schultern. »Da gibt es aber nichts zu reden.«

»Herr im Himmel, Dia, könntest du mal für zwei Sekunden aufhören, vor allem wegzulaufen?«

Ich gebe das ungern zu, aber er hat recht.

Ich bin weggelaufen.

Und zwar seit dem Moment, als mich Jesse vor einem Jahr aus dem Lake Belmont gezogen hat. Ihr könnt das einen Schutzmechanismus nennen oder Realitätsverweigerung, aber ich wurde einfach nicht damit fertig, dass mein ganzes Leben eine Lüge war und ich dieses Leben auch noch beinahe *verloren* hätte. Die Gehirnerschütterung, das Familiendrama, der Unfall. Das war alles einfach zu viel auf einmal, und ich konnte mich nur auf diese eine Weise schützen. Indem ich mich gegen alles und jeden verschloss.

Und mit einem Mal war da kein Schmerz mehr, kein Bedauern, keine Verbitterung.

Einfach nur ein Mädchen, das auf Autopilot durchs Leben geht.

»Gib mir fünf Minuten. Nur fünf. Ich muss dich etwas fragen, und dann lasse ich dich in Frieden. Versprochen.«

»Also gut«, schnaube ich.

Er lässt erleichtert die Schultern sinken. »Sollen wir zum Reden reingehen?« Jesse deutet mit dem Kinn Richtung Wohnheimzimmer.

Im selben Moment donnert hinter der Türe ein ohrenbetäubender Bass los, der die Wände erzittern lässt.

Jep, Grace ist zu Hause.

Bei diesem Lärm könnte ich nicht einmal meine eigenen Gedanken hören, geschweige denn ein Gespräch führen.

»Nein. Gehen wir lieber spazieren«, schlage ich vor und Jesse bittet mich mit einer Geste, voranzugehen. Wir schlendern schon ein paar endlose Minuten über den Campus, als er endlich das Schweigen bricht.

»Du arbeitest also … ehrenamtlich, was?«, fragt er.

»Jep.«

Verzweifelt versucht er, ein Gespräch in Gang zu bringen. »Und gefällt es dir?«

Hätte das irgendjemand sonst gefragt, würde ich sofort begeistert loslegen, mit welchem Eifer ich für meinen Abschluss arbeite. Ich würde sagen, dass ich meine Berufung gefunden habe. Dass ich mich darauf freue, für den Rest meines Lebens anderen Menschen zu helfen – aber da es Jesse ist, beschränke ich mich auf das absolute Minimum und nicke.

»Großartig«, antwortet er.

Wieder umfängt uns Schweigen und ich bin froh, dass das Gespräch verebbt.

»Was macht der Kopf?«, beginnt Jesse von Neuem. »Die Gehirnerschütterung, meine ich?«

»Viel besser.« Ich bringe ein schiefes Lächeln zustande.

»Schön, das zu hören.«

Ich hoffe schon, dass er es dabei belässt, als er hinzufügt: »Ich schwöre bei Gott, wenn Finn, dieser Wichser, sich jemals wieder blicken lässt, dann ist er tot.«

Augenblicklich bleibe ich stehen und jeder Muskel in meinem Körper spannt sich an. Jesse bemerkt es, geht langsamer und blickt sich leicht verwundert nach mir um.

»Was denn?«, fragt Jesse.

»Sprich diesen Namen nicht aus.« Es kommt wie eine Warnung heraus.

Vielleicht sogar wie eine *Drohung*.

Alle, die mich kennen, wissen, dass sie den Namen dieses Bastards in meiner Gegenwart nicht in den Mund nehmen dürfen, aber Jesse habe ich ja eine ganze Weile nicht gesehen. Eigentlich kein Wunder, dass er die Regeln, die hier gelten, nicht kennt, aber es fühlt sich trotzdem wie eine Grenzüberschreitung an.

»Ernsthaft, Jesse. Wenn du noch einmal diesen Namen aussprichst –«

»Entspann dich, ich werde es nicht noch mal tun.« Er hebt beide

Hände, und sein Gesicht wirkt nun eher besorgt als verwirrt. Ich kenne diesen Blick. Seit einem Jahr sehen mich alle so an.

Aveena? Besorgt.

Gaten? Besorgt.

Der ganze beschissene Planet? Besorgt.

Verdammt, selbst *ich* war ja eine Minute lang besorgt. Als ich im Krankenhaus aufwachte, war ich mir völlig fremd. Ich war alleine, verängstigt und verwirrt. Aber dann kamen meine Eltern hereingestürmt, sahen, dass ich wach war, und erzählten mir alles.

Ich ertrank an jenem Tag.

Ich starb.

Zwei volle Minuten lang war ich tot, bis Jesse mich mit Beatmung und Herzdruckmassage wieder zurückholte. Man sagte mir, er habe mich über den GPS-Tracker gefunden, den meine Eltern ohne mein Wissen in meinem Handy installiert hatten. Offenbar hatte er kein gutes Gefühl, wie wir auseinandergegangen waren, nachdem ich erfahren hatte, dass er mein Vater ist. Deshalb war er mir gefolgt. Es hieß, er habe alles vom Ufer aus mit angesehen.

Wie ich ins Wasser fiel.

Wie ich mir den Kopf stieß.

Wie ich ertrank.

Aber das ist noch nicht das Schlimmste.

Jesse sah, dass Finn keinen Finger rührte.

Es nicht einmal versuchte.

Mein eigener Freund ließ mich sterben.

Und sah dabei auch noch zu.

Als Jesse es mit einem gestohlenen Jetski zu mir schaffte, war ich schon untergegangen. Die Ärzte meinten, ich hätte nur durch großes Glück überlebt. Eigentlich hätten mein Gehirn und die anderen Organe im Wasser mehr Schaden erleiden müssen, aber wie durch ein Wunder kam ich ungeschoren davon – na ja, abgesehen von einer Gehirnerschütterung und einer chronischen Migräne.

Drei Wochen lang wartete ich im Krankenhaus darauf, dass Finn auftauchte. Ich redete mir ein, er würde eines Tages mit einem großen Blumenstrauß erscheinen und sich wortreich entschuldigen für das, was er getan – oder nicht getan – hat.

Aber er kam nicht.

Ich zerbrach an seinem Fernbleiben.

Nun ja, das, was von mir noch *übrig* war.

Später fand ich heraus, dass er wenige Stunden nach meiner Rettung die Stadt verlassen hatte. Er sagte niemandem, wo er hinwollte, nicht einmal Xavier oder Theo. Er packte einfach seine Sachen, stieg ins Auto und verschwand. Seither hat niemand von ihm gehört und niemand hat ihn gesehen.

»Du hast dich verändert, weißt du?«, unterbricht mich Jesse in meinen Erinnerungen.

Ich blicke zu ihm auf und ziehe eine Augenbraue hoch. »Und das bedeutet?«

»Es ist einfach … Irgendwas an dir ist anders.«

Er ist nicht der Erste, der das sagt. Aveena gab mir auf ihre unverblümte Weise zu verstehen, dass ich seit dem Unfall irgendwie losgelöst von der Realität wirke. Selbst Theo meinte vergangene Woche, meine Kleiderwahl kommentieren zu müssen – ich trage jetzt immer ausschließlich Schwarz. Während der Highschool war bunt mein Ding, aber die Zeiten sind vorbei. Ich glaube, sein exakter Wortlaut war: *»Du kleidest dich zurzeit wie eine trauernde Witwe.«*

Zuerst schob ich das beiseite, aber jetzt?

Mir wird klar, dass da etwas dran ist. Ich glaube, ich habe dem Mädchen nachgetrauert, das ich einmal war. Das Mädchen, das immer nur das Gute in den Menschen gesehen hat. Die alte Dia sah Hoffnung auf Rettung, wo alle anderen einen aussichtslosen Fall sahen. Wollte bereitwillig vergeben und vergessen und gab jedem eine zweite Chance.

Dieses Mädchen existiert nicht mehr.

»Inwiefern bin ich anders?«

»Ich weiß nicht. Irgendwie …« Jesse hält inne und überlegt. »Abgehoben …«

»Wenn ich mich recht erinnere, hatten wir ein Gespräch vereinbart, keine Therapiestunde.« Wieder checke ich auf meinem Telefon die Uhrzeit. In wenigen Minuten muss ich die Mädels treffen, und das Café ist zwanzig Minuten entfernt. Ich weiß immer noch nicht, was er von mir will, aber so langsam sollte er mal zur Sache kommen.

»Stimmt. Entschuldige.« Er räusperte sich. »Dad und ich haben uns in zwei Wochen zum Abendessen verabredet. Es wäre schön, wenn du auch dabei wärst.«

Ich beiße mir auf die Unterlippe. »Ich weiß nicht, ob ich schon so weit bin.«

»Schau mal, Dia, mich kannst du ruhig hassen. Du kannst dich entscheiden, nie wieder mit mir zu reden, aber bitte … bitte lass es nicht an Dave aus. Er liebt dich. Seit er dich das erste Mal gesehen hat.«

»Richtig. Deshalb musstest du ihn auch zwingen, mich zu adoptieren.« Die Worte schmecken bitter. Ich weiß, dass ich nicht fair bin. Ich verdanke Dave und Jesse, dass ich eine wunderbare Kindheit hatte, in einer liebevollen Familie. Trotzdem bin ich immer noch sauer, dass sie so einen wichtigen Teil meines Lebens vor mir verheimlicht haben.

»Ich habe ihn zu gar nichts gezwungen. Er wollte dich von dem Augenblick an, als ich ihm sagte, du wärst mein Kind.«

Das Wort »Kind« wirft mich kurzzeitig aus der Bahn.

Es stimmt.

Ich bin Jesses Kind.

Daran werde ich mich wohl nie gewöhnen.

»Und du würdest das wissen. Wenn du im vergangenen Jahr auch nur einen unserer Anrufe angenommen hättest. Ja, wir haben es verkackt. Und wir wollen es wieder in Ordnung bringen, aber das geht nur, wenn du uns ein Stück entgegenkommst.«

Da ist was dran. Ich war alles andere als ansprechbar. Und es ist ziemlich schwierig, jemandem etwas zu erklären, der den Hörer nicht abnimmt.

»Aber hättest du nicht lieber alle Informationen, bevor du dich entscheidest? Da ist so vieles, was du noch nicht weißt.«

Ich müsste lügen, würde ich behaupten, dass ich keine Fragen habe. Seit die Wahrheit herausgekommen ist, frage ich mich, was bei dieser Pflegefamilie geschehen ist. Und woher er überhaupt weiß, dass ich seine Tochter bin und nicht das Ergebnis einer Vergewaltigung. Er scheint sich da völlig sicher zu sein, aber wurde das jemals irgendwie bestätigt?

»Schau mir in die Augen und sage mir, dass du nicht etwas über deine Mom erfahren willst.« Jesse spricht meine Gedanken aus, und meine Kehle schmerzt, als ich aufblicke und den flehentlichen Ausdruck in seinen Augen sehe.

Ich habe so lange in meiner Wut gebrütet, dass sie zu einem Teil von mir geworden ist. Und anstatt zu versuchen, sie loszuwerden, habe ich sie festgehalten, sie an mich gebunden und mich mit ihr arrangiert. Ich habe meine Wut wie etwas Dauerhaftes behandelt. Aber vielleicht muss das gar nicht so sein.

»Also, was ist? Abendessen mit uns? Was meinst du?«, fragt Jesse und legt die Hände ineinander.

Ich stoße einen Seufzer aus. »Um welche Uhrzeit ist dieses Abendessen?«

* * *

Ich laufe mit fünfzehn Minuten Verspätung bei *Lenny's* ein.

Gerade als ich loswollte, fing es an zu hageln, und Jesse bot an, mich hinzufahren. Er ist zwar gerade nicht mein Lieblingsmensch, aber dem Angebot, trocken zu bleiben, konnte ich nicht widerstehen. Als ich ankomme, sitzen die Mädels schon um einen runden Tisch am elektrischen Kamin und schlürfen heiße Getränke.

»Da ist sie ja.« Aveenas Lächeln blüht auf, während ich auf sie zulaufe, und auch Lacey sieht von ihrem Handy auf und nimmt mich zur Kenntnis.

»Das Übliche für dich.« Lacey schiebt mir einen Pappbecher hin.

»Danke.« Ich schnappe mir den letzten freien Platz, streife die Jacke ab und lege sie auf meinen Schoß. »Tut mir leid, dass ich so spät komme.«

»Was ist passiert? Ich dachte, du kämst gleich nach dem Unterricht?« Lacey reicht mir den Becher und ich danke ihr mit einem Lächeln.

»Sagen wir, ich bin von meiner Vergangenheit überrollt worden.« Aus Angst vor weiteren Fragen lasse ich das so stehen. Ich habe keine Lust, mein Familiendrama mitten in einem vollbesetzten Café auszubreiten.

Aveena runzelt die Stirn und in ihren Augen blitzt kurz Besorgnis auf. »Wer war es denn?«

»Jesse, wer sonst?«

Sie lässt erleichtert die Schultern sinken.

Habe ich hier irgendwas verpasst?

Ich ziehe eine Augenbraue hoch. »Vee, ist alles okay?«

»Natürlich.« Aveena weicht meinem Blick aus und hebt ihren Kaffee an die Lippen.

»Ich dachte schon, deine geistesgestörte Mitbewohnerin hätte dich ermordet«, scherzt Lacey, und ich reiße meinen Blick von Aveena los. Sie sieht aus, als würde sie am liebsten in ihrem Kaffeebecher verschwinden.

Was ist hier nur los?

»Kann sie nicht. Wenn sie mich umbringt, wer füttert sie dann?«

Lacey krümmt sich vor Lachen. »Klaut ist sie dir etwa immer noch dein Essen?«

»Jeden. Einzelnen. Tag. Letzte Woche wollte ich ihr eins auswischen und kaufte nur Snacks, die sie hasst. Sie hat trotzdem alles verputzt.«

»Ich dachte, du hättest mit ihr inzwischen mal über Grenzen gesprochen?«, fragt Aveena.

Ich schlage die Hände vors Gesicht. »Habe ich auch. Ich sagte, sie soll aufhören, mir mein Zeug zu stehlen, und ihre schmutzige

Wäsche wegräumen, aber ich könnte genauso gut mit einer Wand reden.«

»Mädchen, du musst schauen, dass du sie loswirst.« Lacey spricht das Offensichtliche aus.

»Das versuche ich doch. Ich habe mich bei der Zimmerverwaltung beschwert, aber ein anderes Zimmer wollen die mir erst *nach* den Sommerferien vermitteln. Ich habe sie also noch bis Ende August an den Hacken. Ich weiß nicht, was ich sonst noch anstellen soll …«

»Du kannst jederzeit bei uns einziehen«, bemerkt Aveena, als wäre das keine große Sache. Dabei bietet sie mir eine Fahrkarte aus der Hölle an.

Mein Kinn fällt herunter. »Was?« Ich bin mir zu neunundneunzig Prozent sicher, dass ich mir ihr Angebot eingebildet habe.

»Warum wohnst du nicht bei Xavier und mir, bis du ein neues Wohnheimzimmer hast? Wir haben doch ein freies Zimmer, und ein bisschen Geld extra könnten wir auch gebrauchen.«

Ich blicke meine vom Himmel gesandte beste Freundin an und frage mich, warum sie keinen Heiligenschein hat. Ernsthaft, jetzt fehlt nur noch der Engelsgesang.

Trotzdem gibt es immer noch ein Problem.

»Aber ich kann nicht gleichzeitig bei euch und im Wohnheim Miete zahlen«, stelle ich klar.

Sie zuckt mit den Achseln. »Dann musst du dich zum Ausgleich eben bei uns in der Wohnung nützlich machen.«

Jemand muss mich mal kneifen.

Es könnte gar nicht besser sein. Klar, ich muss dann zur Uni pendeln, denn die Wohnung von Xavier und Aveena liegt ein Stück entfernt, aber es ist ja nur für den Rest des Sommers. Dann beziehe ich mein neues Zimmer. Ein paar Fahrten mit dem Bus ist es mir schon wert, wenn das Zimmer, in dem ich schlafe, nicht nach zwei Wochen alter vergammelter Pizza stinkt.

»Meinst du das ernst?« Fast erwarte ich, dass sie ihr Angebot zurückzieht.

»Todernst.« Aveena grinst.

»Hast du Xavier überhaupt schon gefragt?«

»Nein, aber der wird nichts dagegen haben. Der ist gerade sowieso die meiste Zeit beim Basketball und so gut wie nie zu Hause.«

»Du solltest ihn aber sicherheitshalber fragen, bevor wir das festmachen.«

Sie nickt. »In Ordnung, ich lass dich wissen, was er meint.«

»Brauchst du überhaupt zu fragen? Der Typ würde sich doch selbst in Brand stecken, wenn dich das glücklich macht«, schnaubt Lacey.

Aveena kichert. »Bei dir klingt das, als wäre er mein Sklave.«

»Ist er doch!«, kichern Lacey und ich gleichzeitig. Aveena prustet ebenfalls los, denn sie weiß, dass wir Recht haben.

Also schön, Xavier ist vielleicht nicht gerade Aveenas *Sklave*, aber wenn sie sagt »Spring!«, dann wird er höchstens fragen »Wie hoch?«, da bin ich mir sicher. Und für ein Lächeln von ihr würde er sich ein Bein ausreißen. Xavier und Aveena sind ein Herz und eine Seele, und ich kenne niemanden, den die Magie ihrer Beziehung nicht neidisch macht. Es würde mich nicht wundern, wenn die beiden schon vor unserem Abschluss heira-

Warte mal.

Sind die beiden vielleicht schon verheiratet?

Mir stockt der Atem. »Heilige Scheiße, Vee. Da sitze ich hier und jammere euch die Ohren voll, dabei wolltest du uns doch etwas sagen.«

»Genau, deine mysteriöse Ankündigung. Raus damit«, quiekt Lacey. Es ist der pure Wahnsinn, wie viel reifer Lacey im letzten Jahr geworden ist. Ich dachte immer, der Ehemann ihrer Mutter wäre ihr leiblicher Vater, aber ihre Eltern haben sich getrennt, da war sie noch ein Baby. Als Kind hat sie ihren Dad jede Woche gesehen und viele Wochenenden mit ihm und ihren beiden Halbgeschwistern verbracht. Aber kurz nach Schuljahrsende ist er plötzlich gestorben, die beiden Kinder waren alleine und brauchten dringend ein neues Zuhause.

Und da gab es niemanden. Ihre einzige Verwandte war Lacey. So übernahm sie praktisch über Nacht die gesetzliche Vormundschaft für ein sechzehnjähriges Mädchen und einen elfjährigen Jungen. Praktisch ist sie jetzt Mutter, aber während ich niemandem das wünsche, was sie durchgemacht hat, ist sie an der Aufgabe wirklich gewachsen.

Es dauerte eine Weile, bis Aveena mit der neuen Lacey warm wurde, aber irgendwann wuchs auch bei ihr das Verständnis für ein Mädchen aus wohlhabendem Hause, dem es durch seine Lebensumstände an Perspektive fehlte. Nie zuvor hatte Lacey menschliches Leid und echte Probleme aus der Nähe gesehen. Ihre privilegierte Blase platzte erst, als ihr Leben komplett auf den Kopf gestellt wurde. Seither sind wir drei unzertrennlich und ich wünsche mir, dass das so bleibt.

Aveena legt auf dem Tisch die Hände ineinander. »Ihr müsst raten.«

Lacey und ich überlegen einen Moment.

»Ihr seid verlobt«, mutmaße ich aufs Geratewohl.

»Falsch«, sagt Aveena.

»Verheiratet? Falls ihr in aller Heimlichkeit ohne uns geheiratet habt, regnets gleich Ohrfeigen«, sagt Lacey und lacht.

»Auch nicht: Nächster Versuch.«

»Du bist schwanger«, werfe ich der Vollständigkeit halber ohne Überzeugung in die Runde, aber Aveenas Lächeln wächst auf dreifache Größe, und mir wird unbeschreiblich warm ums Herz.

Sofort bekomme ich glasige Augen. »Nicht zu fassen.« Ich schlage die Hand vor den Mund. Klar habe ich damit gerechnet, dass Xavier und Aveena früh Eltern werden könnten. Die beiden sind so hoffnungslos ineinander verliebt, dass das praktisch feststand. Besonders jetzt, wo sie zusammenwohnen.

»Du bist schwanger?«, platzt so laut aus Lacey heraus, dass sich einige Gäste im Café zu uns umdrehen.

»Ganz sicher bin ich mir noch nicht, aber ich bin über die Zeit«, stellt sie klar.

»Hast du schon einen Schwangerschaftstest gemacht?«, frage ich.

»Weiß Xavier schon Bescheid?«, will Lacey wissen.

Wir bombardieren sie so sehr mit Fragen, dass Aveena gar nicht mehr zu Wort kommt.

Lachend hebt sie die Hände. »Immer mit der Ruhe. Nein, Xavier habe ich noch nichts gesagt. Und ich hatte zu viel Angst vor dem Test.«

»Angst wovor? Du sagst doch schon lange, dass du eines Tages Kinder haben möchtest.« Ich sehe, wie Aveenas Finger auf den Tisch trommeln, und lege meine Hand darüber. Sie muss über meine beruhigende Geste lächeln.

»Schon, aber ich hatte nicht damit gerechnet, dass *eines Tages* schon jetzt sein würde. Ich bin *neunzehn*. Wir sind zwei arme College-Studenten, die kaum über die Runden kommen. Wie sollen wir da für ein Baby sorgen?«

»Das schafft ihr schon. Gemeinsam«, versichert ihr Lacey. »Schon möglich, dass es jetzt gerade etwas knapp bei euch ist, aber dein Mann ist auf dem besten Weg, für die NBA ausgewählt zu werden, schon vergessen?«

»Das ist aber nicht sicher«, wendet Aveena ein.

»Ich bitte dich. Er ist wahrscheinlich der beste Spieler, den diese Schule jemals hervorgebracht hat. Ihr werdet nicht lang pleite sein«, versichert Lacey.

»Und da ist ja nicht nur er. Eines Tages machst du deinen College-Abschluss und wirst eine herausragende Psychiaterin werden. Du schaffst das, Vee.« Ich drücke ihr zur Bekräftigung die Hand, und ihr läuft eine Träne über die Wange.

»Es ist nur … was ist, wenn ich dieses Kind so enttäusche, wie es mein Vater getan hat?«

Oh, verdammt, das kann ja wohl nicht wahr sein.

»Aveena, schau mich an. Du bist *nicht* dein Dad.«

Ich weiß, dass sie schon seit Langem ein schlechtes Gewissen und Bedauern über den Tod ihres Vaters mit sich herumträgt. Er starb, als sie noch sehr klein war, und sie hat Angst, dass ihren Kindern Ähnliches droht. Aber es wäre schrecklich, wenn sie sich nur aus Angst ein glückliches Leben versagt.

»Du hast recht«, kommt sie zur Besinnung. »Aber könntet ihr vielleicht morgen vorbeikommen? Ich möchte nicht allein sein, wenn ich den Test mache, und Xavier ist den ganzen Nachmittag beschäftigt.«

»Natürlich«, bekräftigen Lacey und ich im Chor.

Die nächste Stunde versinken wir in Tagträumereien über das Testergebnis und die Möglichkeit, dass ein Mini-Xavier oder eine Mini-Aveena die Welt betritt. Erst, als auf meinem Handy eine Erinnerungsmeldung aufploppt, kommt mir Aveenas merkwürdiges Verhalten anfangs im Café wieder in den Sinn.

Ich bin heute noch als Hundesitterin im Einsatz.

Und in einer Stunde muss ich dort sein.

Vee benahm sich von dem Moment an komisch, als ich erzählte, mich hätte jemand aus meiner Vergangenheit besucht. Ich werde das Gefühl nicht los, dass sie etwas verschweigt, aber jetzt kann ich sie wohl kaum danach fragen, oder? Dann denke ich, dass ich vielleicht doch zu viel hineininterpretiere; ich verabschiede mich und mache mir im Geist eine Notiz, sie später danach zu fragen.

* * *

Der Geruch von verdorbener Nahrung und Schweiß dringt von dem Augenblick an auf mich ein, als ich gegen Mitternacht das Zimmer betrete. Es ist dunkel und zuerst vermute ich, dass Grace schläft. Aber dann lässt mich ein Geräusch aufmerken.

Aber hört es sich an, als würde jemand *würgen*?

Und dann entdecke ich die beiden.

»Das kann ja wohl nicht euer Ernst sein!«

Bestimmt gibt es Schlimmeres, als mit einer respektlosen Mitbewohnerin zusammenzuwohnen. Lustigerweise fällt mir aber im Augenblick tatsächlich nichts Schlimmeres ein.

»In meinem Bett? Habt ihr den Arsch offen?« Meine Hand fliegt an den Lichtschalter und meine Augen brennen sofort, als ich das Unbeschreibliche, das sich hier abspielt, genauer erkenne.

Grace.

Die irgendeinem Typen einen bläst. In meiner Naivität erwarte ich eine umgehende Reaktion der beiden, aber Grace und der mürrische Kerl, der da mein Laken versaut, lassen sich noch eine ganze Reihe von Sekunden Zeit.

»Dina, hey. Bist aber früh da«, lallt Grace, löst ihren Mund mit einem Plopp von seinem Schwanz, und ich danke dem Herrn, dass sein Ding unter der Decke verborgen bleibt.

Bis mir einfällt, dass das *meine* Decke ist.

Unter der ich Nacht für Nacht schlafe.

Ich glaube, mir wird schlecht.

»Kennst du Jimmy?«, fragt sie und wischt sich den Mund mit dem Handrücken ab. Offensichtlich ist sie high. Und besoffen. Dasselbe gilt für den Loser neben ihr.

»Könntet ihr euren Scheiß nicht in deinem Bett veranstalten?«

»Auf meinem hat Jimmy vorher sein Bier verschüttet. Was ist schon dabei?«

Mein Blick wandert zu der Ansammlung leerer Bierdosen neben unserem Stockbett. Das waren meine. Immer wenn ich Alk kaufe, säuft sie ihn, ohne mir was zu sagen. Einmal hat sie sogar behauptet, sie hasse Bier. Genau deswegen hatte ich es mit meinem gefälschten Ausweis gekauft und gehofft, sie würde die Pfoten davon lassen. Na, das hat ja bestens geklappt. Wie man sieht.

»Verdammt, was ist nur los mit dir?«

Sie verdreht die Augen. »Ach, jetzt chill doch mal. Wir sind nicht mal ganz nackt … diesmal.«

Hat sie eben gesagt …?

»Geht das hier etwa öfter so?«, platzt es aus mir heraus.

Sag mir nicht, dass es bereits öfter vorkam und ich seit Tagen in Jimmys Wichse schlafe.

Sie zuckt mit den Schultern. »Nur zweimal.«

»Zweimal?«

Jep. Mir reichts.

Nichts wie raus hier.

Ich sage nichts mehr und packe nur noch meine Sachen. Zwanzig Minuten lang stelle ich das Zimmer auf den Kopf, bis ich sicher bin, dass ich nichts vergessen habe. Grace und ihr Loverboy sagen kein Wort und kichern bloß, als ich mein Zeug in meinen Koffer stopfe. Ich höre erst auf, als er randvoll ist. Ich muss später noch einmal wiederkommen und den Rest holen. Auf dem Weg hinaus knalle ich die Tür hinter mir zu, aber während ich den Koffer über den Flur zerre, macht sich ein mulmiges Gefühl bei mir breit.

Was soll ich jetzt tun?

Ich sehe keine andere Möglichkeit, als Aveena zu schreiben.

Dia: Ich weiß, ich wollte, dass du zuerst Xavier fragst,
aber könnte ich bitte, bitte schon diese Nacht
bei euch pennen? Gerade habe ich Grace dabei erwischt,
wie sie irgendeinem Loser einen bläst, IN MEINEM BETT,
und ich bin verzweifelt.

Zum Glück kommt gleich ihre Antwort.

Aveena: Du kannst auf mich zählen.
Schlüssel liegt unter der Fußmatte,
und ich hatte dir für alle Fälle im
Gastzimmer schon dein Bett bezogen.

Vor Dankbarkeit könnte ich heulen.

Ist dieses Mädchen eine Hellseherin?

Dia: Wie konntest du das wissen?

Aveena: Nur so eine Ahnung. ;)

Dia: Dankeee. Du bist die Beste.

Ich überfliege nochmals ihre Nachrichten, als mir bei ihrer ersten Antwort etwas auffällt.

Dia: Warte, du bist wohl nicht zu Hause, wenn ich einen Schlüssel brauche?

Einen Augenblick später bestätigt sie meinen Verdacht.

Aveena: Ne. Ich bin mit meiner Schwester essen, die gerade hier ist. Wir sind so gut wie fertig. Ich bin bald zu Hause.

Aveena: Und sei leise. Könnte sein, dass Xavier schon schläft.

Dia: Wird gemacht.

* * *

Meine Lider sind fast so schwer wie mein Koffer, als ich mein Zeug den letzten Treppenabsatz zu meiner vorübergehenden Bleibe hinaufschleppe. Im Flur brennt nur das Nachtlicht und ich muss die Taschenlampe am Handy einschalten, um den Schlüssel unter der Fußmatte zu finden. Augenblicke später schiebe ich die knarrende Tür auf und sehe mich in der schwach erleuchteten Wohnung um. Ich bin schon oft hier gewesen.

Ich liebe die Wohnung der beiden. Sie hat einen offenen Grundriss, große Fenster und eine frisch renovierte Küche. Xavier und Aveena wohnen höchstens ein paar Monate hier und sind noch nicht wirklich eingerichtet. Alles wirkt noch ein bisschen fade, aber gewiss nicht kalt. Ganz im Gegenteil. Dank der großen Schiebetüren im Wohnzimmer fällt tagsüber viel warmes Sonnenlicht herein.

Das meiste Geld der beiden ging für die Einrichtung der Schlafzimmer und für die Küche drauf. Deshalb gibt es im Wohnzimmer außer einem an die Wand gedübelten Flachbildfernseher und einer Lampe nicht viele Möbel. Wenn ich mich recht erinnere, meinte Vee, nächste Woche würde die Couch geliefert.

Die Schlafzimmertür ist geschlossen, und Aveena hatte recht – Xavier scheint schon zu schlafen. Um keinen Lärm zu machen, schleiche ich auf Zehenspitzen zum Gästezimmer am Ende des Flurs. Im Raum ist es stockdunkel und ich atme erleichtert aus, weil ich … *nichts* rieche. Genau. Es riecht nach nichts – nicht nach schmutziger Wäsche, nicht nach verdorbener Nahrung, nicht nach verschwitzten Socken – und ich bin unendlich dankbar dafür.

Als ich die Türe hinter mir schließe und den Koffer abstelle, macht sich bei mir die Erschöpfung deutlich bemerkbar. Ohne mich umzuziehen, lasse ich mich aufs Bett fallen und krieche unter die Decke. Mir fallen sofort die Augen zu und mein Körper bettelt um Schlaf. Zunächst ist alles perfekt. Im Zimmer ist es still, das Bett bequem und das Laken riecht frisch. Aber dann rieche ich etwas anderes.

Etwas … Vertrautes?

Ist zermartere mir das Hirn, was das sein könnte.

Ich versuche, den Geruch mit einer Erinnerung zu verknüpfen.

Einer Zeit.

Einem Ort.

Einer Person.

Ich muss verrückt sein. Bis ich mich auf die Seite rolle und meine Wange an etwas Warmes, Festes stößt. Eine Männerbrust? Das Fass zum Überlaufen bringt der ruhige, regelmäßige Atem, der mir über die Wange streicht.

Heilige Scheiße.

Noch im selben Moment springe ich von der Matratze und schalte das Licht an. Mein Herzschlag setzt aus, als ich ihn sehe.

Denn der Mann in meinem Bett … ist der Mann aus meinen *Albträumen.*

17. KAPITEL

DIAMOND

Unsere Erinnerungen belügen uns nur allzu oft. Man kann auf sein Leben zurückblicken und sich einreden, dass jemand, den man seit Ewigkeiten nicht gesehen hat, immer noch dort wartet, wo man die Person zurückgelassen hat. Als wäre sie in der Zeit stehen geblieben, ohne sich weiterzuentwickeln, während wir mit unserem Leben vorangeschritten sind. Wir klammern uns an alten Versionen von Menschen fest, weil die Vergangenheit das Einzige ist, was wir haben. Bis wir diese Menschen wieder treffen und uns das klar wird …

Wenn man jemanden früher gekannt hat, bedeutet das nicht, dass man ihn auch *jetzt* kennt.

So geht es mir, als ich den Fremden vor mir ansehe. Der Mann, der er jetzt ist, kollidiert mit dem Jungen, der er einmal war, und ich kneife mehrmals die Augen zu in der Erwartung, dass er sich in *den* zurückverwandelt, den ich kenne. Er ist oben ohne, mit neuen Tattoos am Hals, auf der Brust und dem rechten Arm. Er ist auch muskulöser geworden, mit wohldefinierten Bauchmuskeln und einem noch deutlicher ausgeprägten V als in meiner Erinnerung.

Wie schon gesagt, ein *Fremder.*

Aber seine Augen …

Die sind das einzig Vertraute an ihm.

Vielleicht auch seine Lippen.

Selbst seine Stimme klingt rauer, als er sich verschlafen im Bett aufsetzt. »Dia?«

Er ist anders.

Ich bin anders.

Und doch … schmerzt es noch genauso.

Instinktiv weiche ich zurück und stoße dabei gegen den Schreibtisch. Dadurch kippt die Schreibtischlampe um und fällt auf den

Boden. Der gläserne Lampenschirm zerspringt in tausend Scherben.

»Shit«, entfährt ihm ein leiser Fluch. Er erhebt sich vom Bett, um den Schaden zu begutachten, und ich gehe noch mehr auf Abstand, als wäre er mit irgendeinem tödlichen Virus infiziert.

Nein.

Nein.

Nein.

Er kann nicht hier sein.

Er ist fortgegangen.

Vor einem Jahr ist er spurlos verschwunden.

Ich bilde mir das wegen meines Schlafmangels vermutlich alles nur ein.

Oder vielleicht träume ich nur?

Jep, das muss es sein.

Ein Traum.

Er. Kann. Nicht. Hier. Sein.

»Du bist nicht hier«, flüstere ich vor mich hin.

Nun belebt ein verwirrter Ausdruck sein Gesicht.

»Was?« Er möchte näher kommen, aber die Scherben am Boden hindern ihn daran.

»Du bist nicht hier. Unmöglich.« Ich schüttele den Kopf und hoffe, zur Vernunft zu kommen. Noch einmal, zweimal, dreimal kneife ich die Augen zu, aber er verschwindet nicht.

Verschwinde, verdammt noch mal.

Er hebt die Hände. »Dia, hör mir zu –«

Ich unterbreche ihn: »D-Du bist abgehauen.«

»Das stimmt, aber jetzt bin ich zurück.«

Es dauert einen Augenblick, bis ich wirklich zu mir komme.

Heilige Scheiße.

Das geschieht wirklich.

Finn ist hier.

Direkt vor mir.

Ich weiß nicht, ob ich mich nun freuen soll, weil ich bei Verstand bin, oder vollkommen entsetzt darüber, dass er zurück ist. Ich bin noch dabei, mich zu entscheiden, als Xavier ins Zimmer gestürmt kommt.

»Alter, was zum Teufel war das für ein Lärm?« Dann bemerkt er mich und macht große Augen. »Dia? Was machst du denn hier?«

Xavier richtet seine Aufmerksamkeit nun auf die Lampe am Boden, sein Blick ein einziges Fragezeichen. »Will mir mal jemand erzählen, was zum Teufel hier passiert ist?«

Gerade will ich zu einer Erklärung ansetzen, da höre ich, wie draußen die Wohnungstür geschlossen wird. Aveena ist da.

Rasch fülle ich die Lücken. »Vee sagte, ich könnte für die Nacht hierbleiben.«

Xavier scheint überrascht. »Das hat sie? Davon wusste ich nichts.«

Plötzlich erscheint in meinem Kopf eine einfache Erklärung für das alles. Aveena hat Xavier offensichtlich nicht davon erzählt, dass ich komme, und Xavier hat *ihr* nicht gesagt, dass er Finn dasselbe angeboten hat. Klassische Fehlkommunikation.

»Warum hat sie mir nichts gesagt?«, murmelt Xavier ärgerlich.

»Was habe ich dir nicht gesagt?« Eine Sekunde später kommt Aveena herein. Sie ist noch keine zwei Schritte weit gekommen, als sie Finn entdeckt, der mit nichts als einer schwarzen Jogginghose neben dem Bett steht. Ihre Gesichtszüge entgleisen komplett, als sie eins und eins zusammenzählt.

»Ich hatte keine Ahnung, dass er hier sein würde, das schwöre ich.« Sie dreht sich zu mir um, ihre Augen nichts als Bedauern.

»Ich sagte dir doch, er ist wieder in der Stadt«, erklärt Xavier.

»Haargenau, du sagtest, er sei wieder in der Stadt. Du sagtest nicht, dass er in meiner Wohnung schläft. Warum hast du mir nicht geschrieben?«

»Du warst doch mit deiner Schwester unterwegs. Ich wollte euch nicht stören. Warum hast du *mir* nicht geschrieben?«, gibt Xavier die Frage zurück.

»Sie hat mich erst vor einer Stunde gefragt, ob sie kommen

kann. Ich dachte, du würdest längst schlafen«, erklärt Aveena. Ihr Gespräch läuft in meinem Kopf ein zweites Mal ab, denn ich war zu überwältigt von den Ereignissen, um sie zu verarbeiten.

»Warte, du hast gewusst, dass er wieder in der Stadt ist? Warst du vorhin im Café deswegen so komisch?« Nun bin ich es, die eins und eins zusammenzählt.

Sie presst die Lippen aufeinander und verrät damit alles, was ich wissen muss.

»Und wie lange weißt du das schon?«, frage ich.

Sie windet sich. »Einen Monat?«

»Einen *Monat*? Herrgott, hättest du mir das denn irgendwann erzählt?«

»Natürlich … Irgendwann.«

Xavier schnaubt, als er das hört. Er versucht es als Husten auszugeben, scheitert kläglich und bekommt dafür Aveenas Ellenbogen in die Seite.

»Okay, schön. Ich wollte es dir nicht erzählen«, gesteht sie und verzieht das Gesicht. »Ich dachte, es wäre besser so.«

»Und dass ich aus Versehen mit meinem Ex im Bett lande, ist das auch *besser so*?«

»Das tut mir leid, okay? Es ist doch so … Du hattest schon so viel um die Ohren. Und ich fürchtete, das würde dir eher schaden als nützen.«

Dagegen kann ich nichts einwenden. Hätte ich gewusst, dass Finn wieder da ist, dann hätte ich den ganzen Monat ständig über meine Schulter geblickt und an jeder Straßenecke gefürchtet, ihm über den Weg zu laufen. So wütend ich darüber bin, dass sie das vor mir verheimlicht hat, kann ich verstehen, warum sie sich so entschieden hat.

»Bitte sei nicht sauer. Es tut mir leid. Ich wollte dir einfach nicht wehtun«, fleht sie, und zum ersten Mal seit Xavier und sie ins Zimmer gekommen sind, sehe ich zu Finn hinüber. Nehme seine Erscheinung wahr. Er steht einfach nur da, die Hände in den Taschen, und starrt mich an. Anfangs schmerzte es, ihn zu sehen.

Aber nun ist der erste Schreck vorbei und macht Raum für Erinnerungen.

Er verschwand.

Nachdem ich fast gestorben wäre.

Nachdem er mich ertrinken ließ.

Er mag wieder zurück sein, aber es ändert nichts an dem, was er getan hat.

Wenn ich ihn ansehe …

Fühle ich nichts als *Wut*.

»Ab jetzt verheimlichst du mir aber nichts mehr, okay?«, nehme ich ihre Entschuldigung an, und sie seufzt erleichtert.

»Ich will hier jetzt nicht das Arschloch raushängen lassen, aber eine Couch haben wir nicht. Wenn ihr euch nicht das Bett teilen wollt, dann muss einer verschwinden«, erklärt Xavier.

Ich zucke mit den Achseln. »Schon gut. Ich nehme den Bus zurück zum Wohnheim.«

»Nein, verdammt. Du bleibst hier«, entgegnet Aveena. »Wir lassen uns was einfallen. Außerdem ist es schon nach Mitternacht. Da fahren keine Busse mehr.«

Verdammt, da hat sie recht. Für den Bus ist es zu spät, und ein Taxi bis zum Campus kann ich mir unmöglich leisten.

»Dann werde ich eben laufen.«

Da mischt sich eine tiefe Stimme in die Unterhaltung. »Fuck, auf gar keinen Fall.«

Ich reiße den Kopf zu Finn herum; sein Respekt einflößender Ton lässt mir Schauer über den Rücken laufen. Ich rede mir ein, es seien Schauer aus Abscheu, doch ich hasse die elektrisierende Wirkung, die sie auf mich haben.

»Sie wird auf keinen Fall nachts allein zu Fuß gehen«, fügt Finn an.

»Er hat recht. Ist eine ziemliche Scheißgegend hier«, pflichtet ihm Xavier bei.

»Dann rufe ich eben Chance an«, sage ich, obwohl es eigentlich das Letzte ist, was ich will. Wenn ich bei ihm anrufe, wird er wissen wollen, warum ich einen Ort zum Schlafen brauche, und dann wird er darauf bestehen, dass ich bei ihm in dieser Partybude übernachte.

Eigentlich kommt das zusammen Übernachten für mich in unserer Beziehung noch gar nicht infrage. Wir sind jetzt zwar seit drei Monaten zusammen, haben es aber noch nicht getan. Andere Sachen schon, klar – meistens mehr oder weniger angezogen –, aber bei ihm zu übernachten, könnte gewisse Erwartungen wecken, und ich will ihn nicht abweisen müssen.

Ich mag ihn wirklich gerne, möchte es aber langsam angehen. Als ich das letzte Mal mit einem Typen ins Bett gegangen bin, ist meine ganze Welt zusammengestürzt. Ich möchte mir lieber ganz sicher sein, dass er etwas Dauerhaftes möchte, bevor ich ihn reinlasse – *buchstäblich.*

»Wer zum Teufel ist Chance?«, giftet Finn.

Wir sehen ihn alle an, aber er hat nur Augen für mich. Ich habe mir diesen Moment schon ausgemalt. Mir den Tag vorgestellt, an dem ich ihm die Tatsache unter die Nase reibe. Ihm zeige, dass ich meiner Wege gehe, dass ich über ihn hinweg bin, aber jetzt wo sich die Gelegenheit bietet, bringe ich keinen Ton heraus. Aveena und Xavier blicken mich an und warten darauf, dass ich das klarstelle.

Sag es ihm, Dia.

»Ich … Er ist …«

Was ist nur los mit mir?

»Er ist ihr Freund«, springt Aveena mir bei und präsentiert Finn genau das »Fick dich«-Lächeln, das ich ihm so gerne selbst ins Gesicht gedrückt hätte. Ich schaffe es nicht einmal, seine Reaktion abzuchecken, aber ich bemerke, wie er die Fäuste ballt.

»Oh« ist alles, was er herausbringt.

Ich spüre, wie mir seine Augen ein Loch in den Schädel bohren, verschwende aber keinen Gedanken daran. Er will, dass ich ihn ansehe – vielleicht auch nur, damit ich Aveenas Neuigkeiten bestätige –, aber meine Aufmerksamkeit gewähre ich ihm nicht.

Ich habe mir immer eingeredet, diesen Arsch mit Schweigen zu bestrafen, falls ich ihn treffe. Wahrscheinlich war ich zu geschockt, um mich an meine Regeln zu halten, als ich ihn hier im Gastzimmer entdeckte, aber ab jetzt werde ich ihn wie einen Geist behandeln. Finn Richards ist für mich gestorben.

Tot.

Und ich will eher zur Hölle fahren, als ein Bett mit ihm zu teilen.

»Also schön. Ich ruf bei Chance an.« Ich angle das Handy aus meiner Tasche, entsperre es und scrolle durch die Kontaktliste zu seiner Nummer. Sekunden bevor ich auf den grünen Hörer drücken kann, meldet sich Finn zu Wort.

»Nein«, sagt er mit ruhiger Stimme.

Ich verstoße gegen meine eigene Regel und linse in seine Richtung. Natürlich fängt er sofort meinen Blick auf. Es ist, als würde er eine Sekunde lang bis in meine Seele starren, und ich wende mich ab, aber den Schmerz in seinen Augen sehe ich trotzdem kurz aufflackern.

Er räuspert sich. »Sie kann das Bett haben. Ich verschwinde.«

Dann zieht er schon den Reißverschluss der Reisetasche am Boden auf – wahrscheinlich sein Gepäck – und fängt an, darin zu kramen. Er greift sich ein T-Shirt, zieht es sich über und schnappt sich dann die Schuhe, die neben dem Bett stehen. Als er sie angezogen hat, schlingt er den Tragriemen der Tasche über die Schulter und geht an den Glasscherben vorbei.

»Wo willst du hin?«, fragt Xavier.

Finn zuckt mit den Achseln. »Mir fällt schon was ein.« Aber die Antwort scheint Xavier nicht zufriedenzustellen. Wir folgen Finn vom Gastzimmer ins Wohnzimmer.

»Wenn du nicht weißt, wohin, dann legen wir einfach ein paar Decken auf den Boden oder so. Du brauchst nicht zu gehen«, bietet Xavier an.

Auf halbem Weg zur Wohnungstür bleibt Finn stehen und sieht mich über die Schulter an. Unsere Blicke treffen sich nur für einen kurzen Augenblick, aber was dieser in meinem Bauch auslöst, hält länger an, als mir lieb ist. Nach einem Blick in mein Gesicht scheint sein Entschluss festzustehen.

»Ist schon okay. Macht euch keine Sorgen.«

Klar will ich, dass er geht, aber ist das so offensichtlich? Mir ist, als musste er erst prüfen, wie ich darüber denke, bevor er seine Entscheidung traf. Xavier ruft Finn noch einmal nach; ihm ist nicht wohl dabei, seinen besten Freund vor die Tür zu setzen.

Aber Finn ist schon fort.

* * *

Ich bekam kein Auge zu, nachdem Finn gegangen war. Die ganze Nacht wälzte ich mich von einer Seite auf die andere, wünschte mir den Geruchssinn zu verlieren und von den Flashbacks, die mich heimsuchten, erlöst zu werden. Das Gästebett roch nach ihm – das Kissen, die Decke, selbst das verdammte *Bettlaken*.

Finn mag neue Tattoos haben und eine neue Begeisterung fürs Fitnessstudio, aber zu meinem Leidwesen benutzt er immer noch dasselbe Aftershave. Es wäre eine Sache, wenn es fürchterlich stinken würde, aber es ist die Sorte Parfum, die einem die Knie weich werden lässt, und ich würde lieber sterben, als zuzugeben, dass ich die halbe Nacht am Kissen meines Ex geschnuppert habe.

Die Uhr zeigt 7:50 Uhr, als ich mich auf Zehenspitzen aus der Wohnung schleiche, um zur Arbeit zu gehen. Ich habe bestimmt eine volle Viertelstunde mit mir gerungen, ob ich den Koffer hier stehen lassen soll. Ich will da in keiner Weise vorgreifen, solange Aveena noch nicht mit Xavier besprechen konnte, ob ich für den Rest des Sommers bei ihnen wohnen kann, aber dann dachte ich, ich komme ja sowieso bald zurück.

Eigentlich hatte ich Vee versprochen, da zu sein, wenn sie den Schwangerschaftstest macht, aber ich muss am Morgen Hunde ausführen und kann dabei wohl kaum meinen Koffer mit mir herumschleppen. Deshalb hatte ich entschieden, meine Sachen bis zu meiner Rückkehr am Nachmittag erst einmal im Gastzimmer zu lassen.

Ich habe kaum zwei Schritte aus dem Mehrfamilienhaus gemacht, da fällt mir auf der anderen Straßenseite ein geparkter schwarzer Wagen auf.

Ich kenne dieses Auto.

Ich hatte *Sex* auf diesem Wagen.

Es gehört Finn.

Die Straße ist voller Pfützen, und der Gehweg dunkel vom Regen – es muss nachts wohl ein Gewitter gegeben haben. Durch die dunklen Scheiben des Wagens ist von hier aus nichts auszumachen, und ich überlege, ob ich näher herangehen soll. Ich checke den Verkehr und gehe dann mit raschen Schritten über die Straße.

Warum steht das Auto immer noch hier? Er sagte doch, ihm würde schon was einfallen, aber wie es aussieht, ist er nicht weit gekommen. Ich komme mir wie eine Spannerin vor, als ich um den Wagen herumgehe und neben der Fahrertür stehen bleibe. Finn schläft auf dem Fahrersitz, die Arme verschränkt, eine Baseballkappe über dem Gesicht, vermutlich gegen die Sonne.

Keine Decke, kein Kissen.

Der Sitz ist nach hinten geklappt, aber so kann es unmöglich bequem sein.

Ich kanns mir nicht verkneifen, näher ans hintere Fenster zu treten, um in den Wagen zu spähen. Ein paar Decken kann ich ausmachen, manches sieht nach Fertigessen aus dem Supermarkt aus – lauter unverderbliches Zeug –, ein Handyladegerät und auf dem Rücksitz die Reisetasche, die Finn gestern Abend dabeihatte.

Mir wird ganz schwer ums Herz, als ich es begreife.

Er hat hier drin geschlafen.

Deshalb steht sein Auto immer noch hier.

Und nach einer einmaligen Sache sieht es auch nicht gerade aus.

Wie lange wohnt er schon in seinem Wagen? Und wie lange lebt er schon von diesem Fertigzeug? Und vor allem – warum sollte der Sohn eines Millionärs so vegetieren? Sicher, Mr Richards hatte die eine oder andere Auseinandersetzung mit seinem Sohn, aber er würde bestimmt nicht wollen, dass Finn hungert oder auf der

Straße lebt. Es sei denn … Finn hat den Kontakt zu seinem Dad abgebrochen?

Schon beschleicht mich ein schlechtes Gewissen, aber ich treibe es in die Flucht, bevor es sich bei mir einnistet, und rede mir ein, dass es mir egal ist, wo dieser Typ schläft. Selbst wenn er ein Jahr lang in einem Müllcontainer übernachtet hätte, würde mich das nicht die Bohne –

»Glotz nicht so, Juwel. Das ist unhöflich.«

Ich fürchte, mir bleibt das Herz stehen, als ich sehe, dass Finn mich vom Fahrersitz aus beobachtet. Er hat die Baseballkappe vom Gesicht genommen und schmunzelt mich genüsslich an. Ich habe nicht einmal mitbekommen, wie er die Scheibe heruntergekurbelt hat. Verdammt, ist er etwa schon die ganze Zeit wach?

Mein erster und einziger Reflex besteht darin, dass ich wie ein ertappter Verbrecher vom Auto zurückweiche. Dabei bleibt mein Fuß in einem Schlagloch hängen, das vom nächtlichen Regen noch randvoll ist.

Beim Versuch, den Fuß herauszuziehen, verliere ich das Gleichgewicht und lande mit dem Hosenboden auf dem Gehsteig. Mein Fuß steckt immer noch in dem Loch und ich kann zusehen, wie das Wasser in meinen Schuh läuft.

Wie. Kann. Man. Nur. So. Blöd. Sein.

»Shit, bist du okay?« Finn springt aus dem Auto. Da will ich eigentlich nichts anderes als ein *bisschen* Würde, aber nein, ich muss mich direkt vor dem Kerl, der mir das Herz gebrochen hat, auf den Arsch legen.

»Hier.« Finn bleibt neben mir stehen und streckt mir die Hand hin. Ich starre sie einen Moment lang an, aber akzeptiere seine Hilfe nicht. Er lächelt nur, was meine Demütigung noch schlimmer macht.

Findet er das etwa *lustig*?

»Du hast dich kein bisschen verändert, weißt du?«, bemerkt er, und ich beiße mir auf die Zunge. Er hat ja keine Ahnung, wie sehr er sich irrt, aber ich habe mir ja geschworen, nie wieder ein Wort mit ihm zu reden, also beachte ich ihn nicht und ziehe mir mit einer Grimasse den Schuh aus. Es ist ein kühler und windiger Tag, und ich muss noch den ganzen Morgen lang Hunde ausführen. Ich drehe den Schuh um, damit das Wasser herausläuft.

»Dia?«, fragt er, als ich keine Antwort gebe.

Wieder ignoriere ich ihn.

»Ich werde wohl mit Schweigen gestraft, was?« Er begreift schnell, aber ich verweigere ihm meine Aufmerksamkeit und ziehe meinen Strumpf aus, der ebenfalls vor Wasser trieft. Ich versuche ihn auszuwringen, aber das ändert nicht viel. Er ist immer noch klatschnass. Ich sehe auf die Uhr auf dem Handy. Reicht die Zeit noch, um mir oben aus der Wohnung ein paar trockene Strümpfe zu holen?

Der Bus kommt in fünf Minuten. Der erste Hund wohnt nicht weit von Aveenas Wohnung entfernt, aber die Haltestelle liegt ein ganzes Stück die Straße hinunter. Das schaff ich nicht. Außerdem wäre mein Schuh immer noch nass, denn ich habe nur dieses eine Paar.

»Dia, schau mich an«, befiehlt Finn, worauf ich noch energischer versuche, Wasser aus meinem Strumpf herauszupressen. »Dia«, versucht er es einen Augenblick später noch einmal, und ich muss mir ein »Verpiss dich« verkneifen.

Er seufzt tief. »Dann bleibts also dabei? Wir werden wirklich nicht miteinander reden?«

»Nein.« Als ich meinen Fehler begreife, ist es schon zu spät.

Wirklich toll, wie du ihn ignorierst, Dia.

»Dia, verdammt noch mal, rede mit mir.« Er verliert die Geduld, als ich mir den nassen Strumpf anziehe.

Ich muss mir ein Lachen verkneifen. Wenn er glaubt, er könnte nach einem vollen Jahr einfach so in mein Leben platzen und Forderungen stellen, sollte er sich auf eine herbe Enttäuschung gefasst machen.

»Schrei mich an, schick mich zum Teufel, nenn mich ein Arschloch, ist mir ganz egal, solange du *irgendwas* sagst.« Jetzt schwingt ein bisschen Verzweiflung in seiner Stimme mit, und plötzlich wirkt mein Schweigegelübde viel weniger attraktiv als seine Forderung.

Du willst, dass ich fies zu dir bin, Richards?

Schon erledigt.

»Ich flehe dich an, du *musst* mit mir reden. Bitte …« Seine Stimme ist kaum mehr als ein Flüstern.

»Und du *musst* mich in Frieden lassen, verdammt noch mal«, schnauze ich zurück und sehe ihm dabei geradewegs in die Augen. Einerseits ist er offenbar froh, dass ich überhaupt etwas sage, andererseits hätte er sich natürlich etwas Netteres gewünscht.

Er seufzt, sodass es zwischen seinen Zähnen pfeift.

Und dann geht er.

Er dreht sich um und geht zum Auto, ohne mich eines weiteren Blickes zu würdigen. Ich hatte ja einiges erwartet, aber nicht, dass er aufgibt. Auf jeden Fall nicht so leicht.

Ich sehe, wie er zu seinem *Wohnmobil* hinübergeht, und erkenne, dass ich mich geirrt habe, als er den Kofferraum öffnet. Ein paar Sekunden lang kramt er dort herum. Dann schlägt er den Deckel zu und kommt zurück.

In seiner Hand hält er ein Paar Schuhe.

Er bleibt vor mir stehen, und weil ich immer noch auf dem Gehweg sitze, drehe ich den Kopf nach oben. Zu meiner Verblüffung lässt er die Schuhe neben mir aufs Pflaster fallen.

»Nimm sie«, meint er, als bliebe mir keine Wahl.

Unwillkürlich beäuge ich die Schuhe. Sie sind alt und abgetragen, nicht wie die teuren Sneaker von früher, als ich ihn kennenlernte, aber immerhin sind sie trocken.

Wenn ich's mir recht überlege, ist auch seine Kleidung jetzt anders. Früher trug er immer Markensachen – dank Daddys Geld –, aber jetzt? Ramponierte Jacken, ausgeblichene Baseballkappen und billige Jeans mit Löchern, die nichts mit *Stil* zu tun haben. Trotzdem sieht er so unbeschreiblich heiß aus, dass einem ganz schwummerig wird.

»Geht auch so«, erwidere ich trocken.

Davon will er nichts wissen. »Und ich sage, nimm die Schuhe.«

Doch ich halte stand. »Und ich sage, das geht auch so.«

Finn kaut auf der Innenseite seiner Wange und überlegt, wie es nun weitergehen soll. »Schön«, seufzt er.

Wortlos macht er kehrt, geht zum Wagen, steigt ein, wirft mir noch einen kurzen Blick zu und fährt davon.

Einfach so.

Das Auto wird kleiner, bis es ganz verschwunden ist, und ich frage mich, wann oder *ob* ich ihn wiedersehen werde.

Nicht, dass es mich interessiert.

Mein Blick fällt auf die Sneaker, die verlassen auf dem Gehweg liegen. Er hat sie absichtlich zurückgelassen. Ich würde wetten, er hat es getan, um mir keine andere Wahl zu lassen. Unglaublich, dass er, nur um seinen Willen durchzusetzen, seine Schuhe opfert.

Er will wohl demonstrieren, dass ich nicht *ihm* einen Gefallen tue, wenn ich die Schuhe annehme, sondern mir selbst. Ach, was solls. Der Typ hat mich beinahe umgebracht. Da kann er bei mir wenigstens für trockene Füße sorgen.

Ich werfe den Strumpf beiseite und schlüpfe in die Schuhe. Ich gebe das nicht gerne zu, aber sie sind wirklich bequem. Und warm. Ich stehe auf, gehe ein paar Schritte auf und ab. Sie sind mir natürlich zu groß, aber das muss jetzt auch so gehen. Ich drehe mich herum, blicke die Straße hinunter, wo Finn vor ein paar Minuten verschwunden ist, und muss an das denken, was er zuvor gesagt hat. Dass ich mich nicht verändert hätte, aber so langsam habe ich das Gefühl, *er* hat sich vielleicht verändert. Die Frage ist nur, zum Besseren …?

18. KAPITEL

DIAMOND

Ich würde nicht behaupten, dass ich meinen Job hasse.

Ich meine, gibt es überhaupt irgendwen, der *nicht* mit Hunden abhängen will und dafür auch noch Geld bekommt? Trotzdem kam mir meine Tour am Morgen unerträglich lang vor. Ständig starrte ich auf meine Schuhe – also schön, Finns Schuhe –, während mich zwei hyperaktive Welpen durch den Park zerrten.

Finns Sneaker sind ziemlich alt und ziemlich reif für den Müll, und ich fragte mich, an welchen Orten sie das vergangene Jahr wohl gewesen sind. Am meisten aber fragte ich mich, warum keiner dieser Orte in *meiner* Nähe gewesen war.

Der in seinem Auto schlafende Finn heute Morgen hat eine Reihe unerwarteter Fragen aufgeworfen. Wo ist er zum Beispiel hin, als er die Stadt verließ? Warum ist er ausgerechnet *jetzt* zurückgekommen? Und warum schläft er in seinem Auto, wenn sein Vater stinkreich ist? Gedanken an mögliche Theorien ließ ich jedoch nicht zu und vergrub meine Neugierde zur Sicherheit ganz weit hinten in meinem Kopf.

Gegen eins bin ich wieder zurück in Aveenas und Xaviers Wohnung. Ich habe ihr versprochen, nach dem Mittagessen da zu sein, um sie beim Schwangerschaftstest zu unterstützen, und ich will mein Versprechen halten.

Als ich hereinkomme, sitzen Lacey und Aveena schon am Küchentisch und trinken Eiskaffee von Starbucks. Die Mädels lächeln zur Begrüßung, und ich lasse mich neben Lacey auf den Stuhl fallen. Auf dem Tisch liegt ein ganzer Haufen Schwangerschaftstests.

»Wie viele hast du denn besorgt?« Ich muss kichern.

Die Antwort ist sechs.

Sie hat *sechs* Tests gekauft.

»Wieso denn nicht? Ich will mir eben ganz sicher sein«, rechtfertigt sich Aveena mit erhobenen Händen, und ich muss lachen.

»Dann trink mal aus, Mädchen. Von denen wirst du ungefähr fünf Millionen brauchen, wenn du alle sechs Tests machen willst«, sagt Lacey und zeigt auf Aveenas halbvollen Kaffeebecher.

»Ich saufe schon den ganzen Tag Wasser wie ein Kamel und muss immer noch nicht pinkeln«, stöhnt Aveena und vergräbt das Gesicht in den Händen.

»Entspann dich einfach. Das klappt, sobald du nicht mehr daran denkst«, beruhige ich sie, stütze ein Bein auf den Küchenstuhl und platziere meinen Arm auf dem Knie.

»Das stimmt. Es wird nur gehen, wenn du aufhörst darüber nachzudenken. Reden wir einfach über was ganz anderes«, meint Lacey.

Aveenas Augen leuchten auf und sie fährt zu mir herum. »Hätte ich fast vergessen – ich habe mit Xavier gesprochen und er hat nichts dagegen, dass du über den Sommer bei uns einziehen wirst.«

»Wirklich?«, kreische ich.

Die schreckliche Grace hat mir so zugesetzt, dass ich angesichts der Aussicht, mit sauberen, anständigen Mitbewohnern zusammenzuleben, ganz fassungslos bin. Statt wie erwartet in meine Begeisterung mit einzustimmen, presst Aveena die Lippen aufeinander.

Ich schiebe eine Augenbraue hoch. »Irgendwie habe ich das Gefühl, gleich kommt ein Aber …«

Sie schweigt für einen Moment, holt tief Luft und sagt: »Finn zieht ebenfalls ein.«

Ich bin mir sicher, dass mein Gehirn gerade einen Aussetzer hatte, denn es ist schlichtweg unmöglich, dass mich meine beste Freundin gerade vor die Wahl gestellt hat, entweder mit der schlimmsten Mitbewohnerin aller Zeiten zusammenzuwohnen – oder mit meinem Ex.

»Was?«, platzt es lauter als erwartet aus mir heraus.

Sie windet sich. »Xavier hat herausgefunden, dass Finn in seinem Auto schläft und er will nicht, dass sein bester Freund wie ein Obdachloser haust.«

»Und warum zieht Finn nicht einfach wieder bei seinem Vater ein?«

Ich weiß, dass mehr an der Geschichte dran ist, als Aveena mich verständnislos ansieht.

»Raus damit, da ist doch was?« Ich blicke mehrere Sekunden lang zwischen Lacey und Aveena hin und her.

»Das weißt du noch nicht?«, fragt Aveena.

»Was denn?«

»Das Haus seines Vaters ist vor drei Monaten abgebrannt.«

Ich sinke auf meinem Stuhl zusammen und versuche vergeblich, die Neuigkeiten zu verarbeiten. »Was? Wie ist das passiert?«

»Die Untersuchungen laufen noch. Die lassen natürlich nichts raus, aber es heißt, es sei kein Unfall gewesen. Jemand habe das Feuer gelegt.«

»Es war wirklich schlimm, die Garage ist als Einziges stehen geblieben«, erklärt Lacey.

»Aber ... Wer sollte so etwas tun?«, frage ich, während meine Gedanken kreisen.

Einen Moment später fällt mir etwas ein.

»O mein Gott, da war aber niemand mehr im Haus, oder?«

Einen Moment lang dachte ich tatsächlich an Lexie, aber erinnere mich, dass sie ja nicht mehr lebt. Ich muss ihren Tod irgendwie ausgeblendet haben, um mir die Erinnerung an die schönen Zeiten mit ihr zu erhalten. Ich könnte es nicht ertragen, wenn ich dabei immer daran denken müsste, wie ihr damals das Blut aus dem Bauch quoll.

»Ne. Finns Vater war geschäftlich unterwegs, sein Bruder wohnt auch nicht mehr da, und Finn war ...« Sie verstummt für einen Augenblick. »*Weg.*«

Offensichtlich weiß sie mehr, als sie sagt. Xavier muss ihr erzählt haben, wo sich Finn das vergangene Jahr herumgetrieben hat, aber mit diesen Einzelheiten will sie mich nicht auch noch belasten.

»Wusstest du darüber Bescheid?«, wende ich mich an Lacey. Ihr Gesicht spricht Bände.

Natürlich.

Alle wussten es.

Währenddessen war ich damit beschäftigt, meine Familie aus meinem Leben zu verbannen, vor meiner Vergangenheit in Silver Springs wegzulaufen und die Wirklichkeit auszublenden.

»Warum erfahre ich erst jetzt davon?«, flüstere ich mehr zu mir als zu den anderen.

»Fairerweise muss man sagen, dass es nach Finns Verschwinden praktisch eine Straftat war, in deiner Gegenwart seinen Namen auch nur zu erwähnen«, bemerkt Lacey.

»Ja, das stimmt. Du hast dich benommen, als hätte er nie existiert. Ich war einfach davon ausgegangen, dass du es weißt – und falls nicht, hatte ich Zweifel, ob du es überhaupt wissen willst«, fügt Aveena an.

Mir ist klar, dass die Schuld einzig bei mir liegt, aber es tut trotzdem weh. Großer Gott, ich begreife das immer noch nicht.

Das Haus existiert nicht mehr.

Nichts als Asche.

In diesem Haus habe ich mich in Finn verliebt und ihm alle meine ersten Male gegeben. Ohne dieses Haus hätte ich den Sommer nicht mit Lexie verbracht.

Und jetzt ist es einfach so … weg.

Und mit ihm Nora Richards' Nähzimmer und Finns letzte Erinnerungen an sie.

»Aber sein Dad ist doch Millionär? Warum kauft er sich nicht einfach ein anderes Haus in Silver Springs?«

»Ich schätze, er sah keinen Grund, hierzubleiben«, meint Aveena achselzuckend. »Seine Jungs sind beide ausgezogen, und er ist sowieso ständig unterwegs.«

Das macht es für Finn natürlich nicht leichter. Wie will man zurück nach Hause kommen, wenn es dieses Zuhause nicht mehr gibt?

Ich muss meine Niederlage eingestehen. »Bleibt er den ganzen Sommer?«

»Ja. Jedenfalls bis er sich irgendwo ein Zimmer leisten kann. Fürs nächste Semester hat er aber schon ein paar Sachen in Aussicht.«

Ich verkneife mir die Frage, warum sich Finn bis dahin kein Zimmer leisten kann. Das ergibt einfach keinen Sinn. Was ist bloß zwischen ihm und seinem Vater vorgefallen, und warum ist er plötzlich pleite?

Erst mit Verspätung spüre ich die spitzen Klauen der Erkenntnis. »Warte, willst du damit etwa sagen, er schreibt sich *hier* ein?«

Sie nickt. »Das hat Xavier jedenfalls gesagt.«

Scheiße.

Das heißt also, ich sehe ihn nicht nur in meiner Freizeit, weil wir dieselben Freunde haben, sondern ich laufe ihm auch noch auf den Fluren im College über den Weg?

Großartig.

Einfach großartig.

Warte mal.

Der Plan hat aber einen Haken.

»Aber wo soll er schlafen? Ihr habt doch nur das eine Gastzimmer, und eine Couch habt ihr auch nicht.«

»Xavier hat dafür gesorgt, dass die Couch morgen früh geliefert wird.«

Die Verzweiflung muss mir deutlich anzusehen sein, denn Aveena sagt: »Tut mir leid, D, ich bin auch völlig fertig. Ich wollte es Xavier wirklich ausreden, aber irgendwie fehlen mir die Argumente, wo ich dich doch auch mietfrei hier wohnen lasse.« Ihr schmerzlicher Blick geht mir zu Herzen.

Sie darf sich nicht auch noch die Schuld geben, wo sie doch nichts unversucht lässt, mir zu helfen. Für das Chaos in meinem Leben bin ich ganz allein verantwortlich.

»Mach dir keine Sorgen, okay? Keine Sekunde lang. Ich kann

das verstehen. Es ist genauso Xaviers Wohnung.« Mein dankbares Lächeln erwidert sie sofort. Sie will gerade etwas sagen, als ihre Augen dreimal so groß werden.

»Was ist los?«, fragt Lacey.

Aveena versteift sich. »Ich muss pinkeln.«

Ich brauche einen Moment, bis ich begreife, was das bedeutet.

»Los! Los! Los!«, rufe ich dann.

Aveena greift sich einen der Tests aus dem Haufen und schließt sich im Badezimmer ein.

»Vee, alles okay?« Lacey klopft dort zehn Minuten später an die Tür.

»Eine Minute«, antwortet Aveena mit bebender Stimme.

Ich weiß nicht genau, wie Schwangerschaftstests funktionieren, aber so lange dauert das normalerweise nicht. Mir wird die Luft zum Atmen knapp, als sie mit glasigen Augen die Badezimmertür aufschiebt. In der Rechten hält sie das Teströhrchen und starrt ins Leere. Ist sie nun schockiert oder ist sie traurig? Dann bricht sie in Tränen aus und ich bin mir plötzlich noch unsicherer.

Ich trete etwas näher. »Vee, sag etwas.«

Nach einer gefühlten Ewigkeit schluchzte sie: »Ich bin schwanger.«

Also geschockt.

Die nächsten zehn Minuten verschwimmen irgendwie. Vor allem, weil ich so heule, dass ich kaum etwas sehe. Die meiste Zeit halten Lacey und ich Aveena in den Armen, bis sie fast erstickt.

»Wann willst du es Xavier erzählen?«, frage ich und wische mir mit dem Ärmel über die Wange.

»Ich … Ich weiß nicht. Heute Abend gibt es ein Lagerfeuer am Strand. Ich könnte es ihm ja dort erzählen.«

Lacey presst ihre Hand aufs Herz. »Das wäre so romantisch.«

»Ihr müsst aber auch kommen. Ich … Ich kann das nicht alleine.« Aveena fasst mit zitternden Fingern unsere Hände. »Theo und seine Mitbewohner schmeißen eine Party. Das wird bestimmt lustig.«

»Klaro, auf mich kannst du zählen.« Lacey braucht nicht lange überzeugt zu werden. Ich dagegen …

Aveena nimmt mich ins Visier. Um ihre Lippen spielt ein hoffnungsvolles Lächeln. »Dia?«

»Ich will, weiß Gott, nicht die Spielverderberin sein, aber wird Finn auch da sein?«

Schlimm genug, dass ich eine Wohnung mit ihm teilen soll. Darüber hinaus will ich aber nur mit ihm zusammentreffen, wenn es sich absolut nicht vermeiden lässt.

Aveenas Lächeln stirbt. »Ja, schon, aber du brauchst ja nicht mit ihm zu reden. Und wenn er dich anspricht, dann schubse ich ihn ins Feuer. Bitte. Ich brauche dich dort.«

Ach, scheiß drauf. Dieser Typ gehört zu meinem Leben, ob mir das gefällt oder nicht. Ich sollte mich lieber an seine Gegenwart gewöhnen. Dass wir dieselben Freunde haben, bedeutet ja nicht, dass *wir* Freunde sein müssen.

Meine Antwort versteht sich von selbst.

»Scheiß auf Finn, wenn mich meine beste Freundin braucht.«

Im selben Moment stürzt sich Aveena in meine Arme und überschüttet mich mit Dankbarkeit. Wenige Sekunden nachdem sie von mir abgelassen hat, summt mein Handy mit einer Nachricht.

Es ist Chance.

Chance: Heute Abend schon was vor?

»Chance wird auch kommen«, trällert Aveena. Sie hat mir über die Schulter gesehen und grinst.

»Und Finn. Da ist die Katastrophe schon vorprogrammiert«, stelle ich fest. Immerhin geht es um einen Typen, der schon mal jemandem die Reifen zerstochen hat, nur weil der mit mir *geredet* hat. Ich will mir nicht vorstellen, was er tut, wenn er sieht, wie ich einen anderen küsse.

Mist …

Ich muss hingehen, nicht wahr?

Wenn nicht meinetwegen, dann wegen Chance. Ich will nicht, dass Finn seinetwegen durchdreht.

»Das ist eine gute Idee, gerade weil Finn dort sein wird. Der Typ hat dich durch die Hölle gehen lassen. Jetzt bist du an der Reihe und kannst mit deinem neuen Mann angeben, ob das Finn passt oder nicht.«

Vielleicht bin ich da etwas kleinkariert …

Aber ich willige ein.

* * *

Für Strandpartys hatte ich noch nie was übrig.

Das fängt damit an, dass ich immer tonnenweise Sand in den Schuhen habe. Oh, und vergessen wir nicht, dass letztes Semester die Cops aufgetaucht sind und wir alle flüchten mussten, damit sie uns nicht wegen Alkoholkonsum Minderjähriger drankriegten – und falls ihr rennen schon im Allgemeinen nicht so lustig findet, versucht es mal auf Sand, wenn ihr betrunken seid.

Ich bin nur gekommen, weil mich Aveena braucht. Der Gedanke, Aveena im Stich zu lassen, schreckt mich mehr ab als die Aussicht, ihn zu sehen. Zum Glück hatte ich nachmittags Unterricht. So konnte ich den Bus nehmen und war erst nach allen anderen da. Und je schneller ich wieder weg bin, desto *besser.*

»Dia!« Aveena entdeckt mich, kaum dass ich die Holztreppe zum Strand heruntergekommen bin. Lacey ist auch dabei und winkt.

Ich winke zurück und gehe zu den beiden hinüber. Dabei lasse ich den Blick über die Menge schweifen. Sofort entdecke ich Theo, Xavier und Finn beim Feuer.

Jedes einzelne Atom in meinen Beinen fleht mich an, umzukehren, als ich meine erste Liebe ansehe. Mit seinem tief ausgeschnittenen schwarzen Tanktop, dem tätowierten Bizeps und den seitlichen Bauchmuskeln hat er eine geradezu hypnotisierende Wirkung auf die kichernden Verbindungsmädchen, die ganz in seiner Nähe stehen.

Ich müsste lügen – er sieht unfassbar heiß aus. Überraschenderweise, weil ich sonst nicht so auf Tanktops stehe. Die meisten Typen sehen damit wie Volldeppen aus. Finn nicht. Ich weiß nicht, wie er das schafft. Noch hat er mich nicht entdeckt und ich überlege, ob ich einen Migräneanfall vortäuschen soll. Aber dann fällt mir ein, warum ich überhaupt hier bin.

Tu es für Aveena.

Ich habe den halben Weg zu den Mädels geschafft, als ich sehe, dass sie neben dem Lagerfeuer einen Bierpong-Tisch aufgestellt haben, und am Strand steht eine Handvoll Kühlboxen herum. Musik läuft keine, aber TJ, einer von Theos Mitbewohnern mit schmutzig blonder Zottelmähne, sitzt mit der Gitarre am Feuer und spielt für seine Groupies. TJ ist bei allen Partys der umlagerte Star. Er singt, spielt Gitarre, ist lustig, heiß *und* er ist single. Doch irgendwie habe ich das Gefühl, dass ihm das gefällt.

Aveena und ich versuchen schon eine ganze Weile, ihn mit Lacey zu verkuppeln – vergeblich, muss ich zugeben. Seit sie vergangenes Jahr ihre unfassbare Schwärmerei für Theo überwinden konnte, ist bei ihr nichts mehr gelaufen. Sie reißt Witze darüber, dauerhaft allein zu bleiben, aber sie unternimmt auch nicht wirklich etwas dagegen. Manchmal wirkt es, als wäre sie inzwischen geradezu *allergisch* gegen das männliche Geschlecht.

»Höchste Zeit. Ich dachte schon, du verpasst das Feuerwerk.« Aveena drückt mich an sich, als ich bei ihr stehen bleibe.

»Tut mir leid, dass ich so spät dran bin. Ich musste mich nach dem Kurs noch kurz hinlegen«, lüge ich.

Ich hatte zwar wirklich am Nachmittag noch Unterricht und musste mich danach erholen, aber deshalb bin ich nicht so spät gekommen. Mein Blick schnellt hinüber zum *wahren* Grund; der steht beim Lagerfeuer, und es schnürt mir die Kehle zu, als ich Finn dabei ertappe, wie er mich anstarrt. Und dabei kein bisschen verlegen ist.

Vielleicht ist es für das Kopfweh-Theater ja noch nicht zu spät?

»Wo ist dein Freund?« Lacey blickt sich am Strand um; ich kehre Finn den Rücken zu und hoffe, mir weitere unabsichtliche Blickkontakte zu ersparen.

»Genau, wo ist Chance?« Aveena hebt einen roten Becher mit Wasser an den Mund, und da fällt es mir auch auf.

»Ich weiß nicht. Eigentlich sollte er hier sein.« Ich schaue nach, ob ich vielleicht eine Nachricht von ihm auf dem Handy habe. Immerhin wird die Party von seinen Mitbewohnern veranstaltet. Ich dachte, er wäre längst hier.

Aveena zuckt mit den Schultern. »Vielleicht ist ihm ja was dazwischengekommen.«

»Also, was gibts für dich zum Trinken?«, fragt Lacey und mustert mich, als hätte ich irgendwo eine Flasche Tequila versteckt.

»Luft«, antworte ich und lache.

»Hast du nichts mitgebracht?«

»Vergessen.«

Noch eine Lüge. Ich wollte keinesfalls in der Nähe von Finn irgendwie enthemmt sein. Zu groß ist die Gefahr, dass ich Aveena beim Wort nehme und Mr Ich-lass-dich-ertrinken ins Lagerfeuer stoße.

Lacey nimmt die Sache selbst in die Hand. »Lass mich mal machen«, sagt sie und geht zur Kühlbox beim Lagerfeuer hinüber. Wenige Sekunden später ist sie mit einem Wassermelonen-Vodka-Seltzer zurück, das ich dankbar annehme.

»Hast du es ihm erzählt?«, frage ich Aveena, obwohl ich sehr gut weiß, dass die Antwort Nein ist. Xavier würde im Leben nicht so mit den anderen Jungs herumflachsen, wenn er wüsste, dass er Vater wird.

Sie windet sich. »Noch nicht.«

»Warum nicht?«

»Ich weiß nicht. Er … Er sagte, er könne kaum erwarten, nächste Woche mal ein bisschen Freizeit zu haben, und da soll ich ihm sagen, dass er ab jetzt nie wieder freihaben wird? Na ja, auf jeden Fall, bis unser Kind achtzehn ist …«

Ich muss unwillkürlich lachen. »Schon klar, aber das hat auch sein Gutes.«

Sie seufzt. »Er hat gerade wirklich viel um die Ohren. Da will ich nicht alles noch schlimmer machen.«

»Vee, er liebt dich. Da wird er die Ohren einfach mal anlegen für dich«, redet ihr Lacey gut zu.

Aveena kaut auf ihrer Unterlippe und mir wird das Herz schwer, als ich sehe, dass ihr die Tränen kommen. Sie ist glücklich und ängstlich zugleich – verständlicherweise. Wir sind noch jung. Wir studieren noch und sind von gesicherten Lebensumständen weit entfernt, aber wenn Xavier und Aveena, alias das beste Paar, das ich kenne, das nicht hinkriegen? Dann schafft das niemand.

»Komm her.« Ich breite die Arme aus, und Aveena stürzt sich an meine Brust. »Wir sind für dich da. Ganz egal, was geschieht.«

Sie nickt und verkneift sich die Tränen. Wir haben uns kaum wieder voneinander gelöst, als hinter mir eine tiefe Stimme zu hören ist.

»Bekomme ich auch eine Umarmung?«

Ich fahre herum. Chance starrt mich mit seinem Grübchenlächeln an. Er hat die Hände in die Taschen gesteckt, trägt ein ziemlich weit aufgeknöpftes weißes Hemd und lenkt mit den aufgekrempelten Ärmeln die Aufmerksamkeit auf seine adrigen Unterarme.

Chance ist umwerfend. Nicht okay, nicht süß, sondern *umwerfend*. Er ist groß, hat strahlend blaue Augen und dieses jungenhafte Lächeln, das Mädchen den Kopf verdreht. Er sieht aus, als müsste er eigentlich ein Arschloch sein, entpuppt sich dann aber als Goldstück. Er versteht sich bestens mit seiner Mutter, studiert Rechnungswesen und mag Tiere genau wie ich – einfach ein toller Typ.

Ich verschränke die Arme und verkneife mir ein Grinsen. »Wer zu spät kommt, kriegt keine Umarmung.«

Chance runzelt die Stirn. »Und wenn ich mich entschuldige?«

Ich überlege. »Kommt darauf an. Wie gut die Entschuldigung ist?«

»Warum sagst du es mir nicht?«

Schon hat er mein Handgelenk gepackt und reißt mich an seine Brust. Mir stockt der Atem, als er mein Gesicht in seine Hände nimmt. Eine Sekunde später findet er meinen Mund. Mir ist nicht ganz wohl, als er seine linke Hand sehr tief an meinen Rücken legt. Wahrscheinlich bilde ich mir das nur ein, aber ich fühle mich beobachtet.

Ich kann förmlich spüren, wie uns die Leute anstarren. Trotzdem lasse ich mich küssen, wie ihm beliebt, und fordere mit einem Griff an seinen Kragen sogar noch mehr. Wir haben uns seit einer guten Woche nicht gesehen, weil unsere Stundenpläne nicht zusammenpassen.

Eigentlich sollten wir mehr Zeit zusammen verbringen. Immerhin sind wir jetzt seit mehr als drei Monaten ein Paar, und am Anfang einer Beziehung hängt man normalerweise am meisten miteinander herum, aber meine Arbeit, die Sommerkurse und meine Mitbewohnerin des Grauens haben mir kaum Luft gelassen.

Außerdem fehlt es Chance auch nicht an Leuten, die für Abwechslung sorgen. Er wohnt mit fünf anderen Typen – darunter TJ und Theo – außerhalb des Campus in einem regelrechten Party-Haus. Über Theo haben wir uns kennengelernt. Das ging alles los, als er und seine Mitbewohner letztes Semester die Mutter aller Partys veranstalteten.

Es war einer von diesen Tagen, an denen einem nicht einmal Zeit zum Essen bleibt. So kam ich mit leerem Magen und schlechter Laune zur Party, und irgendwann am Abend landete ich neben Chance auf der Couch. Und mein Magen hörte nicht auf zu knurren. Es war oberpeinlich.

Zuerst sagte keiner von uns ein Wort. Nach fünf Minuten stand er auf und ging hinauf in sein Zimmer. Dann kam er zurück und reichte mir ohne weitere Erklärung eine Packung Oreo-Kekse. Und lächelte schüchtern. Ernährungsphysiologisch nicht gerade der Hit, aber die Absicht zählt, oder?

Chance löst sich erst von mir, als das absolut unumgänglich ist.

Er legt seine Stirn an meine und fragt mit einem verschmitzten Lächeln: »Taugt das als Entschuldigung?«

Ich öffne etwas verlegen den Mund, aber sein Handy klingelt, bevor ich ihm eine Antwort geben kann. Er drückt mir einen Kuss auf die Stirn, holt sein Handy hervor und schaut, wer anruft.

»Mist, da muss ich rangehen.« Er lächelt mich reumütig an und hebt das Telefon ans Ohr. »Ja?«

Was ich höre, klingt wie eine Automatenstimme, und dann schnappe ich ein paar einzelne Wörter auf.

Insasse.

Vollzugsanstalt.

Einwilligen.

Anrufen.

Es ist sein Bruder.

Es muss sein Bruder sein.

Chance mag gelassen wirken, aber das bedeutet nicht, dass er keine Vergangenheit hat. Ohne nähere Einzelheiten hat er mir erzählt, dass sein älterer Bruder im Gefängnis ist. Er hat mir nicht gesagt, warum, aber das schien ein heikles Thema zu sein, also bohrte ich nicht nach.

»Bin gleich wieder da«, formt er lautlos mit den Lippen.

Ich nicke und er geht ein paar Schritte abseits. Er hat erwähnt, dass sein Bruder und er eine Weile lang keinen Kontakt gehabt hätten. Erst seit Kurzem reden sie wieder miteinander, und Chance hat mich gefragt, ob ich ihn beim nächsten Besuch im Gefängnis begleiten würde. Nicht bis in den Besprechungsraum, das ist nicht erlaubt, aber bis vor die Tür, zur moralischen Unterstützung.

Sein Bruder wird Ende des Monats in ein Gefängnis in einem anderen Bundesstaat verlegt. Ich glaube, Chance fühlt sich irgendwie verpflichtet, ihn wenigstens einmal zu besuchen, bevor sie ihn weit weg von Duke bringen.

»Du hast mich gerade in fünf verschiedenen Sprachen einen Single genannt«, meint Lacey kichernd, kaum dass Chance außer Hörweite ist.

»Und an wem liegt das?«, ziehe ich sie auf.

Sie hebt beide Hände. »Ist doch nicht meine Schuld, dass jeder, den ich kennenlerne, entweder vergeben ist oder ein totaler Schwachkopf.«

Ich muss kichern. »Wie lange ist es her, dass du das letzte Mal mit einem Kerl aus warst?«

Lacey seufzt. »Viel zu lange. Ich bin mir nicht einmal sicher, ob ich noch weiß, wie man rummacht.«

»Ich würde deiner Erinnerung mit dem größten Vergnügen auf die Sprünge helfen«, schaltet sich eine Männerstimme ein.

Wir drehen uns alle um und sehen, dass TJ teuflisch grinsend hinter uns steht. Die Gitarre hängt ihm in der Tasche am Riemen über die Schulter, während er Lacey schamlos mustert. Sie verdreht sofort die Augen und ich muss lächeln. Sie kann ihn nicht ausstehen, und er weiß das auch. Ich schwöre, der Typ fährt darauf ab, sie zu provozieren. Das ist nur einer der Gründe, warum wir die beiden nicht zusammenbringen konnten.

»Und wenn du der letzte Mann auf der Welt wärst, Jacobs.«

TJ schmunzelt unbeeindruckt. »Rede dir das nur weiter ein, Mattson.«

Ich überlasse die beiden ihrem Geplänkel und werfe einen Blick auf Aveena. Sie starrt zu Xavier hinüber, der gerade mit einem anderen von Theos Mitbewohnern Bierpong spielt. Sie fingert nervös an ihrem Armband herum und überlegt wohl, wie es weitergehen soll.

»Vee?«

Ich muss sie zweimal ansprechen, bevor sie reagiert.

»Hm?«, meint sie abwesend.

»Du musst es ihm erzählen, und zwar bald.«

»Vielleicht sollte ich vorher doch noch einen Test machen. Um sicher zu sein, dass es kein Fehler war.«

»Vee, du hast mittlerweile vier Tests gemacht. Es ist kein Fehler. Wo ist das Problem?«

»Ich … Ich dachte immer, wenn ich mal schwanger werde, erzähle ich es ihm zum perfekten Zeitpunkt. Ich dachte, ich mache dann irgendetwas Besonderes. *Unvergessliches.* Also nicht, während er gerade Bierpong spielt – das ist alles.«

Ihre Worte gehen mir im Kopf herum. Als ich zu Xavier hinübersehe, erhascht Finn, der neben ihm steht, meinen Blick. Super. Er muss eben beim Bierpong mit Theos Mitbewohner getauscht haben.

Ich will wegsehen. Wirklich, aber irgendwie habe ich keine Kontrolle über meinen Körper und starre ihm mehrere Sekunden lang in die Augen. Ich hatte einen wütenden Blick erwartet, denn er muss gesehen haben, wie ich mit Chance herumgemacht habe. Doch ich kann keine Spur von Wut in seinen Augen entdecken.

Wenn überhaupt, dann wirkt er … traurig.

Jetzt schau ihn nicht so an, verdammt.

Erst Sekunden später habe ich mich wieder in der Gewalt. Ich löse meinen Blick von ihm, konzentriere mich auf das ruhige Meer und den wolkenlosen Nachthimmel. In der Ferne rauschen Wellen an den Strand und ich blicke nach unten in den Sand.

Aveena wünscht sich, dass ihre Ankündigung unvergesslich bleibt?

Dann werden wir dafür sorgen.

19. KAPITEL

DIAMOND

»Findest du das nicht überzogen?«, haucht Aveena atemlos, während wir zusammen den Strand entlanggehen.

»Für euch beide? Auf keinen Fall.« Mit einem breiten Grinsen hake ich mich bei ihr unter, damit sie mir nicht ausbüxen kann. Eben hat sie sich noch eine unvergessliche Ankündigung gewünscht, und jetzt befürchtet sie, wir könnten dabei übertreiben.

Ich für meinen Teil finde, wir bewegen uns am absoluten Minimum. Hätte ich das richtig vorbereiten können, dann wäre ich viel weiter gegangen, aber ich tröste mich mit dem Gedanken, das bei ihrer Babyparty alles nachzuholen. Hätte ich eine oder zwei Wochen Zeit gehabt, dann wäre das heute Abend dagegen *ein Witz*.

»Gehst du mit mir noch mal die einzelnen Schritte durch?« Sie knabbert an ihrer Unterlippe.

»Wir haben alles im Griff. Du musst nur dafür sorgen, dass du deinen Mann dort hinaufbekommst.« Ich zeige auf das Felsenkliff hoch über dem Strand. Von dort hat man einen perfekten Blick auf den Ozean.

Sie nickt, scheint aber unsicher.

Ich hüpfe ihr in den Weg und packe sie an den Schultern. »Vee, schau mich an. Du. Schaffst. Das.«

Meine Worte scheinen ihre Wirkung zu entfalten, denn nun lächelt auch sie und wirkt zuversichtlicher.

»Wir werden ein Baby bekommen?«, krächzt sie, um die Worte einmal auszuprobieren, und klingt zum ersten Mal seit diesem positiven Schwangerschaftstest nicht völlig ungläubig. Allmählich wird ihr klar, dass sie und Xavier einen ganz neuen Menschen in diese Welt bringen werden.

»Ihr werdet ein Baby bekommen«, wiederhole ich mit einem so

breiten Lächeln, dass mir das Gesicht schmerzt. »Und jetzt, hole deinen Mann her.«

Ihr Blick wandert hinüber zu Xavier, der gerade mit Chance Bierpong spielt.

»Ich schaffe das«, flüstert sie zu sich selbst und geht los.

Ich komme mir wie eine stolze Mutter vor, während Aveena mit entschlossenen Schritten zu den Jungs hinübergeht. Sie baut sich am Ende des Tisches auf, als Xavier gerade den Ball werfen will. Sofort geht sein Blick zu seiner Freundin. Chance, der in dieser Runde Xaviers Spielpartner ist, stupst ihn mit dem Ellenbogen an, aber Xavier rührt sich nicht und reagiert erst, als ihr Gegner TJ mault, er solle verdammt noch mal endlich loslegen.

Spoilerwarnung: Er wirft daneben.

Kein Kunststück, wenn man die ganze Zeit seine Freundin anstarrt. Der arme Kerl ist so verliebt, er kann einfach nicht anders.

Das ist es.

Das ist die Liebe, nach der viele von uns die ganze Welt durchkämmen würden. Eine nur einmal im Leben geschlossene, unerschütterliche Verbindung. Auch aus diesem Grund mache ich mir keine Sorgen um die Zukunft der beiden. Sie werden wunderbare Eltern sein.

Chance und ich haben kurz Blickkontakt und er grinst. Unser Plan läuft bestens. »*Jetzt?*«, fragen seine Augen. Ich nicke und erlaube ihm, das Schiff zu verlassen. Eine Sekunde später ist er vom Bierpong-Tisch zurückgetreten und kommt trotz TJs Protesten zu mir herüber. Aveena krümmt den Zeigefinger und lockt Xavier zu sich. Er lässt sich keine Sekunde bitten, lässt seine Gegner im Stich und geht zu ihr.

Hoffnungslos – bis über beide Ohren.

Fuck, das will ich auch.

Unvermittelt bleibt mein Blick bei Finn hängen, der lachend mit Theo am Lagerfeuer steht, und mir fällt ein …

Ich *hatte* das auch.

Diese beinahe erstickende Leidenschaft …

Die quälerische Liebe …

Und sie hat mich beinahe umgebracht.

Bei weiterem Nachdenken bin ich auch mit stabiler, vorhersehbarer Liebe zufrieden.

»Macht dreihundert Dollar«, sagt Chance und streckt mir die Hand hin, als er vor mir stehen bleibt.

Lachend krame ich in den Taschen meiner Shorts. »Bieten könnte ich …«, ich zeige, was ich gefunden habe, »… ein Haarband und meine letzten Kaugummis.«

Chance stöhnt: »Mehr nicht? Für mein ganzes profimäßiges Ablenkungsmanöver?«

Ich hätte wissen müssen, dass es etwas kostet, wenn er Xavier beschäftigt hält, während Aveena und ich die Ankündigung vorbereiten.

Ich verschränke die Arme. »Mach, was du willst.«

Er tut, als würde er darüber nachdenken. »Geschmacksrichtung?«

Ich sehe auf das Päckchen. »Erdbeertraum.«

»Einverstanden.« Er schnappt es mir aus der Hand und steckt sich einen Kaugummi in den Mund. Aber dann schlingt er die Arme um meine Taille und lächelt: »Und jetzt zur Bezahlung …«

Er fängt mit kleinen Küsschen auf meinen Mund an. Aber dann will er mehr und ich muss mich von ihm losmachen. Von Aveenas Ankündigung will ich keine Sekunde verpassen.

Er versteht das Signal, als ich ihm den Rücken zukehre, und legt von hinten die Arme um mich. An seine Brust geschmiegt kneife ich die Augen zusammen und versuche, Aveenas und Xaviers Umrisse auszumachen. Sie müssten inzwischen schon den halben Weg zum Kliff hinauf geschafft haben. Ich entdecke sie rechtzeitig, um Theo mit einer Textnachricht das Okay für die nächste Phase unseres Plans zu geben. Er antwortet mit hochgerecktem Daumen.

Keiner sagt etwas, während wir beobachten, wie Aveena ihren verdadderten Liebsten die Felsen hinaufzieht. Sie sind kaum oben angekommen, da kommen mir schon die Tränen. Von hier kann ich natürlich nicht hören, was sie sagen, aber das ist auch nicht nötig.

Ich sehe, wie Aveena im Mondschein seine Hand nimmt und ihn an den Rand führt, aber in sicherem Abstand stehen bleibt. Sie zeigt hinunter zum Strand. Genau genommen auf die Buchstaben, die wir dort zehn Minuten lang in den Sand geschrieben haben.

ICH BIN SCHWANGER

Wir haben dort im Sand bestimmt wie unreife College-Mädels ausgesehen, aber als Xavier erschrocken zurückweicht, sich zu seiner Freundin umdreht und sie anblickt? Da weiß ich, dass es das wert war.

Aveena nickt, geht zu ihm, und Xavier schließt sie sofort in die Arme, als wäre er ein verdammter Prinz direkt aus einem Disney-Film. Ich presse die Hand auf den Mund und mir läuft eine Träne über die Wange, als er sie für eine Sekunde in die Höhe hebt und sie dann küsst. Aveena legt ihre Arme um seinen Hals und es ist beinahe perfekt.

Aber etwas fehlt.

Mist. Ich habe vergessen, Theo das Zeichen zu geben.

Blitzschnell schreibe ich ihm noch eine Nachricht.

Dia: JETZT!

Ein atemberaubendes Feuerwerk erfüllt den Nachthimmel, keine zehn Sekunden nachdem ich auf Senden gedrückt habe. Xavier und Aveena unterbrechen angesichts des Lärms ihren Kuss und sehen nach oben. So bleiben sie viele Sekunden lang stehen, halten einander umarmt und genießen die Vorstellung vom allerbesten Platz aus.

»Sie kann echt froh sein, dich zur Freundin zu haben,« haucht mir Chance in den Nacken und legt sein Kinn auf meiner Schulter ab. Ich musste ihn in unsere Pläne einweihen, als ich ihn bat, Xavier abzulenken.

»Ich bin es, die froh sein kann«, schniefe ich und kann den Blick nicht lösen von diesem Bild purer Liebe, das sich vor mir bietet.

Chance küsst meine Wange. »Und *ich* bin auch ein Glückspilz.«

»Ja, das bist du«, bemerkt jemand hinter uns.

Beim Klang dieser Stimme wird mir ganz flau im Magen.

Unwillkürlich löse ich Chance' Arme von meiner Taille – fragt nicht, warum, ich habe keine Ahnung – und drehe mich zu Finn um. Obwohl ich ihn gleich an der Stimme erkannt habe, macht mein Herz einen Satz, als ich ihn da stehen sehe. Die Hände tief in die Taschen vergraben mit einem schelmischen Lächeln im Gesicht, wie nicht anders zu erwarten.

»Was willst du?« Ich überspringe in nüchternem Ton die Höflichkeiten, was ihn nicht im Geringsten aus der Fassung bringt.

»Ich dachte nur, ich könnte mich deinem …« Er hält kurz inne und verzieht das Gesicht, als würde ihm bei dem Wort übel, »… *Freund* ja mal vorstellen.«

Fuck, was denkt er sich eigentlich??

»Wer ist das?« Chance platziert seine Hand nur Zentimeter über meiner Hüfte und zieht mich an sich, als würde er sein Revier markieren. Finns Blick folgt der Hand. Ich spanne mich innerlich an und meine Haut beginnt zu brennen, während Finn eine Weile unverwandt auf Chance' Finger starrt. Die Muskeln an seinem Kinn zucken.

»Ich bin Finn.« Nun blickt er Chance direkt in die Augen und scheint auf eine Reaktion zu warten. Wahrscheinlich hofft er, dass es bei dem Namen klingelt. Natürlich haben Chance und ich ein »Ex-Gespräch« geführt, aber Finns Namen habe ich dabei nicht erwähnt.

»Und? Sollte ich dich kennen?«, fragt Chance verwundert. Nun sieht Finn mich an, und sein Blick gibt deutlich zu verstehen »*Sagst du es ihm oder soll ich?*«.

Bastard.

Kann er nicht einfach Abstand halten wie ein anständiger Ex-Freund? Natürlich nicht. Das ist einfach nicht Finns Art.

Ich muss schlucken. »Chance, das ist …«

So viele mögliche Antworten. Der Kerl, der mir das Herz gebrochen hat? Der Kerl, der mir bei ihm zu Hause auf dem Boden der Bibliothek die Jungfräulichkeit genommen hat? Der Kerl, der mich sitzen gelassen und es dabei nicht einmal für nötig befunden hat, mich anzurufen?

»Ihr Ex«, bringt Finn den Satz für mich zu Ende und streckt Chance die Hand hin. »Nett, dich kennenzulernen.«

Zuerst verfinstert sich Chance' Miene, ich glaube, aus Eifersucht. Dann blickt er mich an, ohne Finn im Geringsten zu beachten, und fragt: »Dein Ex … also der Typ, der dich hat ertrinken lassen?«

Die Erinnerung daran fährt mir eiskalt in die Knochen. Ich hatte schon vergessen, dass ich Chance das alles erzählt hatte. Seit dem Vorfall habe ich eine kleine Narbe oben am Kopf, und als er mich danach fragte, erzählte ich ihm die Wahrheit. Dass ich vom Boot fiel und mein Freund mir dabei zusah, wie ich ertrank.

Ohne Chance' Vermutung zu verneinen oder zu bestätigen, blicke ich Finn an, der in Sekundenbruchteilen bleich wie Schnee geworden ist. Chance' Worte haben ihm den Boden unter den Füßen weggezogen und fast tut er mir leid.

Nein, nein, er tut mir nicht leid.

Scheiß auf ihn.

Er braucht eine ganze Weile, um sich wieder zu fangen. Dann räuspert er sich. »Genau der«, räumt er ein.

Ich weiß nicht, ob ich schockiert sein soll angesichts seiner Ehrlichkeit oder beeindruckt, weil er zu der Sache steht.

Chance schiebt sich wie ein menschlicher Schutzschild vor mich und bugsiert mich nach hinten. »Du hast Nerven, so hier aufzutauchen nach allem, was du getan hast. Sie ist fast gestorben deinetwegen.«

»Das weiß ich«, antwortet Finn tonlos, aber ich sehe den Schmerz in seinen Augen.

»Hast du dich überhaupt mal bei ihr entschuldigt? Glaubst du, du kannst einfach hier aufmarschieren und dich vorstellen, als wäre nichts gewesen? Fuck, was denkst du dir eigentlich, Mann?« Chance macht zu meinem Entsetzen ein paar drohende Schritte nach vorn.

Natürlich bin ich froh, dass Chance hier für mich einstehen will, aber er braucht meine Ehre nicht zu verteidigen. Insbesondere nicht im glücklichsten Augenblick von Aveenas Leben.

»Chance, lass sein. Er ist das nicht wert.« Ich trete zwischen die beiden, nehme meinen Freund an der Hand und will ihn wegziehen. Er rührt sich keinen Zentimeter. »Chance, *gehen wir.*«

Ich seufze erleichtert auf, als ich ihn endlich von Finn wegziehen und eine Katastrophe verhindern kann. Finn bleibt stehen und sieht uns beiden nach.

»So ein Arschloch. Es scheint ihm nicht mal leidzutun«, schäumt Chance.

Ich lasse ihn noch ein paar Sekunden lang seinem Ärger Luft machen und nicke. Im Grunde habe ich im Augenblick einfach nicht die Energie, um Finn zu hassen. Seine bloße Nähe höhlt mich geistig und gefühlsmäßig aus.

»Er hat dich schon den ganzen Abend angestarrt, aber ich dachte, er ist irgendein Niemand, der sich in dich verguckt hat. Aber jetzt ist alles klar. Er will dich wieder zurückhaben.«

»Wie viel hast du schon getrunken?«, frage ich im Scherz, aber Chance findet das überhaupt nicht lustig.

»Ich meine das ernst.«

Ich zucke mit den Schultern. »Lass gut sein, ihm ist das Geld ausgegangen und er ist zurückgekommen, um sich bei seinen Freunden durchzuschnorren.«

Die Bilder in meinem Kopf, wie er in seinem Auto schlief, bekräftigen meine Überzeugung. Er ist seinetwegen zurückgekommen. Nicht meinetwegen.

»Dia, ich bin ein Mann. Ich weiß, wie Männer denken, und dieser Finn, das Arschloch? Der will dich zurückhaben.«

Vielleicht hat er recht. Vielleicht ist Finn wirklich meinetwegen zurückgekommen. Vielleicht ist er ja wahnsinnig genug zu glauben, ich könnte ihm irgendwann vergeben. Aber das ist ohnehin egal. Finn spielt keine Rolle. Und Chance muss das wissen.

Ohne ein weiteres Wort schlinge ich ihm die Arme um den Hals und gehe auf die Zehenspitzen. Zentimeter vor seinem Mund halte ich inne und flüstere: »So ein Pech. Ich will nämlich *dich* haben.«

Normalerweise gestatte ich uns in der Öffentlichkeit nur jugendfreie Küsse, aber diesmal mache ich eine Ausnahme. Sein Mund passt wie angegossen auf meinen, und für einen besseren Zugang neigt er meinen Kopf mit der Hand nach hinten. Er küsst einfach großartig. Wirklich. Trotzdem öffne ich währenddessen die Augen und halte in der Menge nach Finn Ausschau.

Stopp.

Mach die Augen zu.

Genieße den Moment.

Aber ich kann nicht.

Ich lasse die Augen offen, bis ich entdecke, wie er uns vom Lagerfeuer aus todbringend anstarrt.

Hat Chance recht?

Ist er meinetwegen zurückgekommen?

Dia, verdammt noch mal, mach die Augen zu.

Trotzdem starre ich Finn an, während mich ein anderer Kerl küsst. Ich starre meinen Ex an, während mir Chance die Zunge in den Mund schiebt und mich der Hass auf mich selbst beinahe auffrisst. Mein ganzer Körper kribbelt, als Finn den Mund zu einem Schmunzeln verzieht.

Scheiße.

Er hat gesehen, wie ich ihn anstarrte.

Was ist bloß los mit mir? Warum kann ich nicht wegsehen? Es ist, als würde mein Verstand mit Erinnerungen bombardiert. Blitzartig fühle ich mich in den dunklen Weinkeller zurückversetzt, wo Finn sich meinen ersten Kuss stahl. Fast spüre ich, wie er mich mit seinen tätowierten Armen hochhebt, gegen das Weinregal presst und mir dann einen ungestümen Kuss auf den Mund drückt. Danach durchlebe ich die Nacht in der Bibliothek der Richards, als wir zum ersten Mal miteinander schliefen.

»Wie fühlt es sich an, zu wissen, dass dich außer mir kein anderer jemals mehr ficken wird? Ich werde bei allem dein Erster sein, hörst du? Bei allem.«

Ich höre nichts als seine Stimme.

»Du bist das Einzige, das für mich von Bedeutung ist. Ich würde für dich sterben, Dia. Für dich töten. Sag mir, dass du das weißt.«

Stopp.

Stopp.

Stopp.

Raus aus meinem Kopf.

In Rekordzeit mache ich mich von Chance los, denn mein Kopf wird überschwemmt von Augenblicken, die ich mir zu vergessen geschworen habe, und in den Augen meines Freundes tritt Verwirrung an die Stelle von Lust.

»Alles okay?« Chance greift nach meiner Hand, aber ich mache mich sofort wieder los.

»Ich … Ja, alles gut«, stottere ich, während sich meine Brust hebt und senkt. »Mir ist nur …«

Lass dir was einfallen.

»Kalt«, improvisiere ich.

Er nickt, scheint aber nicht überzeugt. »Vor zwei Wochen hast du deine Jacke bei mir im Auto liegen lassen. Die liegt immer noch dort, falls du sie haben willst.«

Ein Spaziergang hört sich im Augenblick verdammt gut an. Vielleicht komme ich dabei wieder zu Verstand.

»Gibst du mir die Schlüssel, damit ich sie holen kann?«

»Klar.« Er angelt die Schlüssel aus der Hosentasche.

Ich stecke sie ein. »Danke, mein Retter.«

Er sagt, sein Wagen stehe auf dem Parkplatz am Wald – dem einzigen in Strandnähe. Ich nicke und wende mich zum Gehen.

Noch nie war ich so versessen darauf, eine lange Unterhaltung mit mir selbst zu führen. Angefangen mit: »Was zum Teufel sollte denn das?«

Während der drei Minuten bis zum Parkplatz verabreiche ich mir gedanklich eine Tracht Prügel. Kurz darauf erreiche ich Chance' Wagen und mein Blick fällt auf mein Spiegelbild in der getönten Scheibe.

Wer ist dieses Mädchen?

Fast erkenne ich sie nicht.

Eben habe ich Chance benutzt, um mir selbst zu beweisen, dass Finn nicht meinetwegen zurückgekommen ist. Vielleicht sogar, um ihn eifersüchtig zu machen. Was habe ich mir nur dabei gedacht? Ich will nicht diese Person sein. Ich *weigere mich,* diese Person zu sein.

Gerade eben habe ich mir meine Jacke vom Rücksitz geholt, als ich rasche Schritte auf dem Asphalt höre. Wahrscheinlich hat Chance beschlossen, doch mitzukommen; ich drehe mich um …

Und sehe Finn.

Er steht unter einer Straßenlaterne, lässt sich vom fahlen Mondlicht und der Parkplatzbeleuchtung bescheinen. Ihm fallen dunkle Strähnen in die Augen und sein Kinn wirkt angespannt. Er nagelt mich mit seinem Blick fest, der meine Hände schwitzig werden lässt. Ein gruseliger, verlassener Parkplatz, auf dem mich ein muskulöser Mann anstarrt? Wenn er nicht Finn wäre, würde ich jetzt um mein Leben rennen.

Dabei ist es gar nicht mein Leben, um das ich mir gerade Sorgen mache.

Sondern mein *Herz.*

»War es das wert?«, fragt er gereizt.

Mein Kopf würde gerne mit einer gepfefferten Antwort aufwarten, aber dazu müsste ich erst mal verstehen, was zum Teufel er überhaupt meint.

»W-Was?«

Sein rechter Mundwinkel hebt sich zu einem schiefen Grinsen.

Er liebt solchen Scheiß. *Genießt* förmlich die Gewissheit, immer noch so eine Wirkung auf mich zu haben.

»Den armen Hund zu küssen, um mich eifersüchtig zu machen. War es das wert?«, wiederholt er, ohne mich aus den Augen zu lassen. Ich fühle mich winzig klein, so wie er mich anstarrt, und lache gezwungen auf, in der Hoffnung, es ihm irgendwie heimzuzahlen.

»Ernsthaft?«

Sein Schmunzeln gerät kein bisschen ins Wanken; die Entschlossenheit, die er ausstrahlt, lässt mir Schauer über den Rücken laufen. Er will eine Antwort haben und wird erst Ruhe geben, wenn er sie hat.

»Du glaubst das wirklich, oder?«, will ich spotten, aber die Worte bleiben mir im Hals stecken, als er näher kommt.

Immer näher.

Und näher.

Er bleibt vielleicht einen Meter vor mir stehen.

»Ich weiß, was ich gesehen habe«, lässt er nicht locker und stiert Löcher in die Schutzmauern, die ich monatelang mühsam um mich hochgezogen habe.

»Du bist ja verrückt«, ist alles, was ich herausbringe.

Aber ist er das wirklich?

Halt die Klappe, Dia.

Zischend stößt er einen Seufzer aus. »Du hast ihn benutzt, um mir wehzutun. Gib es einfach zu.«

Bevor ich um ihn herumgehen und wieder zur Party zurückkehren kann, schließt er mit einem letzten Schritt den Abstand zwischen uns. Instinktiv weiche ich zurück, stoße an Chance' Wagen und mein Puls beschleunigt unkontrolliert, als sich Finn mit der Hand auf dem Autodach abstützt.

Fast versinken meine Füße im Asphalt, während er ganz nah an meinem Ohr flüstert: »Gratuliere. Es hat funktioniert.«

Augenblicklich kocht in mir die Wut hoch – all die angestaute Verbitterung seit dem Tag, als er mich ertrinken ließ, trifft mich mit voller Wucht.

Fuck, wie ich ihn hasse!

Und wie ich hasse, dass ich so nervös bin! Er hat es nicht verdient, mich so nervös zu sehen.

Er verdient überhaupt nichts.

»Was ist das eigentlich für eine kranke Fantasiewelt, in der du da lebst? Der Kuss hatte nicht das Geringste mit dir zu tun.« Ich rühre keinen einzigen Muskel und verweigere ihm die Reaktion, nach der er sich sehnt. Er will, dass ich dahinschmelze. Erschauere. Er will, dass seine Nähe etwas mit mir anstellt, aber ich würde lieber sterben, als ihm das zu gönnen.

Sein tiefes Lachen klingt mir im Ohr, sein Atem streicht mir über den Hals, und dann rückt er ein bisschen von mir ab. Aber schon senkt sich sein Blick auf meinen Mund, und er starrt – und wenn ich starren sage, dann meine ich, er sieht meinen Mund an, als wäre dieser das Einzige im ganzen Universum, das sich anzusehen lohnt.

Als seine Zunge herausschießt und die Unterlippe befeuchtet, fällt mein Blick darauf. Herrgott, wie weich seine Lippen aussehen. Ich frage mich, ob er immer noch gleich küsst? Hat er viele andere Mädchen geküsst in der Zeit, in der er fort war?

Was zum Teufel?

Hör auf, seinen Mund anzusehen.

»Eine Fantasiewelt, was?«, brummt er und grinst verschlagen. »Ich glaube, *du* bist die Einzige, die im Augenblick fantasiert …«

Ich mache den Mund auf, um etwas zu sagen, aber er kommt mir zuvor.

»Weißt du noch, wie es war?« Er streicht mir eine Haarsträhne hinters Ohr; ich weiche seinem Blick aus und schaue stattdessen auf meine Füße hinunter. Meine Flucht ist jedoch nur von kurzer Dauer, denn schon hebt er mit dem Zeigefinger mein Kinn wieder an und zwingt mich, ihm in die Augen zu sehen.

»Ich schon«, haucht er. »Ich weiß noch, wie du um drei Uhr nachts im Putzraum meinen Schwanz geritten und mich *angefleht* hast, dass ich dich kommen lasse.«

Mir stockt der Atem.

Er fängt tatsächlich damit an.

»Ich erinnere mich an deine Lippen …« Er streicht mir mit dem Daumen über die Unterlippe und ich bekomme am ganzen Körper Gänsehaut.

Ich muss weg von hier.

Ich darf ihm nicht so nahe sein.

Das hier ist nicht richtig.

»Ich erinnere mich daran, wie es sich anfühlt, dich zu küssen.« Er löst den Blick von meinem Mund und starrt mir in die Augen, um zu sehen, ob er zu mir durchdringt. Ich weiß, was er da tut. Er benutzt unsere Vergangenheit als Waffe, damit sich mein Herz an die glücklichen Zeiten erinnert, bevor alles den Bach hinunterging.

»Ich erinnere mich daran, wie ich deine Haut berührt habe.« Er legt die Hand an meine Wange und fährt mit dem Finger langsam an meinem Kinn entlang. Dabei lächelt er traurig und mir wird klar …

Vielleicht versucht er, mein Herz zu erreichen …

Aber das hier berührt auch ihn.

»Ich erinnere mich an die Tränen in deinen Augen, als ich dir das erste Mal sagte, dass ich dich liebe.«

Verdammt, ich muss jetzt endlich weg von hier.

Los, Dia.

Lauf.

Für einen Moment schweigt er und forscht in meinen Augen nach einem Funken Gefühl, aber damit verschwendet er nur seine Zeit. Nachdem er verschwunden war, musste ich oft an meinem Pokerface arbeiten. Mein Alltag funktionierte nicht, wenn alle wussten, wie es mir ging. Sie machten sich ohnehin schon genügend Sorgen um mich.

»Ich erinnere mich an alles, Dia. Jede *verfickte* Einzelheit«, flüstert er, aber es klingt wie ein Flehen. Ich soll ihm sagen, dass ich mich ebenfalls erinnere. Dass wir trotzdem eine Zukunft haben.

Chance hatte recht.

Finn will mich zurückhaben.

Scheiße, *Chance*. Der fragt sich sicher schon, wo ich bleibe.

»Chance wartet auf mich«, sage ich trocken und schiebe Finn weg.

Er ist verblüfft, als ich um ihn herumgehe und zur Party zurückwill, aber er fängt sich schnell wieder und tritt mir in den Weg. »Wenn du zugibst, dass du lügst, lasse ich dich gehen.«

Zäh ist er schon, dieser Typ, das muss man ihm lassen.

»Ich habe nicht das Geringste mit dir zu besprechen.«

Wieder gehe ich um ihn herum, aber er packt mich am Handgelenk. »Gib zu, dass du den Sonnyboy nur geküsst hast, um mich anzupissen.«

Okay, jetzt reicht es wirklich.

»Warum?« Ich reiße mich los. »Damit du besser damit klarkommst, dass du mich hast *sterben* lassen?«

Mein Wutausbruch trifft ihn unvorbereitet. Seit seiner Rückkehr haben wir immer drum herumgeredet, was an jenem Tag wirklich geschah. Er drängte sich in unser Leben und verlor kein Wort über den Vorfall. Jedenfalls nicht, bis Chance ihn zur Rede stellte – und Finn nicht auswich, das muss man ihm lassen. Er leugnete es nicht und brachte keine Ausflüchte vor, aber ein bisschen mehr Verantwortung könnte er schon an den Tag legen.

»Du hast mich ertrinken lassen, Finn. Du hast mich im Stich gelassen, und wenn mich mein Bruder nicht gerettet hätte, würde ich jetzt am Grund von Lake Belmont vermodern. Begreifst du das nicht?«

Er wankt zurück, die Augen voller Verzweiflung und Schuldbewusstsein.

»Und deshalb soll ich das zugeben, nicht wahr? Weil, wenn ich Chance nur geküsst hätte, um dich zu ärgern, dann bestünde noch Hoffnung für uns. Dass ich dir eines Tages vielleicht vergeben könnte.«

Wie zur Bestätigung, dass ich den Finger in die Wunde gelegt habe, steht ihm der Mund leicht offen.

»Tut mir leid, aber ich kann dir nicht sagen, was du hören willst. Ich kann dir nicht sagen, dass für uns beide Hoffnung besteht, denn das … *das* wäre die größte Lüge von allem.«

Er presst den Mund wieder zu, die Kiefermuskeln zucken, doch seinen Gesichtsausdruck kann ich nicht richtig lesen. Ich wende mich zum Gehen in der törichten Erwartung, dass er mich diesmal fortlässt, aber er greift abermals nach meinem Arm und hält mich zurück. Doch ich drehe mich nicht nochmals zu ihm herum.

»Ich könnte dich um Entschuldigung bitten, aber das tue ich nicht.«

Unwillkürlich halte ich den Atem an.

»Fuck, mir ist klar, dass es nicht genügend Worte gibt, um wiedergutzumachen, was ich getan habe, aber …« Er reißt unvermittelt an meinem Arm und dreht mich herum. »Ich habe mich verändert, Dia. Ich habe an mir gearbeitet. Und ich weiß, dass du keinen Grund hast, mir zu glauben –«

»Stopp. Ist mir scheißegal, ob und wie viel du dich verändert hast, Finn. Selbst wenn du eine verdammte komplette Persönlichkeitstransplantation hast vornehmen lassen. Du kannst nicht einfach nach einem ganzen Jahr ankommen und erwarten, dass ich dir vergebe.«

»Tu ich doch nicht!«, schnauzt er.

Warte, was?

»Ich erwarte nicht, dass du mir vergibst«, erklärt er. »Ich erwarte, dass du mich hasst. Ich erwarte, dass du mich ein egoistisches Arschloch nennst und mich zum Teufel schickst. Das bedeutet aber nicht, dass ich aufhöre, es zu versuchen. Ich werde *niemals* aufhören, um dich zu kämpfen, Dia. Nicht mal über meine Leiche.«

Bevor ich es mir anders überlegen kann, laufe ich los – *rennen* trifft es wohl besser. Ich kann mir das nicht weiter anhören. Je mehr Zeit ich in seiner Gegenwart verbringe, desto größer die Gefahr, auf seine Lügen hereinzufallen.

»Hast du gehört? Ich gebe uns nicht auf. Scheiße noch mal. Ganz egal, was ich dafür anstellen muss«, ruft er mir nach.

Ohne ihn noch eines Blickes zu würdigen, beschleunige ich meine Schritte und brülle noch: »Fahr zur Hölle, Richards.«

Das quittiert er mit einem Lachen und einem Satz, der mir wahrscheinlich den Schlaf rauben wird.

»Da bin ich doch schon.« Es verstreichen ein paar Sekunden, dann fügt er hinzu: »Aber nicht mehr lange …«

20. KAPITEL

DIAMOND

Aveena: Bist du heute zum Abendessen da? Die Jungs haben genügend Pizza für ein kleines Land bestellt.

Unterwegs Richtung Bibliothek tippe ich Aveenas unbeantwortete Nachrichten durch und gebe mir größte Mühe, mein schlechtes Gewissen zu ignorieren. Aveena Harper ist meine beste Freundin – nein, Aveena Harper ist meine Schwester – und eigentlich weiß ich sehr gut …

Dass Schwestern einander nicht aus dem Weg gehen.

Seit Tagen schreibt sie mir Nachrichten und fragt, wann wir mal ein bisschen Zeit miteinander verbringen können. Ich glaube, inzwischen habe ich den gesamten literarischen Vorrat an Ausreden erschöpft. Versteht mich nicht falsch, natürlich möchte ich Zeit mit ihr verbringen, aber inzwischen ist klar, egal wo Aveena hingeht, geht auch Xavier hin, und wo Xavier hingeht, da ist auch *Finn*.

Ich bin mittlerweile Expertin darin, mich von der Wohnung fernzuhalten, um dem Verräter mit den Haselnussaugen, der auf Xaviers und Aveenas Couch schläft, aus dem Weg zu gehen. Bei all den Bällen, die ich in der Luft halten muss – die Sommerkurse, die ehrenamtliche Arbeit *und dazu* einen Freund –, hört sich das wie ein Kinderspiel an, aber wegzubleiben, bis alle schlafen, ist schwerer als gedacht.

Diese Woche habe ich mich jeden Abend mit Chance getroffen. Nicht, weil ich seine Gegenwart genieße – auch wenn ich mir das wünsche –, es liegt eher daran, dass ich nicht weiß, wohin, wenn die Bibliotheken und Cafés alle schließen.

Allmählich fällt es mir schwer, Chance täglich zu sehen. Bis jetzt stand er voll hinter meiner Entscheidung, die Dinge langsam angehen zu lassen, aber ich merke bei jedem Kuss, wie seine Erwartungen wachsen. Ich kann ihm das gar nicht verübeln. Wir sind jetzt seit drei Monaten zusammen, wir mögen uns, warum sollten wir da *keinen* Sex haben?

Das Schlimmste ist, ich weiß gar nicht so recht, was mich davon abhält, in unserer Beziehung den nächsten Schritt zu tun. Als Finn verschwand, konnte ich mir nicht vorstellen, überhaupt jemals wieder irgendeinem Typen so zu vertrauen, dass ich mich ihm öffne und auch meine verletzlichen Seiten zeige. Tagelang habe ich überlegt, wie es weitergehen soll, und irgendwann begriffen, dass ich nicht länger in der Vergangenheit leben kann. Ich will Finn nicht so viel Macht über mich zugestehen.

Ja. Er hat mich verletzt. Ja, das war beschissen. Aber Chance ist nicht Finn. Theo und seine Mitbewohner geben morgen Abend in ihrem Haus eine Party, und ich habe einen Entschluss gefasst. Morgen werde ich mit Chance schlafen.

Ich lasse mich in der Bibliothek auf einen Stuhl sinken, lege die Taschen und Bücher auf dem Tisch ab und schnappe mir dann mein Handy, um Aveena zu antworten.

Dia: Glaube nicht. Muss noch lernen.
Wird spät werden.

Ihre Antwort lässt nicht lange auf sich warten.

Aveena: Lernen? Seit wann bist du
freitagabends am »LERNEN«?

Die Versuchung ist groß, ihr zu schreiben: »Seit ich bis Ende des Sommers mit meinem Ex zusammenleben muss«, aber das wäre wohl ein bisschen zu hart. Ich möchte nicht, dass sie denkt, sie wäre mir nicht so wichtig, dass ich Finns Gegenwart aushalten könnte.

Dia: Kehrseite der Sommerkurse.

Aveena: Ich schwöre, seit wir zusammen-
wohnen, sehe ich dich WENIGER als vorher,
als du noch im Wohnheim warst.

Dia: Ich weiß, tut mir leid. Wie wärs morgen
mit einem gemeinsamen Frühstück?
Da gibts nur fünf Minuten vom Campus
entfernt dieses tolle Restaurant.

So. Auf diese Weise kann ich Zeit mit ihr verbringen, ohne dass ich Finn sehen muss.

Aveena: Lädst du mich ein?

Lächelnd tippe ich: »Wie kannst du das fragen?« Ich kann sie doch kaum bezahlen lassen, wenn ich den Rest des Sommers umsonst bei ihnen wohnen darf.

Sie antwortet sofort.

Aveena: Ich werde kommen, WENN du
danach nicht wieder vom Erdboden verschwindest.
Ich schwöre, fast hätte ich eine Vermissten-
meldung aufgegeben.

Ich muss kichern.

Dia: Ganz so schlimm wars nicht.

Aveena: Hör mal. Dass du letzte Woche
überhaupt mal da warst, weiß ich nur,
weil du unsere Reste verputzt hast.

Dia: Als ob ihr das alles jemals alleine
essen könntet! Im Ernst, Mädchen,

du kochst schon jetzt, als hättest du
fünf Mini-Xaviers und -Aveenas.

Ich weiß, dass sie Spaß macht, aber mein schlechtes Gewissen ist schwer abzuschütteln. Es ist kein Geheimnis, dass sie häufig zu viel kocht, und deshalb sagt sie immer, ich soll mir was aus dem Kühlschrank nehmen, aber inzwischen sorgt sie nicht nur für ein Dach über meinem Kopf – sie *verpflegt* mich auch noch.

Irgendwie werde ich mich bei ihr dafür revanchieren. Vielleicht organisiere ich für sie die größte Babyparty aller Zeiten? Genau, und das künftige Kind werde ich auch nach Strich und Faden verwöhnen.

Aveena: Spiel bloß nicht wieder »Casper,
der freundliche Geist« mit mir, okay?

Zu gern würde ich versprechen, öfter zu Hause zu sein, aber als ich meinem Ex das letzte Mal begegnet bin, habe ich einen wirklich netten Typen dazu benutzt, den nicht annähernd so netten Finn eifersüchtig zu machen. Keine Ahnung, wie er das anstellt, aber er macht, dass ich mich anders verhalte.

Irgendwie verbittert.

Und ich habe keine Lust, Zeit mit ihm zu verbringen, wenn sich das verhindern lässt. Nur weil ich die Wohnung meide, bedeutet das ja nicht, dass ich Aveena nicht außerhalb treffen kann.

Dia: Ich tus nicht wieder. Versprochen.

Aveena: Das will ich dir auch raten.

Dia: Muss wieder an die Arbeit.
Lasst ihr mir was von der Pizza übrig?

Aveena: Klaro.

Die nächsten fünf Stunden daddle ich mich durch alle sozialen Netzwerke und sehe dem Schließen der Bibliothek mit Bangen entgegen. Ich war in letzter Zeit so viel hier, dass ich meinem Lernstoff weit voraus bin. Die Literaturliste habe ich schon zweimal durch und alle Hausaufgaben sind fertig, obwohl die noch nicht einmal fällig sind.

Übersetzt: mir ist stinklangweilig.

Schließlich wirft mich dieselbe Bibliothekarin raus, die mir schon die ganze Woche diese »Hast du kein Privatleben«-Blicke zuwirft. Dann mache ich mich auf in Richtung *Lenny's*, meines Lieblingscafés.

Doch die Sache hat einen Haken – es ist geschlossen.

Dem Schild an der Tür ist nicht zu entnehmen, warum, und ich überlege, ob ich zu Chance gehen soll. Schließlich entscheide ich mich dagegen. Diese Woche haben wir uns so oft gesehen, und wenn ich jetzt hingehe, um Filme anzuschauen, wird er was von mir wollen, und für Sex habe ich heute Abend ganz bestimmt keinen Kopf.

Eine volle Viertelstunde stehe ich vor *Lenny's* und überlege, was ich tun soll, bis der Wind auffrischt. Dann gesellt sich auch noch leichter Regen dazu. Mittlerweile ist es jetzt schon nach neun. Finn, Xavier und Aveena sind bestimmt noch wach, aber ich bin inzwischen so müde, dass mir das egal ist.

Allmählich hinterlässt es Spuren, dass ich jede einzelne Sekunde des Tages mit Tätigkeiten fülle. Ich will jetzt nur noch ins Bett kriechen und anderthalb Jahrhunderte lang schlafen. Ich muss ja gar nicht mit ihm reden. Ich werde einfach geradewegs in mein Zimmer gehen und *voilà*.

Dreißig Minuten später drücke ich die Wohnungstür auf. Leise schlüpfe ich aus den Schuhen und gehe auf Zehenspitzen am leeren Wohnzimmer vorbei. Es ist 22:20 Uhr, aber das Licht ist aus und bei Aveena und Xavier ist die Tür geschlossen. Finn muss im Badezimmer sein, denn ich höre die Dusche rauschen.

Ich bin keine zwei Schritte in Richtung Gastzimmer gegangen, als mein Magen laut knurrt. Mist. Seit dem Morgen habe ich nichts mehr gegessen. Ich erinnere mich an die Pizza und husche in die Küche. Ich will mir nur rasch ein Stück holen und dann in meinem Zimmer verschwinden. Ganz unten im Kühlschrank stehen drei Pizzakartons.

Treffer.

Ich greife mir die erste Box, klappe sie auf und verziehe das Gesicht. Ananas. Ich weiß gar nicht, ob man das hier überhaupt als *Pizza* bezeichnen kann – Ananas auf Käse wäre treffender. Kein Wunder, dass Aveena nicht mehr weiß, dass ich Pizza Hawaii nicht mag. Die wenigsten wissen das, und selbst die vergessen es für gewöhnlich.

Erwartungsvoll greife ich zum zweiten Karton und …

Noch mehr Ananas.

Ich erstarre, als ich höre, wie Finn die Dusche abstellt, und überlege, die Mission Pizza ganz abzubrechen. Aber dann fällt mir die letzte Schachtel ins Auge, mit einem Klebezettel dran. Darauf stehen mit schwarzem Filzstift geschrieben drei Buchstaben:

Ich gehe davon aus, dass der Hinweis von Aveena stammt, ziehe die Schachtel heraus und öffne sie. Als Erstes fällt mir auf, dass keine Ananasstücke zu sehen sind. Mir läuft schon das Wasser im Mund zusammen, als ich die unberührte Pizza in Augenschein nehme. Aber dann sehe ich innen am Deckel einen zweiten Zettel.

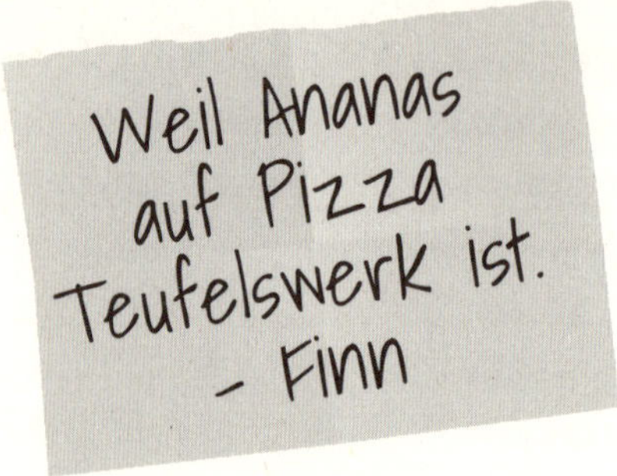

Mir fällt die Kinnlade herunter, als ich mich erinnere.

Ich habe ihm genau das einmal gesagt. Und zwar *wortwörtlich,* vergangenes Jahr. Am Abend, bevor alles anders wurde. Vor dem Vorfall. Bevor er aus der Stadt verschwand. Wir wollten zu ihm nach Hause gehen und er schlug fürs Abendessen Pizza Hawaii vor. Ich entgegnete, Pizza Hawaii sei Teufelswerk. Ich kann nicht fassen, dass er sich daran erinnert! Nicht einmal meine eigenen *Eltern* können sich das merken.

Ich hole mir einen Teller aus dem Küchenschrank, lege ein Stück Pizza darauf und öffne die Tür der Mikrowelle.

»Schon zurück?«

Beinahe lasse ich den Teller fallen, als ich seine Stimme höre.

Ich komme mir wie eine Schwerkriminelle vor, während ich mich umdrehe und Finn mit einem solchen Grinsen hinter mir stehen sehe, das ich ihm am liebsten aus dem Gesicht boxen würde. Eigentlich will ich ihn lauthals anblaffen, weil er mir so einen Schreck einjagt, aber meine Kinnlade fällt herunter, bevor ich einen Satz formulieren kann.

Du.

Lieber.

Himmel.

Dass er sich in Form hält, weiß ich, seit ich aus Versehen zu ihm ins Bett gekrochen bin, aber wie er jetzt klatschnass und oben ohne vor mir steht, frisch aus der Dusche mit nichts als einem Handtuch um, das trifft mich heftiger, als ich zugeben möchte. Natürlich ist mir sein großartiger Körper schon neulich aufgefallen – das war kaum zu vermeiden –, aber ich habe mir seither kaum erlaubt, ihn mal *richtig* anzusehen. Finn war schon immer heiß, auch schon zu Highschool-Zeiten, aber jetzt glüht er förmlich. Er besteht nur aus Muskeln und Tattoos und *fuck* …

»'tschuldige … was?« Ich reiße den Blick von seinen tief eingekerbten Bauchmuskeln.

»Es ist noch nicht mal« – er blickt auf die Uhr an der Wand – »elf, und du bist schon zu Hause. Was ist los? Machts keinen Spaß mehr, mir aus dem Weg zu gehen?«

Irgendwie schaffe ich es aus der Trance, die mir den Verstand geraubt hat, drehe mich herum und schiebe meine Pizza in die Mikrowelle. Ich stelle die Zeit ein und bleibe mit dem Rücken zu ihm stehen.

»Juwel?«, fragt er, als ich keine Antwort gebe.

Schon dieser Name lässt mir die Haut kribbeln.

»Nenn mich nicht so«, schnauze ich und starre auf die Zahlen auf der Anzeige, als würde mein nächster Atemzug davon abhängen. Ich vermute, meine Antwort hat ihn verblüfft, denn er antwortet nicht sofort.

Dann höre ich ihn seufzen. »Also schön. Wie soll ich dich dann nennen?«

Das Knarren der Dielen ist das erste Anzeichen für seine Nähe. Das zweite ist der warme Atem, der mir über den Nacken streicht.

Er ist direkt hinter mir.

»Schatzi? Baby? Liebe meines beschissenen Lebens? *Du kannst es dir aussuchen*«, säuselt er, während ich gegen die Schauer ankämpfe, die mir über den Rücken laufen.

»Du leidest unter Wahnvorstellungen.«

Ich spüre sein Lachen am ganzen Körper. »Und du bist eine Lügnerin.«

»Bin ich nicht.«

»Gelogen«, flüstert er mir direkt ins Ohr und ich halte die Luft an, bis meine Lunge brennt. »Du bist eine Lügnerin, Juwel, und eine schlechte dazu.«

Ich verfluche die Mikrowelle und schreie sie in Gedanken an, sich verdammt noch mal zu beeilen.

»Ich habe keine Ahnung, wovon du da redest.«

Ich höre ihn schnauben. »Ich rede über die Tatsache, dass du lieber ans Ende der Welt laufen würdest, als mit mir zu reden. Warum?«

Das ist einfach.

»Weil ich dich hasse.«

»Nicht gut genug.« Er rührt sich keinen Zentimeter von der Stelle; sein Mund ist immer noch nah an meinem Ohr.

»Weil ich einen Freund habe«, führe ich einen weiteren Grund an. Wenn dieser nicht ausreicht, was sonst?

»Okay … Im Augenblick. Was hast du noch zu bieten?«

Er tut es wieder.

Bringt wieder das Fass zum Überlaufen.

Tut so, als wäre nichts geschehen.

»Du willst einen Grund hören? Also schön.« Ich wirbele zu ihm herum. »Weil du mich im Stich gelassen hast. Weil ich im Krankenhaus Nacht für Nacht weinend aufgewacht bin und darauf gewartet habe, dass du auftauchst. Weil ich mir irgendwann gewünscht habe, ich *wäre* gestorben, weil ich dann nicht so mit den Nachwirkungen unserer Beziehung zu kämpfen gehabt hätte. Weil du mich *gebrochen* hast, Finn. Bist du jetzt glücklich?«

Das Lächeln ist augenblicklich aus seinem Gesicht verschwunden und über seine Augen fällt ein Schatten. Er behauptet, er habe sich verändert. Er habe an sich gearbeitet, während er fort war, aber seine Dämonen sind immer noch da.

In ihm.

Sie warten nur darauf, wieder hervorzukommen und loszulegen.

»Es tut mir so leid, Dia.« Seine Stimme ist merkwürdig ruhig. Neulich auf dem Parkplatz am Strand klang das noch ganz anders.

»Dabei hast du mir doch gesagt, du würdest dich nicht entschuldigen«, reibe ich ihm unter die Nase.

Er kaut an der Innenseite seiner Wange und meint: »Das war, bevor du mich so angesehen hast.«

In diesem Augenblick schmecke ich etwas Salziges auf der Unterlippe.

Nein.

Nein.

Das kann doch wohl nicht wahr sein.

Weine ich tatsächlich? Was zum Teufel? Ich wische die Tränen mit dem Ärmel ab.

Lächerlicher gehts nicht, oder?

»Schau … Ich habe dich verletzt. Ich hatte meine Gründe für den Blackout an diesem Tag, aber das macht es nicht wieder gut. Aber wenn du dazu bereit bist, würde ich dir gern davon erzählen.«

Zögernd hebt er die Hand zu meinem Gesicht, stoppt aber, bevor er meine Haut berührt. Er wartet darauf, dass ich ihn aufhalte. Herr im Himmel, *ich* warte darauf, dass ich ihn aufhalte. Ohne es je zu tun.

Bedächtig wischt er mit dem Daumen die Träne weg, die mir übers Gesicht läuft. »Es tut mir so leid, Dia. Ich weiß, das löscht nicht aus, was geschehen ist, aber wenn du glaubst, es würde mich nicht kümmern, irrst du dich. Es hat seither keinen einzigen Tag gegeben, an dem ich nicht an den Vorfall gedacht habe. Keine einzige gottverdammte Sekunde, in der ich mich nicht für das gehasst habe, was ich getan habe. Das hat vielleicht nicht viel zu sagen, aber du musst wissen, dass ich mich auch verletzt habe. An dem Tag, als ich dich verletzt habe, habe ich auch mich verletzt …«

Sprachlos war ich im Leben schon öfter, aber noch nie so sehr wie jetzt. Hässliche Wunden können nicht durch schöne Entschuldigungen geheilt werden, und Vergebung lässt sich nicht mit netten Worten erlangen. Es ist klar, dass es zwischen uns nie wieder so sein wird wie vorher, aber vielleicht kann eine Entschuldigung ja der erste Schritt sein, damit aus einer Wunde eine Narbe wird.

Meine Pizza piept und erspart mir, nach einer Antwort zu suchen.

»Danke für die Pizza«, sage ich nüchtern.

Ohne einen weiteren Blick in seine Richtung greife ich mir mein Essen, schlage die Mikrowellentür zu und verschwinde in meinem Zimmer.

* * *

College-Partys werden aus unzähligen Gründen überschätzt.

Das fängt mit den Betrunkenen an. Laute, widerwärtige Menschen, die überall hinkotzen. Von betrunkenen *Verbindungsstudenten* ganz zu schweigen. Die rauben dir – das männliche Geschlecht betreffend – jede Hoffnung und erzeugen den dringenden Wunsch, die Gesellschaft würde das Alleinbleiben nicht so verpönen.

Schon als ich gemeinsam mit Aveena, Lacey und Xavier den Fuß ins proppenvolle Haus setzte, erkannte ich meinen Fehler. Dabei bin ich nicht zum ersten Mal auf einer Schwarzlichtparty. Theo hat so etwas schon einmal während der Highschool veranstaltet, aber da war es eher eine Party mit fluoreszierenden Details. *Das hier ist eine völlig andere Dimension.*

Vorgeschrieben war nur, dass jeder ein weißes Shirt trägt, das schmutzig werden darf. Überraschenderweise haben sich alle daran gehalten. Schon beim Hereinkommen fällt mir auf, dass überall Leuchtmarker herumliegen. Dann kam TJ an und erklärte, wie das Ganze gedacht ist.

Kurz gesagt soll jeder während der Party den anderen Sachen aufs Shirt schreiben. Um Mitternacht geht dann Schwarzlicht an und man sieht, was einem die andern auf die Klamotten geschrieben haben. Sogar ein Motto haben sich die Jungs ausgedacht. Und das Motto ist – ihr werdet es nicht glauben – *Geständnisse.*

Aveena und Xavier wechselten natürlich belustigt Blicke in Erinnerung an die Geständnisse, die sie während der Highschool zusammenbrachten.

TJ sagt, man solle auf den Shirts der anderen etwas beichten –

beispielsweise eine Schwärmerei, die man immer bestritten hat, oder so etwas. Natürlich ist klar, dass die meisten Leute sturzbetrunken sind, wenn Mitternacht anbricht, und gar nicht mehr wissen, wer was geschrieben hat. Also das perfekte Rezept für eine Katastrophe, aber hey, wozu ist das College schon da, wenn nicht für peinliche Situationen und einen mörderischen Kater hinterher?

»Die muss ich in den Kühlschrank stellen. Kommst du mit?« Lacey deutet auf die Dosen-Cocktails in ihrer Hand. Ich nicke und drehe mich zu Aveena, um ihr Bescheid zu sagen. Die klebt aber gerade mit dem Mund an Xaviers Gesicht, und ich will sie nicht stören, also folge ich Lacey in die Küche.

Ich bin froh, dass sie heute mitgekommen ist. Erst seit Kurzem geht sie wieder auf Partys. Anfangs war ihr nicht wohl dabei, ihren elfjährigen Halbbruder alleine zu Hause zu lassen, aber seit ein paar Monaten ist er zwölf, und Lacey wird allmählich wieder zu einer halbwegs normalen College-Studentin.

Ich sehe mich kurz in der Küche um. Chance habe ich noch nirgends gesehen, was seltsam ist, wo er doch hier wohnt. Lacey hat die Dosen eben in den Kühlschrank geschoben, als jemand mit einer tiefen Stimme ruft: »Ladies, ganz schön spät dran, oder?«

Ich drehe mich um und sehe Theo und Everest Cahill, einen anderen Mitbewohner, hereinkommen. Als ich ihn zuletzt gesehen habe, bat er mich, übers Wochenende auf seinen Hund aufzupassen, aber ich Vollidiotin dachte, er wolle mit mir ausgehen. Als ich dann bei ihm zu Hause auftauchte, stellte sich heraus, dass er mir einen Job – und nicht sein Herz – angeboten hatte. Das Seltsame an der Sache ist, dass ich an diesem Wochenende erkannt habe, wie gern ich auf Hunde aufpasse.

Danke dafür, Everest.

Wenn man's recht bedenkt, wäre ich ohne dieses superpeinliche Missverständnis nie Hundesitterin geworden, hätte vor dem Abschlussjahr nie den Job bei Finns Vater bekommen und nie was mit Finn angefangen. Das heißt wohl auch, mein Herz wäre nie in eine Million Teile zerschlagen worden.

Ich nehme es zurück.

Fick dich, Everest.

»Ja, sorry. Hab sie kaum aus dem Uber rausbekommen.« Lacey grinst und stupst mich mit dem Ellenbogen an.

Everest lässt ein Lächeln aufblitzen. »Nicht in Partystimmung?«

»Kann man so sagen.« Ich erspare ihm die Einzelheiten.

»Hey, habt ihr eine Ahnung, wo Xavier ist?« Theo reckt einen Leuchtmarker hoch und kann mit seinem schelmischen Grinsen kaum verbergen, was er vorhat.

»Warum?«, frage ich. »Damit du ihn mit Pimmeln vollmalen kannst?«

»Eigentlich wollte ich ›Nutte‹ schreiben, mit lauter Herzchen darum, aber das geht natürlich auch«, erwidert er todernst, und ich muss über seine Schamlosigkeit lachen.

»Sie sind im Wohnzimmer.« Lacey zeigt an, ihr zu folgen. Als wir eine Minute später dort ankommen, erstarre ich, als ich sehe, wer sich zu der Gruppe gesellt hat.

Neben Xavier steht Finn, die Hände in den Taschen, mit einem weißen T-Shirt, das aber auch gar nichts von seinem muskulösen Oberkörper verschleiert, und schäbigen schwarzen Jeans, die an den Knien aufgerissen sind – jemand sollte ihm mal was Neues zum Anziehen kaufen. Für einen Augenblick lässt er den Blick schweifen und ich habe das Gefühl, er sucht nach jemand Bestimmtem.

Hoffentlich nicht nach mir.

Er scheint Gedanken lesen zu können, so schnell wie er mich in der Menge ausmacht.

Wir schauen uns an.

Ich sehe weg und versuche vergeblich, der Unterhaltung zu folgen, während sich Theo und Xavier brüderlich umarmen. Bevor ich michs versehe, lässt Theo Leuchtmarker herumgehen, und wir machen uns gegenseitig an unseren Shirts ans Werk. Nach kurzer Zeit haben alle mein langärmeliges T-Shirt signiert – also, alle außer Finn – und ihr könnt mich für verrückt halten, aber ich hoffe tatsächlich, dass ich so davonkomme.

Bis sich Finn direkt vor mir aufbaut.

»Darf ich?«, fragt er, den Marker einsatzbereit in der Hand.

Nun bemerken es auch die anderen und starren mich an. Ich bin in der Zwickmühle. Wenn ich Nein sage, heißt das, dass es zwischen uns beiden immer seltsam bleiben wird. Eigentlich bleibt mir keine andere Wahl, als höflich zu sein.

»S-Sicher.« Das Wort bleibt mir fast im Hals stecken.

Zögerlich strecke ich ihm den Arm hin, weil das die letzte freie Stelle ist. Finn fackelt nicht lange und fängt an, etwas zu schreiben. Anstatt hinzusehen und zu versuchen, die unsichtbare Nachricht auf meinem Ärmel zu entziffern, ertappe ich mich dabei, wie ich auf das schwarze Armband an seinem Handgelenk starre. Okay, also gut, ich starre auch auf die dicke Ader, die sich seinen Arm hinaufzieht.

Auch nach einem Jahr trägt er immer noch mein Armband.

Ich dachte, er hätte es längst in den Müll geworfen.

So wie er es mit *mir* gemacht hat.

Er lässt sich beim Schreiben alle Zeit der Welt. Bevor er loslässt, streicht er noch mit dem Daumen über mein Handgelenk und ich bekomme sofort eine Gänsehaut. Er lächelt hinterlistig, während ich schlucken muss.

Arschloch.

Er weiß genau, was er tut.

Kaum hat Finn die Kappe wieder auf den Marker gesteckt, schlingt jemand von hinten die Arme um meine Taille.

»Hier bist du! Ich habe überall nach dir gesucht.« Chance presst sofort den Mund auf meine Wange; sein Atem riecht nach Rum. Ich ringe mir ein Lächeln ab und blicke ihn über die Schulter an. Noch nicht einmal elf, und er ist schon besoffen.

Ich habe nicht viele Abtörner. Es muss schon eine Menge passieren, damit ich einen Typen fallen lasse, aber übermäßiges Trinken stößt mich unfassbar ab. Als ich mit Finn zusammen war, akzeptierte ich seine Trunksucht, aber eher würde ich den Männern ein für alle Mal abschwören, als mir so etwas noch einmal anzutun.

Ich muss Chance allerdings zugutehalten, dass ich ihn heute zum ersten Mal betrunken sehe. Ich hoffe nur, das wird nicht zur Gewohnheit.

Gleichzeitig frage ich mich, ob Finn noch so viel trinkt wie früher. Er sagte, er sei abgehauen, um seine Probleme in Ordnung zu bringen, und wenn ihr mich fragt, dann stand sein Alkoholkonsum ziemlich weit oben auf der Liste. Ohne es zu wollen, blicke ich zu ihm auf. Er beobachtet Chance und mich mit unergründlicher Miene. Er hat kein Getränk in der Hand, hält aber den Leuchtmarker so fest gepackt, dass seine Knöchel weiß sind.

Oh, er ist angepisst.

Meine Wangen röten sich bei dem Gedanken.

»Jetzt bist du doch froh, dass du mitgekommen bist, was?«, säuselt Lacey, als mir Chance ein halbes Dutzend Küsse aufs Gesicht drückt.

»Och, wirst du etwa rot?«, fragt Aveena. Ich lache und spiele mit, denn in Wirklichkeit hatte mein Erröten nichts mit Chance zu tun.

Aber mit Finn.

Nicht, dass das eine Rolle spielt. Finn hat immer wieder gesagt, keiner außer ihm würde mich jemals ficken. Er war sich ganz sicher, dass er der erste und auch der letzte Mann in meinem Bett sein wird, aber heute Abend?

Werde ich ihm das Gegenteil beweisen.

21. KAPITEL

FINN

Früher war ich ein gewalttätiger Mann …

Also einer, der bei einem anderen Typen ausrastet, bloß weil der seine Freundin angeguckt hat?

Aber so bin ich jetzt nicht mehr.

Ne.

Echt nicht.

Ich habe meine Wut im Griff, selbst wenn das Mädchen meiner Träume mit einem anderen Kerl tanzt. Mir ist sogar egal, wenn er mit seinen Loser-Händen ihren ganzen perfekten Körper antatscht und sich vorstellt, wie sie auf Knien aussehen würde.

Ich bleibe vollkommen ruhig.

Hast du das gehört? Mein Ich?

Ich. Bin. Ruhig.

»Du starrst«, sagt Theo und erschreckt mich dadurch. Er steht neben dem Ledersofa, auf dem ich sitze, und blickt mich vorwurfsvoll an.

Na super.

Jetzt kann ich mich auf eine Predigt gefasst machen.

Genau, was ich jetzt brauche.

»Kümmer dich um deinen eigenen Scheiß.« Ich lasse mich tiefer ins Polster sinken und suche die Tanzfläche nach Dia und ihrem lächerlichen Freund ab.

Aber sie sind weg.

Was zum Teufel?

Eben waren sie doch noch da.

Aber wo sind sie hin?

Müssen sich in Luft aufgelöst haben.

Scheiße. Ist sie mit ihm nach oben gegangen? Hat sie –

Meine Schultern entspannen sich wieder, als zwei Typen, massig wie das Empire State Building, ein paar Schritte zur Seite wanken und Dias Hinterkopf zu sehen ist.

Sie ist immer noch da. Und tanzt mit diesem Chance. Nur, dass er jetzt die Hände auf ihrem Hintern hat. Er schiebt den Kopf ganz nah an sie heran und flüstert ihr bestimmt jede Menge schmutziger Geheimnisse ins Ohr.

Fuck, am liebsten würde ich die ganze Welt in Brand stecken. Ich möchte diesem Sonnyboy eine Flasche über den Kopf hauen und ihn dann zwingen, die Scherben zu verschlucken. Und trotzdem … rühre ich keinen Muskel. Ich bleibe sitzen und hasse ihn aus der Ferne, anstatt mitten in einer College-Party durchzudrehen. Ich bin ja wohl nicht ein volles Jahr lang jede Woche zur Therapie gelatscht, nur um wieder in alte Gewohnheiten zu verfallen, wenns hart auf hart kommt.

Es ist fast, als könnte Dias Freund die auf ihn gerichtete Welle aus purem Hass spüren, so wie er mich ansieht, die Hände immer noch an ihrem Hintern. Ich sehe nicht weg. Ich will, dass er sieht, wie ich hinstarre.

Weil Diamond Mitchell wieder mein sein wird.

Und ich will, dass Chance, dieser Wichser, weiß …

Ich werde mir sein Mädchen holen.

Ich bin so damit beschäftigt, ihm Löcher in die Stirn zu starren, dass ich kaum mitbekomme, wie sich Theo neben mir aufs Sofa fallen lässt.

»Schau, Kumpel, ich verstehe es. Du liebst sie. Aber Chance ist ein prima Kerl. Versau es ihnen nicht.«

Sein unerbetener Ratschlag befeuert meine Wut nur noch mehr. Er begreift es eben doch nicht. Chance könnte jeden Tag seines Lebens Hundewelpen aus brennenden Häusern retten, und trotzdem würde ich ihn nicht mal in der Nähe von Dia haben wollen.

Ich halte den Blick starr nach vorn gerichtet. »Welcher Teil von ›Kümmer dich um deinen eigenen Scheiß‹ kommt bei dir nicht an?«

Theo und ich haben seit mehr als einem Jahr nicht miteinander geredet. Wirklich schade. Wir waren mal richtig eng befreundet – während der gesamten Highschool hat er sogar immer wieder bei mir zu Hause gewohnt –, aber seit ich aus Silver Springs weggegangen bin, haben wir uns auseinandergelebt. Aber nicht meinetwegen. Ich bin mehr als einmal auf ihn zugegangen, aber von ihm kam nie etwas. Xavier sagte, nach dem Schulabschluss hätte Theo in seiner Beziehung zu Aveenas Schwester eine Menge Scheiße erlebt und sei einen guten Teil des vergangenen Semesters depressiv gewesen.

Wie auch immer, wir sind keine engen Freunde mehr. Und wenn er nicht mal die halbe Geschichte kennt, braucht er sich auch nicht bei mir einzumischen und mir erst recht nicht zu erzählen, was für ein toller Typ Chance ist.

Er hat keine Ahnung, dass ich die vergangenen dreihundertfünfundsechzig Tage hart daran gearbeitet habe, *selbst* ein besserer Mensch zu werden. Ich behaupte gar nicht, dass ich perfekt bin, aber ganz bestimmt nicht mehr so furchtbar wie zuvor.

Allerdings bin ich mir nicht sicher, ob ich jetzt die Art von Typ bin, die sich Dia wünscht. Ich habe alles Mögliche getan, um ihrer wieder würdig zu sein. Nun ja, der Version von ihr jedenfalls, die ich im Kopf hatte. Aber als ich zurückkam, musste ich erkennen, dass dieses Mädchen nicht mehr existiert. Dia ist jetzt anders. Angefangen damit, dass sie sich anders kleidet. Sie lächelt auch viel weniger als früher und wenn, dann fühlt es sich nicht echt an. Hinter ihren Augen ist immer diese Traurigkeit, und es bringt mich um, dass ich daran schuld bin.

Chance zieht Dia an sich und küsst sie. Sie lächelt, fährt ihm mit der Hand durchs Haar und geht auf die Zehenspitzen, um den Kuss zu erwidern.

»Du musst aber zugeben, dass sie glücklich aussieht«, sagt Theo und gibt mir damit das Gefühl, mein Körper wäre von lauter Wunden übersät, in denen Theo genüsslich mit einem Messer herumstochert.

Fuck, ich kann mir das nicht mit ansehen.

Gerade will ich mich vom Sofa hochstemmen, da kommen Xavier und Aveena um die Ecke.

»Und? Worüber sprecht ihr gerade?«, fragt Aveena. Xavier nimmt auf der Couch Platz und zieht sie mit sich. Er dirigiert die Mama seines Babys auf seinen Schoß und schlingt schützend die Arme um sie.

Ich kann es immer noch nicht glauben, dass Xavier Vater wird. Es ist noch gar nicht so lange her, da haben wir zwei Scheißer bei ihm im Garten Basketball gespielt und von einer Profikarriere geträumt. Jetzt ist er im Team von Duke, und schon in neun Monaten wird er für einen neugeborenen Menschen verantwortlich sein.

Ich selbst habe keinen blassen Schimmer, was ich mit meinem Leben anfangen soll, schließlich knutscht meine Zukunft gerade mit einem anderen Kerl und ich weiß nicht, wie lange ich mich noch unter Kontrolle habe.

Das Lied ist kaum zu Ende, als Dia ihn an der Hand nimmt und von der Tanzfläche zieht. Beim Anblick von Xavier und Aveena auf der Couch leuchtet ihr Gesicht kurz auf. Sie kommt herüber, aber ihr Lächeln erstirbt, als sie mich bemerkt, und es fühlt sich an, als hätte mir jemand eine ganze Schachtel Streichhölzer in die Kehle geschoben.

Sie hasst mich wirklich, nicht wahr?

Kurz darauf lässt sich Chance in den Sessel gegenüber fallen und möchte, dass sich Dia auf seinen Schoß setzt. Kurz zögert sie, entscheidet sich dann aber für die Armlehne. Chance besteht nicht darauf, ist aber offensichtlich nicht begeistert. Das war eine Abfuhr.

Warum macht mich das so glücklich?

Die Unterhaltung kommt wieder in Gang, aber es vergehen keine fünf Minuten, da steht Theo vom Sofa auf.

»Ich hole mir noch was zu trinken. Braucht einer von euch etwas?«, fragt er.

Xavier bittet um ein Bier und Aveena bestellt sich ein Glas Wasser. Dia und Chance lehnen dankend ab und damit bleibe nur ich übrig.

Theo runzelt die Stirn. »Richards, was ist mit dir?«

Ich bemerke, wie sich die Miene von Chance bei der Erwähnung meines Nachnamens verändert. *Schockiert* wäre der passende Ausdruck, aber ein bisschen Wut scheint auch hineinzuspielen. Was zum Teufel ist da los?

»Richards?«, fragt Theo noch einmal.

»Alles gut.«

Theo schnaubt. »Finn Richards lehnt einen Drink ab. Schaut mal jemand nach, ob er Fieber hat?«

Stimmt.

Er weiß es nicht.

Keiner von ihnen.

Es gibt einen kurzen Blickkontakt zwischen Xavier und mir. Ihm habe ich als Einzigem von meinem neuen Lebensstil erzählt.

»Habe ich was verpasst?«, hakt Theo nach.

»Er ist jetzt trocken, Arschloch«, setzt ihm Xavier auseinander.

Alle schweigen.

»Er ist *was?*«, kräht Theo.

Ich blicke zu Dia hinüber. Ihr Mund ist leicht geöffnet, die Augen aufgerissen und sie wirkt etwas blasser als zuvor.

»Du bist trocken?« Beim letzten Wort bricht ihr fast die Stimme.

Es muss seit meiner Rückkehr das erste Mal sein, dass sie mich unaufgefordert anspricht. Ich platze fast vor Freude, versuche mir das aber nicht anmerken zu lassen und nicke nur kurz.

»Wie lange schon?«, fragt sie.

»Mehr als ein Jahr.«

Von der Wahrheit überwältigt presst sie den Mund zu. Ich kann fast dabei zusehen, wie sie im Kopf den zeitlichen Ablauf rekonstruiert. Ich bin vor einem Jahr und zwei Monaten verschwunden, und das bedeutet …

»Dann hast du aufgehört, nachdem …«

Den Rest braucht sie nicht zu sagen.

»Genau.«

»Oh.« Mehr bringt sie nicht heraus.

Ich sehe ihr in die Augen und bin auf seltsame Weise zufrieden angesichts ihrer Fassungslosigkeit.

Ich habe dir doch gesagt, ich habe an mir gearbeitet.

Genau genommen habe ich seit dem Vorfall keinen einzigen Tropfen mehr getrunken. Ich dachte, ich würde sterben, als Jesse die leblose Dia aus dem Wasser zog. Und kam tatsächlich dabei fast um, während ich zusah, dass seine Wiederbelebung zunächst keinen Erfolg hatte. Ich konnte nicht atmen, denn die Panik presste mir die Lungen zusammen und ich schnappte nach Luft, als wäre ich der Ertrinkende. Ich erbrach meinen gesamten Mageninhalt, und nachdem er sie ins Leben zurückgeholt hatte, rannte ich weg.

Das war der Wendepunkt für mich.

Ich wusste, dass sich etwas ändern musste.

Dia und ich haben Blickkontakt, bis Chance dazwischengeht, sie auf seinen Schoß zieht und ihr die Arme um die Taille legt. Sie protestiert nicht, aber dass sie sich nicht wohlfühlt, ist ebenso offensichtlich wie die Unsicherheit ihres Freundes.

Er starrt mir ins Gesicht, zieht sie noch enger an sich heran und drückt ihr einen Kuss auf die Schulter, als wolle er ihr das Wort »Mein« in die Haut brennen.

Ich verkneife mir ein Lachen.

Sie ist nicht sein.

Bei Weitem nicht.

Aber ich muss zugeben …

Im Augenblick scheint sie sehr viel eher *sein* zu sein als *mein*.

Wut brodelt in mir, als er ihr etwas ins Ohr flüstert und sie darauf so reizend kichert, wie ich es noch nie gehört habe. Die Kirsche auf dem Eisbecher ist, dass er mit dem Zeigefinger ihr Kinn nach hinten neigt und sie nach Strich und Faden küsst. Als ich mich im Zimmer umsehe, starren mich alle so mitleidig an, dass ich kotzen könnte.

Verdammte Scheiße.

»Ich muss mal an die Luft.« Ich springe von der Couch auf, bevor irgendjemand eine Antwort zustande bringen kann.

* * *

Viele haben mir gesagt, wenn man auf einer Party als Einziger nüchtern ist, kommt unweigerlich der Wunsch auf, wieder zu trinken. Inmitten von Alkohol wäre die Versuchung kaum zu ertragen, aber ich bin vom Gegenteil überzeugt.

Seit dreißig Minuten stehe ich jetzt hier bei Theo an die Hauswand gelehnt und beobachte die Studenten, wie sie auf den Arsch fallen und sich vollkotzen, und ich habe mir im ganzen Leben noch nie *weniger* gewünscht, etwas zu trinken.

Ich setze den Flachmann an und nehme einen kleinen Schluck von dem alkoholfreien Gin, den mir Ruben empfohlen hat. Das Zeug schmeckt nach Kanalisation plus Reinigungsmittel. Wenn er hier wäre, würde ich ihm sagen, das Alter müsse seinen Geschmackssinn ruiniert haben, und er würde mich wahrscheinlich einen arroganten kleinen Scheißer nennen oder einen Punk.

Es ist komisch, ihn nicht täglich zu treffen. Wir telefonieren und schreiben uns Nachrichten, aber ich habe mich vergangenes Jahr so an seine geschmacklosen Sprüche und seine übermenschliche Geduld gewöhnt, dass ich mir jetzt ein bisschen verloren vorkomme.

»Wusste ich doch – das Gerede vom Trockensein war Schwachsinn.«

Ich reiße den Kopf herum. Ein kleines Stück entfernt steht Chance und sieht ziemlich mordlustig aus. Ich mache mir nicht die Mühe, ihm zu erklären, dass ich Abwasser trinke – ich meine, alkoholfreien Gin.

»Was willst du, Mann?«, knurre ich.

Hier draußen ist es dunkel, aber doch hell genug, um seine blutunterlaufenen Augen zu erkennen und seinen wankenden Gang. Der Typ ist besoffen und er ist wütend – das ist nie eine gute Kombination.

Er kommt herangestolpert und faucht mich an: »Dass du aufhörst, meine Freundin anzuschmachten.«

»Geht nicht, tut mir leid«, entgegne ich verächtlich.

Das ist nicht gelogen. Selbst wenn ich wollte, könnte ich nicht aufhören, sie anzusehen. Obwohl ich irgendwie das Gefühl habe, dass es hier nicht nur um Dia geht. Vorhin war er geschockt, als er meinen Nachnamen hörte, und sein Gesichtsausdruck schreit förmlich: *»Hoffentlich wirst du von einem Lastwagen überfahren.«*

Irgendwie muss es was Persönliches sein.

»Warum bist du überhaupt zurückgekommen?«, fragt er vorwurfsvoll.

Was ist das für eine Frage?

»Du weißt, warum.«

Er lacht höhnisch auf. »Du wirst sie nie dazu bringen, dir zu vergeben, und das weißt du auch, oder?«

Ich zucke mit den Achseln. »Schon möglich, aber es ist so sicher wie das Amen in der Kirche, dass ich es versuchen werde.«

Für einen Augenblick ist es mucksmäuschenstill.

»War das alles?« Ich ziehe eine Augenbraue hoch.

Zuerst zögert er. Aber dann sagt er: »Nein.«

Ich kann kaum reagieren, so schnell holt er aus und lässt seine Faust mit voller Wucht gegen mein Kinn krachen. Meine Wange schmerzt sofort heftig und ich reiße den Kopf hoch. Ich überlege, auf ihn loszugehen, aber es meldet sich die Stimme der Vernunft.

Tu es nicht, Finn.

Verdammt noch mal, tu es nicht.

Ich wusste, dass auch Chance seine dunklen Seiten hat. Offensichtlich hat er ein Problem mit Eifersucht und verwandelt sich bei der ersten kleinen Beziehungskrise in einen unsicheren kleinen Jungen, aber das hier habe selbst ich nicht kommen sehen.

Ich gehe einen Schritt auf ihn zu, und er weicht sofort zurück, die Hosen offensichtlich gestrichen voll. Er reißt zwar das Maul auf, weiß aber, dass er gegen mich alt aussieht, wenns ernst wird.

Er räuspert sich, um die Fassung wiederzugewinnen. »Das ist für meinen Bruder.«

Dann dreht er sich um und geht.

Was zum Teufel?

* * *

DIAMOND

Mit pochendem Herzen laufe ich zum Badezimmer im Obergeschoss und knalle die Tür hinter mir zu. Mir ist, als müsse ich mich gleich erbrechen, was beunruhigend ist, da ich gar nichts getrunken habe. Ich stütze mich aufs Waschbecken, sehe mich im Spiegel an und lasse in Gedanken immer wieder ablaufen, was ich gerade gesehen habe.

Chance hat Finn geschlagen.

Er hat ihn *geschlagen.*

Und das Schlimmste ist, Finn hat sich nicht einmal gewehrt. Er ist die ganze Zeit ruhig geblieben. Soll das etwa heißen, er ist jetzt nicht nur trocken, sondern hat auch seine Wutanfälle in den Griff bekommen?

Wer immer dieser Typ sein soll, Finn Richards ist er bestimmt nicht.

Unmöglich.

Chance hatte mir vorher gesagt, er wolle sich noch etwas zu trinken holen, aber Aveena meinte, sie habe ihn zur Haustür hinausschleichen sehen, während ich gerade nicht hinsah. Also bin ich ihm vors Haus gefolgt und habe beobachtet, wie er sich mit Finn unterhält. Von meinem Versteck aus konnte ich natürlich nichts verstehen, aber es war klar, dass es mit mir zu tun hatte.

Ich wusste gar nicht, dass Chance zu einer solchen Wut fähig ist. Andererseits hätte ich auch niemals gedacht, dass Finn in einer solchen Situation der Vernünftigere sein würde. Mein Handy zeigt eine eingegangene Nachricht an und ich ziehe es aus der Tasche.

Sie ist von Chance.

Chance: Wo bist du?

Quietschend wird die Badezimmertür aufgestoßen, bevor ich eine Antwort tippen kann. Noch im Umdrehen bin ich sauer, dass ich nicht abgeschlossen habe. Eine Sekunde später kommt Finn hereingestürzt, und beim Anblick seiner aufgeplatzten Lippe bohre ich meine Fingernägel in die Handflächen. Aus einer Wunde am Mundwinkel tropft Blut auf den Kragen seines weißen Shirts.

Scheiße.

Tut er mir jetzt tatsächlich leid?

Er stoppt, als er mich dort stehen sieht. Seine Augenbrauen schießen in die Höhe und ich überlege, ob ich aus dem Badezimmer flüchten soll. Ich gebe das nicht gerne zu, aber ich will wissen, ob er sich wirklich verändert hat. Dieser »neue Finn« ist zu schön, um wahr zu sein, und ich will ihm auf den Zahn fühlen.

»Was ist denn mit dir passiert?«, lege ich den Köder aus.

Er antwortet nicht sofort, sondern geht zum Badezimmerschrank und reißt ihn auf.

Er zuckt mit den Schultern. »Bloß irgendein besoffener Verbindungstyp.«

Ich kann es nicht fassen. Er hätte Chance' Brutalität ohne Schwierigkeit zu seinem Vorteil nutzen und ihn bei mir anschwärzen können, um bei mir Sympathiepunkte zu sammeln. Warum hat er das nicht getan?

Ich stelle ihn zur Rede. »Ich weiß, dass es Chance war. Ich habe alles gesehen.«

»Warum fragst du dann?« Er kramt weiter im Hängeschrank herum, sucht wahrscheinlich nach Verbandszeug.

Ich sehe mir seine aufgeplatzte Lippe an, und plötzlich gehen mir Bilder von einem verprügelten Chance durch den Kopf. Als er zugeschlagen hatte, flüchtete ich sofort wieder ins Haus aus Angst, von den beiden erwischt zu werden. Ich war davon ausgegangen, dass die Sache damit zu Ende war, aber was, wenn Finn sich doch revanchiert hat?

Ich presse die Lippen aufeinander. »Du hast ihm aber nicht wehgetan, oder?«

Seine Mundwinkel biegen sich nach oben. »Kommt darauf an. Kann es *wehtun*, wenn man bewusstlos ist?«

»Was?«, schreie ich panisch auf.

Unerwarteterweise grinst Finn nur. »Ganz ruhig. War ein Spaß. Ich habe deinen kostbaren Freund nicht angerührt.«

Ich bin unendlich erleichtert, aber eine Stimme in meinem Kopf rät mir, nicht darauf hereinzufallen. Es könnte trotzdem sein, dass Chance irgendwo mit gebrochenen Rippen herumliegt.

»Niemand kauft dir das ab, weißt du?« Ich verschränke die Arme vor der Brust, lehne mich ans Waschbecken und sehe zu, wie er weiter im Schrank kramt.

»Und das bedeutet?«, meint er verwundert.

»Dass ich dir deinen ›neuen Finn‹ nicht für eine einzige Sekunde abnehme. Willst du etwa behaupten, du wärst plötzlich nicht nur trocken, sondern noch *dazu* ein Pazifist geworden? Ich bitte dich.«

Er schließt die Schranktür und wendet mir seine ganze Aufmerksamkeit zu. »Ich behaupte rein gar nichts …« Er bleibt zu dicht vor mir stehen, und sein durchdringender Blick wird für mich zu einem Gefängnis, aus dem ich niemals entkommen werde. »Ich *zeige* dir, dass ich mich verändert habe, Dia. Und *plötzlich* ist das auch nicht passiert. Ich bin nicht eines schönen Tages mit den nötigen Werkzeugen aufgewacht, um meine Wut im Zaum zu halten. Um dort hinzukommen, wo ich jetzt bin, brauchte es ein volles Jahr Therapie, Selbsthass und Konfrontation mit meinen Dämonen.«

Warte …

Therapie?

Soll das heißen … *freiwillig*?

Wir reden hier immerhin über jemanden, der seine erste Therapeutin so in den Wahnsinn getrieben hat, dass sie die Behandlung abbrach.

Er schiebt sich noch näher heran und legt die Hände hinter mir aufs Waschbecken, sodass ich gefangen bin. »Du glaubst meinen Worten nicht, oder? Na schön. Dann glaube wenigstens meinen Taten.«

Wir starren uns an – die längsten fünf Sekunden meines Lebens.

Ich räuspere mich. »Ich glaube, irgendwo hier habe ich einen Verbandskasten gesehen.«

Finn tritt ein Stück zurück, und nun mache ich mich an den Schubladen des Badezimmerschrankes zu schaffen. Ich spüre, wie er mit seinen Haselnussaugen jede meiner Bewegungen so aufmerksam verfolgt, dass es fast nicht zu ertragen ist.

»Ich nehme an, du verbringst viel Zeit hier?«, versucht er, eine Unterhaltung in Gang zu bringen.

»Wie kommst du darauf?«

»Du scheinst dich gut auszukennen.«

Ich sehe kurz über die Schulter. Er lehnt an der Tür, als wolle er sichergehen, dass ich nicht zur Party zurücklaufe und ihn sitzen lasse.

»Sicher, ich bin oft hier«, antworte ich kurz.

»Und bleibst du auch öfter mal über Nacht?«, hakt er nach.

Was sollen die ganzen Fragen?

»Manchmal«, lüge ich.

Seit ich mit Chance zusammen bin, habe ich hier noch nie übernachtet, aber das geht Finn einen feuchten Dreck an.

»Heißt das, du und Chance habt … ein Bett geteilt?«

Sekunden später finde ich den Verbandskasten unter dem Waschbecken und muss mir ein Lachen verkneifen. *Fragt er mich da wirklich das, was ich glaube?*

Ich knalle die Schachtel auf den Badezimmertisch und drehe mich um. »Warum sagst du nicht, was du wirklich meinst?«

Jedem normalen Menschen wäre das jetzt peinlich. Keiner möchte so in Verlegenheit gebracht werden, aber Finn scheint das rein gar nichts auszumachen. Er wirkt eher belustigt.

»Okay.« Er drückt sich von der Tür ab und kommt zu mir herüber. Stehen bleibt er erst, als ich den Kopf in Nacken legen muss, um noch etwas von seinem Gesicht zu sehen. »Hast du mit ihm gefickt?«, fragt er ohne jede Scham.

»Nein.« Meine Antwort kommt wie aus der Pistole geschossen.

Er grinst zufrieden. Fuck, was soll das? Warum habe ich ihm das überhaupt gesagt?

»Und was ist mit anderen Typen? Hast du irgendwen gefickt, während ich weg war?«, treibt er das Ganze auf die Spitze.

Diesmal kann ich mir eine Antwort verkneifen. »Meinst du das ernst? Du verschwindest für ein volles Jahr und dann glaubst du, ich wäre dir eine Liste aller Typen schuldig, mit denen ich im Bett war?«

Ich verzichte darauf, ihm zu erzählen, dass die Liste kurz wäre. Einmal hatten Chance und ich Trockensex. Und dann war da noch …

Ne, das wars.

Damit endet die Liste.

»Und wenn ich dich dasselbe fragen würde?«, knalle ich ihm vor den Latz und gehe um ihn herum Richtung Tür.

»Dann würde ich lachen.« Seine Stimme ist tief.

Ich bleibe stehen. »Was?«, frage ich und drehe mich um. Wir sind uns so nah, dass ich wieder seinen Duft riechen kann, aber ich weiche nicht zurück. Nicht, dass ich das könnte. Ich habe die Tür direkt im Rücken.

»Ich sagte, ich würde lachen«, wiederholt er.

Ich ziehe eine Augenbraue hoch. »Warum?«

Er seufzt laut, und ich habe das Gefühl, dass er gegen einen Instinkt ankämpft. Dann beugt er sich vor, sieht mich weiter an und sagt: »Weil du für mich die Einzige bist, Diamond Mitchell.«

Mein Atem beschleunigt sich kurz, stockt aber sofort wieder.

»Du bist der Preis. Du bist das Ziel. Du bist am Ende das Einzige, worum sich zu kämpfen lohnt, und deshalb finde ich die Vorstellung, mit einem anderen Mädchen zu schlafen, einfach lächerlich. *Deshalb.*«

Er nimmt mein Gesicht in beide Hände und ich bereue, dass ich nicht weggelaufen bin, als ich es noch konnte.

Sein Mund ist nur Zentimeter von meinem entfernt. »Du bist die Einzige für mich, und ich für dich. Du kannst dagegen ankämpfen, so viel du willst, aber tief im Innern weißt du, dass das die Wahrheit ist.«

Langsam nehme ich seine Hände von meinen Wangen und sehe ihm genau in die Augen, während ich seine Hoffnung in Stücke reiße. »Ich werde ganz bestimmt daran denken, wenn mir Chance heute Abend die Klamotten auszieht.«

Ihm fällt die Kinnlade herunter und ich glaube, dass ich in seinen Augen etwas zerbrechen sehe, aber ich bleibe nicht lange genug, um seinen Zusammenbruch mitzuerleben. Ich glaube ihm jetzt. Ich glaube, dass Finn sich verändert hat. Aber, was er nicht begreifen will, ist … *Ich mich auch.*

22. KAPITEL

DIAMOND

»Dia?« Chance' Stimme ist nur ein fernes Echo, obwohl sich sein Mund dicht an meinem Ohr befindet, während er die Finger in meine Taille gräbt.

Mein Herz pocht so laut in meinem Gehirn, dass es den gesunden Menschenverstand übertönt. Er atmet schwer aus, als ich mich unter ihm bewege und sein immer härter werdender Schwanz an meinem Schenkel entlangstreicht.

»Dia, alles okay?«

Nein.

»Ja«, lüge ich.

Vor nicht mal zehn Minuten steckte ich mit Finn im Badezimmer fest, musste mir seine romantische Rede anhören und aufpassen, dass sie mir nicht zu Herzen geht. Das Komische ist – er dachte wohl, seine Beichte würde mich davon abhalten, zu Chance zurückzukehren. Und ihm vielleicht sogar ein paar Punkte auf dem Wiedergutmachungskonto einbringen. Er konnte nicht wissen, dass ich ihm in der Folge nur umso mehr das Gegenteil beweisen will.

Du bist die Einzige für mich, und ich für dich. Du kannst dagegen ankämpfen, so viel du willst, aber tief im Innern weißt du, dass das die Wahrheit ist.

Damit hat er mich nur noch mehr verärgert. Er klang so zuversichtlich. So sehr von sich eingenommen. Nach all der Zeit glaubt er immer noch, wir wären füreinander bestimmt.

Als ich Finn allein im Badezimmer zurückließ, wusste ich, dass ich Chance finden musste. Während wir nach oben gingen, liefen wir zufällig Finn über den Weg. Wenn Blicke töten könnten, dann wäre es gleich dort auf den Stufen um Chance geschehen gewesen. Finn machte sich nicht einmal die Mühe, seine Wut zu verbergen.

Er blieb mitten auf der Treppe einfach stocksteif stehen und starrte uns an, bis wir in Chance' Zimmer verschwunden waren.

Mal sehen, ob er immer noch glaubt, dass wir füreinander bestimmt sind, wenn Chance in mir gewesen ist.

»Du machst dir keine Vorstellung, wie lange ich mir das schon wünsche.« Er bedeckt jeden Zentimeter meines Nackens mit Küssen.

Ich wünsche mir das auch.

... glaube ich?

Chance schiebt sich über mich, stützt sich auf die Hände, senkt den Kopf und küsst mich auf den Mund. Er beginnt ganz leicht und luftig und küsst mich dann immer heftiger. Ich habe das Gefühl, keine Luft zu bekommen, und es bringt mich fast um, das zuzugeben, aber mit Chance hat meine Atemnot nichts zu tun.

Die nächsten fünf Minuten rede ich mir ein, dass ich nur ängstlich bin, weil der letzte Sex mehr als ein Jahr her ist, und ich fange an, an seinem T-Shirt zu ziehen. Chance begreift sofort, zieht es sich über den Kopf und pfeffert es in die Ecke. Meine Hände fliegen an seine Brustmuskeln, kaum dass sie entblößt sind, aber dann habe ich das Gefühl, irgendwie auf etwas ... *zu warten*?

Ein bisschen Dirty Talk würde jetzt nicht schaden.

Aber da ist nur Schweigen.

Endloses Schweigen.

Wir küssen uns noch ein paar Minuten lang und ich hasse mich, weil ich mir wünsche, er würde mich ein braves Mädchen nennen. Oder mich irgendwie auf nette Art aufziehen. Ich wünschte, er würde die Kontrolle übernehmen, aber das überlässt er mir. Mir ist klar, dass er wahrscheinlich nur sichergehen will, dass ich einverstanden bin, aber dass er mich nun schon so lang küsst, ohne wirklich die Initiative zu ergreifen, törnt mich schon ein bisschen ab.

Fuck, was ist nur los mit mir?

Er ist ein wirklich netter Kerl mit guten Manieren. Finn dagegen hat mein Vertrauen auf die Probe gestellt. Ganz zu schweigen davon, dass er mir den guten alten Blümchensex verdorben hat.

Zu meiner Überraschung greife ich selbst nach Chance' Hand und schiebe sie unter mein T-Shirt. Er stöhnt, fragt aber gleich vorsichtig: »Ist das okay?«

Ich habe seine Hand absichtlich dort hingelegt. Warum fragt er mich, ob das okay ist?

Stopp, Dia. Er macht das einfach nur aus Respekt.

»Ja«, sage ich, und er greift über dem BH an meine Brust. Eigentlich erwarte ich, dass es nun weitergeht, aber er lässt die Hand einfach auf meiner Brust liegen, ohne irgendetwas zu tun.

»Schieb deine Hand drunter«, befehle ich. Er zieht die Luft ein und schiebt die Hand in meinen BH. Ich schöpfe Hoffnung, dass er meine Stimmung wahrnimmt, als er mit dem Daumen über meinen Nippel streicht.

»'t-'tschuldige«, meint er erschrocken, und ich bin im ganzen Leben noch nie so wenig angetörnt gewesen.

Das wars.

Ich bin kaputt, mit Brief und Siegel.

Finn hat mich mit seinem schmutzigen Mund und seinem tierischen Sex *kaputtgemacht.*

Am schlimmsten ist, dass Chance offenbar gefällt, was wir tun, denn sein Schwanz drückt immer härter gegen meine Jeans.

»Kannst du dein T-Shirt ausziehen?«, fragt er. Er rückt extra ein Stück ab, um mir in die Augen zu sehen. Obwohl ich nicke, weiß ich, dass irgendetwas total falsch läuft, als mir der Satz »Bringen wir's hinter uns« durch den Kopf geht. So ist das einfach nicht richtig. Ich sollte mir nicht wünschen, dass dieser Augenblick möglichst schnell vorübergeht. So sollte das nicht sein.

Und früher war das auch nicht so.

Mit Finn konnte sich der Sex über Stunden hinziehen, ohne dass es lange genug war. Es war siedend heiß und so verdammt überwältigend, dass ich manchmal dachte, ich würde den Verstand verlieren. Er war grob und fordernd, und er fickte mich, bis mir die Worte fehlten. Er fragte nach meiner Zustimmung, das schon, aber das fühlte sich nicht komisch an. Danach nahm er sich bei mir alles heraus. Ohne Scham, ohne Filter. Er nahm sich einfach, was er wollte.

Der Druck zwischen meinen Beinen steigt und das schlechte Gewissen schnürt mir die Kehle zu. Chance müht sich, mein Langarmshirt auszubekommen. Während er so an den Ärmeln zieht, fällt mir siedend heiß ein, dass Finn dort etwas hingeschrieben hat, mit unsichtbarer Tinte.

Heilige Scheiße. *Das hatte ich völlig vergessen.* Mir fällt ein, dass Theo sagte, in allen Lampen im Haus wären nun Schwarzlichtbirnen. Auch in den Schlafzimmern. Ich sehe auf die Uhr an der Wand.

Es ist Mitternacht.

Sie müssen smarte Lampen genommen und einen Timer eingeschaltet haben, und jetzt in diesem Augenblick lesen alle die »Geständnisse«, die ihnen andere mit Leuchtmarkern auf die Klamotten geschrieben haben.

Ich beäuge Finns Handschrift.

Und fange an zu weinen.

Ich kann nichts dagegen tun – verdammt, ich verstehe es nicht einmal –, aber aus mir brechen stumme Schluchzer heraus, während ich lese, was Finn auf mein Shirt geschrieben hat.

Alles außer dir …

Das war mal unser Ding.

So haben wir »Ich liebe dich« gesagt.

Tiefschlag, Richards, Tiefschlag.

»Ist irgendwas falsch?«, sorgt sich Chance, als ich ihn von mir schiebe.

Alles ist falsch.

Die Situation ist falsch.

Das Timing ist falsch.

Aber vor allem ist mein *Herz* falsch. Das blöde Teil kann Hass nicht von Liebe unterscheiden.

»Ich … Tut mir leid, ich fühle mich nicht so gut.« Als ich vom Bett aufstehe, dreht sich alles und ich kann vor Panik nur stoßweise atmen. Ich habe das Gefühl, mir wird übel. Schnell schlüpfe ich in meine Schuhe, bevor Chance noch etwas sagen kann, und schleppe mich aus seinem Zimmer.

Im Haus ist es stockfinster, aber mithilfe der überall verteilten Schwarzlichtlampen schaffe ich es rasch nach unten. Dass Chance mir hinterherruft, ist bei der ohrenbetäubenden Musik kaum zu hören, aber den Teufel auf meiner Schulter bringt sie nicht zum Schweigen.

Du hast immer noch Gefühle für ihn.

Nach all dieser Zeit.

Nach allem, was er getan hat.

Dummes, dummes Mädchen.

Fuck, ich muss zusehen, dass ich hier rauskomme.

Ich bin schon fast bei der Tür, als sich von hinten eine Hand um mein Handgelenk schließt. Ich will weitergehen, werde aber festgehalten. Jemand reißt mich herum, und mein Atem stockt, als ich mich Finn gegenübersehe. Zuerst wirkt er schockiert. Dann bemerkt er die Tränen auf meinen Wangen, und aus seiner Verwirrung wird Wut.

»Was hat er getan?«, knurrt er. Er hält mich immer noch fest.

Ich gebe keine Antwort und versuche, meinen Atem unter Kontrolle zu bekommen.

»Dia, was zum Teufel hat er getan?«, zischt er eindringlich, und mir klappt der Mund auf.

Er hat gar nichts getan.

Sondern du.

Ich werde keine ruhige Sekunde mehr haben, solange du in meinem Leben bist.

Verstehst du das nicht? Du bist mein Fluch …

Und ich kann dir nicht entkommen …

Das sage ich ihm natürlich nicht. Ich habe eben meine Hand wieder losbekommen, da höre ich Chance rufen.

»Dia!«

Ich reiße den Kopf herum und sehe, wie er sich den Weg durch die Menge zu mir bahnt. Ein paar Schritte entfernt bleibt er stehen. »Was zum Teufel ist da oben passiert?«

Finn nimmt Chance ins Visier, kaum dass er in Sicht kommt. Sein Kinn zuckt vor Wut.

»Ich … Ich will einfach nur nach Hause, okay?«, krächze ich und wende mich zum Gehen, aber Chance packt mich am Handgelenk und reißt mich zurück.

»Dia, verdammte Scheiße, du kannst nicht einfach so abhauen. Rede mit mir!« Er ist kurz davor durchzudrehen und zerquetscht mein Handgelenk. Ich bin mir zwar zu neunundneunzig Prozent sicher, dass er gar nicht mitbekommt, dass er mir wehtut, aber ich verziehe trotzdem das Gesicht. Bezeichnenderweise fangen von meinem Hinterkopf ausgehend die ersten schmerzhaften Stiche einer Migräne an auszustrahlen.

»Nimm deine verfickte Hand von ihr. Sonst schneide ich sie ab und stopfe sie dir in den Arsch«, faucht Finn und kommt ein paar Schritte näher, um seine Drohung zu unterstreichen. Chance zuckt nach hinten und lässt mich sofort los.

Allerdings fängt er sich schnell wieder. »Halt dich da raus, du verdammter Mörder.«

Mein Gehirn klammert sich an diesem Begriff fest.

Mörder.

Eigentlich hat er recht.

Streng genommen hat Finn mich tatsächlich getötet.

Und zwar, indem er an jenem Tag nichts getan hat.

Ich weiß noch, wie es war, um Luft zu ringen und um jeden Atemzug zu kämpfen, während ich auf den Grund des Sees sank. Ich weiß noch, dass ich Finns Umriss über Wasser gesehen habe, spüre noch die allumfassende Panik, als mir klar wurde, dass er mich nicht retten würde. Das hilflose Gefühl, als ich begriff, dass ich *sterben* würde. Ich rief seinen Namen, bis meine Lungen aufgaben. Und dann war da nur noch Dunkelheit.

In meinem Kopf pocht es.

Scheiße, mit einem Mal kann ich nicht atmen.

Warum kann ich nicht atmen?

Finn verzieht wegen Chance' Vorwurf keine Miene. Er ist ganz auf mich konzentriert und bemerkt sofort meine Not. »Dia, was ist los?«

»Ich …«

»Baby, rede mit mir.« Finn kommt näher und ich habe nicht einmal genügend Kraft, um ihn zu schimpfen, weil er mich Baby nennt.

Was geschieht mit mir?

»Hast du ihr wehgetan?« Da ich Finn keine Erklärung geben kann, wendet er sich an Chance und packt ihn am T-Shirt. »Ist das deine Schuld?«

»Was?«, stammelt Chance. »Nein, ich …«

Finn hebt ihn am Kragen hoch und faucht ihm mit zusammengebissenen Zähnen direkt ins Gesicht: »Ich schwöre bei Gott, wenn du ihr Gewalt angetan hast, dann werde ich dich so verfickt langsam umbringen, dass du mich anflehen wirst, dir ein Ende zu machen.«

Das läuft jetzt wirklich aus dem Ruder.

»Finn, h-hör auf«, würge ich hervor, packe ihn am Arm und versuche, seine Aufmerksamkeit zu bekommen. Er reißt sofort den Kopf zur Seite und sieht mich an. Mir ist, als müsse ich sterben, bin fast am Ersticken, und zum ersten Mal seit ich ihn kenne, ist es nicht Finn, der in einer Panikattacke Hilfe braucht. Diesmal brauche ich *ihn* …

Er schaltet sofort, lässt Chance los und packt mich an den Schultern. »Atmen, Dia.«

Ich sehe, was Chance für ein Gesicht macht, als Finn meine Wangen hält und sagt: »Schau mich an, alles okay. Alles wird wieder gut.«

Chance wirkt absolut vernichtet, kann nicht glauben, dass ich mir von Finn helfen lasse anstatt von ihm.

»Hey, hey, konzentrier dich auf mich.« Finn starrt mir so tief in die Augen, dass ich fürchte, er könnte die Gedanken dahinter lesen.

»Was sich da immer in deinem Kopf abspielt, es ist nicht echt. Ich bin echt. Ich. Sonst nichts.«

Erst eine Ewigkeit später kann ich mich wieder zusammenreißen. Allmählich verblassen die Erinnerungen an den Tag am See, während Finn mir mit dem Daumen übers Gesicht streicht. Ich stoße den tiefsten Seufzer meines Lebens aus, und dann strömt langsam wieder Luft in meine Lunge.

»Besser?«, flüstert Finn. Seine Haselnussaugen tauchen tief in die meinen und ich nicke. Das ist für ihn das Zeichen, mich loszulassen.

Ich bin mir vollkommen sicher, dass Chance und ich miteinander fertig sind, als ich mich umdrehe und seine gekränkte Miene sehe. Wenn seine Entscheidung, mit mir Schluss zu machen, nicht in dem Moment gefallen ist, in dem ich davonlief, kurz bevor wir Sex miteinander hatten, dann jetzt, nachdem mir ausgerechnet mein Ex über eine Panikattacke hinweggeholfen hat. Chance wirft mir noch einen Blick zu, dann geht er ohne ein weiteres Wort.

23. KAPITEL

DIAMOND

Trennungen sind nie lustig …

Aber wisst ihr, was noch weniger Spaß macht? Wenn man weiß, dass die Beziehung am Ende ist, aber noch warten muss, bis der Partner mit einem *persönlich* Schluss macht. Nach Theos Party vergingen mehrere Tage ohne jede Kommunikation mit Chance.

Und auch nicht mit Finn, so nebenbei.

Ich hätte es Chance auch nicht übel genommen, wenn er nie mehr ein Wort mit mir gewechselt hätte, aber dann kam gestern doch eine Nachricht mit der Frage, ob unser geplanter Besuch bei seinem Bruder im Gefängnis am Nachmittag noch aktuell sei.

Ich war überrascht, gelinde gesagt. Ich konnte nicht verstehen, warum er nach der ganzen Geschichte ausgerechnet *mich* dabeihaben wollte, aber vielleicht wäre das ja eine gute Gelegenheit für eine Aussprache, bevor wir dann getrennte Wege gingen. Außerdem hatte ich ihm ja meine Unterstützung bei dieser schwierigen Begegnung versprochen, und ich habe vor, mein Wort zu halten.

Da Chance Theos Mitbewohner ist, wird er zwangsläufig weiter Teil meines Lebens sein und ich weiß nicht, ob ich es überleben würde, mit zwei Ex-Freunden gleichzeitig im Clinch zu liegen. Schlimm genug, dass ich mit einem von beiden bis Ende des Sommers die Wohnung teilen muss; da brauche ich nicht noch einen zweiten, der mich meidet wie der Teufel das Weihwasser.

Apropos meiden: Ich fürchte, Aveena ist kurz davor, mir einen Privatdetektiv auf den Hals zu hetzen, um herauszufinden, wo ich mich tagsüber verstecke.

Nach der Party verbrachte ich wieder die meiste Zeit in der Bibliothek und kam erst nach Hause, wenn alle schliefen. Eigentlich war es mir ernst, als ich Aveena versprach, nicht mehr zu verschwinden, aber da wusste ich noch nicht, wie ich mich nach Finns Eingreifen bei Theos Party fühlen würde.

Er war an diesem Abend so anders. Klar, er wäre beinahe durchgedreht, als er dachte, Chance hätte mir was getan, aber als ich dann in Panik geriet, war er für mich da.

Mehr als je zuvor.

Früher war es immer ich, die Finn beruhigen musste, wenn er wieder im Gedankenkarussell festhing. Mehr als einmal konnte ich ihm in schwachen Momenten wirklich helfen. Der Finn von früher konnte so etwas nie für mich tun. Er war viel zu labil, um für mich ein Anker zu sein, aber jetzt?

Fühlt er sich gefestigt an.

Geerdet.

Als könnte ich mich tatsächlich auf ihn verlassen.

Das bedeutet nicht, dass ich ihm vergeben werde, aber sein geändertes Verhalten macht mich doch neugierig, wie er diese neue Selbstbeherrschung erlangen konnte. Es interessiert mich immer mehr, wo er letztes Jahr hin verschwunden ist, und ich habe sogar schon daran gedacht, meine Deckung etwas sinken zu lassen und mir anzuhören, was er zu sagen hat.

Er meinte, er hätte für sein Verschwinden Gründe gehabt, und wenn ich eines Tages dazu bereit sei, würde er mir diese erklären. Und allmählich glaube ich, »eines Tages« sollte bald sein.

So etwa gegen 10:30 Uhr trotte ich aus meinem Zimmer. Dort habe ich mich die letzten zwei Stunden eingeigelt und gewartet, bis Aveena und Xavier zum Restaurant aufbrechen. Sie treffen sich mit Xaviers Vater in der Stadt zum Brunch, und so früh am Morgen war ich den neugierigen Fragen meiner besten Freundin noch nicht gewachsen.

Chance sollte jeden Augenblick hier sein und mich abholen. Schon vor fünf Minuten habe ich Finn gehen hören; die Luft ist also rein. Ich nehme an, Finn ist zum Training gegangen. Aveena sagt, er tut im Augenblick praktisch nichts anderes. Wenn er nicht nach einem Job für den Sommer sucht, trainiert er. Offenbar ist das sein neues Ding.

Ich habe gerade mein Zimmer verlassen, als die Wohnungstür quietschend aufgeht. Finn kommt herein, den Riemen seiner Sporttasche über der Schulter. Sein Haar ist ein einziges großartiges Durcheinander, die Augen offensichtlich aufgrund von Schlafmangel winzig klein. Nach wenigen Sekunden bemerkt er mich und ich überlege, ob ich wieder in mein Zimmer verschwinden soll.

Ach, scheiß drauf. Ein paar Minuten in seiner Gegenwart werden mich schon nicht umbringen.

»Ich dachte, du wärst im Fitnessstudio.« Ich fange an, in meiner Handtasche zu kramen.

Er zuckt mit den Schultern. »Ich hab die Kopfhörer vergessen.«

Ich nicke und gewähre ihm keinen Blickkontakt, aber er beobachtet mich trotzdem. Ich bemühe mich nicht um ein Gespräch, ziehe meine Schlüssel aus der Handtasche und gehe zur Haustür, denn ich will draußen auf Chance warten, aber Finn rührt sich kein Stück. Ich sehe an ihm hoch und sage mit einem Blick »Mach Platz!«.

Er mustert mich nur von oben bis unten, kaut auf seiner Unterlippe und meint: »Du siehst … großartig aus.«

Mir schießt die Röte in die Wangen. »Danke.«

Ich habe mir heute Mühe gegeben. Schiebt es auf mein Ego. Jedenfalls will ich nicht wie eine Obdachlose aussehen, wenn Chance, wie zu erwarten, mit mir Schluss macht. Ich erwarte, dass Finn mich vorbeilässt, aber er bleibt stehen und foltert mich weiter mit seinem durchdringenden Blick und seinem umwerfenden Lächeln.

Ich räuspere mich. »Falls du nichts dagegen hast. Ich habe ein Date.«

Sein Lächeln erstirbt.

»Ein Date, was?«, fragt er tonlos.

Ich weiß nicht, warum ich das gesagt habe. Immerhin ist es gar kein Date. Nicht im Entferntesten. Ich besuche einen Kriminellen im Gefängnis, zusammen mit einem Typen, der mit *neunundneunzigprozentiger* Sicherheit mit mir Schluss machen wird.

Er beißt die Zähne aufeinander. »Mit Chance?«

Ich nicke.

Finn erwägt einen Moment lang seine Antwort, während das Leuchten in seinen Augen erlischt. Nachdem er eine Weile mit sich gerungen hat, räuspert er sich, tritt beiseite und zeigt zur Tür. »Viel Spaß.«

Das ist alles?

Viel Spaß?

Warum habe ich mehr erwartet? Dieser neue Finn ist immer so ruhig und gefasst – nun ja, außer in dem Moment, in dem er dachte, Chance hätte mir etwas angetan. Ich bin zu sehr an den gemeinen, aufbrausenden, waghalsigen Finn gewöhnt. Wenn er in der Vergangenheit etwas haben wollte, dann musste das hier und sofort sein. Aber jetzt? Ist er geduldig, vernünftig, verständnisvoll. Und es ärgert mich, dass ihn das sogar noch heißer macht.

Ich blicke zufällig auf sein Handgelenk, als er zur Tür weist. Er hat das Armband, das ich ihm gemacht habe, gar nicht an. Seit er zurück ist, hat er es jeden Tag getragen, nur heute nicht. Warum hat er es ausgezogen?

Sollte er das mit uns beiden tatsächlich aufgeben?

Immerhin hat er gerade gesagt, ich solle mit Chance viel Spaß haben.

Kurze Zeit später klappert die Wohnungstür, weil jemand klopft, und ich greife nach dem Türknauf, um zu öffnen. Auf der anderen Seite steht Chance. Es scheint fast, als freue er sich, mich zu sehen. Natürlich nur, bis er Finn bemerkt.

»Was zum Teufel hat er hier zu suchen?«, fragt Chance mit versteinerter Miene.

O mein Gott.

Sag mir nicht, ich habe ihm nie erzählt, dass Finn hier wohnt.

Wie konnte ich vergessen, meinem Freund zu sagen, dass ich mit meinem Ex zusammenwohne?

»E-Er pennt hier vorübergehend. Du weißt doch … weil er Xaviers bester Freund ist.«

Chance schiebt eine Augenbraue hoch. »Meinst du nicht, ich hätte das wissen sollen?«

»Ich wollte das bestimmt nicht vor dir verheimlichen, das schwöre ich.«

Im Ernst, sollte er jetzt sofort mit mir Schluss machen, ich würde ihm das nicht übel nehmen.

»Keine Sorge, Mann. Ich habe sehr gut auf sie aufgepasst.« Finn lächelt verschlagen, stützt sich mit dem tätowierten Unterarm am Türrahmen ab und nagelt Chance mit einem trotzigen Blick fest.

Ich sehe ihn wütend an und beschimpfe ihn in Gedanken mit allen möglichen Schimpfwörtern, die mir einfallen. Zu meiner größten Überraschung schluckt Chance den Köder aber nicht, atmet nur betont aus, um sich zu beruhigen, und wendet sich an mich.

»Bist du bereit?«, fragt er.

Entgeistert kneife ich die Augen zu.

Macht er Witze?

Er will mich *trotzdem* mitnehmen?

»Ich … sicher.«

Mit einem letzten Blick auf Finn verlasse ich die Wohnung, zusammen mit meinem baldigen Ex-Freund.

* * *

Mir ist nie aufgefallen, dass Chance Linkshänder ist.

Es ist zugegebenermaßen seltsam, sich über so etwas Gedanken zu machen, während man jemanden im Gefängnis besucht, aber was soll ich sonst tun?

Mit ihm ein Gespräch führen?

Dazu müsste er von dem Besucherformular aufsehen, das er seit inzwischen dreißig Minuten und zwölf Sekunden ausfüllt – ja, genau, ich habe auf die Uhr gesehen. Offensichtlich schindet er Zeit, um nicht mit mir reden zu müssen, bis ihn ein Gefängniswärter in den Besucherbereich führt.

Seit er mich von der Wohnung abgeholt hat, haben wir kein einziges Wort gewechselt. Da frage ich mich schon, warum er mich überhaupt dabeihaben wollte. Ich kann mir kaum vorstellen, dass er mich *nur* hergeschleppt hat, um mich dann die ganze Zeit zu ignorieren.

Vielleicht ist er ja nachtragend. Vielleicht ist sein Schweigen die Strafe dafür, dass ich ihm nicht erzählt habe, dass ich mit Finn zusammenwohne.

Wie auch immer, ich wäre froh, er ließe das bleiben. Immerhin sieht er heute zum ersten Mal seit Jahren seinen Bruder wieder. Ich bin nur mitgekommen, weil er meinte, er könnte etwas moralische Unterstützung gebrauchen. Wenn ich gewusst hätte, dass er mich so ignoriert, dann hätte ich in einer kurzen Nachricht mit ihm Schluss gemacht und mir den peinlichen Nachmittag erspart.

Nach ein paar weiteren Minuten legt Chance das Klemmbrett mit dem Formular weg und kaut auf der Innenseite seiner Wange herum. Dann steht er mit leerem, gefühllosem Blick vom Stuhl auf und geht zum Schalter hinüber. Er reicht einem Angestellten das Antragsformular und nimmt wieder Platz.

Noch im selben Moment fängt er an, mit dem Fuß zu wippen. Eine Stimme in meinem Kopf warnt mich, daraus keine voreiligen Schlüsse zu ziehen. Vielleicht zeigt er mir ja gar nicht die kalte Schulter? Wenn er einfach nur nervös ist und nichts mit sich anzufangen weiß?

Jeder geht auf seine eigene Weise mit Gefühlen um. Er könnte ja einfach schweigen, weil er zu sehr damit beschäftigt ist, seine Befürchtungen im Griff zu behalten. Er bestätigt meine Vermutung, als er scharf Luft holt und sie dann für einen Moment anhält. Dasselbe macht er gleich noch einmal und schafft es trotzdem nicht, seinen Atem zu beruhigen.

Er ist nicht sauer.

Er hat Angst.

Ich weiß nicht, was zwischen ihm und seinem Bruder vorgefallen ist, aber offenbar ist die gemeinsame Vergangenheit irgendwie belastet.

»Hey, es wird alles gut gehen.« Ich stupse mit dem Knie gegen seines.

Er lächelt gezwungen und entspannt sich etwas auf seinem Stuhl. Danach sagen wir wieder nichts mehr, aber ich nehme es als gutes Zeichen, dass er nicht mehr mit dem Fuß wippt. Inzwischen wünsche ich, sie würden mich mit hineinlassen, aber in diesem Augenblick kommt eine Angestellte zu uns und bittet uns, ihr zu folgen.

In den Besucherraum darf ich nicht mit hinein, weil ich bei Chance' Bruder nicht auf der Liste stehe, aber ich kann in einem Nebenzimmer warten und mir das Ganze mit ansehen. So kann Cahnce, wenn es ihm zu viel wird, aufblicken und sehen, wie ich ihn anlächle.

Die Wärterin zeigt ihm den Weg in einen Raum voller Tische, Stühle und bulliger Gefängniswärter. Dann führt sie mich in einen kleinen, leeren Warteraum mit einem großen Fenster mit Doppelscheibe, durch das ich den Besucherbereich überblicken kann.

Die Insassen sind noch nicht hereingebracht worden. Außer Chance befinden sich nur eine dreiköpfige Familie und ein älterer Herr im Raum. Chance setzt sich an einen Tisch und blickt zu mir herüber. Seine Bedenken sind ihm ganz klar anzusehen. Und ich mache das Einzige, was mir in dieser Situation bleibt.

Ich winke und lächle.

Er versucht ein echtes Lächeln zustande zu bringen, aber es reicht nicht bis an seine Augen, und sein Unbehagen ist fast mit Händen zu greifen. Während wir warten, schneide ich Grimassen, bis er am Ende doch lachen muss. Aber dann geht mit lautem Knall die Doppeltür am anderen Ende des Raumes auf.

Und sein Lächeln erstirbt.

Die ersten beiden Insassen werden zu ihren Familien und Freunden geführt. Dann kommt Chance' Bruder im üblichen orangefarbenen Overall herein, die Hände vor dem Körper in Handschellen. Ich mustere den Menschen, mit dem Chance seit Jahren kein Wort gewechselt hat. Sein langes dunkles Haar wirkt fettig und reicht nicht ganz bis zu den Schultern; der ungleichmäßige Bart passt eher zu einem Teenager als einem Erwachsenen.

Er bleibt vor dem Tisch, an dem Chance sitzt, stehen und sieht zu mir auf.

Es ist mehr als ein kurzer Blick.

Er starrt mich an.

Eindringlich.

Dann verzieht er den Mund zu einem schiefen Lächeln. Ich spüre dieses Lächeln im ganzen Körper. Es ist wie ein eiskalter Schauer. Ein Windhauch der Verzweiflung, der allen Sauerstoff aus dem Raum saugt.

Ich habe dieses Lächeln schon einmal gesehen.

Bei einem Mann, der damals anders aussah, aber genauso ein Monster war. Dieser Mann hat mich damals aufs Bett gedrückt und gewürgt, bis ich um Luft flehte. Dieser Mann hat mich berührt, angegrapscht und *missbraucht*. Dieser Mann hat Finn aus reiner Boshaftigkeit seines Glücks beraubt, und das auch noch genossen. Weil Chance' Bruder kein Fremder ist, wie ich dachte.

Er ist der Typ, der Lexie getötet hat.

* * *

»Was war denn los mit dir? Warum bist du weggelaufen?«, fragt Chance vorwurfsvoll, als er sich eine Stunde später auf den Fahrersitz sinken lässt.

Man sollte meinen, ich hätte mir inzwischen eine gute Ausrede einfallen lassen. Immerhin sitze ich schon eine ganze Weile hier in Chance' Wagen. Trotzdem weiß ich *immer* noch nicht, wie ich mein Verschwinden erklären soll. Als ich Lexies Mörder erkannte, haute ich sofort ab. Ich ertrug es nicht, ihn auch nur einen Moment länger anzusehen, so gern ich auch für Chance da gewesen wäre.

Ist das überhaupt möglich? Von allen Typen an der Duke University muss ich ausgerechnet an den geraten, dessen Bruder mich angegriffen und Lexie getötet hat. War das von Chance so geplant? Wusste er, wer ich bin, als wir uns kennenlernten? Oder ist das Schicksal wirklich so grausam?

»Dia?« Chance legt mir die Hand auf die Schulter. »Alles okay?«

Wird schon schiefgehen.

»Ich kenne ihn«, platzt es aus mir heraus, während ich aufs Armaturenbrett starre. Ich erwarte, dass Chance nachfragt, aber er gibt keinen Laut von sich. »Hast du verstanden? Ich kenne deinen Bruder«, sage ich noch einmal.

Keinerlei Reaktion.

Ich reiße den Kopf herum und forsche in Chance Gesicht nach einem Hinweis, was sich hinter diesen blauen Augen abspielt. Er wirkt kein bisschen überrascht. Oder verwirrt.

»Finn ist mit ein Grund, weshalb dein Bruder in den Knast musste«, führe ich aus.

Das bewirkt immerhin eine Reaktion, denn Chance atmet lange aus, nimmt die Hand von meiner Schulter und sagt: »Ich weiß.«

Was zum Teufel?

»Das weißt du?«

»Ich hatte Zweifel, war mir nicht sicher. Deshalb wollte ich, dass du heute dabei bist.«

Heilige Scheiße.

Ich hatte von Anfang an nicht verstanden, warum ich ihn nach Theos Katastrophenparty noch hierher begleiten sollte. Jeder halbwegs vernünftige Mensch hätte das Ganze sofort abgeblasen – er nicht. Und ich dachte, er bräuchte einfach jemanden zur Unterstützung. Dabei war das alles von langer Hand geplant.

»Was? Du hast mich mitgenommen, um mich zu *testen*?«

Wahrscheinlich hatte er gehofft, meine Reaktion auf die Begegnung mit seinem Bruder würde ihm manches erklären. Deshalb war er so versessen darauf, dass ich von einem anderen Raum aus zusehe.

Einen Moment lang überlegt er, bevor er antwortet. »Ich habe dich hergebracht, weil ich Antworten brauche.«

So ist das also. Ich bin nur hier, weil er Informationen haben will. Hätte ich zu alldem nicht selbst eine Menge Fragen, dann würde ich ihn jetzt zum Teufel schicken.

Doch ich möchte wissen, wie sein Bruder zu so einem schrecklichen Menschen werden konnte. Wie von denselben Eltern aufgezogene Geschwister so verschieden sein können. Ich habe Chance' Mutter nicht kennengelernt, aber nach allem, was er erzählt hat, könnte man sich keine bessere Mom wünschen.

Ich ziehe scharf die Luft ein. »Wie hast du es herausgefunden?«

»Es machte Klick, als ich deinen Ex getroffen habe. Genau genommen war es sein Nachname. Und ich dachte, wenn er damit zu tun hat, dann du wahrscheinlich auch.«

»Warte, dass Finn beteiligt war, wusstest du erst, als du seinen Namen gehört hast?«

Er schnaubt. »Bis vor Kurzem wusste ich nicht einmal, warum mein Bruder überhaupt im Gefängnis ist – und kannte erst recht nicht den Namen desjenigen, der ihn angezeigt hatte. Ich habe erst vor ein paar Monaten angefangen, mich damit zu beschäftigen, als er anrief und vor der Verlegung in einen anderen Bundesstaat um meinen Besuch bat.«

Ich wusste, dass sich Chance und sein Bruder nicht nahestanden, aber nicht, dass sie einander *fremd* waren.

»Im Polizeibericht bin ich auf den Namen Richards gestoßen. Ich fand heraus, dass ein Multimillionär namens Hank Richards meinen Bruder Joel drankriegen wollte, weil der versucht hatte, seinen jüngeren Sohn Finn zu überfahren, und stattdessen den Hund der Familie erwischte.«

Joel.

So heißt sein Bruder also.

Ich weiß nicht, warum ich bei einem Mörder einen furchterregenderen Namen erwartet habe.

»In den wenigen online verfügbaren Artikeln hieß es, dieser Richards hätte erst Ruhe gegeben, als Joel eingesperrt war. Dafür hat er seine besten Anwälte auf den Fall angesetzt. Mein Bruder hatte nicht die geringste Chance.«

Ich muss mir wirklich auf die Zunge beißen, um ihm nicht zu sagen, dass sein Bruder nur bekommen hat, was er verdient. Nein, das nehme ich zurück. Sein Bruder hat weniger bekommen, als er verdient hätte. Der Dreckskerl kam mit drei Jahren davon, und ohne seine anderen Verbrechen wäre es nur die Hälfte gewesen.

Außer dem versuchten Mord war bei ihm nämlich noch so einiges zusammengekommen, hauptsächlich Drogendelikte. Auch hatte er Finn mit dem Messer am Arm verletzt, nachdem ihm das beim ersten Versuch nicht gelungen war. Wenn es nach mir ginge, hätte dieser Psycho lebenslänglich bekommen.

»Dann habe ich bei der Party aber Finns ganzen Namen gehört, und da wusste ich es. Ich *wusste*, dass er es sein musste. Finn heißen ja viele, aber dieser Nachname … Damit war es nicht zu leugnen.«

Ich sinke tiefer in meinen Sitz. »Wie's aussieht, weißt du schon alles. Ich glaube nicht, dass ich dir noch viel nützen kann.«

»Du warst dort, richtig?«

Ich zögere. »Ja?«

»Dann bist du der einzige Mensch, der mir sagen kann, was ich wissen muss.«

»Und das wäre?«

»Ich will wissen, ob er es getan hat. Ich muss wissen, ob er wirklich versucht hat, Finn zu töten.«

Ich verkneife mir ein bitteres, gereiztes Lachen. Ich kann ja nachvollziehen, warum er das Gute in seinem Bruder sehen will. Jeder von uns will glauben, dass unsere Angehörigen irgendwie erlöst werden können, aber allein die Tatsache, dass er mir diese Frage stellt, beweist, dass ich recht hatte.

Chance kennt seinen Bruder nicht.

Er hat *keine* Ahnung, wozu Joel fähig ist.

Junge, da steht ihm aber ein dunkles Erwachen bevor.

»Ich musste mit ansehen, wie der Hund der Familie verblutete. Was glaubst du?«, schnauze ich zurück.

Chance klappt die Kinnlade herunter. Ich hätte ihm das vielleicht ein bisschen schonender beibringen können, aber ich bereue nicht, dass ich die Wahrheit gesagt habe.

»So, dann hat er es also getan …«, meint Chance nachdenklich. »Mir hat er gesagt, man hätte ihm das nur angehängt. Bei ihm klang es so, als wäre Finns Familie versessen darauf gewesen, sein Leben zu ruinieren; er sei das Opfer. Er hat mich angestachelt, mein Mitleid erregt, aber er hat das tatsächlich alles getan, was?«

»Hat er.«

Ich schweige ein paar Minuten lang, damit Chance Frieden mit diesen Informationen schließen kann. Traurigerweise sieht er gar nicht überrascht aus. Eher enttäuscht. Als hätte er nicht glauben wollen, dass Joel ein Mistkerl ist, obwohl er es tief im Inneren gewusst hatte.

»Danke«, flüstert er.

»Keine Ursache.«

Es vergehen ein paar Sekunden, bis ich den Mut beisammenhabe und sage: »Kann ich dich auch was fragen?«

Chance nickt. »Nur zu.«

»Wie kommt es, dass du deinem Bruder nicht nahestehst? Seid ihr beide nicht zusammen aufgewachsen?«

Chance seufzt und lehnt den Kopf gegen die Kopfstütze. »Wenn du's genau wissen willst, ist er mein Halbbruder, und nein, wir sind nicht zusammen aufgewachsen. Meine Mutter war erst sechzehn, als sie mit Joel schwanger wurde. Ihre Eltern waren sehr religiös und streng und warfen sie hinaus, als sie davon erfuhren. Um es kurz zu machen, Joels leiblicher Vater war irgendein zweiundzwanzigjähriger Loser, aber meine Mom hatte sonst niemanden. So kam sie an die falschen Leute und musste alles Mögliche tun, um zu überleben.«

Ich sage nichts und warte, dass er noch mehr erzählt.

»Wo Joel aufwuchs, waren harte Drogen an der Tagesordnung,

und als meine Mom neunzehn wurde, kam irgendein Arschloch und versprach ihr und ihrem Kind ein besseres Leben. Das war natürlich alles Bullshit, denn man zwang sie zur Prostitution, da war Joel noch nicht mal zwei. Sie brauchte sieben Jahre, bis sie dort herauskam. Joel war da schon fürs Leben gezeichnet. Mit zehn lief er von zu Hause davon. Du kannst dir vorstellen, wie das gewesen sein muss, als Zehnjähriger auf sich alleine gestellt.«

Mit Joels Lebensgeschichte ist es leichter zu verstehen, warum er so wurde.

»Als meine Mom das alles hinter sich gelassen hatte, lernte sie meinen Dad kennen. Das mit meinem Bruder machte sie völlig fertig, und außerdem war sie von diversen Drogen abhängig. Joel war zehn Jahre lang der einzige Grund gewesen, weshalb sie am Leben geblieben war, aber aus Angst, man würde in ihrer Vergangenheit herumstochern, ging sie nicht zur Polizei. Sie hatte alle Hoffnung aufgegeben.

Aber mein Vater stand für sie ein, als sie niemanden hatte. Anfangs fürchtete sie, er würde sich irgendwann genauso als Mistkerl entpuppen wie all die anderen. Zum Glück war das nicht so. Sie wurde clean und nach einer Weile zogen sie zusammen. Ein Jahr später wurde sie mit mir schwanger. Also ist Joel tatsächlich mein Bruder, aber wir standen uns nie nahe.«

Ich frage mich, was für ein Mensch Joel heute wohl wäre, wenn er ein paar Jahre später geboren worden wäre. Ein guter Mensch? Ein anständiger Mensch mit Zielen in seinem Leben und mit einer Familie? Beide haben dieselbe Mutter, und doch ist ihr Leben vollkommen verschieden. Und das alles nur, weil einer früher zur Welt kam.

»Haben sie dir von ihm erzählt? Von Joel?«

»Ja. Als ich siebzehn war, setzte sich meine Mutter mit mir zusammen und erzählte, dass ich irgendwo einen älteren Bruder habe. Da wusste sie nicht einmal, ob er noch am Leben ist. Sie hoffte es aber. Damals wollte ich ihn nicht kennenlernen. Ich dachte, wir könnten nicht viel gemeinsam haben, wo er doch mehr als zehn Jahre älter ist. Aber dann in meinem Abschlussjahr auf der Highschool hat er sich bei mir gemeldet. Ich habe immer noch keine Ahnung, wie er überhaupt von mir erfahren hat.«

»Was hat er gesagt?«

»Einen Haufen Mist, er wolle seinen kleinen Bruder kennenlernen, und das habe ich ihm auch eine Weile lang geglaubt. Schon wenige Wochen später hat er mich um Geld gebeten – anfangs nicht viel, aber immer, wenn ich Ja sagte, war das für ihn ein Zeichen, mehr zu fordern. Ich habe damals an den Wochenenden gearbeitet, und der ganze Lohn ging dafür drauf, ihm auszuhelfen. Er log mich an und sagte, er bräuchte Geld, um sein Leben wieder in Ordnung zu bringen und einen Entzug zu machen. Er wollte nicht, dass ich Mom davon erzähle, gab seiner Sucht die Schuld und meinte, er wolle sie erst treffen, wenn er wieder clean sei. Eines Tages folgte ich ihm heimlich und sah, wie er sich mit seinen Freunden Koks reinzog. Das brachte das Fass zum Überlaufen. Ich sagte, er solle mich in Ruhe lassen, und brach die Verbindung zu ihm ab. Als er mich um den Besuch im Gefängnis bat, hatte ich anderthalb Jahre lang nicht mit ihm geredet.«

»Ist ja echt krass. Tut mir leid.«

Er zuckt mit den Schultern. »*Wie auch immer.* Ich hatte es leicht im Vergleich. Ich bin in einem guten Zuhause aufgewachsen und hatte liebevolle Eltern. Er dagegen hatte eine sechzehnjährige Drogensüchtige als Mutter. Joel ist es, der einem leidtun muss.«

Wegen der brutalen Erinnerungen, die in meinem Kopf kollidieren, verzögert sich meine Antwort. Vielleicht bin ich ja unsensibel, aber Joel tut mir *kein bisschen* leid. Viele Leute müssen unter beschissenen Voraussetzungen mit ihrem Leben klarkommen. Eine schwere Kindheit gibt einem noch lange nicht das Recht, andere Menschen zu überfahren. Aber natürlich würde ich die Dinge wahrscheinlich anders sehen, wenn *ich* mich als Zehnjährige auf der Straße hätte durchschlagen müssen.

»Die Welt ist klein«, flüstere ich.

Chance fährt sich mit der Hand durchs Haar. »Kann man wohl sagen.«

Wir schweigen ein paar Sekunden lang.

»Ich habe noch gar nicht gefragt – wie lief denn der Besuch?«

Ich war ja schon hinausgerannt, bevor sich Joel überhaupt zu Chance an den Tisch gesetzt hatte, und bin natürlich neugierig.

Chance schnaubt. »Genau wie erwartet. Er ist immer noch dasselbe manipulative Arschloch wie eh und je.«

»Was wollte er denn?«

»Geld für sein Leben im Gefängnis, was sonst?«

»Ich dachte, er wollte dich noch einmal sehen, bevor er verlegt wird?«

»Das dachte ich auch.« In seiner Antwort schwingt ein bisschen Enttäuschung mit. »Weißt du, er ist immer noch stinksauer auf Finn. Er ist wie besessen davon, es ihm heimzuzahlen. Er hat mir sogar eine Botschaft an ihn aufgetragen.«

»Was für eine Botschaft?« Ich bin mir gar nicht sicher, ob ich sie wirklich wissen will.

»Er sagte, und ich zitiere, ›Wenn ich wieder draußen bin, werde ich dich mir vorknöpfen, und deine Hure auch‹.«

Wieder wird es still im Auto, während ich Joels Drohung verarbeite.

»Wahrscheinlich labert er nur Scheiße, aber für den Fall …«

Ich nicke. »Ich gebs weiter.«

Damit ist dieses Thema abgehakt, und es drängt wieder eine andere unerledigte Geschichte in den Vordergrund, die mir auf der Brust lastet. Wir wissen beide, dass wir heute unser Verfallsdatum erreichen, aber irgendwie habe ich das Bedürfnis, unsere gemeinsame Geschichte mit einem anständigen Lebewohl abzuschließen.

Ich räuspere mich. »Hör mal, was da bei der Party geschehen ist –«

»Nicht! Du warst nicht wirklich bereit dazu und brauchst dich überhaupt nicht zu entschuldigen.«

Mir wird es warm ums Herz. Die meisten Typen hätten mir nur zu gern alleine die Schuld gegeben.

»Auf die Gefahr, dass es wie ein Klischee klingt: Es hatte nichts mit dir zu tun.«

»Wenn du jetzt sagst, *es liegt nicht an dir, sondern an mir,* dann schmeiße ich dich sofort aus dem Wagen.« Er hebt sogar bedrohlich den Zeigefinger, während ein Lächeln um seine Mundwinkel spielt.

Ich muss lachen. »Aber es stimmt. Ich bin ja nicht wegen irgendwas ausgeflippt, was du getan hast. Es war, weil …« Meine Antwort bleibt im Raum stehen. Ich weiß gar nicht, ob ich mir schon eingestehen kann, dass ich weglief, weil ich an Finn dachte. Dass ich mich nach seiner Berührung sehnte, während Chance mit den Händen über meinen Körper strich.

In dem Moment sehnte ich mich eine Sekunde lang nach ihm.

Obwohl er mich zerbrochen hat.

Obwohl er mich im Stich gelassen hat.

Ich wollte ihn.

Trotz allem …

»Du brauchst es nicht zu sagen. Ich weiß, weshalb du wirklich gegangen bist.« Chance holt mich in die Gegenwart zurück.

Ich ziehe eine Augenbraue hoch. »Bitte sehr, klär mich auf.«

»Du bist gegangen, weil du immer noch Gefühle für Finn hast.«

»Du irrst dich«, entgegne ich wie aus der Pistole geschossen.

»Dia, ist schon gut. Ihr beide habt eine Geschichte. Ihr seid zusammen durch die Hölle gegangen, und so eine Liebe … die verschwindet nicht einfach.«

Hat Joel ihm dort drin Crack zugesteckt?

»Du bist so was von auf dem Holzweg«, sage ich.

Chance dreht sich zur Seite, sein Pokerface ist undurchdringlich. »Weißt du, was ich gesehen habe? Neulich auf der Party?«

Ich starre aus dem Fenster und sehe ihm nicht in die Augen. So sehr wünsche ich mir, dass wir jetzt nicht dieses Gespräch führen.

Er macht trotzdem weiter. »Ich habe gesehen, wie er dich innerhalb von Sekunden beruhigt hat. Er brauchte nicht einmal irgendwas Besonderes zu tun. Er hat dich einfach … verstanden. Und du sagtest lediglich seinen Namen, Dia, und er wusste genau, was du gerade durchmachst. Zuerst war ich natürlich angepisst, aber dass du bei ihm Hilfe gesucht hast … und wie ihr beide dann ohne Worte kommuniziert habt … da wurde mir klar, dass ich nicht der Richtige für dich bin. Das ist er.«

»Er hat mich im Stich gelassen, Chance. Ich kann ihm nicht vergeben«, wende ich ein, auch wenn ich nicht weiß, wen ich damit überzeugen will.

Ihn.

Oder mich selbst.

»Dass du ihn nicht sehen konntest, bedeutet ja nicht, dass er nicht da war.«

»Was soll das denn nun heißen?«

Chance seufzt. »Ich habe mich mit Xavier unterhalten, und ich … ich glaube wirklich, du solltest Finn fragen. Gib ihm Gelegenheit, alles zu erklären. Schon möglich, dass ich diesen Kerl hasse, aber selbst ich verstehe, dass er gute Gründe hatte, erst mal zu verschwinden.«

Als das mit Chance losging, wusste ich, dass er ein netter Typ ist, aber jetzt kommt er mir fast wie ein Heiliger vor. Obwohl ich mich in letzter Sekunde geweigert habe, mit ihm zu schlafen, und zu meinem Ex zurückgelaufen bin, nimmt er das erstaunlicherweise nicht persönlich. Welcher selbstlose und gutherzige Mensch setzt sich schon dafür ein, dass seine Ex-Freundin und irgendein anderer Typ wieder zusammenkommen?

Ich lasse mir seinen Rat einige Sekunden durch den Kopf gehen. Ich denke schon eine ganze Weile darüber nach, ob ich Finn die Sache aus seiner Sicht erzählen lassen soll. Vielleicht gibt das Gespräch jetzt den Anstoß, den ich brauche.

»Schön, ich werde ihn fragen. Aber wenn er mich enttäuscht, was zu erwarten ist, dann will ich eine schriftliche Entschuldigung von dir.«

Chance lächelt. »Verstanden.«

Die nächsten Minuten lachen wir beide, was mich in meiner Entscheidung, sich zu trennen, nur noch bestärkt. Als gute Freunde passen Chance und ich viel besser zusammen. So, wie es zuvor schon war.

»Wollen wir los?« Chance dreht den Zündschlüssel herum und lächelt dabei traurig.

Wir brauchten es gar nicht auszusprechen.

Wir wissen beide, dass es vorbei ist.

Ich sehe zu ihm auf, versuche mich an einem kleinen Grinsen und sage: »Ich wäre bereit.«

24. KAPITEL

DIAMOND

Der Himmel ist ein einziges Sternenmeer, als Chance mich bei der Wohnung absetzt. Die Heimfahrt war längst nicht so unangenehm wie erwartet, denn wir schafften es, die Unterhaltung in Gang zu halten, obwohl wir wussten, dass wir auf das Ende zusteuern.

Vor dem Mehrfamilienhaus mit Xaviers und Aveenas Wohnung drückt er auf die Bremse, ich schnalle mich ab und fürchte mich vor dem Abschied. Bis jetzt haben wir die Momente peinlicher Stille ganz gut überbrücken können, aber jetzt kommt das Unausweichliche.

Ich wende mich zu Chance um und ringe mir ein Lächeln ab. »Wir sehen uns?«

»Ja, wir sehen uns, Dia.«

Im Nu bin ich ausgestiegen und winke ihm vom Gehsteig aus zu. Er lächelt noch einmal kurz und fährt davon. Damit ist unsere Geschichte vorbei. Nur gut, dass ich die Geschichte von jemand anderem hören will.

Finns Geschichte, genau genommen.

Chance hat mich davon überzeugt. Ich bin es mir selbst schuldig, Finns Version anzuhören. Ich muss alle Informationen haben, bevor ich auch nur daran *denken* kann, mein Leben weiterzuführen.

Ich habe gerade das Haus betreten, als mein Handy eine Nachricht anzeigt. Beim Absender wird mir ganz flau im Magen.

Es ist Jesse.

Jesse: Vergiss nicht das Abendessen morgen.

Es ist keine zwei Wochen her, dass ich eingewilligt habe, mich mit Dave und Jesse im Restaurant zu treffen – aber warum fühlt sich das jetzt wie zwei *Monate* an? Seit Jesse beim Wohnheim auftauchte, um mich einzuladen, ist so viel geschehen. Beispielsweise trat Finn wieder auf den Plan. Aber wenn ich schon Finn eine Aussprache zugestehe, dann sollte ich meiner Familie zumindest die gleiche Chance einräumen.

Dia: Ich werds nicht vergessen.

Inzwischen hatte ich reichlich Zeit, mir zu überlegen, was ich von Jesse über meine leibliche Mutter erfahren will. Ich weiß genau, was ich morgen zu ihm sagen würde. Die vorbereiteten Fragen garantieren allerdings nicht, dass ich auch mit den Antworten umgehen kann.

Jesse schreibt sofort zurück.

Jesse: Ich hole dich um fünf beim Wohnheim ab.

Ich stelle das sofort richtig.

Dia: Ich wohne nicht mehr dort.
Ich schicke dir die neue Adresse.

Auf dem halben Weg zur Wohnung kommt von Jesse noch ein einfaches »Okay«. Ich krame nach den Schlüsseln und nehme zwei Stufen auf einmal, während mir Joels Botschaft an Finn durch den Kopf geht. In drei Jahren wird dieser Verrückte wieder auf freiem Fuß sein, und wenn sein Gruß ernst gemeint ist, dann wird Finn der Erste sein, bei dem er auftaucht.

Ich muss mit ihm darüber reden. Er ist der Einzige, der *verstehen* kann, was es für mich bedeutet hat, diesen Mann wieder zu sehen. Wir waren zusammen, als Lexie starb. Kein Mensch der Welt kann das besser nachfühlen als er. Und wenn ich schon mit jemandem darüber reden muss, warum dann nicht mit ihm?

Ich suche Finns Nummer unter meinen Kontakten und tippe rasch eine Nachricht.

Dia: Wo bist du? Wir müssen reden.

Er antwortet mit einem einzigen Wort.

Finn: Dach.

Ich frage nicht nach, was er dort oben verloren hat, sondern gehe an der Wohnung vorbei weiter den Flur entlang. Aveena hatte mal erwähnt, dass die Mieter im Sommer Zugang zum Dach hätten. Die Metalltreppe ist nicht schwer zu finden und ich antworte Finn.

Dia: Schon unterwegs.

Wenige Augenblicke später komme ich oben an und schiebe die Stahltür auf. Ich bin so verblüfft über den von einer Lichterkette erhellten, hübsch möblierten Rückzugsort, dass ich Finn nicht gleich entdecke. In der Mitte des Holzdecks verteilen sich einige Couchtische mit bunten Blumentöpfen, umgeben von weißen Plastikstühlen. Tagsüber muss hier ziemlicher Betrieb herrschen.

Ich reiße mich von der Aussicht los, lasse den Blick schweifen und entdecke Finn, der am Dachrand auf einer Decke liegt. Er starrt, den Unterarm unter dem Kopf, scheinbar gedankenverloren zum Nachthimmel hinauf. Mir dreht es den Magen um, als ich um ihn herum verstreut leere Getränkedosen sehe.

Hat er etwa wieder angefangen zu trinken?

Ich habe noch keinen Schritt getan, als Finn sich auf der Decke aufsetzt, den Arm aufs Knie liegt und über die Schulter zu mir herübersieht.

Ein einziger Blick in mein Gesicht, und er sagt: »Ist alkoholfrei.«

Fuck, woher wusste er das?

»Ich habe doch gar nicht gefragt«, antworte ich achselzuckend, obwohl er mich gerade durchschaut hat.

Er lächelt schief. »Brauchtest du nicht.«

Ich hasse es, wie gut er mich kennt. Ich erwarte, dass er sich wieder der Betrachtung der Sterne zuwendet, aber stattdessen betrachtet er mich, die Augen voller Begehren und unterdrückter Bedürfnisse.

»Schau mich nicht so an«, sage ich ernst.

»Wie denn?« Er stellt sich dumm.

»Als würdest du mich haben wollen.«

Er zieht eine Augenbraue hoch und grinst teuflisch. »Soll ich dich lieber anlügen, Juwel?«

Mein Mund öffnet sich für einen kurzen Moment.

Scheiße, werde ich etwa *rot*?

»Du sollst es für dich behalten«, schnauze ich.

Ungerührt wendet er sich wieder dem Himmel zu. Zugegeben, von hier oben sieht die Stadt einfach gigantisch aus. Unser Gebäude ist höher als die meisten anderen, und das Dach bietet mehr Privatsphäre als gedacht. Dazu kommt eine Aussicht, die ihresgleichen sucht, lauter Zutaten zu einem widerlich romantischen Ort.

Es vergehen ein paar Sekunden, dann fragt Finn: »Willst du dich nicht hinsetzen?«

Ich kämpfe mit mir, ob ich nach dem ohnehin schon ereignisreichen Tag nicht wieder hineingehen soll. *Nein*, er muss wissen, dass Chance' Bruder seinen Kopf will – nun ja, genau genommen die Köpfe von uns beiden.

Schweigend lasse ich mich auf der Decke nieder, die Finn ausgebreitet hat – was angesichts der Zweifel und des Chaos in meinem Kopf schon beinahe ironisch ist. Die nächsten Minuten starren wir beide in vollkommener Stille zum Himmel hinauf. Ich weiß nicht, wie ich anfangen soll, und bin erleichtert, als mein Handy eine neue Nachricht meldet.

Ich sehe auf den gesperrten Bildschirm und werde angesichts des angezeigten Namens neugierig.

Chance hat geschrieben.

Ich sehe, wie Finn aus dem Augenwinkel auf mein Telefon schielt, und drehe mich zur Seite, damit er nicht mitliest.

Chance: Danke, dass du heute mitgekommen bist.
Hier liegen noch ein paar Sachen von dir. Ist es okay,
wenn ich sie morgen vorbeibringe?

Er bringt mir meine Sachen zurück. *Damit* ist endgültig klar, dass es vorbei ist. Ich kaue auf der Unterlippe und antworte: »Hört sich gut an, danke.« Seine Nachricht macht mich traurig, aber nicht, weil ich ihn geliebt habe. Ich bin traurig, weil ich ihn nicht geliebt habe, obwohl ich es mir so sehr wünsche.

»Du brauchst nur ein Wort zu sagen, und er ist tot«, knurrt Finn.

Ich reiße den Kopf hoch und komme auch gleich dahinter, was er meint. Er hat Chance' Namen auf dem Display gelesen, und jetzt schaue ich traurig drein wie ein Hundewelpe frisch aus dem Karton. Er glaubt, Chance hätte mich verletzt, nicht wahr?

»Er hat nichts getan. Es lag an mir«, erkläre ich und stecke das Telefon weg.

Schon bevor er den Mund aufmacht, weiß ich, was er sagen wird. »Habt ihr zwei …«

Ich seufze. »Schluss gemacht? Jep. Morgen bringt er meine Sachen hier vorbei.«

Seine Haselnussaugen leuchten auf. Er gibt sich nicht mal die Mühe, seine Freude zu verbergen. »Tut mir leid«, sagt er.

»Tut es dir nicht«, schnaube ich.

»Stimmt«, räumt er ohne jedes schlechte Gewissen ein.

Ich muss mir ein Grinsen verkneifen.

Wenigstens ist er ehrlich.

Ich lege mich auf den Rücken, blicke nach oben und Finn macht es genauso. Aber dann sieht er zu mir.

»Was ist passiert?«, fragt er.

Du bist passiert, schreit eine Stimme in meinem Kopf. *Du mit deinem hinterhältigen Lächeln und deiner neugewonnenen Selbstbeherrschung und deinen dummen wunderbaren Haselnussaugen …*

Du hast das getan, Finn.

Du hast das für mich verdorben.

»Was hast du überhaupt hier oben verloren?«, wechsle ich das Thema.

»Xavier hat mich aus der Wohnung geschmissen, weil er und Aveena …« Er sucht nach den passenden Worten.

»Baby Nummer zwei produzieren?« Ich muss kichern.

Er schmunzelt. »Irgendwas in der Art.«

Wieder schweigen wir kurz.

»Hey, worüber wolltest du eigentlich mit mir sprechen?«

Okay, Dia, fang mit was Leichtem an, und dann kannst du langsam steigern bis »ein Krimineller will dich umbringen«.

»Der Typ, der Lexie überfahren hat, wird nächste Woche in einen anderen Bundesstaat verlegt.«

Nach seinem Blick zu urteilen ist ihm das nicht neu. »Ja, ich weiß. Mein Dad hat deswegen eine Sprachnachricht hinterlassen.«

Hat er mit seinem Dad denn immer noch Kontakt?

Als ich dahinterkam, dass Finn in seinem Auto wohnte und abgetragene Kleidung trug, dachte ich, sie würden nicht mehr miteinander reden. Hank Richards ist ohne Frage ein stolzer Mann. Er hat immer dafür gesorgt, dass seine Jungs seinen Wohlstand widerspiegeln.

»Du solltest wissen, dass ich ihn heute im Gefängnis besucht habe.«

3, 2, 1 …

»Was hast du?«, platzt es aus Finn heraus, und sein Gesichtsausdruck lässt mich an seinen Gedankengängen mühelos teilhaben. Er glaubt, ich hätte den Drecksack aus eigenem Antrieb besucht.

»Ich wollte das nicht. Ich war ebenso überrascht wie du. Es hat sich herausgestellt, dass er Chance' älterer Bruder ist.«

»Fuck … Aber was hattet Chance und du überhaupt dort im Gefängnis verloren?«

»Er hatte mich gebeten, mit ihm zusammen seinen Bruder zu besuchen. Er wollte nicht alleine hingehen.«

Ich erzähle ihm nicht, dass Chance mich eigentlich dabeihaben wollte, um Informationen aus mir herauszubekommen.

Finn reißt entgeistert die Augen auf. »Heilige Scheiße …«

»Was?«

»Nach dem Kinnhaken bei Theos Party sagte Chance: ›*Das ist für meinen Bruder.*‹ Das hat irgendwie keinen Sinn ergeben. Deshalb kann er mich nicht ausstehen. Er denkt, ich bin schuld, dass sein Bruder im Knast sitzt.«

»Glaub mir, das denkt er jetzt nicht mehr. Ich habe ihm erzählt, was damals vorgefallen ist. Er weiß, das ist nicht deine Schuld war, aber … Darüber wollte ich mit dir eigentlich gar nicht reden. Chance wollte, dass ich dir eine Botschaft von Joel weitergebe.«

Er zieht die Augenbrauen hoch. »Was?«

»›Wenn ich wieder draußen bin, werde ich dich mir vorknöpfen, und deine Hure auch‹«, zitiere ich den genauen Wortlaut.

Finn beißt die Zähne zusammen und ballt die Fäuste. »Aber warum du? Du hast doch überhaupt nichts getan.«

»Schon, aber ich war deine Freundin. Ziemlich schlau, wenn man sichs überlegt. Wie könnte er dir besser wehtun, als wenn er sich an dem Mädchen vergreift, das du liebtest?«

Er hebt den Blick und starrt mich so intensiv an, dass ich zusammenzucke. Und dann sagt er etwas, auf das ich nicht vorbereitet bin.

»Liebst.«

Ich stutze.

»Was?«

»Liebst, *Gegenwart*«, erklärt er.

Es fühlt sich an, als würde eine Herde wütender Elefanten auf meinem Brustkorb herumtrampeln. Er hat kein Recht, mir das zu sagen. Er kann mir nicht einfach sagen, dass er mich liebt, ohne zu wissen, wie sehr es wehgetan hat, *ihn* zu lieben.

»Weißt du, dass ich nach dem Vorfall nicht mehr schlafen konnte?«

Der Themenwechsel scheint ihn aus dem Konzept zu bringen.

»Und wenn ich es in seltenen Fällen doch schaffte, hatte ich Albträume. Schreckliche Albträume. Und alle spielten am selben Ort. Auf der Yacht deines Vaters. Das *Wo* war immer dasselbe, aber der Traum endete jedes Mal anders. Manchmal hast du mich selbst ins Wasser gestoßen. Manchmal hast du mir den Kopf unter Wasser gedrückt, bis ich ertrank. Aber einen Traum hatte ich öfter als alle anderen. Und in diesem hast du nur zugesehen. Du hast dich nicht gerührt und nicht versucht, mich zu retten. Du hast nur *zugesehen.*«

Angesichts der Details krümmt er sich zusammen, aber das kümmert mich nicht.

»Nacht für Nacht bin ich panisch aufgewacht, und das Schlimmste war nicht einmal der Traum. Das Schlimmste war die Gewissheit, dass es kein Traum war. Es war eine Erinnerung …«

Mehrere Sekunden lang sagt er nichts. »Es tut mir so leid. Ich hatte keine Wahl.«

Das ist seine Ausrede?

Ich hatte keine Wahl?

»Blödsinn. Wir haben immer eine Wahl«, fauche ich.

»Du hörst mir nicht zu, Dia. Ich *hatte* keine Wahl.« Er setzt sich auf und ich tue es ihm gleich. »Als du ins Wasser gefallen bist, hatte ich keine Kontrolle über meine Handlungen. Fuck, *gar keine.* Es war, als wäre ich mit einem Mal wieder acht Jahre alt, ein hilfloser kleiner Junge, der zusehen muss, wie ihm alles, was er liebt, genommen wird. Ich wollte dich retten, Dia. Nie habe ich etwas mehr gewollt, im ganzen Leben nicht, aber ich konnte keinen Muskel rühren. Ich konnte nicht atmen, keinen Ton von mir geben, ich war gelähmt. Und wegen meiner PTBS hätte ich dich beinah verloren.« Der Gedanke facht seine Wut an. »Fuck, nur wegen meinem Trauma hätte ich dich beinahe verloren. *Nie wieder …*«

In meinen Augen sammeln sich Tränen.

Wahrscheinlich habe ich tief im Inneren immer gewusst, dass mehr hinter der Geschichte steckt. Ich hatte immer den Verdacht, dass seine Untätigkeit etwas mit dem Ertrinken seiner Mutter zu tun hat. Und so lächerlich das klingen mag, wenn er während meiner Zeit im Krankenhaus dageblieben wäre, hätte ich das vielleicht auch verstanden.

Wenn er die Nächte an meinem Krankenbett verbracht hätte, gewartet hätte, bis ich aufwache. Wenn er nach dem Vorfall geblieben wäre und mich um Verzeihung gebeten hätte, dann hätte ich ihm irgendwann vergeben. Ich war so hoffnungslos in ihn verliebt, dass ich darüber hinweggekommen wäre, wenn er mir nur seine Liebe gezeigt hätte. Irgendwann. Aber er verschwand. Er ließ mich im Stich, als ich ihn am meisten brauchte.

Und erst jetzt wird mir klar …

Am meisten schmerzte nicht, dass er mich versehentlich sterben ließ. Sondern dass er wegging, ohne einen Blick zurück.

»Aber warum bist du dann weggegangen? Und sag jetzt nicht, du wolltest mich damit beschützen.« Mir läuft eine einsame Träne aus dem Auge und weiter übers Gesicht hinunter. Verlegen hebe ich die Hand, aber Finn ist schneller und wischt die Träne mit seinem Zeigefinger ab.

Die liebevolle Geste verblüfft mich, aber ich lasse sie zu.

»Ich habe dich nicht verlassen, um dich zu beschützen, Dia. Sondern weil ich das *nicht konnte* … Und wenn ich den einzigen Menschen, den ich auf dieser Welt liebe, nicht beschützen kann, dann verdiene ich auch nicht, ihn zu lieben …«

Er hat sich im vergangenen Jahr sehr verändert, aber eines bleibt: Er glaubt immer noch nicht, dass er das Glück verdient. Dass er sein Leben nicht genießen darf, weil seine Mom ihr Leben verloren hat.

»Du wirst niemals aufhören, dich selbst zu bestrafen, nicht wahr?«

Er kapiert sofort. »Möglicherweise nicht. Aber ich könnte es nicht ertragen, dich den Rest meines Lebens zu bestrafen.«

Der Schmerz schnürt mir die Kehle zu, und seine Worte bohren sich wie tausend Nägel in mein ohnehin geschwächtes Herz. *Wach auf, Dia. Damit will er nur auf die nette Art sagen, dass er nicht Teil deines Lebens sein wollte.*

»Das bedeutet, du bist abgehauen, weil du nicht mit mir zusammen sein wolltest?«

»Das bedeutet, dass ich meinen Scheiß hinbekommen wollte, bevor ich deiner würdig sein konnte.«

Irgendwie will das nicht in meinen Kopf. Wenn das stimmt, dann hat er mich an jenem Tag nur aus einem einzigen Grund verlassen …

Um ein besserer Mensch zu werden.

»Ich wusste, wenn ich bleibe, würdest du versuchen, mir zu helfen. Aber dazu war niemand imstande außer mir selbst«, erklärt er.

Ich atme tief aus und presse die Hand an die Stirn, wie um einen Migräneanfall zu verhindern. Finn rollt sich auf die Seite und sieht mich an.

»Und?«, frage ich, als ich mich wieder gefangen habe.

»Was und?«

Ich drehe mich ebenfalls auf die Seite.

»Hast du dir geholfen?« Mir bricht die Stimme.

Er rückt näher heran und streicht mir mit den Fingern übers Gesicht. Durch seine Berührung fällt mir das Atmen schwer.

»Warum, glaubst du, bin ich zurückgekommen?«, flüstert er.

Ich erschauere am ganzen Körper und zucke zurück wie von einem Stromstoß. Ich spüre, wie meine Entschlossenheit ins Wanken gerät, und rufe mir das wichtigste Argument in Erinnerung, das ich gegen seine Rede noch im Köcher habe.

»Du hast dich nicht ein einziges Mal nach mir erkundigt, während du weg warst. Kein einziges Mal«, werfe ich ihm vor.

Ich erwarte eine schuldbewusste Miene, aber er wirkt eher schockiert.

»Man hat dir das nie erzählt, was?«

»Mir was erzählt?«

Er lacht leise. »Dia, nach dem Vorfall war Xavier nahe daran, meine Nummer zu blockieren. Ich habe sein Handy heiß laufen lassen mit zwanzig Fragen die Stunde, wie es dir geht. Irgendwann hatte er die Nase voll und hörte auf, mir zu antworten. Aber dann machte ich mir solche Sorgen, dass ich deinen Bruder anrief. Der sagte natürlich, dass ich mich verpissen soll, aber ich wollte es wenigstens versucht haben.«

Finn hat bei Jesse angerufen?

Obwohl er weiß, wie sehr mein Bruder ihn hasst?

Er muss wirklich *mehr* als verzweifelt gewesen sein.

»Nach meinem Verschwinden gab es keinen einzigen Tag, an dem ich Xavier nicht mit Nachfragen bombardiert habe. Keinen einzigen. Aber er verriet mir keine Details. Er sagte zwar, wie es dir geht, aber als ich Genaueres wissen wollte, blockte er ab. Ich solle heimkommen und selbst nachsehen. Das letzte Jahr habe ich deine Profile in den sozialen Medien verfolgt wie ein verdammter Stalker. Und ja, ich habe dich verlassen, aber fuck, Dia, du musst mir glauben … *mich* hast du nie verlassen.«

Vor Rührung bin ich sprachlos und kämpfe dagegen an, von den Gefühlen mitgerissen zu werden. Ist es das, was Chance meinte? Als er sagte, dass, nur weil ich ihn nicht sehen konnte, es ja nicht bedeutet, dass er nicht da gewesen sei?

»Und das hier …« Finn zeigt auf mein Armband an seinem Handgelenk. »Das habe ich nur zum Duschen ausgezogen.«

Wahrscheinlich hatte er es deshalb heute Morgen nicht getragen.

Er nimmt es ab und zeigt es mir. »Das hat mich angetrieben. Als ständige Erinnerung daran, was mich zu Hause erwartet.«

Hier ziehe ich die Grenze.

»Ich habe nicht auf dich gewartet«, entgegne ich tonlos.

Glaubt er wirklich, ich wäre ein Jahr lang herumgehockt und hätte auf seine Rückkehr gewartet?

Er schlüpft wieder in das Armband. Meine Antwort scheint ihn nicht zu kümmern. »Du willst mir also sagen, dass du Chance auf Theos Party gefickt hast?«

Mir klappt die Kinnlade herunter; ich werde mich nie daran gewöhnen, wie schnell dieser Typ von tiefen, herzerweichenden Entschuldigungen zu so etwas wechseln kann.

»Ich …«

Er zieht eine Braue hoch und rückt auf der Decke näher heran. »Das ist eine einfache Frage, Juwel.«

Es ist das zweite Mal, dass er mich das fragt. Beim ersten Mal antwortete ich mit Nein, aber diesmal werde ich ihn wohl ein bisschen zappeln lassen.

»Wir haben alles Mögliche gemacht«, lüge ich.

Er ballt die Fäuste, und die Muskeln an seinem Kinn zucken, während er gegen seine Eifersucht ankämpft. »Das habe ich aber nicht gefragt. Ich wollte wissen, ob du ihn gefickt hast?«

Ich weiß nicht, was er damit beweisen will, wenn er mich dazu bringt, es laut auszusprechen, aber ich will ihm lieber nicht noch mehr Munition liefern. Ich fürchte, mein Herz wird ein Loch in meinen Brustkorb stoßen, während er die Hand von seiner Seite der Decke zu mir herüberschiebt. Seine Knöchel streifen meinen Bauch gerade so. Wir liegen immer noch einander zugewandt und ich muss mich zwingen, nicht auf seinen Mund zu sehen.

Gott, Dia, reiß dich zusammen.

»Hat er dich genommen, Dia?« Seine Stimme ist kaum mehr als ein Flüstern. »Hat er dich vornübergebeugt und dich so verdammt hart genommen, dass du vergessen hast, was wir beide hatten?«

Ich würde gerne sagen, dass ich nervös bin, aber leider ist es sehr viel schlimmer. Fuck, ich glaube, ich bin … *angetörnt*? Mir wird ganz warm im Bauch, und dass ich meine Beine aneinanderpresse, merke ich erst, als es dort anfängt zu pulsieren. Ich habe das so lange nicht mehr gespürt, dass ich schon dachte, ich würde dieses Ziehen nie wieder erleben. Ich dachte wirklich schon, ich wäre tot … dort unten.

»Und? Hat er?«, drängt Finn.

Ich halte den Atem an, als er die Fingerspitzen auf meinen Bauch presst und dann die ganze Hand unter mein Shirt schiebt. Dabei ist er kein bisschen schüchtern und sieht mir direkt in die Augen. Es ist im Grunde fast nichts, aber seine Finger auf meiner Haut reichen aus, um mich vollständig zu entwaffnen.

»N-Nein«, keuche ich.

Seine Lippen umspielt ein sündhaftes Lächeln.

»Und warum ist das so?« Er zieht mit dem Zeigefinger nun langsam Kreise auf meiner Haut, und ich erschauere bis hinunter zu den Zehen.

Wie war noch mal die Frage?

»Ich … Ich weiß nicht.« Mehr bringe ich nicht heraus.

»Das ist aber schade. Ich weiß es nämlich.« Seine Finger gleiten nun auf meinem Körper abwärts, sehr leicht, sehr qualvoll. »Du hast ihn nicht gefickt, weil du mein bist, Juwel. Und ob dir das klar war oder nicht, du hast auf mich gewartet. Und Scheiße noch mal, so wird das immer sein.«

»Ich bin nicht dein.« Dass meine Stimme dabei nicht bebt, kostet mich alles, was ich habe.

Er rückt noch näher heran und presst seine Brust gegen meine. Ich erwarte, dass mein Körper erstarrt, aber tatsächlich entspannen sich alle meine Muskeln. Seine Zunge schießt heraus und befeuchtet seine Unterlippe, und ich weiß nicht, warum, aber *heilige Scheiße*, das macht etwas mit mir.

»Sag das noch mal«, meint er herausfordernd.

Ich fürchte, ich werde das noch bereuen, gehorche aber trotzdem: »Ich. Bin. Nicht. Dein.«

Ich bin sicher, dass mir gleich das Herz stehen bleibt, als er mit der Hand meinen Hinterkopf greift und meine Locken um seine Finger schlingt.

»Dann sag mir, ich soll aufhören.«

Hörbar stockt mir der Atem, während er meine Jeans aufknöpft und die Hand hineinschiebt. Er fragt nicht nach meiner Zustimmung; er will, dass ich ihn zurückweise. Er fordert mich heraus, Nein zu sagen.

Es ist nicht so schwer, Dia.

Sag einfach Nein.

Ein Wort, eine Silbe.

NEIN.

Trotzdem kann ich physikalisch kein Geräusch erzeugen. Seine Berührung fühlt sich vertraut an, fast befreiend. Er zieht meinen Slip mit einer Bewegung zur Seite und sieht mir dann ins Gesicht.

Das ist meine Chance.

Sag Nein. Sag einfach Nein.

Ich öffne den Mund …

Aber es kommt nichts heraus.

»*Fuck, jaa!*«, knurrt er, als seine Finger auf meinem Kitzler landen. Zuerst kreisen sie dort langsam und ich will vor Wut aufschreien, weil es sich nicht so gut anfühlen dürfte. Er übt fast keinen Druck aus. Warum zum Teufel fühlt es sich dann *so gut* an? Ist das wirklich schon so lange her? Erst vor Kurzem habe ich mich doch selbst berührt, oder? Das war allerdings nichts im Vergleich. Nichts fühlt sich wie das hier an. Wie er.

Ich kann ein lautes Stöhnen nicht unterdrücken, als Finn seine Bewegungen beschleunigt, und er reißt die Augen auf. In dieser Situation würden die meisten Typen einen Gang hochschalten, aber zu dieser Sorte gehört Finn nicht, denn er beschließt, erst einmal aufzuhören.

»Du willst es, dann nimm es dir.« Mit seiner Hand in meinem Haar drückt er meinen Kopf herunter, damit ich seine Hand in meiner Jeans sehe. »Benutz mich, Dia. Du bist nicht mein? Also schön. Aber ich bin dein, verfickt noch mal.«

Und dann mache ich genau das.

Ich benutze ihn.

Ich bewege mich vor und zurück, während Finn den Finger auf meine Mitte presst. Ich bin für alles verantwortlich, was ich fühle, während ich mich an seiner Hand reibe und dabei leise stöhne. Während ich mir nehme, was ich brauche, brennen seine Haselnussaugen förmlich vor Begierde. Wir befinden uns auf einer Dachterrasse – sogar auf dem höchsten Gebäude der Gegend –, aber jeden Augenblick könnte die Tür aufgehen und jemand uns sehen. Irgendwas muss mit mir nicht stimmen, weil mich das keine Sekunde lang kümmert, während ich beobachte, wie Finn meine Klitoris mit jeder Bewegung meiner Hüften reibt.

Seine Stimme klingt fast tierisch, als er haucht: »Sag mir, dass du nicht feucht für mich bist.«

»Warum findest du das nicht selbst heraus?«, wimmere ich und will mir noch im gleichen Augenblick die Hand auf den Mund pressen. Wer zum Teufel ist dieses Mädchen, und warum ist sie so *versaut*? Das frage ich mich schon seit dem Tag, als Finn Richards in mein Leben getreten ist.

Finn muss nicht weiter überredet werden; er übernimmt wieder die Kontrolle und gleitet mit den Fingern zwischen meine Beine.

»Oh, fuck. *Ja, Dia.* Du fühlst dich so warm an. Und ich wette, wenn ich …« Anstatt den Satz zu beenden, schiebt er zwei Fingerspitzen in mich. Überwältigt von dem Gefühl zucke ich kurz zusammen. Finn ächzt und drückt mir eine ganze Reihe von Küssen aufs Kinn.

»Entspann dich, Baby. Denk nicht so viel nach.« Meinen Kopf lässt er dabei nicht los und zwingt mich weiter, hinzusehen. Ich folge seinem Rat und atme tief durch. Sofort entspannen sich meine Schultern, und Finn führt mit Leichtigkeit auch den Rest seiner Finger in mich ein. »So ein braves verficktes Mädchen.«

Ich verliere beinahe den Verstand, als er das sagt.

»Komm her.« Zu meiner Überraschung zieht er die Finger heraus und zieht mich an seine Brust. Mein Kopf sinkt gegen seine Schulter und er öffnet die Beine, sodass ich mich dazwischen setzen kann. Nun macht seine rechte Hand dort weiter, wo sie aufgehört hat, und schiebt sich in meinen Slip. Sofort füllt er mich wieder mit seinen Fingern aus. Er schiebt die andere Hand an meine Kehle und drückt leicht zu. Sein Daumen findet mein Lustzentrum und seine übrigen Finger gleiten noch tiefer.

»Fuck, wie ich diesen Anblick vermisst habe«, flüsterte er mir ins Ohr und massiert mich in kleinen, energischen Kreisen.

»Schneller«, flehe ich. Er beschleunigt und streichelt mich in eine andere Welt. Jedes Mal, wenn ich stöhne, zuckt sein Schwanz, der mir in den Rücken drückt, und ich kämpfe gegen die Vorstellung, wie ich ihn festhalte, ihn probiere, ihn *ficke*.

»Du siehst das nicht, oder?« Er fährt mir mit dem Mund knabbernd am Hals hinauf, bis ich förmlich an ihm zerfließe. »Du siehst nicht, wie verdammt perfekt du bist.«

Ich bin nicht perfekt.

Ich bin schwach.

Ich lasse mich von meinem Ex-Freund auf der Dachterrasse fingern, und erschreckenderweise … genieße ich es auch noch.

»Ich hasse dich«, keuche ich in einem vergeblichen Versuch, mein Gesicht zu wahren, aber der Hass auf mich selbst wird von der Lust in meiner Stimme übertönt.

»Und ich liebe dich.« Seine Bewegungen werden heftiger und schneller, und er saugt an meinem Hals meinen Duft ein. »Ich liebe dich so sehr, Dia. Ich liebte dich sogar, als ich dich nicht verdiente.«

Mein Herz schwillt auf bedenkliche Größe an und in meinen Adern pulsiert Schmerz, während sich mein Rücken von seiner Brust wegwölbt. Ich fange unkontrolliert an zu zittern; in mir protestiert die Stimme der Vernunft aus voller Kehle, aber ich bin schon zu weit entfernt. Ich werde in seinen Armen kommen, ob ich will oder nicht.

Mein Stöhnen wird heftiger und Finn spürt es sofort. »Wage ja nicht, irgendwas zurückzuhalten, hörst du mich?«

Er reibt meine empfindliche Stelle, bis das Feuerwerk in meinen Zehen losgeht.

»Fuck, ja, Baby.« Ein letztes Mal stößt er mit den Fingern in mich hinein.

Die Lust raubt mir den Atem, als ich über seine Finger komme. Ich hasse mich dafür, genieße aber, wie es sich anfühlt. Für so etwas gibt es keine Anleitung. Nichts kann dich darauf vorbereiten, wie du den Kerl, den du für die Liebe deines Lebens gehalten hast, zu behandeln hast, wenn er nach einem Jahr als der zurückkommt, den du dir immer gewünscht hast. Ich muss irgendwie lernen, mir das zu vergeben, aber vor allem … darf ich mir das nicht noch einmal wünschen.

Meine Rückkehr auf den Boden der Tatsachen fühlt sich an wie der Augenblick, bevor die Achterbahn in die Tiefe stürzt – nur, dass das Gefühl ewig anhält und man schreckliche Angst hat, was einen unten erwartet.

O Gott, was habe ich getan?

Finn zieht die Finger erst aus mir und dann aus meiner Hose heraus. Er neigt den Kopf zur Seite und versucht, mich zu küssen. Ich weiche seinem Mund aus und halte ihm stattdessen, ohne lang zu überlegen, die Wange hin. Er hat mich zwar eben kommen lassen wie noch nie, aber ein Kuss wäre mir jetzt zu intim. Ohne ihn eines Blickes zu würdigen, stehe ich auf und mache meine Hose wieder zu. Ich gebe mich ungeniert, streiche mein wild zerzaustes Haar zurecht und gehe geradewegs zur Tür.

Kein auf Wiedersehen.

Keine Warnung.

Nichts.

»Verdammt, wo willst du hin?«, ruft Finn, als ich schon die Tür öffne.

Die Lüge rutscht mir eher unbeabsichtigt heraus: »Zu Chance. Bei ihm muss ich wenigstens nicht so tun als ob.«

Beim Zurückblicken sehe ich gerade noch, wie Finns Kinnlade auf dem Boden aufschlägt.

Ohne eine Antwort abzuwarten, gehe ich.

Meinen Körper mag er zeitweise herumgekriegt haben.

Aber ich würde eher sterben, als ihm mein *Herz* zu schenken.

25. KAPITEL

DIAMOND

»Falls du vorhast, aus dem Wagen zu springen, sag Bescheid, damit ich vorher bremsen kann«, meint Jesse im Scherz, als wir kurz vor fünf auf den Parkplatz vorm Restaurant einbiegen.

Ich lache nervös auf, aber der eigentliche Witz ist, wie nahe Jesse der Wahrheit gekommen ist. Ich wollte wirklich nicht herkommen, was man mir unschwer ansehen kann, und Jesse traktiert mich schon seit der Abfahrt bei der Wohnung mit neckischen Bemerkungen.

Wenn er wüsste …

Er bringt mich damit nur auf Ideen.

Ich weiß nicht einmal, *warum* ich mir wegen des Abendessens eigentlich Sorgen mache. Ist es wegen des Wiedersehens mit Dave? Oder weil ich nun endgültig die Wahrheit über meine leibliche Mutter erfahren soll? Die Antwort trifft mich wie ein Schlag ins Gesicht, als Jesse den Wagen parkt und den Motor abstellt.

Mit diesem Abendessen wird es zur Realität.

Solange ich nicht mit Jesse redete, war es leicht, vor der Wahrheit wegzulaufen. Es war okay, dass ich nur die halbe Geschichte kannte, weil ich mir auf diese Weise mein eigenes Ende dazudenken konnte – in dem sich mein großer Bruder vorzugsweise nicht als mein Vater herausstellte.

Aber nach diesem Tag werde ich alles wissen.

Jedes. Einzelne. Detail.

Kein Weglaufen mehr, kein Sich-selbst-Belügen.

Nur die Wahrheit.

»Komm schon, er wartet auf uns.« Jesse schnallt den Sicherheitsgurt ab.

Beklemmung lässt meinen Hals eng werden, doch ich nicke und folge ihm zum Eingang. Jesse spricht mit der Frau am Empfang, jedoch kann ich nichts verstehen, da mich mein lauter, unregelmäßiger Puls keinen klaren Gedanken fassen lässt.

Die Frau bedeutet uns, ihr zu folgen, und führt uns zu einer lederbezogenen Sitznische hinten im Speiseraum. Dave sitzt bereits dort und ist sichtlich erleichtert, als er Jesse sieht.

Aber dann entdeckt er mich.

Und sein Mund klappt auf.

Er wird doch nicht … weinen?

Wir haben uns seit mehr als einem Jahr nicht mehr gesehen. Weder habe ich seine Anrufe angenommen noch auf seine Nachrichten geantwortet, seit ich zum College aufgebrochen bin. Beim Blick in sein Gesicht bekomme ich sofort ein schlechtes Gewissen. Ich war damals so wütend, weil Jesse und er mich angelogen hatten, dass ich keinen einzigen Gedanken an *ihre* Gefühle verschwendet habe.

Für Dave muss es die Hölle gewesen sein. Er hat ja innerhalb von wenigen Monaten nicht nur seinen Mann, sondern auch seine Tochter verloren. War ich ihm gegenüber zu hart?

»Entschuldige, wir sind spät dran«, sagt Jesse. Dave springt auf und nimmt ihn in die Arme.

»Macht euch deswegen keine Sorgen.« Er tätschelt Jesse den Rücken. Sie lassen einander los und Dave wendet sich mir zu.

Eine Umarmung fände ich unpassend, aber ich möchte ihn auch nicht wie einen Fremden behandeln, schenke ihm also ein kleines Lächeln und sage: »Hallo Dad.«

»Hi, Liebes.« Dave bricht die Stimme. »Schön siehst du aus.«

Ich sehe an mir hinunter. In der Eile fiel die Wahl auf ein schwarzes langärmeliges Kleid, das auch in dieser relativ feinen Umgebung ganz gut wirkt. Jesse meinte beim Einsteigen, ich wolle wohl auf eine Beerdigung, und ich erwiderte, er solle lieber das Maul halten, wenn das nicht gleich seine Beerdigung werden soll. Es ist schon verrückt, wie leicht wir wieder in die Rolle der flachsenden Geschwister verfallen. Und noch verrückter, dass wir gar keine Geschwister sind.

»Setzt euch doch.« Dave nimmt wieder Platz und deutet auf die Polster.

Jesse schiebt sich neben Dave in die Nische; ich lasse mich auf die andere Seite plumpsen – mir gegenüber sowohl mein Adoptivvater *als auch* mein leiblicher Vater. Es ist genauso surreal, wie es klingt.

»Der Kellner wird gleich Wasser bringen, und ich habe schon ein paar Vorspeisen bestellt«, sagt Dave.

Ich danke ihm mit einem Nicken. Zunächst einmal herrscht Schweigen und ich frage mich, ob es unhöflich wäre, gleich zur Sache zu kommen.

»Na, wie läufts in der Schule?«, steigt Dave in den Small Talk ein.

Und ich spiele mit. »Gut. Es gefällt mir.«

»Das ist ja großartig, Liebes. Und wie hast du's mit dem Wohnheim getroffen? Hoffentlich nicht allzu teuer?«

»Ich bin gar nicht mehr im Wohnheim. Ich habe mich mit meiner Mitbewohnerin nicht vertragen und bin für den Rest des Sommers bei Aveena und Xavier untergekommen«, erkläre ich.

Natürlich fragt er mich gleich über meine unerträgliche Mitbewohnerin aus, und ich schildere ihm die schlimmsten Wochen meines Lebens und erzähle alles, was er über Grace Paisley, die wandelnde Red Flag, wissen muss

Fünf Minuten später bin ich allerdings mit meiner Geduld am Ende. Ich habe mit Geplauder im Allgemeinen kein Problem, aber eigentlich haben wir Wichtigeres zu besprechen als das Wetter und die Teufelsbrut, mit der ich zusammenleben musste.

»Wie war meine Mutter denn so?«, komme ich zum Kern der Sache, beuge mich vor und lege die Hände aneinander.

Offensichtlich haben die beiden diese Direktheit nicht erwartet, aber ich möchte jetzt nicht länger im Dunkeln gelassen werden. Ich hatte Bedenken wegen dieses Treffens, keine Frage, aber jetzt, wo ich hier bin, bringt mich meine Neugierde fast um.

»Kommst direkt auf den Punkt, was, Schwesterherz?« Jesse grinst, während es mir bei der Anrede kalt den Rücken hinunterläuft. Ich bin nicht seine Schwester. Ich bin seine Tochter. Ob er das nun kapieren will oder nicht.

»Immerhin habe ich ein Jahr darauf gewartet. Das ist doch lange genug, oder?«

»Und an wem hat das gelegen?« Jesse übernimmt meinen Tonfall, was ich ihm nicht übel nehme. Er hat ja recht. Sie hätten mir schon vor Monaten alles erzählen können, wenn ich mal ans Handy gegangen wäre.

»Ich weiß, ich hätte mich melden sollen. Tut mir leid.« Dabei sehe ich Dave an. Bei Jesse entschuldige ich mich nicht. Er war es nicht, der mir am Geburtstag lange Sprachnachrichten hinterließ, mir zu den Feiertagen Karten schickte und jede Woche anzurufen versuchte – volle sechs Monate lang, bis er endlich aufgab.

»Also, wie war sie nun?«, frage ich noch einmal.

Dave blickt Jesse an, denn er ist wahrscheinlich der Einzige, der das beantworten kann. Jesse presst genau wie ich die aufgestützten Hände aneinander. Eine ganze Weile lang legt er sich seine Antwort zurecht und sagt dann: »Deine Mom war der lustigste Mensch, der mir je begegnet ist.«

In diesem Moment kommt der Kellner mit dem Wasser um die Ecke. Ich verfluche sein Timing und zähle die Sekunden, bis er wieder weg ist.

»Sie konnte sehr sarkastisch sein«, nimmt Jesse den Faden wieder auf. »Unglaublich geistreich. Und sie konnte in allem das Gute sehen – in Menschen, aber auch in Situationen. Manchmal ging mir das auf die Nerven. Sie sah Lösungen, wo alle anderen nur Sackgassen wahrnahmen.« Mir zieht es das Herz zusammen, als er sagt: »Wie die Mutter, so die Tochter, schätze ich.«

Meine Mutter war also Optimistin.

Genau wie ich.

Oder sollte ich sagen … wie ich es einmal war.

»Sie war meine beste Freundin«, flüstert Jesse, starrt auf seine Hände und ist in Gedanken bei dem Mädchen, das ich niemals kennenlernen werde.

»Wie habt ihr beide euch getroffen?«

Er sieht zu mir auf. »Wir landeten in derselben Pflegefamilie, als ich neun war. Ich war damals auf die ganze Welt wütend, ich hasste alles und jeden und sagte das auch. Nun ja, allen außer deiner Mom. Sie war der einzige Mensch, den ich ertragen konnte. Unsere Freundschaft wurde enger, als unseren Pflegeeltern der Platz ausging und sie uns zusammen auf dem Dachboden unterbrachten. Manchmal redeten wir dort die ganze Nacht, erzählten uns Geschichten und träumten davon, eine Familie zu haben.«

Zwei gebrochene Kinder, die in ihrer Not zueinanderfanden und sich ein Leben wünschten, das andere für selbstverständlich nahmen.

»Wart ihr immer in denselben Pflegefamilien?«

Er holt tief Luft. »Schön wärs. Wir wechselten später beide mehrmals die Familien. Aber zwei Jahre später landeten wir dann zufällig wieder bei der gleichen Familie. Ich war inzwischen elf und Bex dreizehn.«

»So hast du sie genannt? Bex?«

»Genau. Bex, als Abkürzung für Beatrix, und sie nannte mich Pan wie Peter Pan. Ich war der Erste, der ihr diese Geschichte erzählte, und als ich sie fragte, warum ausgerechnet dieser Name, da lächelte sie nur und meinte, er würde zu mir passen.« Er lacht vor sich hin. »Großer Gott, wie ich diesen verdammten Namen hasste. Ich musste dabei immer an so einen Typen mit Hörnern und Hufen denken.«

Ich muss kichern. »Sie muss ja echt lustig gewesen sein.«

Jesses Lächeln erstirbt. »Das war sie. Und stark war sie auch. Ich habe nie begriffen, wie sie so zuversichtlich sein konnte, obwohl ihr das Leben so übel mitspielte, aber im Nachhinein wird mir klar, dass sie ihren Schmerz einfach nur sehr gut überspielt hat.«

Als Daves Telefon klingelt, schrecke ich auf. Bei Jesses Schilderung hatte ich fast vergessen, dass wir uns in einem belebten Restaurant befinden.

»Das ist Gaten«, sagt Dave nach einem Blick auf den Bildschirm. »Charlie ist diese Woche bei ihm. Da muss es irgendein Problem geben.«

Mir wird flau im Magen angesichts ihrer neuen Lebensumstände. Ich dachte, ich würde mit der Scheidung meiner Eltern klarkommen. Inzwischen sind sie ja schon einige Zeit getrennt, aber ich war schon am College, als es passierte. Man kann das töricht nennen, aber insgeheim hatte ich gehofft, dass sie doch noch irgendwo glücklich zusammenleben.

Die beiden teilen sich nun das Sorgerecht für meinen kleinen Bruder. Gaten bewohnt immer noch unser altes Haus, Dave dagegen ist ausgezogen. Seit ich an der Duke aufs College gehe, rufe ich Gaten jeden Monat an, bringe es aber nicht übers Herz, ihn zu besuchen – denn dann müsste ich das Haus, in dem ich aufgewachsen bin, leer sehen. Dieses Haus war einmal so voller Liebe. Voller Leben.

Jetzt ist dort nichts als … Stille.

»Du solltest rangehen«, sage ich. Dave nickt, Jesse reagiert schnell und steht auf, um ihn hinauszulassen.

»Ihr macht einfach weiter. Ich bin gleich zurück«, verspricht Dave und macht sich auf den Weg nach draußen.

Noch während er geht, trifft mich die Erkenntnis wie ein Schlag. »Warte … Wenn du mein Vater bist, dann heißt das doch, du und Bex …«

»Hattet Sex?«, beendet Jesse den Satz voller Scham. »Ja, das stimmt.«

»Hey, ich verurteile dich nicht. Es ist nur … Ihr wart noch so jung. Wie konnte das überhaupt passieren?«

Ich kann praktisch beobachten, wie die Erinnerungen in seinem Kopf arbeiten. »Das war an dem Abend, als sie versuchte wegzulaufen. Ich wusste damals noch gar nicht, dass unser Pflegevater sie missbrauchte. Ich bemerkte, wie sie ihre Sachen zusammenpackte, während alle schliefen. Ich war erst ein Teenager, aber … als ich sie mit ihrer Tasche sah … Gott, ich dachte, ich müsste sterben. Ich konnte mir nicht vorstellen, alleine bei dieser Familie zu bleiben. Deshalb flehte ich sie an, mich mitzunehmen, aber das wollte sie nicht. Sie sagte, ich sei noch zu jung. Eines Tages, wenn ich achtzehn wäre, dann könne ich aus dem System raus, mir Arbeit suchen und ein anderes Leben führen. Sie sagte, ich würde das alles wegwerfen, wenn ich ihr folgte. Sie wusste, dass sie wahrscheinlich auf der Straße enden würde, und sie wollte etwas Besseres für mich.«

»Und was geschah dann?«

»Sie wollte schon losgehen, und ich … bekam einfach Panik. Ich fand nicht die richtigen Worte, um sie zum Bleiben zu überreden, aber ich war so verzweifelt, dass ich gar nicht wusste, was ich tat. Seit wir uns auf dem Dachboden Geschichten erzählt hatten, war ich in sie verliebt, und ich sagte ihr das auf die einzige Weise, die ich kannte. Ich küsste sie, und sie … sie fing an zu weinen. Ich ließ von ihr ab und entschuldigte mich, aber sie bat mich, es noch einmal zu tun. Ich begriff das damals nicht, aber ich glaube, sie war einfach fassungslos. Dieses Schwein hatte sie davon überzeugt, dass sie nie eine Wahl haben würde. Dass menschlicher Kontakt immer eine furchtbare Erfahrung sein würde. Und da … schaukelte sich die Sache einfach hoch.«

Es fühlt sich an, als wäre meine Kehle voller Rasierklingen.

»Danach flehte ich sie an zu bleiben, und das tat sie auch. Für genau neun Monate. Ich redete mir ein, sie täte es meinetwegen, aber ich glaube, sie wollte einfach nicht auf der Straße leben, während sie schwanger war und sich alle halbe Stunde erbrechen musste.«

In meinem Kopf rasen die Gedanken. Sie musste gewusst haben, dass ihre Zeit nach der Geburt um sein würde.

»Und wann wusstest du es? Dass sie schwanger war?«

»Eines Tages sah ich, dass sie sich im Bad die Seele aus dem Leib kotzte«, erzählt er schuldbewusst. »Sie erzählte mir etwas von einer Magenverstimmung, aber dann wurde es nicht besser. Ich sagte, sie müsste unsere Pflegeeltern bitten, sie zum Arzt zu bringen. Das Gesicht, das sie da machte! Man hätte denken können, ich hätte von ihr verlangt, Katzenjunge auf einem Brandaltar zu opfern. Sie war völlig entsetzt.«

Das arme Mädchen fürchtete wahrscheinlich Schwierigkeiten, wenn jemand von ihrer Schwangerschaft erfuhr.

»Sie weigerte sich, aber ich hatte solche Angst um sie, dass mir das egal war. Ich sagte, wenn sie es nicht tut, dann mache ich es selbst. Da brach sie wieder in Tränen aus. Sie erzählte mir alles, auch was dieser Drecksack mit ihr gemacht hatte. Sie war davon überzeugt, er wäre der Vater.«

Sie wartete so lange ab, bis es sich nicht mehr verheimlichen ließ. Ich kann nicht fassen, wie ein vierzehnjähriges Mädchen so lange eine solche Last tragen kann.

»Und was hast du gemacht, als sie es dir erzählte?«

»Nichts ... am Anfang«, sagt er, und so wie er auf der Unterlippe herumkaut, ist er nicht stolz darauf, wie es weiterging.

Ich lasse ihm etwas Zeit, sich wieder zu sammeln.

»Ein paar Tage später versuchte ich, ihn im Schlaf zu ersticken. Das Dumme war nur, er schlief gar nicht richtig.«

Ich sehe es vor mir. Ein vierzehnjähriger Junge, hoffnungslos verliebt in seine beste Freundin, zu jung, um zu verstehen, was das bedeutet, aber alt genug, um alles dafür zu tun, sie zu beschützen.

»Da hat er mir die Rippen gebrochen«, bemerkt er. »Wenn er sonst auf mich sauer war, ließ er mich ein paar Tage hungern oder sperrte mich stundenlang in mein Zimmer ein, aber geschlagen hatte er mich noch nie. Ich konnte kaum gehen, als er mit mir fertig war.«

Ich bin sprachlos. Jesse hat immer gesagt, er sei neidisch auf mich. Er würde alles tun, die Jahre in dieser Hölle zu vergessen. Jetzt weiß ich auch, warum.

»Wussten eure Pflegeeltern, dass sie schwanger war?«

»Anfangs nicht. Eine ganze Weile konnte sie das mit weiten Klamotten verbergen, aber irgendwann kamen sie ihr auf die Schliche. Aber da war es schon zu spät für eine Abtreibung. Und du kannst mir glauben, die hätten das im *Handumdrehen* veranlasst, wenn es möglich gewesen wäre. Sie nahmen Bex aus der Schule und brachten sie im Keller unter. Sie durfte nicht einmal zusammen mit dem Rest von uns am Küchentisch essen, behandelten sie wie eine Aussätzige, wie ein Stück Dreck. Als unsere Pflegegeschwister anfingen, Fragen zu stellen, behaupteten sie, irgendein Typ von der Schule hätte sie geschwängert. Die Wahrheit konnten die beiden ja nicht sagen, ohne sich selbst zu belasten.«

»Warte … *Die beiden?* Willst du damit sagen, deine Pflegemutter wusste, dass ihr Mann diese Mädchen missbraucht?«

Jesse lacht verächtlich auf. »Natürlich wusste sie Bescheid. Was glaubst du denn, wer ihn überhaupt auf die Idee gebracht hatte?«

Mir dreht es den Magen um.

»Der Bastard betrog sie schon seit Langem. Nicht, dass sie das kümmerte, aber sie hatte Angst, sie könnte sich bei ihm was holen.«

Meint er damit etwa …

Ich schiebe eine Augenbraue in die Stirn. »Eine Geschlechtskrankheit?«

Er nickt. »Diese Frau war eine Hypochonderin, wie sie im Buche steht. Jeden Tag glaubte sie, sie würde an etwas anderem leiden. Es war ihre Idee, Pflegekinder aufzunehmen. Vorzugsweise junge Mädchen.«

Junge Mädchen, weil sie wusste, dass die gesund waren. Mir läuft es vor Abscheu eiskalt über den Rücken. Ich blicke auf die noch nicht angerührten Appetithäppchen vor uns auf dem Tisch und krümme mich innerlich zusammen. Ich weiß nicht, ob ich heute überhaupt noch etwas hinunterkriege.

»Wie hast du das überhaupt alles erfahren?«

»Als ich nach Redwater zurückging, konnte ich sie ausfindig machen. Ironischerweise hat sie Krebs im Endstadium. Sie hatte nichts zu verlieren. Es brauchte nicht viel, um sie zum Reden zu bringen.«

Redwater.

Während meines letzten Highschool-Jahrs war Jesse sechs Monate lang fort. Als ich meine Eltern damals fragte, wo er sei, sagten sie, er würde in seiner Vergangenheit graben. Damals hatte das für mich überhaupt keine Bedeutung, aber jetzt ist klar, dass er dort noch die eine oder andere Rechnung offen hatte.

Unvermittelt bin ich wieder zurück im Redwater Medical Center und sehe dabei zu, wie Jesses Pflegevater in einem Krankenhausbett verrottet. Ich weiß noch, wie ich mich gefragt habe, ob Jesse wohl für seinen Zustand verantwortlich ist.

»Finn hat mich einmal dort zu dem Kinderschänder gebracht. Damals dachte ich noch, er sei mein leiblicher Vater. Seine lebenserhaltenden Systeme sollten abgeschaltet werden. Bitte versteh das nicht falsch, aber ich muss das fragen … Warst du das? Warst du schuld, dass dieser Drecksack im Koma lag?«

Jesse schweigt für ein paar unerträglich lange Sekunden.

»Ich bin derjenige, der ihn gefunden hat. Ich hatte nach seiner Entlassung nach ihm gesucht.« Er hält inne. »Ich will nicht lügen, aber ich hätte wahrscheinlich das Gleiche getan, wenn ich zuerst dort gewesen wäre. Aber jemand ist mir zuvorgekommen.«

Das überrascht mich nicht, wenn man bedenkt, wie viele Menschen dieser Bastard verletzt hat. Er wäre besser im Gefängnis geblieben, wo es sicherer für ihn war.

»Woher weißt du, dass ich deine Tochter bin, wenn ihr nur einmal Sex hattet? Wäre nicht viel wahrscheinlicher, dass dieser Widerling mein Vater ist?«

»Das dachte ich auch. Aber kurz nach deiner Geburt hörte ich, wie sich meine Pflegeeltern in der Küche unterhielten. Sie waren gerade wegen einiger Tests vom Arzt zurück und hatten erfahren, dass er praktisch nicht zeugungsfähig war. Sicher wusste ich es aber erst, als ich achtzehn wurde. Am Tag nach meinem Geburtstag ging ich zu Dave und sagte, ich müsste endlich Bescheid wissen. Damals warst du sechs. Unter dem Vorwand, etwas über die Vorfahren der Familie herauszufinden, machte er mit dir einen Wattestäbchen-Test. Und wir wissen alle, was dabei herauskam …«

Die Neuigkeit erschüttert mich bis ins Mark. Es stimmt also.

Jesse ist wirklich mein Vater. Eigentlich sollte ich nicht überrascht sein. Immerhin vermute ich es schon seit über einem Jahr, aber ich brauchte die wissenschaftliche Bestätigung dafür.

Einen Augenblick lang sagen wir nichts, aber dann habe ich das Bedürfnis, die Stimmung etwas aufzulockern.

»Und, soll ich jetzt Dad zu dir sagen?«

Jesse muss lächeln, und zu meiner Überraschung wirkt es echt. »Nein, verdammt. Das ist einfach zu krass.«

»Abgemacht.« Ich kichere.

»Und was ist mit mir? Soll ich jetzt Liebes zu dir sagen? Oder Süße? Oder wie Väter ihre Töchter sonst noch so nennen?«

»Sag einfach Diamond zu mir.«

Seine Augen strahlen, auch wenn noch etwas Schmerz durchschimmert. »Den Namen hat deine Mom ausgesucht, weißt du das?«

»Wirklich?«

Er nickt. »Sie hat immer gesagt, wenn sie mal eine Tochter bekommt, dann soll sie Diamond heißen.«

Ich lächle so sehr, dass mein Gesicht schmerzt. »Warum Diamond?«

»Sie hatte irgendwo gelesen, dass Diamanten selbst in Lava nicht schmelzen. Dass sie stark und unzerstörbar seien. Ich schätze, sie wollte, dass ihre Tochter genauso zäh ist wie ihre Mutter.«

Dieser Augenblick ist bitter und süß zugleich. Sosehr mich Jesses Geschichten freuen, erinnern sie mich doch an all die anderen, die ich niemals hören werde.

»Hast du jemals nach ihr gesucht?«, krächze ich.

Er stößt einen Seufzer aus. »Tu ich seit Jahren.«

»Und?«

»Nichts, bis jetzt. Aber ich werde nicht aufgeben. Ich weiß, dass sie irgendwo ist. Sie muss irgendwo sein.«

Ich merke erst, dass mir Tränen über die Wangen laufen, als Jesse mir eine Serviette reicht. Dankend nehme ich sie an und trockne mir die Augenwinkel.

»Gott, wie gern wüsste ich, wie sie ausgesehen hat«, sage ich mehr zu mir als zu ihm. Ich erwarte, dass er mir erzählt, wie hübsch sie gewesen sei, aber Jesse schweigt und kramt stattdessen in seiner Gesäßtasche. Dann zieht er seinen Geldbeutel hervor.

»Was tust du da?«

»Das Richtige«, antwortet er und zieht ein zerknittertes Stück Papier heraus.

Mir kommen wieder die Tränen, als er es auseinanderfaltet.

»Ist das …«

»Ein Foto von ihr.« Er reicht es mir.

Die Tränen laufen mir schon in den Mund, während ich mit zitternden Händen nach dem Bild greife. Mir stockt hörbar der Atem, als ich sie betrachte. Das Foto wurde in einem Park neben einem gelben Karussell aufgenommen. Sie trägt ein weißes Kleid mit Erdbeeren darauf und strahlt übers ganze Gesicht. Offensichtlich war sie noch sehr jung – vielleicht sieben –, als das Bild aufgenommen wurde, aber die Ähnlichkeit zwischen uns beiden ist frappierend.

Ihre Haut ist heller als meine, aber ihr Haar ist ebenso dunkel und lockig. Sie hat Grübchen, und ihre Nase ist schmäler. Ihre Lippen haben eine andere Form und sind vielleicht ein bisschen voller als meine, aber davon abgesehen sieht sie aus wie eine andere Version von mir.

»Behalte es«, sagt Jesse, und ich sehe halb blind vor Tränen zu ihm auf.

»Das kann ich nicht annehmen. Das ist dein letztes Andenken an sie.« Ich reiche ihm das Bild zurück.

Aber er schiebt es mir wieder hin. »Ich habe noch ein paar Abzüge, und dazu die Erinnerungen. Mehr brauche ich nicht.«

Das lasse ich mir nicht zweimal sagen; ich nicke und presse das Bild meiner Mutter an meine Brust.

»Vielen Dank«, würge ich hervor.

»Vertragen wir uns wieder?«, fragt er, als ich mir die Wangen abgewischt habe.

Ich zögere zum Spaß für eine Sekunde, schenke ihm dann aber das schönste Lächeln, das ich auf Lager habe. »Wir vertragen uns wieder.«

Als Jesse antworten will, ist plötzlich Daves laute Stimme zu hören. »Tut mir leid, dass das so lange gedauert hat. Dein Bruder hat Boo-Boo, den Bären, bei mir vergessen, und jetzt hat er einen Wutanfall, den man bis China hören kann.«

Dave steckt sein Handy wieder ein, bleibt am Tisch stehen und mustert mein aufgedunsenes Gesicht. »Stimmt etwas nicht?«

Ich schniefe: »Alles bestens.«

Gott weiß, was alles nicht hätte stimmen können. Wenn Dave mich nicht aufgenommen hätte, wäre mein Leben die reinste Hölle gewesen. Ich wäre ebenso missbraucht worden wie Bex. Zusammen mit Gaten bot er mir die Familie, die sich meine Mutter immer erträumt hatte, und ein Leben, für das sie alles gegeben hätte, und ich will verdammt sein, wenn ich das nur aus Wut jemals vergessen sollte.

»Dia?«, fragt Dave besorgt und ich komme zu dem Schluss, dass Worte diesmal nicht genügen. Ich wische mir mit dem Ärmel über die Wange, stehe auf und bleibe vor meinem verdutzten Vater stehen.

Und dann umarme ich ihn.

Sofort schließt er die Arme um mich.

»Dad, ich …« Ich verschlucke mich an einem leisen Schluchzer. Für die anderen Gäste im Lokal wirke ich wahrscheinlich wie eine emotionale Spinnerin.

»Ich weiß, Süße.« Dave hält mich ganz fest und streicht mir über den Rücken. »Ich weiß.«

So bleiben wir minutenlang stehen, und ich schelte mich, dass ich nicht schon früher in dieses Treffen eingewilligt habe. Schon möglich, dass ich an diesem Tag am Lake Belmont einen Teil von mir verloren habe.

Aber ich weigere mich, meine Familie zu verlieren.

26. KAPITEL

DIAMOND

Erst am nächsten Tag komme ich zur Wohnung zurück.

Als ich in das Treffen mit Jesse und Dave einwilligte, hatte ich keine Ahnung, dass ich danach für das ganze Wochenende blaumachen würde. *Geplant* war es jedenfalls nicht, dass ich alle meine Verpflichtungen sausen ließ, aber als wir das Lokal verließen, bot Dave an, uns seine neue Wohnung zu zeigen, und ein Ausflug zurück nach Silver Springs klang einfach verlockender als eine weitere Begegnung mit Finn.

Insbesondere nach dem, ähm, *Zwischenfall* auf der Dachterrasse.

Es war wirklich schön in Silver Springs. Ich konnte mir Daves neue Wohnung ansehen, mit ihm und Jesse Brettspiele spielen und ich stattete sogar Gaten und meinem kleinen Bruder in unserem alten Haus einen Besuch ab. Es war wirklich beschissen, dass in dem Haus, in dem ich aufgewachsen bin, nun alles so anders aussah. Gaten hat die Küche inzwischen so renoviert, wie er sie als Küchenchef eben immer haben wollte, und das Wohnzimmer und die Schlafzimmer frisch gestrichen.

Mit all den Veränderungen wirkte das alles nun endgültig. Als gäbe es für ihn und Dave keine Hoffnung mehr. Aber das ist nichts gegen meine Hoffnungslosigkeit, als Gaten erwähnte, dass er sich jetzt mit jemand anderem trifft. Jesse sah, was für ein Gesicht ich dabei machte, und gab mir einen nicht sehr subtilen Ellenbogenstoß in die Rippen. Und ich bin sogar froh darüber. Es erinnerte mich daran, was wirklich zählt.

Dass meine Dads glücklich sind.

Es dauerte einen Augenblick, bis ich die Pille geschluckt hatte, aber dann konnte ich die gemeinsame Zeit genießen, obwohl viel davon durch Gedanken an Finn getrübt wurde.

Er war immer irgendwie präsent, sosehr ich mich auch auf etwas anderes konzentrierte. Ich habe keinen Pieps mehr von ihm gehört, seit ich ihn angelogen habe, ich hätte meinen Orgasmus nur vorgetäuscht. Halt, das nehme ich zurück. Eine Nachricht hat er mir geschickt, nachdem ich sein Ego zerschmettert habe.

Eine Nachricht, zwei Wörter, null Kontext.

»Spiel eröffnet.«

Mehr stand nicht in der Nachricht, aber es genügte, um mein loses Mundwerk zu bereuen. Ich kann mir nicht vorstellen, dass Finn mir das nicht heimzahlen wird. Deshalb halte ich praktisch den Atem an, seit ich die Wohnung wieder betreten habe.

Rasch bringe ich mein Zeug ins Gästezimmer und checke mein Handy. Ich habe eine Nachricht von Aveena. Sie schreibt, sie und Xavier wären wegen des Babys gerade beim Arzt. Ich antworte, den Kopf voller Fragen.

Finn habe ich beim Hereinkommen nicht gesehen. Er war nicht im Wohnzimmer, aber ich bin ja auch schnurstracks in mein Zimmer gegangen. Gut möglich, dass er in der Küche ist. Oder im Fitnessstudio. Eine Weile lausche ich den Geräuschen in der Wohnung.

Nichts.

Irgendwann beschließe ich, vor dem Unterricht noch zu duschen, schließe aber nicht ab, weil ich ja ohnehin alleine zu Hause bin. Ich dusche lange, begleitet von einer Flut schmutziger Gedanken. Mein Körper scheint auf Turbo zu laufen, seit Finn mich in die höchsten Himmel gefingert hat. Irgendwas hat er in mir angefacht. Etwas, das lange Zeit brachlag, aber jetzt, wo es wieder aktiv ist? Gibt es keinen Weg zurück. Ich bin geil, und zwar ständig. Wirklich ständig.

Vielleicht könnte ich ja …

Bevor ich michs versehe, habe ich die Hand den Bauch hinunter zwischen meine Beine geschoben. Ich beiße mir so fest auf die Unterlippe, dass ich Blut schmecke, als ich meine Klitoris mit zwei Fingern berühre, und ich hasse mich für die Stimme in meinem Kopf.

Du willst es, dann nimm es dir. Benutz mich, Dia. Du bist nicht mein? Also schön. Aber ich bin dein, verfickt noch mal.

Mein Kreisen wird schneller, während mich der Gedanke an Finns Stimme am ganzen Körper erschauern lässt. Ein paar Minuten lang reibe ich mich und kann nicht ausstehen, wie anders es sich anfühlt, wenn ich es selbst mache. Fuck, ich weiß nicht, was an Finns Fingern so besonders ist, aber ich käme nur zu gern hinter sein Geheimnis.

Sag mir, dass du nicht feucht für mich bist. Ich weiß noch genau, wie er das zu mir sagte, und lasse meine Finger noch schneller kreisen.

Ich will ihn nicht.

Ich will ihn nicht.

Ich will ihn –

»Finn«, stöhne ich laut, ohne es zu bemerken, und schlage mit der Hand gegen die Fliesen.

Erschrocken reiße ich die Augen auf …

Ich habe gerade seinen Namen gestöhnt.

Ich. Habe. Gerade. Seinen. Namen. Gestöhnt.

In dem Moment höre ich ihn.

»Kein Grund zu schreien, Juwel. Ich bin doch da.«

Ich erstarre und bin überzeugt, dass ich mir das nur eingebildet habe. Bis die Badezimmertür laut zuschlägt und ich hastig die Hand zwischen meinen Beinen herausziehe.

Bitte lass das nicht Wirklichkeit sein.

Ich greife nach dem Duschvorhang, ziehe ihn zur Seite und spähe hinaus. Ich komme fast um vor Scham, als ich Finn an der Tür stehen sehe, die Sporttasche über der Schulter. Ich hatte recht. Er war in der Sporthalle, aber er sieht nicht verschwitzt oder abgekämpft aus – er muss wohl dort geduscht haben.

»Finn, was zum Teufel tust du hier?«, kreische ich, mit nichts als dem Duschvorhang zwischen seinen Augen und meinem nackten Körper. Sofort fällt mein Blick auf seine Hose und ich spüre ein Ziehen im Bauch, als ich sehe, dass seine Latte den Stoff bis zum

Zerreißen spannt. Wie lange steht er schon da und hört mir zu? Und war sein Schwanz schon immer so? Klein war er noch nie – ganz bestimmt nicht –, aber, *Herr im Himmel*!

»Du hast gerufen, ich bin zur Stelle.« In seinen Augen lodert dieselbe Begierde wie neulich auf der Dachterrasse.

Meine Wangen werden knallrot.

Finn kaut auf der Innenseite seiner Wange und lächelt vielsagend. »Meinetwegen brauchst du nicht aufzuhören, bestimmt nicht.«

Ich hole tief Luft, drehe den Wasserhahn zu und reckte den Arm, um mein Handtuch vom Haken zu nehmen.

»Raus mit dir!« Ich lege das Handtuch um mich und trete aus der Dusche.

Er zuckt ungeniert mit den Achseln. »Nö.«

Ernsthaft jetzt?

»Ich sagte, raus mit dir, verdammt«, blaffe ich.

»Warum?« Er runzelt die Stirn. »Damit du weiter meinen Namen stöhnen kannst, während du es dir machst? Nie im Leben.«

Arschloch.

»Ich habs mir nicht gemacht. Ich …« Der Satz bleibt so in der Luft hängen. »Außerdem geht es dich einen Dreck an, was ich hier tue. Raus jetzt.«

Er besitzt wirklich die Frechheit, meine Aufforderung weiterhin zu ignorieren. »Ich dachte, wir könnten unser Gespräch von Freitagabend fortsetzen.«

»Jetzt?«, rufe ich entgeistert und deute auf meinen Aufzug.

»Na klar.« Er zieht eine Augenbraue hoch. »Warum nicht?«

Ich könnte diesen Kerl mit bloßer Hand erwürgen. »Ich bin nackt, falls du das noch nicht bemerkt hast.«

Er mustert mich eingehend, kommt näher und schneidet mir damit die Luft ab. »Das habe ich bemerkt, glaub mir.«

Ich habe das Bedürfnis, den Knoten im Handtuch noch enger zu ziehen. Diese Augen … Ich fürchte, sein Blick kann alle Schichten durchdringen.

»Wenn du nicht gehst, schreie ich so laut um Hilfe, dass die Nachbarn die Polizei rufen«, drohe ich ihm.

Kurz überlegt er, ob ich bluffe oder nicht.

»Nimm es zurück, dann gehe ich.«

»Was soll ich zurücknehmen?«

Sein Kinn zuckt. »Das weißt du genau.«

Ich muss laut loslachen, als ich es begreife.

»Darum geht es? Dein angeknackstes Ego?«

»Gib einfach zu, dass es nicht vorgetäuscht war, dann bin ich weg. So einfach ist das.«

Es einfach zuzugeben, wäre leichter, aber *mein* Ego gönnt ihm diesen kleinen Sieg einfach nicht.

»Ich weiß nicht recht, wie ich es dir sagen soll, Finn. Irgendwie bringen es deine Finger bei mir nicht mehr so«, lüge ich.

Ich greife nach dem Türknauf, um Finn hinauszuschieben, aber im letzten Moment packt er mit einem verschlagenen Lächeln mein Handgelenk. Dann stellt er sich hinter mich und mir stockt der Atem, als er zwischen meine Schulterblätter drückt und mich wie eine Puppe vornüberneigt.

Er hat mich so schnell gegen den Waschtisch gepresst, dass mein Gehirn nicht folgen kann. Meine nur zur Hälfte bedeckten Brüste berühren die eiskalte Keramik und mir wird klar, dass ich etwas gesagt habe, das ich nicht zurücknehmen kann.

Trotz des Handtuchs komme ich mir splitternackt vor. Ich spüre, wie nah er ist, denn seine Länge drückt von hinten gegen meinen Hintern.

»W-Was tust du da, verdammt?«, stammle ich, während mein Herz wie wild im Brustkorb pocht.

Ich weiß, dass er es ernst meint, als er sich über mich beugt, meinen Kopf am Haar nach hinten zieht und mir ins Ohr flüstert: »Ich nehme mir, was mein ist.«

Seine raue Stimme fährt wie ein Stromstoß durch meinen Körper, und mir wird im Unterleib ganz warm. Sobald er mit dem Knie meine Beine auseinanderschiebt, muss ich aufseufzen.

»Meine Finger bringen es nicht mehr so, was?«, knurrt er, nur Zentimeter neben meinem Ohr, während ich mich verzweifelt winde. »Dann versuchen wir's mal mit meiner *Zunge*.«

Ich kann mich nicht wehren, als er hinter mir auf die Knie geht und mit einem einzigen Ruck das Badetuch wegreißt. Ich dachte, er würde mir wie sonst Gelegenheit zur Flucht lassen, stattdessen presst er die Hände auf meine Pobacken und zieht sie ohne Federlesen auseinander.

Er fährt mit der Zunge über meine Mitte, nur ein *einziges* Mal, und schon bäume ich mich auf. Finn scheint das nicht zu gefallen, denn er greift meinen Hintern noch fester, hält mich fest und leckt mich nun mit vollem Einsatz, auf- und abwärts. Er verschlingt mich ohne jede Zurückhaltung und ächzt jedes Mal, wenn mir ein Stöhnen über die Lippen kommt.

Ich wünschte, ich könnte sagen, dass er in seinen Fertigkeiten nachgelassen hat. Dass es sich nicht herrlich anfühlt, dass ich keine außerkörperliche Erfahrung habe, aber ich bin vom reinen Genuss wie *gelähmt* und zu nichts anderem fähig, als mich an den Waschtisch zu krallen.

Verzweifelt versuche ich, mein Stöhnen für mich zu behalten, ihm nicht zu zeigen, wie gut es sich anfühlt, aber gegen diesen Mund habe ich nicht die geringste Chance. Ich bin ihm und seiner Zunge hilflos ausgeliefert, die meinen Kitzler mit unglaublicher Präzision und genau dem richtigen Druck hin- und herschnippt.

Als er den Daumen mit Leichtigkeit in mich hineinschiebt, verdrehe ich die Augen. Mein Körper hat nichts dagegen, empfindet es nur als Bereicherung. Ich bin so feucht, dass ich meine Erregung sogar hören kann.

»Hörst du das, Juwel? So hört sich eine Lüge an«, spottet er, stößt mit dem Finger tiefer und leckt mich hemmungslos weiter.

»Fick dich«, wimmere ich, und Finn ist sofort wieder auf den Beinen.

»Vielleicht … wenn du lieb fragst.« Seine Hand trifft mich so heftig auf den nackten Hintern, dass ich Richtung Waschbecken zucke. Kaum hat sein Mund meine empfindlichste Stelle verlassen, da übernehmen auch schon seine Finger.

Er taucht Zeige- und Mittelfinger tief in mich hinein, sein Daumen findet meine Klit und trifft jeden einzelnen Nerv in Dauerschleife. Er setzt mir mit einer solchen Entschlossenheit zu, dass man glauben könnte, das Schicksal der Welt hinge davon ab und die Menschheit wäre einzig durch meinen Höhepunkt zu retten.

Ich kann es selbst nicht glauben, dass ich den Arm nach hinten strecke und Finns Latte durch seine Jogginghose streichle. Ich ertappe mich sogar kurz bei dem Wunsch, er möge das Ding endlich herausziehen und mich ficken. Und damit ist klar, dass ich verloren bin. Mein Kopf hat ihm zwar nicht vergeben.

Aber mein Körper …

Dem ist scheißegal, was er getan hat. Dass er mich im Stich gelassen hat. Mein Körper ist einfach nur froh, dass er wieder *da* ist.

Plötzlich zischt er atemlos: »Fuck, Dia, lass meinen Schwanz los, oder willst du, dass ich etwas tue, das wir beide bereuen werden?«

Ich bin nahe daran zu fragen, warum er Sex mit mir bereuen sollte. Bei mir ist das klar, aber er kämpft ja auch nicht mit sich selbst, ob er seinem Ex vergeben soll. Vielleicht will er es ja nicht, solange ich noch wütend auf ihn bin?

Der Gedanke verfliegt so rasch, wie er gekommen ist, und spontan fasse ich seinen Schwanz fester und hole ihm durch die Hose einen runter.

»Juwel …«, stöhnt er. »Du solltest wirklich …«

Je schneller ich durch die Hose an ihm spiele, desto flinker bewegen sich seine Finger, bis ich unvermittelt zu zittern anfange. Als wäre die Lust nicht schon überwältigend genug, fängt Finn auch noch an, in kleinen Kreisen um mein Arschloch zu fahren, und mir klappt der Mund auf.

»Nein!«, rufe ich ungläubig, klammere mich an den kalten Waschtisch und kämpfe mit aller Gewalt gegen den andrängenden Orgasmus an.

Nein, nein, nein.

»Fuck, ja«, erwidert Finn und ich verliere alle Hoffnung, dass ich mich irgendwie beherrschen könnte.

»O Gott.« Ich gebe das Theater auf, genieße jede einzelne Sekunde meines Höhepunkts, und Finn zieht mich an meinem Haar zurück und sieht mir ins Gesicht, während ich über seinen Fingern zerfließe.

»'tschuldige, aber … was war das?« Er klingt zufrieden und ich schaffe es nicht, die absolute Ekstase, die mich erfüllt, zu verbergen. »Hört sich nicht wie simuliert an, wenn du mich fragst.«

Ich komme immer weiter und liege willenlos auf dem Waschtisch. Und als ich glaube, dass Finn mich nicht noch mehr überraschen kann, hört er auf und löst sich von mir. Er schiebt seine Hose herunter, kommt wieder heran und presst seinen Schwanz gegen meine Pobacken. Ich bekomme es mit der Angst zu tun.

Jetzt gehen wir zu weit, oder? Wenn er sich erst gegen meine Mitte presst, kann ich ihn nicht mehr aufhalten.

Voller Panik drücke ich mich vom Waschbecken hoch und drehe mich um. Dass er mich nun von dieser Seite nackt sieht, scheint Finn zu schockieren, denn sein Mund klappt auf und seine Augen leuchten. Ich erwidere den Gefallen und starre seinen harten Schwanz an, der mit prallen Adern zwischen uns hochragt.

Er sieht atemberaubend aus.

Ich bekomme gar nicht mit, wie schnell ich vor ihm auf die Knie gehe. In meinem Kopf heulen Warnsirenen, die ich mit Leichtigkeit zum Verstummen bringe, während ich ihn, von Lust überwältigt, am Schaft packe und zu ihm aufsehe. Das Geräusch, das er von sich gibt, als ich mit der Zunge über die Spitze fahre, ist so unerträglich heiß, dass ich ihn sofort in den Mund nehme.

»Oh, fuck, Baby.« Er wirft den Kopf in den Nacken und fährt mir mit der Hand ins Haar. Ich ziehe an seinem T-Shirt und er reißt es sich sofort herunter, wodurch seine wie gemeißelte Brust zum Vorschein kommt. Mein Kopf bewegt sich auf und ab, ich kreise mit der Zunge um seine Länge und entlockte ihm ein Ächzen.

»Fuck, wie mir dieser Mund gefehlt hat.« Er lässt mich keinen

Moment aus den Augen. Ich öffne den Mund weiter und nehme ihn so tief, dass ich spüre, wie er hinten im Rachen anstößt.

»Fuuuck.« Er fängt an zu zittern, fasst mein Haar noch fester und keucht: »Gott, wie ich dich liebe, Dia. Ich liebe dich so verdammt sehr, dass es mich umbringt.«

Sein Bekenntnis trifft mich wie eine Kugel ins Herz. Ich antworte nicht und lasse ihn wieder an meinen Rachen stoßen. Es dauert nicht lange, bis er die Augen aufreißt.

»Oh, fuck, Dia. Ich werde gleich …«

Ich schwöre, ich erleide fast einen Herzstillstand, als ich höre, wie die Wohnungstür zuschlägt.

»Hallo?« Aveenas Stimme halt durch die Wohnung und ich blicke panisch zu Finn auf.

»Fuck, hör bloß nicht auf«, stöhnt er leise und dreht schnell den Wasserhahn auf. Ich gehorche und bewege Mund und Finger rasch an seinem Schaft.

Auf und ab.

Auf und ab.

Bis er kommt. Bebend steht er an der Wand, presst die Hand auf den Mund, um keinen Laut von sich zu geben, und spritzt in meine Kehle ab. Wie er dabei versucht, seinen Ausbruch zu dämpfen, ist wahrscheinlich das Heißeste, was ich im ganzen Leben gesehen habe.

Ich schlucke, ohne nachzudenken, hinunter, lass ihn mit einem Plopp frei und begreife erst, als ich mich wieder vom Boden hochstemme, was ich getan habe. Es ist wirklich passiert. Ich habe meinem Ex-Freund auf den Badezimmerfliesen einen geblasen und habe ihn in meinem Mund kommen lassen, obwohl Xavier und Aveena gleich nebenan waren. Ich habe alle meine Regeln gebrochen. Jede einzelne.

Wieder einmal.

Finn blickt ganz ähnlich drein wie ich, während wir uns schockiert anstarren. Keiner kann glauben, was gerade geschehen ist, und ich bin mir nicht sicher, ob ich das überhaupt will. Ich greife nach meinem Bademantel – das Einzige, was ich ins Bad mitgenommen habe – und schlüpfe hinein, als mir ein Tattoo links auf seiner Brust auffällt.

Ein neues Tattoo.

Nur wenige Zentimeter über seinem Herzen.

Ein Diamant …

* * *

FINN

Es gibt so einiges, das ich dir gerne sagen würde.

Warum drehst du dich weg und ignorierst mich, nachdem du mir den besten Blowjob meines Lebens gegeben hast?

Wo bist du die letzten beiden Tage gewesen?

Warum bist du so störrisch, und warum liebe ich dich deswegen nur noch mehr?

Komm zu mir zurück.

Bitte.

Ich glaube allerdings nicht, dass ich auf solche Nachrichten eine Antwort bekommen würde, und habe mir deshalb etwas weniger Erbärmliches überlegt. Aber wem will ich etwas vormachen? Ich wirke wie ein notgeiler kleiner Scheißer, ganz egal, was ich mache. Ich winde mich innerlich, während ich durch die Nachrichten scrolle, die ich ihr schon geschickt habe.

Finn: Können wir reden?

Finn: Du kannst mich nach so etwas nicht einfach ignorieren.

Finn: Dia, verdammt, hör auf mit diesen Spielchen.

Finn: Rede mit mir. Ich flehe dich an.

Im Nachhinein betrachtet sind diese Nachrichten eher noch erbärmlicher. Gut möglich, dass sie sich deshalb nicht herabgelassen hat, darauf zu antworten. Zwei Tage ist es jetzt her, dass ich sie im Badezimmer in die Enge getrieben und dazu gebracht habe, ihre Worte zurückzunehmen. Hatte ich gehofft, mit einem Orgasmus auf dem Waschtisch würde alles zwischen uns wieder in Ordnung kommen?

Nein.

Aber ich habe bestimmt nicht damit gerechnet, dass damit alles noch schlimmer wird.

Ich sehe es immer noch vor mir: sie auf Knien, die Hände an meinem Schwanz, während sie mich leer saugt. Es war ein unbeschreibliches Gefühl. Bis sie ihre Mauern wieder hochzog – höchstwahrscheinlich noch ein paar Zentimeter höher als vorher.

Wir waren kaum fertig, da stand sie auf, zog sich den Bademantel an und verschwand aus dem Bad. Sie stutzte allerdings kurz und starrte etwas auf meiner Brust an – es war nicht schwer zu erraten, was.

Mein Diamant-Tattoo.

Ich habe mir das stechen lassen, nachdem ich aus der Stadt verschwand, weshalb sie es noch nicht gesehen hatte.

So langsam verliere ich den Verstand, während ich warte, dass sie nach Hause kommt. Ich schätze, sie pennt bei einer Freundin – oder ist sie etwa zurück ins Wohnheim? Wie auch immer, ich bin mir nicht zu schade, sie ausfindig zu machen und heimzuholen. Wenn sie bis morgen nicht geantwortet hat, werde ich sie suchen.

Es ist schon nach neun, als Xavier und ich vor dem Fernseher sitzen und Football schauen. Aveena geht in letzter Zeit schon um acht ins Bett. Irgendwie schläft sie nicht gut, seit sie schwanger ist.

Ich habe kein wirkliches Interesse am Spiel, sehe ständig zur Tür hinüber und warte darauf, dass Dia auftaucht. Ansonsten bin ich zu nichts fähig.

Ich sagte Xavier, ich würde mich nach einem Job umsehen, obwohl ich fast alle meine Ersparnisse darangesetzt habe, ihm mit der Miete auszuhelfen. Zuerst wollte er das nicht annehmen, aber er erwartet ein Kind und ich habe nicht vor, meinem besten Freund auf der Tasche zu liegen.

Ich weiß, dass ich irgendwann Arbeit brauche, damit ich mir nächstes Semester eine eigene Wohnung leisten kann, aber im Augenblick kann ich nur daran denken, wie ich mein Mädchen zurückbekomme. Deshalb bleibe ich so viel wie möglich zu Hause, in der Hoffnung, ihr so über den Weg zu laufen. Diesem Mädchen nachzulaufen, ist ein verdammter Vollzeitjob, das schwöre ich.

»Hey, Arschloch?« Xavier holt mich in die Realität zurück.

Ich blinzele ihn an. Wie lange redet er schon mit mir?

»Was?« Ich sitze an die Schlafcouch gelehnt, die jetzt schon seit Wochen mein Bett ist.

Er zieht eine Augenbraue hoch. »Hast du auch nur irgendwas von dem mitbekommen, was ich gerade gesagt habe?«

»Rein gar nichts«, antworte ich wahrheitsgemäß.

»Wenn du dir das nächste Mal in meinem Badezimmer den Schwanz lutschen lässt, dann sorge gefälligst dafür, dass wir nicht heimkommen und das Ganze mit anhören müssen, verstanden?«

Es sollte mir vermutlich peinlich sein, dass man uns gehört hat. Insbesondere weil wir uns Mühe gegeben hatten, leise zu sein, aber im Grunde kümmert es mich nicht. Wir waren viel zu sehr in den Augenblick vertieft und ich kann es ertragen, wenn sie mich haben kommen hören, wenn ich dafür wenigstens ein paar Minuten lang mein Mädchen für mich habe.

»Es war nicht das Ganze. Ihr seid erst am Ende nach Hause gekommen.«

Xavier tut, als müsse er würgen. »Es war mehr als genug. Du hättest ja wenigstens einen Strumpf über den Türknauf ziehen können oder so.«

Ich zucke mit den Schultern. »Sei bloß froh, dass ich sie nicht hier auf deiner Couch von hinten genommen habe.«

Dafür werde ich mich nicht entschuldigen. Ich bin froh, dass es passiert ist. Jetzt muss ich nur dafür sorgen, dass es *weiterhin* passiert. Am liebsten für den Rest meines Lebens.

Xavier schnaubt, nimmt mir die Antwort aber nicht übel. »Da wir jetzt also wissen, dass du ein schamloses Arschloch bist … heißt das, ihr zwei seid wieder zusammen?«

»Nein«, sage ich tonlos. »Sie antwortet nicht auf meine Nachrichten. Ich weiß nicht einmal, wo sie überhaupt ist.«

»Aveena sagte, sie wäre für ein paar Tage bei Lacey untergekrochen.«

»Und das sagst du mir erst jetzt?«, fahre ich ihn so vorwurfsvoll an, dass es mir sofort leidtut, meinen Ärger so an ihm auszulassen.

Xavier hält die Hände in die Höhe. »Wie zum Teufel soll ich wissen, dass du immer noch in der Stalker-Phase bist?«

»'tschuldige, ich bin einfach … gestresst.« Für ihn genügt die Kurzversion.

Die Details der ungekürzten Fassung würde ich nicht einmal mit ihm teilen, wenn er mir eine Pistole auf die Brust setzte. Wie beispielsweise, dass es mir ohne Dia ziemlich beschissen geht.

Und deshalb weiß ich auch, dass es richtig war, wegzugehen. Das Timing war scheiße, zugegeben, und ich hätte das besser handeln können, aber wenn ich weiter in derselben Stadt wie sie gewohnt und sie täglich gesehen hätte, wäre ich niemals lange genug weggeblieben, um meinen Kram in Ordnung zu bringen. Das brauchte alles Zeit und Abstand, und mit ihr in der Nähe hätte ich keine einzige Woche durchgehalten.

»Weißt du, wann sie zurückkommt?« Ich stehe zu dem Stalker in mir. Xavier will gerade antworten, da hört man, wie die sich die Wohnungstür schließt.

Sie ist zu Hause.

Augenblicklich setze ich mich kerzengerade hin, kann aber wegen einer blöden Wand nicht bis zur Eingangstür sehen. Ich wünschte, ich hätte einen Röntgenblick. Nach einigen Sekunden hört man einen Schlüsselbund klimpern, dann kommen Schritte in unsere Richtung. Eine Sekunde später biegt Dia um die Ecke, ihre Reisetasche in einer Hand, die Handtasche in der anderen. Mir wird schmerzlich bewusst, dass sie nicht aus einer Laune heraus zu Lacey verschwunden ist. Sie hat das geplant und vorher ihre Tasche gepackt. Weil sie von mir wegwollte.

»Hallo, Leute«, begrüßt sie uns, sieht dabei aber nur Xavier an und vermeidet jeden Blickkontakt mit mir.

Dann trottet sie den Gang hinunter und geht in ihr Zimmer. Und schon ist sie wieder verschwunden. Sie glaubt wohl, sie könnte so tun, als würde ich nicht existieren, nachdem sie nackt vor dem Badezimmertisch gekommen ist und meinen Namen gestöhnt hat. Glaubt sie, ich würde das mit uns beiden aufgeben?

Da irrt sie sich.

Anderthalb Stunden später verabschiedet sich Xavier ins Bett. Kaum hat er den Raum verlassen, greife ich zum Handy und schreibe Dia zum tausendsten Mal eine Nachricht.

Finn: Triff mich auf dem Balkon in zehn Minuten.

Aus ihrem Zimmer höre ich, wie meine Nachricht ankommt. Es vergehen fünf schmerzhafte Minuten, bevor endlich drei sich bewegende Punkte auf meinem Bildschirm erscheinen.

Heilige Scheiße.

Das ist keine Übung.

Sie antwortet mir wirklich.

Kurz darauf piept mein Handy.

Dia: Und wenn ich mich weigere?

Ich tippe eine Antwort.

Finn: Dann werde ich dich über meine verfickte Schulter werfen und höchstpersönlich raustragen.

Sie antwortet ebenso schnell.

Dia: Kauf ich dir nicht ab.

Finn: Wollen wir wetten?

Da keine Antwort kommt, vermute ich, dass sie ihre Möglichkeiten durchgeht.

Dia: Du hast zwei Minuten.

Finn: Abgemacht.

Ich stecke mein Handy in die Tasche und erhebe mich vom Sofa. Ich gehe hinaus auf den Balkon, schließe die Schiebetür, lehne mich ans Geländer und warte. Mir stockt der Atem, als ich höre, wie hinter mir die Tür aufgeht.

Rasch drehe ich mich zu ihr um. Sie hat das schwarze Haar zu einem losen Knoten hochgebunden, trägt ein weißes Trägertop und eine blaue Schlafanzughose mit Wolken drauf.

»Was willst du?« Sie verschränkt die Arme und reibt sie dabei aneinander, wie um eine Gänsehaut loszuwerden. Es ist ziemlich kalt hier draußen. Leider habe ich keine Jacke, die ich ihr geben könnte.

»Über das reden, was passiert ist.« Ich trete näher an sie heran.

Sie runzelt die Stirn und weicht zurück. »Da gibt es nichts zu reden. Es hat Spaß gemacht. Ende der Geschichte.«

Es fühlt sich an, als hätte sie mir eben die Eingeweide herausgerissen.

»Ach, mehr war es nicht für dich? Nur Spaß?« Ich kann es nicht fassen.

Genau solche Gespräche hatte ich mit Mädchen, bevor ich Dia kennenlernte. Nur dass ich es war, der sagte, es wäre nur Spaß gewesen, und die anderen mussten die Bruchstücke ihres Egos aufsammeln.

»Darum gehts doch beim Gelegenheitssex, oder?«, meint sie höhnisch.

So läuft also der Hase, was?

Ich gehe so schnell zu ihr hin, dass sie vor Schreck rückwärts gegen die Glastür prallt. Ich sehe ihr in die Augen und lege die Hand an die Tür, damit sie nicht fortkann. »Okay. Dann schau mir in die Augen und sage mir, dass es rein gar nichts bedeutet hat. Sage mir, dass ich aufgeben soll. Sage mir, dass du mir niemals vergeben wirst, und dass ich nur meine Zeit verschwende.«

Bis jetzt war sie so distanziert und unerreichbar, dass ich fürchte, sie wird genau das sagen und meine Hoffnung ein für alle Mal zerstören. Aber das tut sie nicht. Sie öffnet ihren Mund, aber dann schließt sie ihn wieder. Ihre Reaktion erfüllt mich mit Freude. Zu sehen, dass sie in meiner Nähe ihre Fassung verliert, zeigt mir, dass ich ihr immer noch etwas bedeute.

»Ich …« Sie räuspert sich, reißt sich zusammen und schiebt mich weg. »Du kannst nicht einfach nach einem Jahr hier auftauchen und erwarten, dass das mit ein paar Begegnungen schon wieder in Ordnung kommt! Du sagst, du hättest dich verändert, aber dieses ›neue Du‹ könnte genauso gut ein Haufen Scheiße sein. Ich weiß nicht einmal, wo du gewesen bist. Oder was du da getan hast. Wie soll ich dir vertrauen, wenn ich rein gar nichts weiß?«

»Dann lass es mich dir zeigen!« Ich nehme ihr Gesicht in die Hände und unsere Blicke treffen sich. »Lass mich zeigen, was ich getan habe. Lerne die Leute kennen, die mir geholfen haben. Lass mich beweisen, dass ich nicht lüge.«

Ihr Mund öffnet sich ein wenig.

»Gib mir einen einzigen Tag … Einen beschissenen Tag … Und wenn du dann immer noch nicht verstehst, warum ich abgehauen bin, dann werde ich dich nie wieder belästigen. Versprochen.«

Ihren Augen ist der Kampf anzusehen, den sie mit sich ausficht, und das Beste? *Sie verliert.*

»Okay«, seufzt sie nach fünf endlosen Sekunden.

»Okay?« Ich kann meine Begeisterung nicht verbergen. »Okay heißt also Ja?«

Ich glaube, jetzt muss sie ein Lächeln unterdrücken. »Ja.«

Ich nicke und sie wendet sich zum Gehen, bleibt aber stehen, nachdem sie die Glastür aufgeschoben hat.

Über die Schulter meint sie: »Ich hätte morgen Zeit.«

Ich lasse mich nicht lange bitten. »Dann um zehn.«

27. KAPITEL

DIAMOND

»Und was wollen wir hier?«, versuche ich Finn bestimmt zum zehnten Mal in dreißig Minuten zu löchern. Normalerweise bin ich nicht so ungeduldig, aber fairerweise muss man sagen, dass ich sonst auch nicht so *nervös* bin.

Eigentlich dachte ich, ich wüsste, was mich erwartet, als ich heute Morgen gegen zehn bei Finn ins Auto stieg, aber wie sich herausstellt, weiß ich rein gar nichts. Warum er mich in diesen kleinen Ort am Meer namens Hillford gebracht hat und erst recht nicht, warum wir jetzt schon seit zehn Minuten vor diesem langweiligen Backsteinhaus sitzen.

Natürlich habe ich ihn gefragt, was er vorhat, aber auch zwei Stunden später habe ich ihn immer noch nicht weichklopfen können. Mir selbst wurden allerdings bei der Erkenntnis die Knie weich, dass er dieses ganze Jahr offenbar nur zwei Stunden von mir entfernt war.

Wahrscheinlich wollte ich lieber glauben, dass er North Carolina ganz verlassen und irgendwo ein neues Leben begonnen hatte. Es war mir nie in den Sinn gekommen, dass er so nahe sein konnte.

»Finn?« Ich setze mich anders hin und beobachte, wie Leute in das große, graue Gebäude gegenüber hineingehen oder von dort herauskommen.

»Es fängt gleich an«, sagt er, als müsse ich wissen, was er meint.

»Was fängt gleich an?«

»Die Versammlung.« Er gönnt mir nur das absolute Minimum.

»Die Versammlung? Was für eine Versammlung?«

»Gehen wir«, weicht er meiner Frage aus, deutet mit dem Kinn zu dem Gebäude hinüber und schaltet den Motor aus.

Ich steige aus und folge ihm zum Eingang. Über der Doppeltür hängt ein goldenes Schild mit der Aufschrift *Rathaus.* Ich weiß nicht recht, warum Finn mich ausgerechnet zu einer Gemeinderatssitzung mitnehmen will, wo wir doch nicht einmal an diesem Ort hier *leben*.

Er zieht an einem Türflügel und hält ihn mir auf. Ich danke mit einem Lächeln und betrete einen weiten Flur mit hoher Decke und schicken Lampen. Finn geht voraus und marschiert zielstrebig den Gang entlang. Offensichtlich ist er schon oft hier gewesen.

Ich folge ihm, während mir eine Million Fragen durch den Kopf gehen. Aber schon bleibt Finn vor einer geschlossenen Tür mit einer kleinen Milchglasscheibe stehen, darauf ein Zettel mit der Aufschrift »AA«.

Es sind nur zwei Buchstaben, aber ich begreife sofort, dass wir nicht wegen einer Gemeinderatssitzung hier sind. Hier treffen sich die Anonymen Alkoholiker. Von drinnen sind Stimmen zu hören. Viele Stimmen. Der Raum scheint voll besetzt zu sein.

Finn blickt über die Schulter. »Du wolltest wissen, wo ich die meiste Zeit verbracht habe. Das war hier.«

Ich bin überrascht. Nein, ich bin *schockiert*. Als hätte ich bis jetzt noch nicht geglaubt, dass er wirklich an sich gearbeitet hat. Nicht weil ich dachte, dass er lügt, sondern weil ich weiß, wie schwierig es sein kann, gegen die eigenen Dämonen alleine anzukämpfen. Aber genau das ist es, nicht wahr?

Er *war* gar nicht alleine.

»Bereit?«, fragt er, und ich nicke. Wenn ich ehrlich bin, fühle ich mich etwas eingeschüchtert, hier Leute zu treffen, mit denen Finn so viel Zeit verbracht hat.

Er greift nach dem Türknauf, aber als er gerade öffnen will, fasse ich zur Beruhigung seine Hand. Ich mache das, ohne nachzudenken; es geschieht einfach. Wie seltsam – *er* teilt mit mir hier die Geschichte seiner Heilung, aber das Nervenbündel bin *ich*?

Ich müsste blind sein, um sein seliges Lächeln zu übersehen, als wir unsere Finger ineinanderhaken. Er blickt zu mir, sagt aber nichts. Verlegen versuche ich, meine Hand zurückzuziehen, aber Finn lässt nicht mehr los. Als würde er sagen: *Ne, zu spät*.

Finn dreht den Knauf und eine Sekunde später betreten wir die AA-Versammlung. Wie erwartet ist der Raum voller Menschen. Alte, junge, große und kleine. Die Wände sind in einem warmen Gelb gestrichen, auf einem Klapptisch in der Ecke stehen Kekse, Gemüseschnitze und Dips bereit und auch eine Kaffeemaschine.

Dieser Ort … diese Menschen …

Sie sind zumindest teilweise der Grund, warum Finn jetzt trocken ist.

Wir sind noch keine zwei Schritte weit gekommen, als eine hohe Stimme ruft: »Finn, da bist du ja wieder!«

Ich wende Kopf und sehe eine blendend aussehende, blonde, junge Frau auf uns zukommen. Sie muss etwas älter sein als wir – aber höchstens ein paar Jahre – und trägt High Heels, eine weiße schulterfreie Bluse und einen Lederrock. Sie bleibt vor uns stehen und ihr Lächeln wird welk, als sie mich in meinem Versteck hinter Finn entdeckt.

»Hey, Brooke.« Finn lächelt und zieht mich an meiner Hand nach vorn. Ich sehe, wie sie auf unsere Hände starrt, und lasse Finn los, ohne das zu bemerken.

Brooke lächelt gezwungen. »Ich dachte, du wärst weggegangen? Irgendwie beschissen übrigens, dass du verschwunden bist, ohne dich zu verabschieden.«

Er ist von hier weg, ohne Lebewohl zu sagen?

»Ja … aus heiterem Himmel zu verschwinden, ist so ein bisschen sein Ding.« Den Seitenhieb kann ich ihm nicht verkneifen, aber zum ersten Mal, seit er wieder zurück ist, tue ich es nicht aus Wut. Diese Brooke würdigt mich allerdings keines Blickes.

»Ich hatte echt für eine Sekunde gedacht, ich würde dich nie wiedersehen.« Sie lacht auf und gibt Finn einen Klaps auf die Schulter.

Okay. Ich mag sie nicht.

»Ja, tut mir echt leid. Ich hatte zu Hause Sachen zu erledigen. Musste Leute treffen …« Finn blickt mich an, als er das sagt.

»Aber jetzt bist du hier. Bedeutet das, dass du bleibst?« Aus ihren blauen Augen sprüht ein Funken Hoffnung, während sich mir die Brust vor Wut zusammenschnürt.

Warum ist es ihr so wichtig, ob Finn nun hierbleibt oder nicht?

»Ne. Nur heute zu Besuch«, antwortet Finn.

»Wie schade!« Brooke schenkt ihm ein verführerisches Lächeln.

Ich fange an, am Saum meines Shirts herumzunesteln, und werde allmählich von ätzenden Gedanken aufgefressen. Bin ich verrückt oder flirtet sie mit ihm? Wenn nun etwas zwischen den beiden war? Es ist fast, als hätte ich das laut ausgesprochen, denn Finn greift wieder nach meiner Hand und streicht mir in langsamen Kreisen über die Handfläche.

Ich entspanne mich wieder. Die zärtliche Geste sagt mehr als tausend Worte. Fast kann ich hören, dass er denkt: *Du brauchst dir wirklich keine Sorgen deswegen zu machen.*

Als Finn mich an der Hand nimmt, bleibt Brooke nichts anderes übrig, als mich anzusehen. »Dann muss das hier die berüchtigte Dia sein, was?«

Warte, woher kennt sie meinen Namen?

Hat Finn ihr von mir erzählt?

»Das ist sie«, bestätigt Finn, und ich sehe ihn mit einem Gesicht voller Fragezeichen an.

»Seid ihr beiden jetzt wieder zusammen?«

Finn räuspert sich. »Wir, ähm …«

»Ja, sind wir.« Ich begreife erst, was ich gesagt habe, als Finn mich verwirrt ansieht.

Meine Worte wirken offenbar wie eine Ohrfeige, denn Brooke stottert: »Oh, das ist … das ist großartig.« Sie versucht zu lächeln, aber der schmerzliche Eindruck überwiegt. »War auf jeden Fall schön, dich wiederzusehen.«

Damit geht sie davon.

Warum habe ich das eben gemacht?

Warum habe ich so getan, als wären wir wieder zusammen?

Mein Gehirn produziert prompt die Antwort.

Weil ich eifersüchtig war. Sie hat Finn angeschmachtet und ich konnte einfach nicht anders.

»Dann … sind wir also wieder zusammen, was?«, nagelt mich Finn mit einem teuflischen Lächeln fest, kaum dass Brooke außer Hörweite ist.

»Finn, bist du das?« Die Stimme einer anderen Frau erspart mir die Peinlichkeit einer Erklärung. Wir drehen uns zu einer älteren Dame um.

»Höchstpersönlich.« Finn erwidert ihr Lächeln. Die Frau kommt näher, breitet die Arme aus und drückt ihn an sich. Finn wehrt sich nicht.

»Wenn ich das Ruth erzähle! Sie hat einen Fünfziger darauf gewettet, dass du nicht zurückkommst, aber ich hatte das Gefühl, dass wir dich noch mal wiedersehen.«

Finn lacht. »Was soll ich sagen? Mir hat dein Essen gefehlt.«

Ihr Essen?

Als sich die beiden trennen, bemerkt sie mich sofort und ihr Lächeln wird noch breiter.

Finn bemerkt es. »Ach, richtig. Mabel, das ist –«

»Diamond, natürlich«, fällt ihm Mabel ins Wort und reicht mir die Hand. »Wirklich schön, dich endlich kennenzulernen. Finn hat uns so viel von dir erzählt.«

Schwer zu glauben, dass all diese Leute mir vollkommen fremd sind, während ich für sie überhaupt keine Fremde zu sein scheine.

»Tatsächlich?« Ich schüttle grinsend ihre Hand und werfe Finn einen Blick zu.

Er reibt sich verlegen den Nacken. »Könnte sein, dass ich dich ein- oder zweimal erwähnt habe …«

»Ach, tausendmal«, flüstert Mabel, als verrate sie ein Geheimnis, und ich muss lachen.

»Ich kann das alles hören«, sagt Finn, aber Mabel beachtet ihn nicht und beugt sich noch dichter zu mir.

»Unter uns Mädels, die ersten Monate ist er nur mit Trauermiene herumgelaufen. Hat keine andere angeschaut. Nicht einmal, als sie sich ihm von allen Seiten an den Hals geworfen haben.«

Wahrscheinlich will sie mir schmeicheln, aber es hat die entgegengesetzte Wirkung. Schon von der einen, die ihn angebaggert hat, ist mir ein schaler Geschmack auf der Zunge geblieben. Von anderen will ich lieber gar nichts hören.

»Gibts da etwas, das ich wissen sollte?«, antworte ich im Scherz, während mein Lächeln erstirbt.

»Nur, dass du da einen guten Fang gemacht hast.« Mabel legt Finn die Hand auf die Schulter. Sie muss sich mächtig strecken, weil er viel größer ist als sie. »Er ist eine unserer Erfolgsgeschichten.«

»Ach?«, sage ich.

»Viele von uns brauchten mehrere Versuche, um das Abzeichen für ein Jahr Nüchternheit zu erlangen.« Sie kramt in ihrer Handtasche und bringt eine kleine Plakette mit der Zahl Zwölf darauf zum Vorschein – offenbar ist sie schon so lange trocken. »Er nicht. Er besitzt einen unglaublichen Willen. Als er einmal angefangen hatte, schaute er nie zurück.«

Bei ihrer Schilderung wird mir ganz warm ums Herz.

All die Zeit dachte ich, Finn hätte ein neues Leben für sich gefunden, während er in Wirklichkeit hart daran arbeitete, sein altes zurückzubekommen.

»Natürlich hatte er Ruben, der ihm bei jedem Schritt geholfen hat. Das darf man nicht vergessen«, bemerkt sie und blickt sich im Raum um. »Apropos, wo steckt der alte Dinosaurier eigentlich?«

»Er konnte es heute nicht einrichten, aber wir treffen ihn später zum Mittagessen«, erklärt Finn.

Ich sehe ihn an. »Ach ja?«

»Ich finde, es ist höchste Zeit, dass du meinen AA-Paten kennenlernst, findest du nicht?« Finn lächelt.

Ich nicke. Ich habe keine Ahnung, wer dieser Ruben sein soll, aber wenn er Finn helfen konnte, als mir das nicht möglich war, dann möchte ich ihn kennenlernen. Es dauert nicht lange, da kommt die von Mabel erwähnte Ruth zur Tür herein. Mabel verabschiedet sich und steuert auf ihre Freundin zu. Bevor die Versammlung beginnt, stellt mich Finn noch sechs anderen Menschen vor, die alle wissen, wer ich bin, bevor ich überhaupt den Mund aufgemacht habe.

Ein paar Mitglieder stellen Stühle im Kreis auf und kündigen der Gruppe an, dass die Versammlung gleich starten wird. Aus Respekt nehme ich nicht im Kreis Platz, sondern setze mich auf die Bank neben dem Eingang. Finn sieht hin und wieder zu mir herüber, lächelt dankbar und ich erwidere das Lächeln jedes Mal bewusst. Es scheint, als wolle er sich für mein Mitkommen bedanken, aber ich könnte mir gar nicht vorstellen, irgendwo anders zu sein.

Während der nächsten Stunde höre ich mir Geschichten von Menschen an, von denen mich einige zu Tränen rühren. Ich weiß, eigentlich sitzen hier die Anonymen Alkoholiker, aber es fühlt sich alles andere als *anonym* an. Es ist schon sehr privat, wie die Leute einander ihr Herz ausschütten und dabei starke Bindungen zueinander aufbauen, um Stürmen zu widerstehen.

Im Grunde haben sie sich eine Familie erschaffen.

Vielleicht liegt es daran, dass Hillford so klein ist oder dass alle so freundlich und aufgeschlossen sind. Ich bin auf alle Fälle froh, dass Finn hier Unterstützung finden konnte. Dass er nicht alleine war.

Mabel, die hier offenbar die Leitung hat, fragt, ob sich jemand vor dem Ende der Versammlung noch zu Wort melden will.

»Ich«, sagt Finn.

Mabel nickt. »Nur zu, Junge.«

Finn räuspert sich. »Hi, ich bin Finn.«

»Hi, Finn«, antworten alle im Chor.

Mir fällt auf, dass sie immer ihre Namen nennen, obwohl sie sich doch alle kennen, aber man scheint das mit dem Sichvorstellen sehr ernstzunehmen.

»Ich weiß, viele von euch haben nicht erwartet, mich wiederzusehen … Manche haben sogar darauf gewettet.«

Im Kreis wird gelacht, viele wenden sich zu Ruth um.

»Ich möchte mich dafür entschuldigen, dass ich ohne Ankündigung verschwunden bin. Ihr habt im vergangenen Jahr so viel für mich getan, dass ein ordentliches Lebewohl mehr als angebracht ist.« Finn macht eine kurze Pause. »Das letzte Jahr war nicht leicht für mich, wie ihr alle wisst. Ich wurde trocken, kümmerte mich um meine Wutanfälle und ging wirklich tief in mich. Und ihr wart alle da und habt geduldig Woche für Woche angehört, wie ich darüber jammere.«

Wieder lacht die Gruppe.

»Ich will nicht lügen, es war die Hölle, aber ihr habt mich bei der Stange gehalten. Wenn ich aufgeben wollte, habt ihr mich daran erinnert, dass es die Sache wert ist. Es war das härteste Jahr in meinem Leben, aber …«, sein Blick findet mich quer durch den Raum, »ich würde es, wenn es sein muss, noch tausendmal tun.«

Ich spüre, wie sich etwas schmerzhaft meine Kehle hinaufarbeitet, und merke, dass es mein Herz ist.

»Danke für alles, was ihr für mich getan habt. Ich werde das nie vergessen«, schließt Finn.

Damit endet die Versammlung, und Finn verabschiedet sich in aller Kürze von jedem persönlich – sogar von Brooke, die mich, als Finn in die andere Richtung schaut, sofort mit Blicken durchbohrt.

Wenig später sitzen wir wieder in seinem Auto und fahren zu dem Lokal, wo wir seinen AA-Paten treffen wollen.

* * *

Wir kommen zehn Minuten zu früh beim Restaurant an.

Das Lokal liegt mit Blick auf den Ozean direkt am Strand und die Sonne scheint so hell, dass ich mir auf dem Weg zum Eingang die Augen abschirmen muss. Hier ist alles sehr einfach. Statt einer Angestellten begrüßt uns ein Schild mit der Aufschrift:

Sitzen Sie, wo Sie wollen. Wenn alle Plätze besetzt sind, essen Sie anderswo.

PS: Das ist ein Witz. Gehen Sie nicht woanders hin. Sprechen Sie uns an, dann werfen wir jemanden raus und Sie bekommen seinen Platz.

PPS: Der letzte Teil ist auch ein Witz.

Ich muss kichern, als ich das lese. Das Lokal ist mir sofort sympathisch. Zu Hause in Silver Springs könnte ich mir so etwas nicht vorstellen, aber ich würde wetten, dass die Restaurantbetreiber in einem so kleinen Ort wie Hillford jeden, der hier lebt, und auch seine Mutter kennen und sich daher nicht sorgen müssen, ihre Kunden zu verprellen.

»Komm mit.« Finn geht an dem Schild vorbei, dann weiter in den leeren Gastraum. Dieser ist innen gar nicht so klein, wie er von außen wirkt. Wir biegen um die Ecke und mein Blick fällt auf einen Mann mit einem freundlichen Lächeln, silbergrauem Haar und Brille. Er sitzt vor einem raumhohen Fenster an einem Tisch. Als er Finn sieht und zum Gruß die Hand hebt, ist klar, dass wir seinetwegen hier sind.

»Wird aber auch Zeit. Ich warte schon eine volle Stunde.« Er zieht die Mundwinkel zu einem Lächeln hoch.

»Er lügt. Nicht mal zwei Minuten ist er hier«, verrät eine Kellnerin, wohl in den Vierzigern, diesen Ruben, während sie einen Tisch mit einem Tuch sauber wischt.

»Hey, Ania«, begrüßt Finn die Frau.

Hier scheint wirklich jeder jeden zu kennen.

Lächelnd bleiben wir an Rubens Tisch stehen. Finn bietet mir einen Stuhl an, ich sage »Danke« und setze mich.

»Ich bringe euch gleich noch zwei Karten«, sagt die Kellnerin, nachdem wir Platz genommen haben.

»Du musst Dia sein.« Ruben reicht mir über den Tisch die Hand.

Ich schüttle sie verlegen. Ich kann mich immer noch nicht daran gewöhnen, dass alle meinen Namen schon kennen, bevor ich mich vorgestellt habe.

»Genau. Und du bist Ruben, nicht wahr?«

»Der bin ich.«

»Finn hat mir erzählt, dass du sein AA-Pate gewesen bist. Ich weiß allerdings nicht so recht, was das bedeutet«, räume ich ein.

»Das ist so eine Art Mentor«, erklärt Finn. »Ruben ist der, den ich angerufen habe, wenn ich etwas trinken wollte. Er hat mir geholfen, nicht wieder rückfällig zu werden. Ein Pate ist also im Grunde ein trockener Kumpel. Er hier ist allerdings schon seit sechsundzwanzig Jahren trocken und lässt dich das so ungefähr alle fünf Sekunden wissen. Ach ja, und er hat jede Menge Dad-Witze und Kalendersprüche auf Lager.«

Ich weiß nicht recht, ob ich lachen soll, weil ich mich nicht über Ruben lustig machen möchte. Der lacht aber selbst sofort los, und ich verstehe, wie das zwischen den beiden so läuft. Offenbar nehmen sie sich gern gegenseitig auf die Schippe. Wir sind ja kaum fünf Minuten im Lokal, und schon sind die beiden voll dabei.

»Wie habt ihr euch kennengelernt? War das bei den AA-Versammlungen?«, frage ich, währenddessen die Kellnerin mit den Speisekarten zurückkommt. Sie reicht sie uns und geht dann wieder nach hinten.

Finns Lächeln erstirbt. »Genau genommen war das an dem Tag, als du …«

Ich begreife sofort. Sie trafen sich an dem Tag, an dem ich ertrank.

»Oh.« Mir fällt keine bessere Antwort ein.

»Ich lag an dem Tag auf der Yacht meines Vaters und trank mich ins Koma. Er kam zu mir und gab mir eine Karte mit Zeit und Ort der AA-Versammlungen«, erklärt er. »Ich habe ihn natürlich erst mal zum Teufel geschickt … aber dann … nach dem Vorfall, da wusste ich, dass ich Hilfe brauche.«

»Ich konnte es kaum glauben, als er am nächsten Tag bei der Versammlung auftauchte«, bemerkt Ruben.

»Dann hast du diese ganze Zeit hier in Hillford gewohnt?«, frage ich Finn. Er nickt.

»Aber … wie konntest du dir eine Wohnung leisten?«

»Konnte ich nicht.«

Mir gehen wieder Bilder vom im Auto schlafenden Finn durch den Kopf. Großer Gott, ich hoffe nur, er war nicht das ganze Jahr über obdachlos.

»Ruben hat mich ein paar Tage später hinter dem Rathaus im Wagen schlafen sehen und sich meiner erbarmt«, stellt Finn klar.

»Ein junger Bursche, bei dem ich Pate bin, hatte in der Stadt gerade ein Fitnessstudio eröffnet und brauchte Hilfe. Und dem habe ich gesagt, ich hätte genau den Richtigen für ihn«, fügt Ruben an.

»Bei dem habe ich für den halben Lohn gearbeitet und durfte dafür im Büro schlafen.«

»Was, du hast in einem *Büro* gewohnt? Wie war das überhaupt möglich?«

»Zur Abmachung gehörte, dass er dort eine Couch aufstellt.«

Zu wissen, dass Finn so lange Zeit mit fast nichts leben musste, tat weh. Von der Millionärsvilla auf die Couch in irgendeinem Büro. Und bei Xavier und Aveena schläft er auch *jetzt* noch auf der Couch. Seit mehr als einem Jahr hat er kein richtiges Bett gehabt – und trotzdem hat er darauf bestanden, dass ich das Gästezimmer bekomme.

Ich verberge meine Gefühle offenbar nur schlecht, denn Finn bemerkt meinen sorgenvollen Blick.

Er legt seine Hand auf meine und holt mich aus der Gedankenspirale heraus. »Hey, schau mich an.«

Ich gehorche und presse die Lippen aufeinander.

»Es war nicht so schlimm, wie es sich anhört. Ich hatte einen Platz zum Schlafen, ein Dach über dem Kopf, und nach Ladenschluss ließ mich mein Chef dort trainieren und die Dusche benutzen. Ich fing an mit Boxen und trainierte wie verrückt, um Dampf abzulassen. Mein Chef kaufte sogar extra einen kleinen Kühlschrank und füllte ihn für mich auf. Er sagte, das sei für alle seine Angestellten, aber er wusste genau, dass ich als Einziger von den Sachen aß.«

Seit Finn wieder zurück ist, mache ich Witze, er müsse im Fitnessstudio gewohnt haben, um so in Form zu kommen. Wie konnte ich ahnen, dass das *wortwörtlich* so gewesen ist. Kein Wunder, dass er jetzt so sportbesessen ist! Und dann kommt mir wieder unsere Unterhaltung mit Mabel in den Sinn.

»Was hast du damit gemeint? Dass dir Mabels Essen gefehlt hätte? Hat sie für dich gekocht oder was?«

Finn grinst. »Anfangs war ich total abgebrannt und ausgehungert, und sie hat beobachtet, wie ich mir die Kekse, die sie für die Versammlung gebacken hatte, in die Taschen stopfte. Ich war mir sicher, sie wäre stinksauer, aber sie sagte nichts. Bei der nächsten Versammlung kam sie zu mir und gab mir eine ganze Box mit selbst gekochtem Essen, fertig portioniert in kleinen Behältern. Ich sagte ihr, ich könne das nicht annehmen, aber sie ließ nicht locker. Sie hatte ein Jahr zuvor ihren Mann verloren und meinte, sie koche sowieso immer zu viel. Ich bekam dann jede Woche frisches Essen von ihr, und zwar, bis ich aus der Stadt verschwand.«

Für die Versammlungen der Anonymen Alkoholiker hätte Finn genauso gut jeden anderen Ort wählen können, aber er landete ausgerechnet hier, in einem Städtchen voller netter, großherziger Menschen. Ich bin überzeugt, dass das Schicksal war. Dass er aus einem bestimmten Grund an diesen Ort geführt wurde.

Die Kellnerin stellt uns drei Gläser mit Wasser hin und fragt, ob wir zum Bestellen bereit sind. Schließlich sagen wir, dass wir noch ein paar Minuten brauchen.

»Weiß dein Vater, dass du in einem Fitnessstudio gewohnt hast?«

Mr Richards ist als Vater vielleicht nicht so präsent wie andere, aber er hat immer dafür gesorgt, dass seine Söhne gut aufgehoben sind. Es wundert mich, dass er nicht versucht hat, Finn mit Geld zu unterstützen.

»Nein. Ich sagte ihm, dass ich bei einem Freund wohne und Arbeit hätte, damit er nicht immer wieder versucht, mir Geld in den Arsch zu schieben.«

»Heißt das, er wollte dir helfen, aber du wolltest das nicht annehmen?« Ich will ihn deswegen gar nicht verurteilen. Aber leichter wurde sein Leben dadurch natürlich nicht.

»Ich glaube, ich wollte mir einfach beweisen, dass ich es auch alleine schaffe. Ohne dich. Und ohne ihn …«

»Wann hast du das letzte Mal mit ihm gesprochen?«

»Wir schreiben uns ab und zu Nachrichten. Telefoniert haben wir aber das letzte Mal an dem Tag, als ich die Stadt verließ. Nachdem er in die Wege geleitet hatte, dass ich den Schulabschluss online machen kann.«

Er hatte also einen Vollzeitjob, ging zu AA-Versammlungen, machte Psychotherapie und dazu noch die Abschlussklausuren, und das alles gleichzeitig? Ein Urlaub war dieses Jahr ganz bestimmt nicht für ihn. Als die Bedienung fünf Minuten später wiederkommt und unsere Bestellungen aufnimmt, haben sich Finn und ich lustigerweise und ganz zufällig für das Gleiche entschieden.

Die Unterhaltung wendet sich nun leichteren Themen zu, bis wir schließlich auf Rubens Vorgeschichte zu sprechen kommen. Während des Essens erfahre ich, dass sein einziger Sohn wegen Trunkenheit am Steuer ums Leben gekommen ist und dabei auch noch eine dreiköpfige Familie getötet hat. Das war der Grund für Ruben, damals Witwer und schwer alkoholabhängig, den Kampf gegen den Alkohol aufzunehmen. Als er trocken war, übernahm er es schon bald, anderen Süchtigen beizustehen. Finn ist schon der Siebte, bei dem er Pate ist.

Das Mittagessen vergeht wie im Flug, und ich streite mit Finn, wer die Rechnung bezahlt – Spoileralarm: *Ich verliere*. Bevor wir das Lokal verlassen und zurück zum Wagen gehen, danke ich Ruben für alles, was er für Finn getan hat. Wenige Sekunden später rollen wir vom Parkplatz.

Finn legt beim Fahren die Hand auf mein Bein, und mein Herz gerät kurz ins Stocken. Ich überlege, seine Hand wegzuschieben, entscheide mich aber dagegen.

Es scheint ja im Großen und Ganzen keine große Sache zu sein, aber seine Hand, die meinen Oberschenkel drückt, bedeutet ja nichts anderes als den nächsten Schritt auf unserer Reise zur Vergebung.

Nur weiß ich nicht genau, was dieser Schritt bedeutet.

Beruhigend daran, was auch immer es sein mag:

Wir werden es gemeinsam herausfinden.

* * *

Die zweistündige Heimfahrt ist von Anspannung geprägt – welche Art von Anspannung kann ich allerdings nicht so recht sagen. Irgendetwas zwischen sexuell und peinlich, mit einer Prise Ultimatum und unerträglicher Stille.

Schon als wir die Stadtgrenze von Hillford hinter uns lassen, ist mir klar, dass ich früher oder später eine Entscheidung treffen muss. Finn hat mich um diesen Tag gebeten und er hat ihn von mir erhalten, aber unser Ausflug stürzt mich in ein Dilemma, für das ich mich noch nicht bereit fühle. Will ich nun an unserer Beziehung arbeiten …?

Oder stoßen wir beide auch an unsere Grenze?

Die Last auf meinen Schultern verdoppelt sich, als wir die Wohnung betreten. Wir rufen ein paar Mal nach Aveena und Xavier, aber sie sind offenbar nicht zu Hause. Finn und ich lassen uns an den entgegengesetzten Enden der Couch nieder und ich stelle innerlich eine Liste der Gründe zusammen, ihm noch eine Chance zu geben – oder das *nicht* zu tun.

Einerseits hat er mich verletzt. Schwer verletzt. Er hat mir an dem Tag, als er verschwand, das Herz herausgerissen. Andererseits ist er gegangen, weil er mich nicht noch einmal verletzen wollte. Er brauchte Raum und Zeit, sich selbst zu finden.

Mein Kopf *weiß* auch, warum er das getan hat. Ich verstehe, warum er gehen musste, und ich kann all das Schmerzliche, das er im vergangenen Jahr durchgemacht hat, zum größten Teil nachfühlen, aber mein Herz ist nicht so leicht zu überzeugen. Es erinnert sich an jede einzelne Träne, jeden Zusammenbruch und jede schlaflose Nacht. Man kann das Selbsterhaltungstrieb nennen, aber ich habe einfach Angst, ihm wieder zu vertrauen.

Die Frage ist nur: Kann ich das hinter mir lassen?

Ich atme tief durch und beende das Schweigen. »Ich habe dir diesen Tag gegeben … wie du es wolltest.«

In seinen Augen blitzt Angst auf. Er kaut auf der Innenseite seiner Wange und mir wird klar, dass ich sein Herz in Händen halte. Da kann man sich natürlich fragen, wie die Dinge liegen würden, wenn er für meines besser gesorgt hätte, als die Rollen noch vertauscht waren.

»Schau, Finn, ich will wirklich glauben, dass du dich verändert hast. Dass du mir nie wieder wehtun wirst. Oder zu trinken anfängst, aber ich habe …«

»Angst«, fällt er mir ins Wort und liest damit zwischen den Zeilen. »Du fragst dich, ob du mir vertrauen kannst.«

Ich muss daran denken, wie Mabel von den Mädchen erzählt hat, die sich ihm an den Hals geworfen haben.

»Und dass du, wie Mabel berichtet hat, bei den Mädchen in Hillford Anklang gefunden hast, macht es nicht besser«, murmele ich vor mich hin und sehe auf meine Füße.

Finn rückt auf dem Sofa näher heran. »Zögerst du deshalb? Weil du glaubst, ich war mit anderen Mädchen zusammen, während ich weg war?«

Bei Theos Party hat er mir gesagt, er hätte während dieser Zeit mit niemandem Sex gehabt, aber nach der Begegnung mit Brooke frage ich mich schon, ob da nicht vielleicht anderes vorgefallen ist.

»Es ist nur … Deine Freundin Brooke hat vorhin ziemlich mit

dir geflirtet. Offensichtlich war sie auch sauer, als sie sah, wie wir Händchen gehalten haben.«

Er muss schallend lachen. »Du hast wirklich keine Ahnung, weißt du das?«

»Was meinst du damit?«

Er kommt noch näher und schüttelt dabei den Kopf, als könne er gar nicht begreifen, dass ich das überhaupt frage. »Selbst nach alldem verstehst du immer noch nicht, wie sehr du mich in der Hand hast.«

Unversehens springt er vom Sofa auf und zieht sich ohne Federlesen das Hemd über den Kopf, woraufhin mir der Mund aufklappt.

Heilige. Mutter. Gottes.

Ich starre sein Sixpack an und fahre mit den Augen jeden einzelnen Muskel nach. Etwa fünfmal.

»Steh auf«, befiehlt er und streckt mir die Hand hin. Ich ergreife sie und stemme mich hoch. Er reißt mich an seine Brust, kaum dass ich stehe, und ich pralle gegen seinen gestählten Körper.

»Siehst du das?« Finn deutet auf das Diamanten-Tattoo links auf seiner Brust.

Als ich es dort, nur Zentimeter über seinem Herzen, sehe, bleibt mir die Spucke weg. Ich hatte es schon nach unserem Semi-Sex im Badezimmer entdeckt, mir aber eingeredet, es hätte nichts mit mir zu tun. Eigentlich bin ich schon ein selbstbewusster Mensch, aber eben nicht »dieser Typ hat dieses Tattoo nur meinetwegen«-selbstbewusst.

»Ich habe es eine Woche nach meinem Aufbruch von hier machen lassen. Hat mich mein letztes Geld gekostet. Ich habe mir also praktisch deinen Namen unter die Haut stechen lassen. Wenn du also glaubst, ich hätte mit anderen Mädchen rumgemacht, dann irrst du dich. Auch zwischen Brooke und mir ist nichts vorgefallen. Sie wollte ein paar Mal mit mir ausgehen, aber ich habe abgelehnt. Und ich werde so etwas immer ablehnen, hast du das verstanden? *Immer.*«

Mir kommen die Tränen.

»Und warum hier?« Ich fahre mit den Fingerspitzen über das Tattoo, aber Finn nimmt meine Hand und drückt sie auf sein Herz.

»Weil es dein ist«, haucht er. »Es war dein an dem Tag, als ich die Stadt verließ, und ist es seither an jedem einzelnen Tag dein gewesen. Es ist dein, Juwel. Jetzt und für immer.«

Ich bin sprachlos.

Sprachlos *und* blind dank der Tränen, die mir übers Gesicht laufen.

»Wenn du es noch haben willst …«, krächzt Finn schmerzlich, und mit einem Mal fehlt mir die Kraft, mich von ihm fernzuhalten.

»Ich nehme es, wenn du meines auch nimmst«, bringe ich unter Tränen heraus. Seine Haselnussaugen werden ganz groß. »Du musst mir aber versprechen, es mir nicht wieder zu brechen.«

Ihm fällt die Kinnlade herunter, und als er mich ungläubig ansieht, drücke ich mich fest an ihn. Wir sind nur noch Zentimeter voneinander entfernt, und als er den Blick auf meinen Mund richtet, muss ich aufpassen, dass ich *nicht* instinktiv das Weite suche.

Küssen war für mich immer etwas Intimes. Auf der Dachterrasse habe ich Finn nur die Wange hingehalten, denn über die Lippen, dachte ich, gäbe ich ihm Zugang zu meinem Herzen. Aber seit ich versehentlich zu ihm ins Bett gekrochen bin, fühle ich mich zum ersten Mal wohl in meiner Schutzlosigkeit. Ich will, dass er mich küsst, auch wenn das bedeutet, dass ich wieder verletzt werde. Auch wenn meine Schutzmauern in Asche versinken. Ich will Finn Richards küssen, und wenn es mich umbringt.

Mir stockt der Atem, als sein Mund heftig auf meinen prallt, seine Hand an meinem Arm hinaufwandert und mein Haar erforscht. Mit vertrauter Dringlichkeit öffne ich den Mund, damit sich unsere Zungen treffen können, und das tiefe Stöhnen irgendwo tief in seiner Kehle steckt jeden einzelnen Nerv in meinem Körper in Brand.

Das.

Das ist der Grund, weshalb ich weggerannt bin.

Das ist der Grund, warum ich mich bis jetzt nicht von ihm küssen ließ. Ich wusste, wenn wir so weit gehen und er mich danach wieder zerschmettert, dann werde ich den Rest meines Lebens brauchen, um über ihn hinwegzukommen.

Es hat etwas Verzweifeltes und irgendwie Chaotisches, wie wir uns aneinanderklammern und uns dann völlig achtlos und notgeil wie Teenager auf die Couch fallen lassen. Xavier und Aveena könnten jeden Moment hereinkommen, aber die warnenden Stimmen in meinem Kopf haben keine Chance gegen das Flehen meines Herzens. Als mein Rücken das Polster berührt, ist Finn längst über mir, auf die Arme gestützt, aber ich reiße ihn für den nächsten Kuss an mich.

Nichts kann uns diesen Moment nehmen.

Dachte ich jedenfalls …

Finns Telefon fängt in dem Augenblick an zu klingeln, in dem er von meinem Mund zum Hals hinunterwechselt. Ich zerfließe praktisch auf Aveenas Couch und reibe mich an seinem Körper, bis er mir ins Ohr seufzt.

Sein Handy klingelt und klingelt. Dann hört es auf, fängt aber gleich wieder von Neuem an. Nicht, dass Finn das irgendwie stört. Er verpasst mir gerade die Mutter aller Knutschflecke, und ich kann nichts als stöhnen, wann immer seine Zähne meine Haut berühren.

Das Handy klingelt drei volle Minuten am Stück, und irgendwann bleibt uns nichts anderes übrig, als uns voneinander zu lösen. Finn flucht durch die Zähne, drückt mir einen letzten Kuss auf den Mund und angelt das Handy aus der Gesäßtasche.

»Unbekannt« steht auf dem Bildschirm.

Finn wundert sich und scrollt durch die verpassten Anrufe. Sie sind alle von dieser unbekannten Nummer. Sogar eine Sprachnachricht wurde hinterlassen.

»Du solltest rangehen«, sage ich und necke ihn, indem ich mich an seiner Erektion reibe. Finn flucht noch einmal, macht sich von mir los und setzt sich gerade hin.

»Was?«, schnauzt er, kaum dass er das Gerät ans Ohr gedrückt hat. Ich höre eine tiefe Stimme, kann aber nicht verstehen, was die Person sagt. Und dann sehe ich, wie allmählich alle Farbe aus Finns Gesicht weicht.

»Was ist denn?« Ich lege ihm meine Hand auf den Arm.

Er öffnet den Mund, seine Augen werden glasig und er starrt ins Leere. Er sieht aus, als hätte er gerade erfahren, dass seine ganze Familie ums Leben gekommen ist.

»Finn?«, presse ich heraus.

»Bin schon unterwegs«, sagt Finn tonlos und legt auf.

»Was ist denn los?«

»Ich … Ich muss los«, ist alles, was er hervorbringt, bevor er aufspringt und zur Tür eilt.

»Was?«, kreische ich und haste zur Tür, wo ich ihn einhole.

»Ich muss einfach los«, wiederholt er wie in Trance.

Ich rufe seinen Namen, immer wieder, aber es hat keinen Zweck.

Er ist schon weg.

28. KAPITEL

DIAMOND

Heute war echt beschissen.

Ich hatte vergangenes Jahr schon so einige Scheißtage, aber ganz bestimmt keinen wie diesen. Heute Morgen bin ich aufgewacht und habe gleich nachgesehen, ob eine Nachricht von Finn auf dem Handy ist.

Nichts.

Kein »Entschuldige, dass ich einfach so abgehauen bin«.

Kein »Ich werde das alles erklären«.

Nada.

Er ging einfach, als wir gerade dabei waren, wieder zusammenzukommen, und so etwas rangiert bei mir schon ziemlich hoch auf der »Arschloch-Aktion-Skala«, aber ich bin noch nicht einmal halb so wütend, wie ich besorgt bin. Nach seinem Gesichtsausdruck beim Telefonieren zu urteilen, hatte das alles einen guten Grund. Aber diesen Grund würde ich einfach gerne kennen.

Zwanzig Minuten lang lag ich schmollend im Bett, bis mir einfiel, dass ich Besseres zu tun hatte, als auf ein Lebenszeichen von einem Kerl zu warten. Also schleppte ich mich vom Bett unter die Dusche und versprach mir, nicht den ganzen Tag wie besessen nur an ihn zu denken.

Eilmeldung: Ich bin eine Heuchlerin.

Wie gewöhnlich ging ich zur Arbeit und führte ein paar Hunde aus. Dann hatte ich den ganzen Nachmittag Unterricht. Ich setzte mich also an einen Tisch, sah zu, wie meine Professoren endlos laberten, ohne wirklich *zuzuhören,* und checkte mein Handy so oft, dass ich mich wundere, dass der Akku durchhielt.

Es ist schon nach sechs, als ich wieder bei der Wohnung ankomme. Als ich den Schlüssel einstecken will, fällt mir auf, dass gar nicht abgeschlossen ist. Aveena und Xavier müssen schon zu Hause sein. Klammheimlich stiehlt sich die Hoffnung in meine Brust, Finn könnte wieder da sein. Also öffne ich und trete ein.

Zunächst einmal sehe ich niemanden.

Dann biege ich um die Ecke und entdecke den *letzten* Menschen, den ich *im Leben* hier auf der Couch mit Xavier erwartet hätte. Er reißt den Kopf hoch und präsentiert ein höfliches Lächeln, das ich demonstrativ nicht erwidere.

Ich muss die Augen kurz zusammenkneifen. »Was zum …«

Eine Sekunde später kommt Aveena ins Zimmer, bemerkt meine Verwirrung und läuft sofort zu mir. »Dia, hey. Kommst du mal mit mir in die Küche?«

Ich nicke. Aveena nimmt mich am Arm und führt mich ins andere Zimmer. Wir haben kaum den Fuß in die Küche gesetzt, als es aus mir herausplatzt: »Was zum Teufel hat Brody hier verloren?«

Finns Bruder habe ich seit dem Vorfall nicht mehr gesehen. Ich weiß es noch wie heute. Er und Finn stritten sich in der Küche, und Brody erklärte seinem Bruder, es wäre ein Fehler, die Haushaltshilfe, also *mich*, zu vögeln – seine Wortwahl.

Aveena krümmt sich unter meinem Ausbruch zusammen, macht eine beruhigende Geste und senkt ihre Stimme. »Es ist wegen Finn.«

Mich packt die Angst.

»Was ist mit Finn?«

»Er wird vermisst … gewissermaßen.«

»Er wird *was*?«, rufe ich.

»Keine Sorge, ihm gehts gut. Das glauben wir jedenfalls. Es ist nur so, dass ihn niemand finden kann. Er ist abgehauen, als man es ihm erzählt hat«, sagt sie, als würde ich wissen, worum zum Teufel es geht.

»Ihm *was* erzählt hat?«

Sie macht ein entsetztes Gesicht. »Das … das weißt du nicht?«

»Was weiß ich nicht?«, schnauze ich, denn ich verliere langsam die Geduld.

Aveena kaut auf der Unterlippe, und weil ich das Gefühl habe, dass ich mich für einen Aufprall wappnen muss, halte ich mich an der Lehne eines Küchenstuhls fest. »Sie haben seine Mutter gefunden.«

Ich höre auf zu atmen, denn meine Lungen versagen ihren Dienst. »Sie … Du meinst, sie ist am Leben?« Ich bete mit jeder Faser meines Wesens, dass sie Ja sagen würde. Aber dann sehe ich, wie die Farbe aus ihrem Gesicht weicht, und weiß, dass diese Geschichte kein glückliches Ende hat.

»Nein. Sie haben ihre Leiche gefunden. Also, das, was noch übrig ist.«

Mein Herz zieht sich in meiner Brust zusammen.

Darum ging es also bei dem Anruf. Es war wahrscheinlich die Polizei. Sie haben ihm gesagt, dass sie nach elf Jahren seine Mom gefunden haben.

»Heilige Scheiße.« Ich lasse mich auf einen Stuhl fallen für den Fall, dass meine Knie unter mir nachgeben.

»Aber … wie? Nach dem Unfall war sie nirgendwo zu finden, aber jetzt geschieht es auf magische Weise doch? Ich dachte, man würde gar nicht mehr nach ihr suchen?«

»Hat man auch nicht«, erklärt Aveena. »Vor drei Tagen sind wieder zwei Menschen ertrunken. Ein Paar Mitte fünfzig. Taucher haben den See abgesucht, und dann war sie einfach … da.«

Meine Gedanken rasen.

Man fand sie, während man nach anderen Leuten suchte. Es ist fast, als würde sich das Universum einen kranken Scherz mit uns erlauben und Finns Gebete genau in dem Augenblick erhören, als er beginnt, mit ihrem Tod Frieden zu schließen.

»Woher weiß man, dass es sie ist?«

Der Unfall ist so lange her, dass nicht viel von ihr übrig sein kann. Außerdem ist Nora Richards nicht die Einzige, die in diesem See ertrunken ist.

»Gebissdaten. Sie haben noch den Abgleich abgewartet, aber dann die Familie benachrichtigt.«

Bei dem Anruf war es, als hätte Finns Geist seinen Körper verlassen. Als wäre sein Gehirn so auf die Verarbeitung der Information konzentriert gewesen, dass er mich gar nicht mehr hörten konnte. Kein Wunder, dass er nach einer solchen Nachricht komplett dichtgemacht hat.

»Seit gestern Abend hat niemand mehr von Finn gehört. Sein Dad und sein Bruder machen sich furchtbare Sorgen.«

»Und keiner hat eine Ahnung, wo er sein könnte?«

»Nein. Deswegen ist Brody vorbeigekommen. Ob wir etwas wüssten. Sein Dad ist gerade selbst auf der Suche.«

Am liebsten würde ich wegen Brodys »Besorgter großer Bruder«-Theater die Augen verdrehen. Um Finn hat er sich doch immer einen Dreck gekümmert. Und genauso um Lexie. Am Tag, als ich diesen Typen kennengelernt habe, hat er Lexie in der Bibliothek eingeschlossen, damit er sich mit seinen Freunden volllaufen lassen kann, während sie sich aus Angst vollgepisst hat. Und dann war da eben noch die Sache, dass er Finn ein lächerliches Weichei nannte, weil der mit mir zusammen sein wollte.

Schließlich siegt mein Körper doch über meinen Kopf. Ich stehe auf und gehe hinüber ins Wohnzimmer. Ein paar Schritte vor dem Sofa bleibe ich stehen, verschränke die Arme und sehe Brody wütend an. »Wir wissen nicht, wo er ist. Du kannst wieder gehen.«

Meine Verachtung für ihn scheint ihn nicht weiter zu kümmern.

Er drückt sich von der Couch hoch. »Ich weiß, dass du nicht weißt, wo er ist, aber möglicherweise ich …«

Für einen Moment zögere ich, denn ich traue ihm nicht. Aber anhören kann ich ihn ja. Finn braucht mich jetzt. Und ich würde mit Luzifer persönlich einen Pakt schließen, wenn ich Finn dadurch finden könnte.

»Wenn du weißt, wo er ist, warum gehst du nicht selbst hin?«

Brody seufzt. »Weil er nicht auf mich hört. Aber auf *dich* wird er hören.«

Mir bleibt der Mund offen stehen.

Da behauptet er, er wolle uns fragen, wo Finn stecken könnte, obwohl er in Wirklichkeit mich um Hilfe bitten will.

»Schieß los«, sage ich.

»Da gab es diesen Ort, an dem Finn nach dem Unfall die ganze Zeit gewesen ist. Ein Leuchtturm direkt am See. Er saß stundenlang dort oben und blickte nur hinaus aufs Wasser. Dort ist er immer hingegangen, wenn er allein sein wollte. Vielleicht ist es weit hergeholt, aber ich würde wetten, dass du ihn dort findest.«

Der Leuchtturm. Natürlich. An dem Tag, als ich beinahe ertrank, hat mir Finn davon erzählt. Seine Mom habe immer dort oben gewartet, wenn er und sein Dad segeln waren; so habe sie ihn immer finden können. Und deshalb habe er das nach ihrem Unfalltod genauso gemacht.

»Schau, Dia … Es ist kein Geheimnis, dass ich ein beschissener Bruder war, aber ich kenne Finn. Diese Geschichte wird ihn von innen auffressen, bis nichts mehr übrig ist. Er würde das niemals zugeben, aber er hat die Hoffnung nie aufgegeben, dass sie noch irgendwo am Leben ist, so unwahrscheinlich das auch gewesen sein mag. Ich mache mir Sorgen um ihn. Bitte.«

Dass er mich um Hilfe *bittet*, beweist nur, wie wenig er am Leben seines Bruders beteiligt war. Wenn er ihm wirklich nahestehen würde, dann wüsste er, dass Betteln bei mir Zeitverschwendung ist. Ich würde Finn durchs Höllenfeuer folgen, wenn es sein müsste.

Und ich werde zu diesem Leuchtturm gehen, auch wenn es das Letzte ist, was ich tue.

* * *

Wenn ich mir eine magische Fähigkeit wünschen könnte, dann wäre es Teleportation. Dia als Kind würde widersprechen – sie hätte Unsichtbarkeit oder Telekinese gewählt –, aber sie musste auch nicht auf der Suche nach einem Kerl in höchster Not zweieinhalb Stunden lang Auto fahren.

Gepriesen sei Aveenas gütiges Herz, aber ihr Wagen ist im Grunde ein Müllhaufen auf Rädern. Sie ist ein Engel, dass sie ihn mir ausborgt, aber seit das College wieder angefangen hat, ist sie mit dem Ding kaum unterwegs. Entweder ist sie mit Xavier mitgefahren oder hat den Bus genommen, und das Auto macht Geräusche, die es definitiv nicht machen sollte. Am liebsten würde ich über alle roten Ampeln fahren, aber jedes Mal, wenn ich Gas gebe, hört es sich an, als würde der Motor gleich explodieren, und wenn ich Finn vor sich selbst retten will, muss ich zuerst einmal selbst am Leben bleiben.

Ich erreiche Lake Belmont fünfzehn Minuten *nach* der Navi-Prognose und finde gleich am Dock einen Parkplatz. Es fühlt sich seltsam an, wieder hier zu sein. Der Ort ist verlassen, mit Ausnahme von mir. Die Sonne geht über dem See in einer Sinfonie aus Rosa und Orange unter, die ich auf jeden Fall in einem Foto verewigen würde, wenn ich nicht so mit meiner Sorge um Finn beschäftigt wäre. Ich steige aus und laufe die Holztreppe hinunter zum Strand.

In der Ferne ist der Leuchtturm zu sehen.

Keine Spur von Finn.

Bitte sei dort.

Bitte sei dort.

Bitte sei dort.

Ich haste am Strand entlang, fummele an Aveenas Schlüsselbund herum und bete zu Gott, dass ich nicht den ganzen weiten Weg umsonst hergekommen bin. Eigentlich hatte ich erwartet, dass Finn ganz oben steht und ans Geländer gelehnt zum Horizont blickt, aber ich kann nichts erkennen.

Bis ich die Augen zusammenkneife und einen Mann erkenne, der hinter dem Geländer auf den Metallplanken sitzt. Das rechte Bein hat er an die Brust gezogen, den Arm übers Knie gelegt, und sein Kopf lehnt an der Glaskuppel, die sich um das Leuchtfeuer zieht.

Ich überlege, was ich tun soll, und mir kommen eine Million

Dinge in den Sinn, die schiefgehen können, wenn ich dort hinaufgehe, der Fremde aber nicht Finn ist.

Noch hat mich der Mann nicht gesehen; sein Blick ist auf den See gerichtet und ich beschließe, ihn auf die Probe zu stellen. Brody meinte, sein Bruder hätte das Handy ausgeschaltet, weil er keine Anrufe entgegennahm, aber vielleicht ist es ja doch an, und er weist die Anrufe einzeln ab. Das ist eine vage Vermutung, aber es ist den Versuch wert. Ich ziehe mein Handy heraus und entsperre es. Dann wähle ich Finns Kontakt. Mein Finger schwebt eine Weile über der Anruftaste, aber dann nehme ich meinen Mut zusammen und rufe ihn an. Ich stelle mein Gerät auf lautlos und lausche, ob ich seinen Klingelton höre. Die Hoffnung überströmt mich wie eine warme Flüssigkeit, als ich von der Leuchtturmspitze her ein ganz schwaches, fernes Klingeln höre.

Heilige Scheiße.

Er ist es wirklich.

Da er meinen Anruf auf den Anrufbeantworter verweist, schreibe ich ihm eine Nachricht.

Dia: Ich weiß das mit deiner Mom.
Wo bist du?

Nur Sekunden später leuchtet auf meinem Bildschirm die Antwort auf.

Finn: Mir gehts gut. Versprochen.
Entschuldige, dass ich einfach so
abgehauen bin, aber ich brauche
jetzt ein bisschen Zeit.

Als ich seine Nachricht lese, spüre ich, wie mein Brustkorb an der Stelle die Trommel zusammenpresst, wo einmal mein Herz war. Wenigstens redet er mit mir. Er hätte mich auch ausschließen können, so wie er seine Familie ignoriert. Ich frage mich, ob ich nicht lieber umdrehen und ihm den Raum geben soll, den er sich wünscht.

Ach, zum Teufel.

Wenn er mich bittet, zu gehen, werde ich verschwinden, aber ich muss es wenigstens *versuchen.* Auf der Suche nach irgendeiner Art von Eingang umrunde ich den Leuchtturm. Die Öffnung an der Rückseite ist mit Brettern vernagelt, aber die untere Hälfte der Planken hat jemand gewaltsam weggerissen, sodass man hineinkriechen kann. Alles deutet darauf hin, dass der Leuchtturm außer Betrieb ist. Ich betrete ihn also höchstwahrscheinlich widerrechtlich, aber irgendwie kümmert mich das nicht. Finn braucht mich, ob er das nun zugeben will oder nicht.

Gleich, nachdem ich durch die Lücke gekrochen bin, sehe ich die Metalltreppe, die sich in einer Spirale bis ganz nach oben windet. Alles ist verrostet, ein Geländer ist auch nicht zu sehen, aber ich mache mich trotzdem, zwei Stufen auf einmal nehmend, an den Aufstieg. Ein paar Mal bin ich nahe daran, den Halt zu verlieren, aber dann schaffe ich es doch mit heiler Haut ganz hinauf.

Nun befinde ich mich in einem Raum mit großen Fenstern ringsum. Mein Puls nimmt Fahrt auf, als ich Finn draußen auf dem Balkon sitzen sehe, der das Lampenhaus umgibt. Das Herz schlägt mir im Hals, während ich zur Tür hinübergehe und sie aufstoße. Finn reißt sofort den Kopf hoch, als ich hinaustrete und mir der Abendwind durchs Haar fährt. Seinem Gesicht ist der Schock anzusehen, aber mein Hirn ist gänzlich auf seine Augen ausgerichtet.

Fuck, seine *Augen …*

Sie sind blutunterlaufen – als hätte er seine Tränen zurückgehalten, seit er von seiner Mutter erfahren hat. Dieser Anblick bricht mir das Herz. Es ist, als könne ich seinen Schmerz im ganzen Körper spüren. Von den Knochen und Gelenken bis tief in die Seele.

Er unterbricht den Blickkontakt, bevor ich ergründen kann, was er denkt, und blickt wieder nach vorn. Er sagt kein Wort und reagiert nicht weiter auf meine Gegenwart. Während der ganzen Fahrt habe ich mir seine Reaktion ausgemalt und bin auf zwei Möglichkeiten gekommen. Nummer eins war Wut, Nummer zwei Trauer. Mit *Gleichgültigkeit* hätte ich im Leben nicht gerechnet.

Er will nicht reden?

Also schön.

Dann werden wir nicht reden. Das heißt aber nicht, dass ich zulasse, dass er sich selbst zerstört. Schweigend setze ich mich neben ihm auf den Boden und starre in den Sonnenuntergang.

Er sieht mich zwar nicht an, schickt mich aber auch nicht weg, und das nehme ich als gutes Zeichen. Nach zehn Sekunden halte ich es nicht mehr aus und schlinge die Arme von der Seite um ihn.

Finn zeigt keine Reaktion, aber sein Körper versteift sich eher noch in meinen Armen. Ich lasse nicht los, aber nach einer Weile rät mir eine Stimme in meinem Kopf, das als Hinweis zu verstehen. Er ist hierhergekommen, um allein zu sein. Ich habe diesen Wunsch komplett ignoriert und ihn trotzdem aufgespürt.

Vielleicht hätte ich doch nicht kommen sollen.

Vielleicht will er –

Mir stockt der Atem, als sich aus dem Nichts seine tätowierten Arme um mich legen. Er neigt sich zur Seite und drückt mich an sich. Und dann, als ich ihn festhalte, spüre ich, wie seine Mauern bersten. Er vergräbt das Gesicht an meiner Schulter und schöpft bebend Atem.

Ich seufze erleichtert auf, fahre mit der Hand in sein Haar und massiere ihm bedächtig den Kopf. Eine ganze Weile reden wir nicht und halten uns nur schweigend aneinander fest. Wenn er etwas sagen möchte, dann kann er das, aber ich möchte ihm diesen Moment nicht noch schwerer machen, als er ohnehin ist.

Mit einer Hand fahre ich ihm durchs Haar, mit der anderen streiche ich ihm über den Rücken, während er sich auf beinahe verletzliche Art an meinen Körper klammert. Er weint nicht, gibt keinen Ton von sich; er lässt einfach zu, dass ich ihn eine Weile lang halte. Irgendwann zieht er sich zurück, lehnt sich wieder an die Scheibe und schließt die Augen. Offenbar braucht er diesen Moment, um seine Gedanken und Gefühle zu sortieren.

Ich ziehe meine Beine an die Brust, schlinge die Arme darum und stütze mich mit dem Kinn auf die Knie. Erst jetzt fällt mir der Pappkarton auf, der neben Finn steht. Mit schwarzem Filzstift ist sein Name darauf geschrieben. Offenbar hat er ihn mitgebracht, aber ich weiß nicht, warum. Trotzdem gebe ich meiner Neugierde nicht nach und warte, bis er zu reden beginnt.

Zum Glück lässt er mich nicht allzu lange warten.

»Woher wusstest du, dass ich hier bin?«, fragt er mit schmerzlicher Stimme.

»Ob du's glaubst oder nicht, der Tipp stammt von deinem Bruder.«

Seine Augenbrauen schießen in die Höhe. »Seit wann redest du mit meinem Bruder?«

»Seit er deinetwegen krank vor Sorge bei uns in der Wohnung aufgetaucht ist.«

Er schnaubt höhnisch: »Ich weiß nicht, mit wem du geredet hast, aber das war todsicher nicht mein Bruder.«

Ich muss laut loslachen.

»Ich weiß, ich konnte es auch nicht fassen. Aber er schien wirklich Angst um dich zu haben. Er meinte, ich würde dich vielleicht hier finden.«

Finn widerspricht nicht, aber ich merke, dass er mir nicht glaubt. Die Unterhaltung verebbt wieder und ich habe das Bedürfnis, sie wieder in Schwung zu bringen.

»Was ist da im Karton?« Ich zeige mit dem Kinn darauf. Finn wirft einen Blick auf die verschlossene Schachtel und hat offenbar Hemmungen, darüber zu reden.

Nach ein paar Sekunden sagt er dann: »Briefe.«

Ich muss an die Briefe denken, die ich damals im Sommer, als wir uns kennenlernten, in seinem Zimmer fand. Er hatte sie nach dem Tod seiner Mutter während der Therapiesitzungen geschrieben.

»Sind das die Briefe aus der Therapie?«

»Nein.« Ich fürchte schon, dass er es bei dieser Antwort belässt, aber dann erklärt er: »Das sind Briefe von *ihr.*«

Ich sehe ihn erschrocken an.

Heißt das … in der Schachtel sind lauter Briefe von seiner toten Mom?

»Mein Dad fand sie nach dem Brand in der Garage.«

Ich habe Laceys Worte im Kopf, als die Mädchen mir vom Brand bei den Richards erzählten.

Es war wirklich schlimm, die Garage ist als Einziges stehen geblieben.

»Er stieß beim Ausräumen auf zwei Schachteln wie diese hier. Seit Monaten hat er sie für mich aufgehoben.« Seiner Stimme ist eine Spur von Hass auf sich selbst anzumerken. »Er wollte mir das persönlich sagen, aber ich habe das verdammte Telefon ja nicht abgenommen.«

Das mysteriöse Feuer, dem das Haus von Finns Kindheit zum Opfer gefallen ist, hatte ich schon fast vergessen. Die Polizei hat der Öffentlichkeit immer noch keine Verdächtigen oder Annahmen zum Hergang präsentiert.

»Er hat mir gemailt, als er erfuhr, dass ich zurück bin. Es gab eine Schachtel für meinen Bruder und eine für mich«, erklärt Finn.

»Aber … warum hat eure Mutter euch überhaupt Briefe geschrieben?«

Es ist fast, als hätte Nora Richards *gewusst,* dass ihr etwas zustoßen würde.

»Sie hat als Teenager völlig überraschend beide Eltern verloren. Ohne Vorwarnung. Sie kamen bei einer Schießerei ums Leben, und ich glaube … meine Mutter wollte einfach ihre eigenen Kinder nicht so zurücklassen wie ihre Eltern sie.«

Mir gehen eine Million Fragen im Kopf herum. »Wie kommt es, dass du erst jetzt von diesen Briefen erfährst?«

»Meine Mom hat niemandem davon erzählt. Nicht einmal meinem Dad.«

Wahrscheinlich glaubte sie, ihr bliebe mehr Zeit. Man kann seinen Kindern ja durchaus Briefe hinterlassen für den Fall, dass einem etwas zustößt – es ist aber schon etwas anderes, seinem Partner zu sagen, dass man glaubt, einem könnte bald etwas passieren.

»Hast du sie gelesen?«

»Nein«, antwortet Finn leise.

Ich für meinen Teil hätte so eine Kiste schon längst aufgerissen. »Kann ich sie aufmachen?«, versuche ich mein Glück. »Nur die Kiste, nicht die Briefe.«

Eine Weile überlegt er, bevor er sich entscheidet. »Tu, was du nicht lassen kannst.«

Er reicht mir die Schachtel; ich stelle sie auf meinen Schoß und trenne das Klebeband mit dem Autoschlüssel auf. Ich spüre Finns Blick auf mir, während ich das tue, wozu er nicht imstande war, und die Schachtel öffne. Sie enthält stapelweise Briefe, jeder mit einem anderen Titel. Ich greife wahllos einen heraus, drehe ihn um und betrachte Nora Richards' perfekte Handschrift.

Für den Fall, dass du gescheitert bist.

Ich ziehe einen anderen heraus.

Für den Fall, dass du es schaffst.

Und noch einen.

Für den Fall, dass du dich verliebst.

Tränen legen sich wie Nebel über meine Augen, während ich die Aufschriften der anderen Umschläge lese.

Wenn du ein Kind bekommst. Wenn du heiratest. Wenn du achtzehn wirst.

Sie hat wirklich an alles gedacht. Nora hat für jeden wichtigen Moment im Leben ihrer Söhne einen Brief geschrieben.

»Warum willst du sie nicht lesen?« Ich lege den Brief wieder in die Schachtel zurück.

Er seufzt. »Wenn ich sie lese, dann ist es wirklich vorbei. Dann habe ich nichts mehr von ihr.«

»Bist du deshalb hergekommen? Weil dieser Ort das Einzige ist, was du noch von ihr hast?«

Er zuckt mit den Schultern. »Ich bin hier, weil hier alles angefangen hat. Irgendwie passt es, wenn die Geschichte hier auch zu Ende geht.«

Mir schnürt es angesichts der grausamen Ironie die Kehle zu. Den größten Teil von Finns Kindheit hat seine Mom hier vom Leuchtturm aus über ihn gewacht – und dann musste sie ausgerechnet in dem See ertrinken, vor dem sie ihn beschützen wollte. Ohne nachzudenken, fasse ich Finn an der Hand, aber er erwidert meine Geste nicht und seine Finger bleiben schlaff. Trotz seiner abweisenden Haltung flechte ich unsere Finger ineinander und lese ihn wie ein geöffnetes Buch. Er versucht, mich wegzuschieben. Wie er es immer tut, wenn er verletzt ist, aber inzwischen weiß ich, dass ich sein Verhalten nicht persönlich nehmen darf.

»Und was jetzt?«, frage ich.

Glücklicherweise braucht Finn keine zusätzliche Information, um zu wissen, was ich meine.

»Jetzt …« Er überlegt. »Jetzt begraben wir sie. Wenigstens das, was von ihr übrig ist.«

»Es tut mir so leid«, presse ich mühsam hervor.

Seine Züge verhärten sich sofort, und er zieht seine Hand zurück.

»Tu das nicht«, warnt er.

»Was soll ich nicht tun?«

»Mitleid mit mir haben.« Er presst die Kiefer aufeinander. »Ich habe dich sterben lassen, Dia. Ich habe dein Mitgefühl nicht verdient.«

Darum geht es hier also?

»Das hatten wir doch schon. Es war ein Unfall«, rufe ich ihm in Erinnerung.

»Willst du es denn nicht kapieren? Das hättest du sein können. Sie hätten *deine* Leiche aus diesem verfickten See fischen können, und dann würden wir *deine* Beerdigung planen. Fuck, beinahe hätte ich dich umgebracht, Dia. Ich habe dir beim Ertrinken zugesehen, und ich … damit kann ich einfach nicht leben.«

Es liegt am See.

Wann immer er ihn sieht, muss er daran denken, was hätte geschehen können. Er ist nicht nur davon überzeugt, dass er seine Mom im Stich gelassen hat, sondern auch mich.

»Hey, schau mich an.«

Stoisch starrt er weiter nach vorn.

»Finn, schau mich an.« Ich nehme sein Gesicht in meine Hände und zwinge ihn, mir in die Augen zu sehen. »Du hast mich nicht umgebracht. Ich bin hier, bei dir.«

»Trotzdem. Ich weiß nicht, wie ich mir das jemals verzeihen soll.« Er nimmt meine Hände von seinem Kinn und erhebt sich. Ich beobachte, wie er sich ans Geländer lehnt und vor sich hin starrt. Ich drücke mich ebenfalls vom Boden hoch und befreie mich von einer Last, die ich gefühlt seit einem Jahrzehnt mit mir herumtrage.

»Das ist aber echt schade … Weil ich dir vergebe …«

Einen Moment lang rührt er sich nicht.

Dann wirbelt er herum, sein Gesicht eine Maske aus Betroffenheit und Ungläubigkeit.

Ich trete näher an ihn heran.

»Ich vergebe dir das mit dem Unfall.«

Und noch näher.

»Und ich vergebe dir, dass du fortgegangen bist.«

Noch ein Schritt.

»Ich vergebe dir, Finn. Alles. Jedes. Einzelne. Ding. Ist mir scheißegal, was du getan hast oder wer du gewesen bist, denn wenn ich dich jetzt anschaue, dann sehe ich einen Mann, der es besser machen will. Besser *sein* will.«

Seine Kinnlade fällt herunter, während ich rede, und hinter seinen Augen treibt eine Armee von Dämonen ihr Unwesen.

»Ja, du hast es verkackt. Ja, du hättest es anders angehen können, aber am Ende ist das alles egal. Es zählt nur eines – dass du *hier* bist. Und dass du es versuchst. Und wenn das für dich genügt, genügt es auch für mich.«

Er kann sich nicht zu einer Antwort durchringen.

Ein Schluchzen entfährt mir: »Ich … Ich liebe dich, Finley Richards. Ich habe dich geliebt, als du meilenweit weg warst, und auch, als du hier warst. Ich habe dich geliebt, als du ein Arschloch warst oder der liebste Mensch auf der Welt. Ich habe dich früher geliebt und ich liebe dich jetzt. Die Frage ist … lässt du das zu?«

Ein stilles Ultimatum schwebt in der Luft.

Entweder kann er sich selbst vergeben, so wie ich ihm vergeben habe, oder wir sagen jetzt Lebewohl und jeder geht seiner Wege. Die Entscheidung scheint offensichtlich, als er die angehaltene Luft ausbläst und so schnell auf mich zustürmt, dass ich mit dem Rücken gegen die Glasscheibe pralle. Vor Erleichterung könnte ich heulen, als er mein Gesicht in die Hände nimmt und mich unbeschreiblich liebevoll küsst.

Ich küsse ihn, als wäre er purer Sauerstoff – und ich seit seinem Verschwinden am Ersticken. Ich packe ihn am Kragen und öffne den Mund, um ihm Zugang zu gewähren. Seine Zunge gleitet in meinen Mund; gleichzeitig schiebt er eine Hand in mein Haar, wie um sicherzugehen, dass ich nicht zurückweiche. Es ist, als fürchte er, ich könne wieder zu Verstand kommen, meine Meinung ändern und in ihm wieder das unverbesserliche Monster sehen, für das er sich hält. Und je länger er mich so verschlingt, desto mehr wird klar, dass ich nicht gehen könnte, selbst wenn ich es versuchte. Finn Richards besitzt mich voll und ganz.

Das Gute.

Das Schlechte.

Er braucht nur zuzugreifen.

Wir küssen uns, bis keine Luft mehr übrig ist, keine Angst und nicht der geringste Zweifel.

»Gott, was habe ich dich vermisst«, keucht er in meinen Mund.

Ich antworte mit einem langen Kuss. Seine Lippen machen süchtig und seine Berührungen sind schwindelerregend, während unsere Zungen um die Vorherrschaft ringen. Es jagt mir Angst ein, wie sehr ich ihn begehre. Der wachsende Druck zwischen meinen

Beinen überwältigt mich fast. Er bestraft sich nun nicht mehr, das ist klar, und ich habe vor, ihn dafür zu belohnen, indem ich mich an der Wölbung seiner Hose reibe. Er stöhnt, als ich die Finger abwärtsschiebe und über der Jeans mit der Hand um seinen Schwanz streiche.

»Fuck. Du musst ihn nehmen. Greif meinen Schwanz, Baby. *Sofort.*« Mit gierigen Stößen presst er seine Hüfte in meine Hand, als würde er meine Finger schon um sich spüren. Es klingt wie ein Befehl und eine Bitte gleichzeitig, aber ich zögere nicht, öffne seinen Gürtel und schiebe die Hand in seine Boxershorts.

Als ich die Hand um ihn schließe, ist er schon vollkommen hart und dick. Unsere Münder tanzen miteinander, während ich ihn reibe und immer wieder ein tiefes Stöhnen aus seiner Kehle empordringt. Kurz ziehe ich die Hand heraus, spucke hinein und umfasse wieder seinen Schaft.

»Shiiit.« Er wirft den Kopf in den Nacken, und ich muss ernsthaft dagegen ankämpfen, sein Ding herauszuholen und ihm direkt hier im Freien einen zu blasen. Ich löse mich von ihm und suche den Strand ab. Es ist stockfinster, kein Mensch in der Nähe.

Scheiß drauf.

Finn zuckt kaum mit der Wimper, als ich vor ihm in die Knie gehe und seine Hose gerade so weit herunterziehe, dass ich seinen Penis zwischen die Lippen nehmen kann. Irgendwie habe ich das Gefühl, ihm wäre es egal, selbst wenn der Strand voller Menschen wäre. Anfangs widme ich mich nur der Spitze und umkreise sie ein paar Mal mit der Zunge, aber dann sauge ich heftig und packe den ganzen Schaft mit der Faust. Von den Tönen, die er von sich gibt, werde ich ganz high und verliere jedes Mal den Verstand, wenn er leise vor sich hin flucht.

»Ja. Oh, Fuck, ja.« Er drückt sanft meinen Kopf nach unten und ich spüre, wie er immer wieder an meinem Rachen anstößt. Dann fängt er in meinem Mund zu zucken an und Finn reißt die Augen auf. »Steh auf.«

Er packt mich am Handgelenk, zieht mich hoch und schiebt mich rücklings bis an die Wand des Leuchtturms. Ich könnte mir selbst dafür ein High Five geben, dass ich ein Kleid anhabe, denn er verschränkt die Hände hinter meinen Schenkeln, hebt mich hoch und verhakt meine Beine hinter seinen Hüften. Gerade hat er seinen Schwanz wieder zurück in die Boxershorts geschoben, da wandert seine Hand bereits zwischen meine Beine.

Schon hat er mein Kleid beiseitegeschoben, taucht mit den Fingern unter meinen Slip und findet sofort meinen Kitzler. Er reizt mich und spielt mit mir, bis ich mich in seinen Armen winde. Ich kann hören, wie feucht ich bin, als er sich weiter nach unten bewegt und die Zähne in seine Unterlippe gräbt.

»Du bist so verfickt feucht. Spreiz deine Beine für mich.«

Ich gebe ihm, was er will, und öffne meine Beine, so weit ich kann. Sofort zwängt er zwei Finger in mich hinein und erhält dafür zum Lohn ein gedämpftes Stöhnen. Die Hitze in seinem Blick pulverisiert, was von meiner Geduld noch übrig war.

»Steck ihn rein«, sage ich freiheraus, während seine Finger immer wieder in mich hineinfahren. Das hätte man auch romantischer sagen können, aber es ist ein volles Jahr her, dass wir richtig zur Sache gegangen sind, und für ausgesuchte Höflichkeit haben wir jetzt keine Zeit.

»*Was* soll ich reinstecken?« Er spielt mit mir, schmunzelt verwegen und stößt so heftig mit den Fingern in mich, dass ich meine Lust schon auf meinen Schenkeln spüre.

»Steck. Mir. Deinen. Schwanz. Rein.«

Er grinst noch breiter, als ich es für ihn ausbuchstabiere, und schnippt meine Klit dabei mit dem Daumen hin und her.

»Aber wir fangen doch gerade erst an«, neckt er mich und reibt mich noch schneller. Ich stöhnte auf, als er mit dem Finger von innen meinen G-Punkt trifft. Ich weiß nicht, was zum Teufel an dieser Position so besonders ist, aber er scheint bei mir alle richtigen Stellen zu erwischen.

Warte …

Werde ich gleich …?

»Heilige Scheiße«, wimmere ich und packe ihn mit beiden Händen an den Schultern, während mich die Wonne wie ein Donnerschlag trifft. Ein bisschen kribbelt mir auch Verlegenheit unter der Haut, als mich der Orgasmus wie ein LKW über den Haufen fährt. So schnell bin ich im ganzen Leben noch nicht gekommen.

Er packt mich an der Kehle, während er wie wild mit den Fingern in mich hineinstößt. »Fuck, so ist es richtig, Dia. Komm für mich.«

Er kneift meine empfindlichste Stelle mit zwei Fingern, und dann bin ich auch schon geliefert. Ich komme über seine Hände, bohre die Fingernägel in seine tätowierten Schultern und reite genüsslich die Welle meines Höhepunkts. Finn wartet bis zur letzten Sekunde, bis er die Finger herauszieht, seine Boxershorts bis zu den Knien hinunterschiebt und seinen Schwanz befreit.

Keiner spricht, während er sich zwischen meinen Beinen in Position bringt. Es gibt einfach nicht genügend Wörter, um zu erklären, wie sehr wir das jetzt brauchen, und ich sage ihm auch nicht, dass ein dummes Organ in meiner Brust gerade völlig verrücktspielt.

Unsere Augen sagen alles.

Wir beide wissen: Wenn wir das tun, gibt es kein Zurück. Dann kann er nie wieder abhauen. Selbst wenn er es mal wieder verkackt. Selbst wenn er etwas Unverzeihliches tut. Ganz egal was geschieht, er bleibt da.

»Ich liebe dich«, krächze ich, nur Sekunden bevor er sich ungeschützt in mich schiebt. Nur gut, dass ich die Pille nehme. Er scheint meine Angst zu bemerken, denn er presst seinen Mund auf meinen und küsst mich bis zur Besinnungslosigkeit.

»Ich liebe dich«, flüstert er.

Er hält kurz inne.

Und sagt dann: *»Bis zu dem Tag, an dem ich verdammt noch mal sterbe.«*

Sein Schwanz fährt wie ein Messerstich in mich hinein.

Ich verziehe das Gesicht, als er mich aufdehnt, und ich nehme mir einen Augenblick, um mich an seine Größe zu gewöhnen. Immerhin ist es ein Jahr her, seit ich mit jemandem so zusammen war. Es wäre schon seltsam, wenn es sich sofort wunderbar anfühlen würde.

Finn zieht zurück.

Scheiße, das tut wirklich weh.

»Ich weiß, Baby«, raunt er, als könne er Gedanken lesen. »Tief durchatmen, okay?«

Ich kneife die Augen zu, hole tief Luft und halte sie an, bis Finn noch mal in mich hineingleitet, immer wieder. Bei jedem Stoß lässt der Schmerz ein wenig nach und ich sehe, dass er keinen Spaß dabei hat. Er lässt mich nicht aus den Augen, während er sehr langsam und vorsichtig in mich eindringt und sich wieder zurückzieht. Er macht sich Sorgen um mich.

Ich zucke zusammen. »Ich verderbe alles, nicht wahr?«

Sofort ist sein Mund wieder auf meinem.

»Scheiße noch mal. Du verdirbst überhaupt nichts.«

Er küsst mich leidenschaftlich, als wolle er mich den Schmerz vergessen machen, und ich lasse mich auf seinen Kuss ein und entspanne mich langsam, während seine Zunge hervorschießt und mit meiner spielt. Ich merke, dass er nun wieder rascher zustößt, konzentriere mich aber auf seine Lippen, seinen Duft, seine Berührung. Ich koppele mich ab vom Schmerz, und das Gefäß in meiner Brust ist so von Liebe erfüllt, dass ich mich wundere, dass es dort überhaupt noch Platz findet.

»Oh, fuck.« Sein Stöhnen läuft wie ein elektrischer Impuls direkt zwischen meine Beine.

»Mach das noch mal.« Es klingt nicht wie ein Befehl.

Finn sieht mich fragend an. »Was denn?«

»Stöhnen … Geräusche.« Besser kann ich es nicht erklären.

Aber er gehorcht sofort, greift mir ins Haar, kommt mit dem Mund dicht an mein Ohr und fickt mich hemmungslos.

O Gott.

Jedes Mal, wenn er in mich hineinstößt, zeigt er mit einem Stöhnen oder ein paar aufmunternden Worten, wie schön es für ihn ist.

»Fuck, Dia. Du hast keine Ahnung, wie gut du dich anfühlst.« Er füllt mich komplett aus und knurrt: »Verdammt. Du bist unglaublich.«

Seine Worte entfachen etwas in mir, und ich erwidere seine Bewegungen und wippe auf seiner Länge auf und ab, wobei ich mich an seinen Schultern festhalte, um besser Schwung zu holen. Der Schmerz verebbt allmählich; überglücklich ziehe ich sein Gesicht zu einem langen, atemberaubenden Kuss heran.

Ohne Kondom spüre ich ihn so viel besser als in der Erinnerung, und nach seinem Gesicht zu urteilen würde er dem wohl zustimmen. Er schiebt seine Finger hinunter zur empfindlichsten Stelle zwischen meinen Beinen.

Noch mal?

»Finn, das geht nicht. Ich bin zu empfindlich.«

»Vertrau mir«, sagt er, küsst mich kurz auf den Mund und beginnt erneut, meinen Kitzler zu reiben. Dass er sein Schwanz währenddessen immer wieder in mich hineinpresst, verstärkt das Gefühl noch, und es dauert nicht lange, bis ich mich vollkommen dem Genuss hingebe. Wenn man's recht überlegt, ist eine zweite Runde vielleicht gar keine schlechte Idee. Nur Minuten später hat er mich schon wieder am Rand eines Orgasmus.

»Finn!« Ungewollt quetsche ich seinen Schwanz in mir zusammen, während die Lust aufwallt.

»Fuck, ja«, feuert er mich an.

Inzwischen sind wir beide nass geschwitzt, was mich überhaupt nicht kümmert; so lange haben wir einander gefehlt, dass ich das Geräusch richtig genieße, wenn unserere Körper aufeinanderklatschen.

Einen Augenblick später klappt mir der Mund auf und ich presse Finn so sehr, dass er vor Vergnügen das Gesicht verzieht. »Oh, Shit, ich bin gleich so weit.«

Finn und ich sind nur sehr selten gleichzeitig gekommen. Die Vorstellung, dass das geschieht, wenn man sich seinem Partner wirklich verbunden fühlt, habe ich immer für einen Mythos gehalten. Und vielleicht ist es das auch. Es fühlt sich allerdings *völlig* anders an, als ich an diesem Abend zum zweiten Mal komme. Ich verdrehe die Augen und stoße immer schneller gegen ihn. Ich mache mir nicht mal die Mühe, mein Stöhnen zu dämpfen, als ich zum Höhepunkt komme, und Finn klatscht neben mir mit der Hand an die Glasscheibe und reißt den Kopf in den Nacken.

»*Dia, Dia, Dia*«, ruft er im Takt seiner letzten drei Stöße, dann ergießt er sich ohne Kondom in mein Inneres.

Wenn man von so einem Rausch herunterkommt, dann fühlt es sich wie das Aufwachen aus einem wirklich schönen Traum an. Finn zieht sich aus mir zurück, löst meine Beine von seiner Taille, setzt mich ab und küsst mich auf die Nasenspitze.

»Alles außer dir?« Er presst seine Stirn gegen meine, und ich muss lachen. Ich brauche nicht zwischen den Zeilen zu lesen, um zu wissen, was er mich da fragt. Und ich weiß genau, was ich antworten werde. Ich schenke ihm ein Lächeln, drücke ihm einen Kuss auf den Mundwinkel und besiegele den Pakt mit drei kleinen Worten.

»Alles außer dir.«

29. KAPITEL

FINN

VIER WOCHEN SPÄTER

An einem Baum werde ich keinen Sex haben, *sagte sie.*

Nie im Leben, *sagte sie.*

Und ich habe ihr geglaubt. Eine ganze Minute lang. Bis wir unsere Namen in den Baum meiner Eltern geschnitzt haben und sie mich mit einem Blick festnagelte, den ich nur zu gut kenne. Der immer zum Vorschein kommt, wenn sie gegen den Teil von sich ankämpft, der bis zur Besinnungslosigkeit gefickt werden will. Sagen wir einfach, ich meldete mich mit großer Begeisterung zum Dienst.

»Ist das nicht irgendwie …« *Stöhn.* »… Respektlos?« *Stöhn.*

Ich muss über ihre Bedenken lächeln. Da vögle ich sie von hinten, sodass sie nicht mehr weiß, wo ihr der Kopf steht, und trotzdem findet sie Zeit, sich über die Gefühle meiner verstorbenen Mutter Gedanken zu machen.

»Ich habe keine Ahnung, was meine Mom im Jenseits so treibt, aber sie sieht uns mit tausendprozentiger Sicherheit nicht beim Bumsen im Wald zu«, beruhige ich sie.

Ein Lachen mischt sich in ihr Wimmern. »Trotzdem. Das ist doch ein besonderer Ort für sie.«

»Du bist mein besonderer Ort. Ich bin mir sicher, sie würde das verstehen.« Ich fasse sie um die schlanke Taille, drücke sie und hinterlasse versehentlich Spuren auf ihrer Haut, während ich so tief in sie hineinramme, dass es mich nicht wundern würde, wenn sie mich im Hals spürt.

Es ist noch nicht lange her, da hätte ich eins meiner Organe verkauft, um niemals nach Silver Springs zurückzumüssen. Ich dachte, hier würde mich alles zwangsläufig an das erinnern, was ich verloren habe. Wie sich herausstellt, erinnert es mich an alles, was ich gewonnen habe.

Dia, Glück, eine *Zukunft*.

Außerdem konnte ich es ihr nicht abschlagen, als sie den Entschluss gefasst hatte. Sie wollte die Babyparty für Aveena und Xavier aus Rücksicht auf deren Familien unbedingt zu Hause steigen lassen, und als Lacey dafür auch noch das Haus ihrer Eltern anbot, war ohnehin nichts mehr zu machen.

Also, da sind wir.

Übers Wochenende zurück in unserer Heimatstadt.

Glaubt Dia jedenfalls.

»O Gott.« Dia krallt sich an den Baumstamm vor ihr, und ihre Brüste wippen in alle Richtungen, während ich sie in der Nähe der Brücke nehme, wo sich meine Eltern kennengelernt haben – eigentlich ist Silver Bridge ja vor mehr als einem Jahr eingestürzt, aber ob mit oder ohne Brücke ist dieser Ort immer noch der Hauptgrund, weshalb meine Eltern zusammenkamen. Als sie sich ineinander verliebten, schnitzten sie die Anfangsbuchstaben ihrer Namen hier in die Baumrinde, und für mich hat es sich einfach richtig angefühlt, das Zeichen meiner eigenen Liebe gleich daneben zu verewigen.

»Wir werden *so was von* zu spät kommen«, ächzt Dia, während ich ihre schwarzen Locken um meine Hand wickle und den Arm zwischen ihre Beine schiebe, um ihre angeschwollene Klit zu bearbeiten. Die Babyparty sollte schon vor einer Viertelstunde anfangen, aber wenn ihr mich fragt, hat Dia schon mehr als genug für ihr künftiges Patenkind getan.

»Du hast ihnen doch schon das Ganze organisiert. Da werden sie wohl auch eine halbe Stunde ohne dich auskommen.« Ich reibe ihre empfindliche Stelle, bis sie die Hand auf den Mund pressen muss, um nicht zu laut zu schreien.

Als sie zu zittern anfängt, weiß ich, dass sie nahe dran ist. Und so gerne ich diesen Augenblick noch etwas ausdehnen möchte, bringen mich Dias Geräusche, während sie auf meinem Schwanz zusammenbricht, um den Verstand. Und so spritze ich ohne Kondom in ihr ab – Dia nimmt regelmäßig die Pille. Xavier und Aveena mögen für ein Kind bereit sein, ich dagegen habe meinen Scheiß noch *längst* nicht richtig auf der Reihe. Dia und ich kommen gleichzeitig zum Höhepunkt und sie presst sich voller Eifer gegen mein Becken, um auch noch den letzten Tropfen aus mir herauszuquetschen.

Fuck, ich kann es nicht erwarten, dieses Mädchen zu heiraten.

Wenige Augenblicke später schlagen wir gemeinsam wieder auf dem Boden der Tatsachen auf. Widerstrebend ziehe ich mich zurück und muss schon an das nächste Mal denken. Jeder Zentimeter ihres Körpers fühlt sich vertraut wie ein Zuhause an. Und ich habe vor, mich um mein Zuhause zu kümmern. Merkt euch das, mein Zuhause wird das glücklichste Zuhause auf dem ganzen Planeten sein, verdammt noch mal.

Dia schlüpft wieder in die Träger ihres Kleides, streicht den Rock glatt und bringt ihr Haar in Ordnung. Ich habe gerade meinen halbharten Schwanz verstaut und den Gürtel geschlossen, als auf meinem Handy eine Nachricht aufpoppt.

Von meinem Dad.

Dad: Steht unser gemeinsames
Abendessen morgen noch?

Hätte er mir diese Nachricht vor vier Wochen geschickt, dann wäre von mir bestimmt keine Antwort gekommen, aber ich habe Dia versprochen, das mit meiner Familie wieder in Ordnung zu bringen, und ich würde lieber sterben, als sie zu enttäuschen.

Ich tippe rasch eine Antwort.

Finn: Auf jeden Fall. Bis dann.

Ich sehe, wie Dia durch ihre Nachrichten scrollt und dabei die Lippen aufeinanderpresst.

»Das Catering hat in letzter Minute abgesagt. Wir müssen unterwegs noch was zu essen besorgen«, erklärt sie.

Stimmt ja, sie hatte Caterer beauftragt. Und Himmel und Hölle in Bewegung gesetzt, damit der Abend unvergesslich wird. Das hat sie ein hübsches Sümmchen gekostet, aber sie meinte, das sei sie Aveena schuldig. Als wir zum Wagen gehen, bemerke ich ihre Verzweiflung und nehme sie in den Arm.

»Hey, es wird trotzdem großartig werden, okay?« Ich drücke ihr meinen Mund auf die Stirn und halte sie fest, bis sich die Anspannung bei ihr löst.

»Okay.« Sie atmet einmal in aller Ruhe durch und steigt dann ins Auto.

* * *

Es ist kein Geheimnis, dass Babys ziemlich viel weinen, aber auf die Gefahr, wie ein ignoranter Vollpfosten zu klingen – ich hatte wirklich nicht damit gerechnet, dass die Frauen, die sie zur Welt bringen, auch nur halb so viel weinen wie Aveena heute. Sie ersäuft praktisch in ihren Tränen, seit sie vor fünf Stunden bei der Überraschungsparty für ihr künftiges Baby eingetroffen ist. Xavier wusste Bescheid und hatte ihr von einer Party erzählt, aber dass diese zu Ehren ihres ungeborenen Kindes stattfand, kam ihm natürlich nicht über die Lippen.

Aveena wollte ihren Augen nicht trauen, als sie die Ballons in Rosa und Blau entdeckte, die wir überall aufgehängt hatten – ob Mädchen oder Junge wissen wir ja noch nicht. Dazu standen ihre und Xaviers Familien und haufenweise Geschenke im Wohnzimmer von Lacey.

Zum Glück kamen wir gerade noch rechtzeitig, um ihre Reaktion mitzuerleben, aber den Stopp beim Supermarkt mussten wir abblasen, nachdem der Caterer uns im Stich gelassen hatte. Ich konnte Dia davon überzeugen, dass Lieferservice jetzt das Beste wäre, und so bestellten wir am Ende Pizza für alle.

Xaviers und Aveenas Verwandtschaft ist vor zwanzig Minuten gegangen – damit bleiben Dia, Theo, Xavier, Lacey, Aveena und ich, um das ganze Geschenkpapier zu entsorgen, das überall im Wohnzimmer herumliegt. Aveena weinte die ganze Zeit, während die beiden die Geschenke auspackten, und als wir sie fragten, warum, hob sie die Babykleidung hoch und meinte: »Das ist alles so winzig.«

»So ein Mist, wir haben ein Geschenk vergessen«, ruft Lacey, als ich gerade das letzte Papierknäuel in einen Müllsack stopfe. Schmunzelnd nehmen Lacey und ich Blickkontakt auf.

Es ist so weit.

Xavier und ich tauschen einen vielsagenden Blick aus, als Lacey ein winziges Schächtelchen zum Vorschein bringt. Wir lassen uns alle auf Laceys Ledergarnitur nieder. Ich lege Dia meinen Arm um den Hals und ziehe sie an meine Brust.

»Da steht: für Dia«, erklärt Lacey.

Verwundert setzt sich Dia auf. »Für mich?«

»Ja, von Finn«, fügt Lacey an, und mein Baby wirft mir sofort einen argwöhnischen Blick zu.

»Was hast du da wieder ausgeheckt?« Misstrauisch kneift sie die Augen zusammen, und ich muss lachen.

»Machs einfach auf.«

Sie streckt zaghaft die Hand aus, und Lacey reicht ihr mein Geschenk. Das Schächtelchen ist weiß mit einem schwarzen Geschenkband und passt genau in ihre Hand. Dia dreht es herum, mustert es und wirft mir noch einmal einen Blick zu. Ich nicke und gebe mit dem Kinn Zeichen, weiterzumachen. Dann zieht sie die schwarze Schleife auf. Als sie hineinsieht, bleibt ihr der Mund offen stehen.

In der Schachtel liegt ein Schlüssel.

Unser Schlüssel …

»Was ist das?« Sie nimmt den Schlüssel in die Hand und hebt ihn vor die Augen.

»Der Schlüssel zu unserem Zuhause«, sage ich beiläufig.

Sie braucht einen Moment, um zu verarbeiten, was ich gerade gesagt habe. »Was meinst du mit ›unserem Zuhause‹?«

»Wir werden nicht mehr bei Aveena und Xavier wohnen«, erkläre ich.

»Wovon zum Teufel redest du da?« Sie erhebt sich von der Couch.

»Lacey hat uns angeboten, für den Rest des Sommers umsonst bei ihr im Gästehaus zu wohnen. Und zwar ab heute.«

Sie blinzelt einmal, zweimal, *dreimal,* bevor sie sich wieder fängt. »Warte … was?« Sie sieht Lacey an, als würde sie erwarten, dass die gleich loslacht.

Doch die zuckt nur mit den Schultern und lächelt. »Meine Mom und mein Stiefvater benutzen es ohnehin nie. Außerdem sind sie ständig unterwegs. Es steht nur da und verstaubt.«

»Bei den beiden in der Wohnung wird es langsam ein bisschen eng, und außerdem glaube ich, die beiden Turteltäubchen würden ihr Gästezimmer gerne so langsam für Baby Harper-Emery herrichten.« Ich lächle die künftigen Eltern an.

Der vergangene Monat mit Dia war für mich der Himmel auf Erden. Ich bin glücklicher, als ich je für möglich gehalten hätte, aber wenn man mit einem anderen Paar zusammenlebt, hat man praktisch keine Privatsphäre – was ein höflicher Ausdruck dafür ist, dass wir nicht vögeln können, wann wir wollen.

Und ich kann euch sagen, dass dieser Scheiß schnell langweilig wird.

Xavier und Aveena waren offenbar einverstanden, denn sie hatten das mit dem Gästehaus von Lacey vor einer Weile selbst vorgeschlagen. Deren Eltern wollten es wohl vermieten, und da Dias Sommerkurse vor ein paar Tagen zu Ende gingen, dachte ich, wir könnten doch genauso gut zusammenleben, bis das Semester wieder losgeht und sie wieder im Wohnheim landet.

Ich habe immer noch keinen Platz fürs nächste Jahr gefunden – nicht, dass ich gesucht hätte. Insgeheim hoffe ich, dass sich Dia mit mir zusammen eine Wohnung nehmen möchte, wenn die Zeit dafür reif ist.

Lacey hat bei ihren Eltern ein gutes Wort für uns eingelegt, und sie lassen uns mietfrei wohnen, wenn wir uns ein bisschen im Garten nützlich machen. Die Details habe ich mit ihnen alle schon geklärt, und in meinem Kofferraum stecken so viele von Dias Sachen, wie ich reinstopfen konnte. Ich konnte natürlich nicht alles einpacken, ohne dass sie das bemerkt, und habe mich auf das Wichtigste beschränkt. Den Rest müssen wir später aus der Wohnung holen.

Verblüfft blickt sich Dia im Wohnzimmer um und bemerkt, dass auch unsere Freunde grinsen. »Ihr habt wohl alle Bescheid gewusst, was?«

Theo, Xavier und Aveena bestätigen ihren Verdacht, und Dia gibt mir einen Klaps auf die Schulter.

»Und wie lange bereitest du das schon vor?«

»Seit wir wieder zusammen sind.« Ich stemme mich vom Sofa hoch.

Dia schlägt die Arme um mich, kaum dass ich aufgestanden bin, ich hebe sie hoch, wirble sie im Kreis und genieße, wie sie lacht. Genau das meine ich, wenn ich sage, dass ich so glücklich bin wie noch nie.

Den Rest des Abends relaxen wir am Pool. Gegen Mitternacht sind alle leicht angetrunken – außer mir und Aveena – und Lacey schlägt vor, dass auch die anderen bei ihr übernachten, damit niemand mehr fahren muss. Wie ich so durch Laceys Garten streife, habe ich immer wieder Flashbacks von den vielen Partys, die hier gestiegen sind.

So vieles hat sich seit der Highschool verändert, aber unsere Clique nicht.

Wo immer das Leben uns hinverschlagen mag, wir werden immer wieder hierher zurückfinden. Nach Silver Springs, unserer langweiligen Heimatstadt mit ihren fünftausend Einwohnern, wo es nichts zu tun gibt, außer Gerüchte zu verbreiten und bei den Spielen der Highschool-Basketballer dabei zu sein.

Wenig später verabschieden Dia und ich uns von den anderen

und gehen zum kleinen Gästehaus hinüber. Dia meinte zwar, sie sei müde, aber ich kenne sie inzwischen besser, und der Ausdruck in ihren Augen passt einfach nicht zu ihren Worten.

Kaum dass ich die Tür aufgeschlossen habe, fällt sie tatsächlich über mich her. Ihr Mund ist auf meinem, bevor ich die bei der Party übrig gebliebenen alkoholfreien Drinks auf dem Tisch am Eingang abstellen kann. Ich dachte, sie würde sich vielleicht zuerst einmal umsehen, aber daran will sie offenbar keinen Gedanken verschwenden, denn wir fallen bereits auf die Couch, ohne den Kuss zu unterbrechen.

»Willst du nicht unsere neue Dusche ausprobieren?«, frage ich zum Spaß, richte meine Aufmerksamkeit auf ihren Hals und setze von dort aus eine Spur von Küssen bis hinauf zu ihrem Ohrläppchen.

»Aber wenn uns Aveena und Xavier hören?« Sie gibt sich schockiert. »Ach, stimmt, das geht ja gar nicht. Wir wohnen jetzt alleine.«

Ich muss lachen. »Da kannst du einen drauf lassen.«

»Dusche hört sich großartig an.« Sie gibt mir einen langen Kuss auf den Mund. »Dummerweise habe ich keine Klamotten zum Wechseln da.«

Ich muss schmunzeln. »Ist ja ausgezeichnet.«

»Ich meine das ernst.« Sie kichert. »Ich habe ja überhaupt nichts mitgebracht. Ich dachte, wir würden nach der Babyparty wieder zurückfahren.«

Mit einem Satz springe ich von der Couch und reiche ihr die Hand. »Komm mit.«

Ohne Widerrede ergreift sie meine Hand und folgt mir zum Schlafzimmer im Obergeschoss. Sofort entdeckt sie ihre Reisetasche, die neben meiner auf dem Bett steht.

»Du hast für mich gepackt?«, fragt sie ungläubig.

Ich nicke. »Schon letzte Woche.«

Mit großen Augen läuft sie zum Bett, wirft ihr Handy auf die Matratze und zieht den Reißverschluss der Tasche auf. Sie holt das violette Trägertop heraus, das ich als Letztes eingepackt habe – seit Kurzem trägt sie auch wieder bunte Sachen.

»Nach dem hier suche ich schon seit Tagen!«, ruft sie aus, und ich muss so lachen, dass ich mich mit der Schulter am Türrahmen anlehnen muss.

»Schau mal zum Nachttisch«, rate ich ihr. Ihr Blick wandert zum Kopfende des Doppelbetts.

Sofort entdeckt sie das gerahmte Bild, das ich dort hingestellt habe. Als sie vorhin kurz im Bad verschwunden war, habe ich mich hier ins Gästehaus geschlichen, denn ich wollte, dass das Foto ihrer leiblichen Mutter hier auf sie wartet. Es steht nämlich neben ihrem Bett, seit sie es von Jesse bekommen hat. Ich gehe ins Schlafzimmer hinein und lege von hinten die Arme um sie.

»Hast du das eingerahmt?«, fragt sie mit belegter Stimme und hebt das einzige Bild hoch, das sie von ihrer Mom hat.

»Jep. Ich habe es gestohlen, als du gerade weggesehen hast. Ich dachte, sie ist viel zu wichtig um nicht eingerahmt zu sein.«

Dia reckt den Hals und sieht sich zu mir um. In ihren Augen glänzen Tränen. »Ich … Vielen Dank!«

So bleiben wir stehen, meine Brust an ihren Rücken gedrückt, meine Nase in ihrem Haar, für einen Augenblick, den ich als ausgedehnt *und* flüchtig beschreiben würde. Ich möchte sie nicht loslassen.

Kann sie nicht loslassen.

Dia stellt das Foto wieder hin und dreht sich zu mir um. Jetzt fällt ihr Blick auf den Pappkarton voller Briefe auf dem Schreibtisch, den ich immer noch nicht zu öffnen gewagt habe. Dia ist nicht die Einzige, die sich an die Erinnerung an ihre Mutter klammert. Ich hätte unmöglich die andere Wohnung verlassen können, ohne die Briefe meiner Mutter mitzunehmen.

»Du musst mir etwas versprechen.« Sie drückt mich an sich.

»Was du willst.« Meine Arme schließen sich fast reflexartig um sie, und sie legt die Wange an meine Brust.

»Versprich mir, dass du ihre Briefe lesen wirst. Sie war zu wichtig, um nicht auf ihren Rat zu hören.« Ähnlich habe ich ihr das auch schon selbst gesagt.

Seit ich erfahren habe, dass diese Briefe existieren, habe ich nichts anderes getan, als genügend Mut dafür zu sammeln, sie zu öffnen. Den ganzen vergangenen Monat habe ich mir vorgeworfen, zu schwach dafür zu sein, diese verdammten Briefe endlich aufzureißen. Die Wahrheit ist, ich bin einfach noch nicht dazu bereit. Ich bin nicht dazu bereit und werde das wahrscheinlich nie sein.

»Versprochen«, flüstere ich.

Ich meine das ernst.

Wenigstens *will* ich, dass ich es ernst meine.

Eines Tages werde ich diesen Karton öffnen und diese Briefe einen nach dem anderen lesen. Ich möchte ihre Worte in mich aufsaugen, mir ihre Handschrift einprägen und dann ihr ganzes Wesen in mir tragen. Aber noch nicht heute.

Und morgen auch nicht.

Nächsten Monat sicher auch nicht.

Aber der Tag wird kommen.

Muss kommen.

»Und? Wie stehts mit der Dusche? Oder noch besser, wie wärs mit einem Schaumbad?« Dia legt mir die Arme um den Hals, und ich bin froh darüber, wie ihre Augen strahlen. Die Stimmung wurde für meinen Geschmack gerade ziemlich bedrückend.

»Musst du das überhaupt fragen?« Ich drücke ihr einen Kuss auf den Mund.

Sie stutzt, ihr Lächeln verschwindet und sie blickt sich um.

»Was ist los?«, frage ich.

Sie überlegt. »Riechst du das auch?«

Wahrscheinlich gibt ihre Nase falschen Alarm, aber ich presse betroffen die Hand auf die Brust. »Rieche ich etwa so schlimm?«

Sie grinst und schüttelt den Kopf. »Vergiss es. Ich lasse das Bad einlaufen.«

Ich nicke, Dia küsst mich auf die Wange und schlendert ins Bad hinüber. Ich höre Wasser laufen, und dann ruft Dia, dass sie schnell nach unten geht und sich von den Partyresten eine Apfelschorle nach oben holt. Ich schnappe mir eine Jogginghose aus meiner Tasche, als ein Telefon pingt.

Dias Handy.

Sie hat es auf dem Bett liegen lassen.

Eine Nachricht.

Zwei Nachrichten.

Drei Nachrichten.

Das hört gar nicht mehr auf.

Bei Nachricht Nummer fünf halte ich es nicht mehr aus. Wer zum Teufel schreibt ihr um diese Zeit? Ich gehe zum Bett, schnappe mir das Handy und checke den Absender.

Chance.

Da sind auch drei verpasste Anrufe von ihm. *Fuck*, warum lässt ihr Ex-Freund ihr Handy heiß laufen? Ich überfliege die ersten beiden Nachrichten. Sie lassen mir das Blut in den Adern gefrieren …

Chance: Er ist frei.

Chance: Und ich glaube, er ist auf dem Weg zu dir.

30. KAPITEL

FINN

So ein Schwachsinn.

Völliger. Hirnrissiger. Schwachsinn.

Lexies Mörder kann unmöglich draußen unterwegs sein.

Er kann nicht auf freiem Fuß sein.

Das ist einfach nicht möglich.

Der Typ hatte noch zwei Jahre vor sich. Sie können ihn doch nicht einfach zwei Jahre früher entlassen, oder? Es fühlt sich an, als hätte ich giftige Luft in der Lunge. Die Panik macht sich bei mir breit wie ein sich aufblähender Ballon, der allen Raum in meinem Brustkorb einnimmt. Ich nehme mir Dias Handy und lese auch die anderen Nachrichten von Chance.

Chance: Dia, geh ans Telefon.

Chance: Das war alles von langer Hand geplant.
Der Drecksack ist während seiner Verlegung geflohen.

Chance: Sag Finn, er soll sich vorsehen.

Ich halte das Telefon so fest gepackt, dass ich kaum meine Hand spüre. Das Blut ist bereits aus meinen Knöcheln gewichen, bis ich Dias Handy wieder aufs Bett fallen lasse und zur Tür laufe. Sie ist schon vor Minuten nach unten gegangen. Sie sollte längst wieder oben sein.

»Dia?« Ihr Name kommt wie eine flehende Bitte über meine Lippen.

Keine Antwort.

»Dia?«, rufe ich noch einmal und erwarte, dass sie gleich mit ihrem atemberaubenden Lächeln und einer Flasche Apfelschorle in der Hand oben an der Treppe erscheint. Gleich wird sie mir antworten. Jeden Moment. Sie wird dort die Treppe heraufkommen und mich wegen meiner Befürchtungen auslachen.

Komm schon, Baby, antworte mir.

Antworte, Dia, bitte.

Mir wird ganz flau im Magen, als ich bemerke, dass im Hintergrund immer noch Wasser läuft. So etwas würde ihr nie passieren. Ständig ist sie bei mir hinterher, dass ich ja kein Wasser verschwende. Das kann einfach nicht sein.

Irgendetwas stimmt nicht.

Ich sollte jetzt in Ruhe überlegen, meinen Verstand benutzen und sorgfältig meinen nächsten Schritt planen, aber der vernünftige Teil von mir ist nur eine ganz schwache Stimme weit hinten in meinem Kopf, während ich mir so langsam bewusst werde, wie ernst die Situation ist.

Da läuft ein rachsüchtiger Mörder frei herum, und jetzt gibt meine Freundin keine Antwort.

Scheiße, das kann kein Zufall sein.

Mir schlägt das Herz im Hals, als ich aus dem Zimmer sprinte und die Treppe hinunterjage. Ich bin noch nicht unten angekommen, als mir ein scharfer Geruch in die Nase steigt. Mein Atem wird panisch, als ich begreife …

Ist das etwa … Benzin?

»Schau mal einer an, wer uns Gesellschaft leisten will.« Seine Stimme klingt wie eine Todesstrafe.

Endgültig.

Unausweichlich.

Ich wusste, dass dieser Augenblick kommen würde. Wahrscheinlich war es dumm von mir zu glauben, ich könnte Dia aus dem Kreuzfeuer heraushalten.

Meine Fäuste ballen sich zu Waffen mit weißen Knöcheln. Ich drehe mich herum und sehe Lexies Mörder Joel, der Dia mit einer Hand die Kehle zudrückt und ihr mit der anderen eine Pistole an die Schläfe hält. Fuck, ich kann einfach nicht atmen, und meine

Gedanken vermischen sich zu einer chaotischen Spirale. Ich bin daran schuld. Ich habe ihn beleidigt, und jetzt wird er mir mein Mädchen wegnehmen.

Mein Baby.

Mein Juwel.

Das ist alles meine Schuld.

Sein schräges Lächeln ist ebenso traumatisierend wie bösartig. Mit einem kurzen Blick mustere ich ihn. Seine Kleidung passt ihm überhaupt nicht. Die Ärmel der Jacke sind zu kurz, die Jeans sind am Saum mehrfach aufgeschlagen – er muss das Zeug nach seiner Flucht irgendwo gestohlen haben.

Nach seinem langen, fettigen Haar und dem zerzausten Bart zu urteilen, hat er außerdem ewig nicht geduscht. Seit unserer letzten Begegnung hat er sich merklich verändert, und nicht zum Guten. Nicht, dass er vor seiner Inhaftierung irgendwie attraktiv gewesen wäre. Schon damals konnte man ihm jeden einzelnen Tag seines Lebens ansehen, aber so heruntergekommen wie jetzt war er nicht.

Dann sehe ich Dia an. Ihre Wangen sind tränenüberströmt, ihr Mund mit einem Klebeband verschlossen. Das Ganze sieht aus wie in einem verdammten Horrorfilm.

Nur … ist es *echt*.

Die Pistole ist echt.

Die Kugeln sind echt.

Und es gibt keine Garantie für ein Happy End.

Ich hebe die Hände und schiebe mich langsam näher, als wäre er ein wildes Tier, das ich nicht verscheuchen will. Dann sehe ich auf meine Füße, denn ich trete in eine Pfütze. Was zum …

Ich blicke mich um und entdecke die Spur einer Flüssigkeit, die sich durch alle Wohnbereiche zieht. Verdammte Scheiße. Dieser Irre hat alles mit Benzin übergossen. Ein einziges Streichholz, und alles ist vorbei. Gott, warum habe ich ihn bloß nicht *gehört*? Schön, im Bad rauschte das Wasser, aber wir haben ihn ja nicht einmal einbrechen hören.

Oder … war er vielleicht schon vorher im Haus?

»Lass sie gehen, Joel.« Ich versuche, durchsetzungsfähig zu klingen, aber es kommt wie eine Bitte heraus.

»Lass mich darüber nachdenken.« Er vergräbt sein Gesicht in Dias Haar, die sofort zusammenzuckt, und saugt ihren Duft ein. »Nö.«

Jeder Nerv in mir möchte ihn in der Luft zerreißen. Jede Faser möchte sich auf diesen Drecksack stürzen und ihn fertigmachen, aber mein Kopf ist lauter als mein Instinkt.

Er hat eine Waffe.

Ich darf das nicht riskieren.

Ich darf *sie* nicht riskieren.

»Was willst du?«, frage ich.

Meine Frage reizt ihn.

»Was ich will?«, keift er. »Du versaust mir mit einem einzigen Anruf bei Daddy mein ganzes Leben, und dann fragst du, was ich *will*?« Er drückt auf Dias Hals, ihr stockt der Atem und ich sehe rot.

»Nimm deine verdammten Griffel von ihr«, warne ich ihn.

»Sonst was?«, giftet er. »Schickst du mich dann wieder in den Knast? Vielleicht wäre es das wert, wenn ich dein hübsches kleines Mäuschen hier in ein Aschehäufchen verwandle.«

Deshalb ist er also hier.

Wahrscheinlich will er uns beide umbringen und dann alles in Brand stecken, um die Beweise zu vernichten.

»Herzlichen Gruß übrigens an die schwangere Freundin von deinem Kumpel, dass sie das hier über alle Netzwerke verbreitet hat. Hätte euch sonst nie so schnell gefunden.«

Scheiße.

Kein Wunder, dass er Laceys Haus auf Aveenas geposteten Bildern erkannt hat. Er ist ja schon hier gewesen. Damals bei Laceys Party im Sommer, als Dia und ich uns kennenlernten. Ich schuldete ihm Geld und er tauchte auf, um mir deswegen zu drohen.

»Mein Kumpel schneidet ihr wahrscheinlich ziemlich genau in diesem Moment das Baby heraus.«

Dias Tränen vervielfachen sich sofort, und ihr Entsetzen ist für mich kaum zu ertragen.

»Natürlich muss er diesem Xavier dazu vorher die Finger zerquetschen. Aber Hände sind beim Basketball ja nicht so wichtig, oder?«

Das ist offensichtlich Vergeltung für das, was ich vor einem Jahr mit ihm machte. Ich erinnere mich noch lebhaft daran, wie ich ihm die Knöchel zermalmte. Damals hatte er gesagt, er habe Dia etwas angetan, und da drehte ich durch. Ich verprügelte ihn so lange, bis er nur noch schrie und um Gnade winselte. Und dann brach ich ihm mit einem Ziegelstein jeden Knochen einer Hand.

»Damit wirst du nicht davonkommen.« Ich krümme mich innerlich zusammen. Das klingt so verdammt klischeehaft.

Er schnaubt: »Typisch Kinder reicher Leute. Ihr glaubt, niemand kann euch was. Bloß weil Daddy stinkreich ist, glaubt ihr, ihr wärt was Besseres. Höchste Zeit, dass du mal von deinem Thron herunterkommst und begreifst, wie das Leben wirklich ist.«

Jedes seiner Worte ist angefüllt mit Neid und Bitterkeit. Ich würde wetten, ihn ärgert nicht einmal am meisten, dass ihn meine Familie hinter Gitter gebracht hat, sondern dass wir uns dafür nicht einmal besonders anstrengen mussten. Weil wir Geld haben. Macht. Privilegien. Wir haben die Kontrolle über unser Leben – was dieser Drecksack wahrscheinlich niemals hatte. Er glaubt, er sei wütend auf uns. Aber im Grunde ist er wütend auf das Leben.

»Es tut mir leid, was wir dir da angetan haben«, lüge ich wie gedruckt.

»Lass den Scheiß! Du und dein Dad, ihr habt sichergestellt, dass ich nicht die geringste Chance habe. Für was habt ihr mich denn ins Gefängnis geschickt? Weil ich einen beschissenen *Hund* überfahren habe? Die Töle war sowieso schon uralt. Ihr habt mich fertiggemacht, weil ihr es konntet. Und ihr werdet immer tun, was zum Teufel ihr wollt, bis euch jemand aufhält.« Er hält inne. »Aber jetzt ist Schluss.«

Mir bleibt das Herz fast stehen, als er die Waffe entsichert und

Dia, wie um sich auf das Unausweichliche vorzubereiten, die Augen schließt.

»Überleg dir das gut, Joel«, platzt aus mir heraus. »Du hast drei Jahre bekommen. Drei Jahre, dann bist du ein freier Mann. Aber wenn du das jetzt tust, dann sitzt du lebenslänglich.«

In seinen Augen blitzt eine Spur von Zweifel auf, weshalb ich weiterrede.

»Eigentlich willst du das doch nicht. Du willst doch kein Mörder werden. Du könntest jetzt immer noch einfach davonspazieren.«

Lange Zeit sagt er nichts, und ich habe ein wenig Hoffnung, dass ich zu ihm durchgedrungen bin.

Aber dann lacht er mir ins Gesicht. »Du hast recht, ich will kein Mörder werden, und deshalb werde ich dafür sorgen, dass mir keiner auf die Schliche kommt.«

»Und wie willst du das tun? Uns erschießen und dann das Haus niederbrennen? Du glaubst, das würde die Beweise zerstören?«, improvisiere ich. Alles würde ich sagen, nur damit er diese Waffe nicht benutzt.

»Warum nicht? Beim Haus von deinem Daddy hats doch auch geklappt. Die Bullen haben immer noch keinen blassen Schimmer, dass ich das war – na ja, genau genommen mein Kumpel, aber das ist quasi dasselbe.«

Ich verziehe keine Miene angesichts seines Geständnisses und gebe mich entschlossen, obwohl ich vor Angst fast den Verstand verliere. Alles, was mit meiner Kindheit zusammenhängt, hat er in Flammen aufgehen lassen, und das *obwohl er im Gefängnis saß*. Ich will gar nicht wissen, wozu er fähig ist, jetzt wo er draußen ist.

»Wo waren wir stehen geblieben?« Joel nimmt die Hand von Dias Kehle und schiebt sie abwärts in Richtung ihrer Brüste. Ich verliere fast die Kontrolle. »Wirklich schade, dass ich sie töten muss. So ein heißes kleines Teil.«

Ich werde ihn umbringen. Ich werde ihn umbringen, und ich werde ihm diese Knarre so tief in den Arsch schieben, dass sie ihn aufschneiden müssen, um sie herauszubekommen.

»Irgendwelche letzten Worte, Süße?«, meint Joel höhnisch, bevor er begreift, dass Dias Mund immer noch zugeklebt ist. »*Richtig.* Lass mich das für dich machen.«

Er reißt ihr mit einem Ruck das Band ab, packt ihr Kinn und dreht es zu sich herum, sodass er sie ansehen kann.

»Wisst ihr, was? Ich habs mir überlegt, vielleicht werde ich doch deinen Typen hier zuerst umlegen, und dann können wir beide hinterher noch ein bisschen Spaß haben. Wie findest du das, Baby?«

Dia schweigt ein paar Sekunden lang.

Dann spuckt sie ihm ins Gesicht.

Das Ganze dauert höchstens eine Sekunde.

»Du verdammtes Miststück.« Reflexartig schlägt er sie auf die Schläfe, und sie sinkt bewusstlos am Boden zusammen. Ich möchte schreien und zu ihr laufen, aber das ist genau die Gelegenheit, auf die ich gewartet habe, und wahrscheinlich die einzige. Ich nutze die kurze Ablenkung und stürze mich auf Joel.

Ich weiß gar nicht genau, was ich tue, als ich ihn aus reinem Instinkt zu Boden stoße. Beim Aufprall rutscht ihm die Waffe aus der Hand.

Ich falle auf ihn, hole aus und lasse meine Faust auf sein Kinn krachen. Dann bearbeite ich sein Gesicht mit heftigen Schlägen, während er sich nach Kräften zur Wehr setzt. Irgendwie trifft er mich mit dem Ellenbogen im Gesicht – wahrscheinlich hat er den Trick aufgeschnappt, während sie ihn im Knast in die Mangel genommen haben.

Ich stürze von ihm herunter. Aus meiner Nase sprudelt Blut und läuft mir bis in den Mund. Sie ist gebrochen, so viel ist klar. Bevor ich michs versehe, ist Joel aufgesprungen. Ich dachte, er würde versuchen, sich wieder die Knarre zu schnappen, aber stattdessen zieht er eine viel tödlichere Waffe aus der Tasche.

Ein Feuerzeug.

»Joel, tu das nicht!«

Doch er lässt es in die Benzinlache fallen und lächelt zufrieden, als sich das Feuer augenblicklich im ganzen Raum ausbreitet. Ich stemme mich hoch, weiche vor den Flammen zurück und bedecke Mund und Nase mit meinem T-Shirt, um keinen Rauch einzuatmen.

Eine Sekunde später geht der Feueralarm los und ich sehe zu Dia hinüber, die vor dem Sofa am Boden liegt. Sie ist immer noch bewusstlos. Der Brand breitet sich so schnell aus, dass er sie in wenigen Minuten erreichen wird.

Durch den Rauch erhasche ich Joels Blick und sehe, wie er den Boden absucht. Ich weiß, was er vorhat. Wir stürzen uns beide gleichzeitig auf die Waffe, doch er erreicht sie zuerst, springt auf und zielt auf mich. Mir dreht sich der Magen um.

Gleichzeitig bin ich erleichtert.

Denn er richtet die Pistole auf mich, nicht auf sie.

Das ist gut.

»Töte mich, mir ist das egal. Aber lass sie gehen«, flehe ich.

Sein krankes Lächeln lässt mich meinen Fehler erkennen.

»Warum sollte ich dich töten …« Er starrt auf Dia am Boden, »… wenn ich den Menschen töten kann, der das Leben für dich lebenswert macht?«

Ich bin gelähmt vor Angst.

»Wenn ich sie töte, töte ich dich auch.«

Er hat recht.

Ohne sie würde ich es in dieser abgefuckten Welt keinen einzigen Tag aushalten.

»Sag deiner Freundin Lebewohl, Richards.« Er richtet den Lauf auf Dia, und der Gedanke, sie zu verlieren, legt in meinem Kopf einen Schalter um.

Vor einem Jahr war ich in der gleichen Lage. Ich sah zu, wie Lake Belmont mir das einzige Mädchen nahm, das ich je geliebt habe. Die Umstände waren anders, die Gefahr ebenso lebensbedrohlich. Damals habe ich sie nicht gerettet. Ich habe meine PTBS bestimmen lassen, aber ich will verdammt sein, wenn ich das noch einmal geschehen lasse.

Nein.

Fuck, nein.

Diesmal rette ich sie.

Voller Verzweiflung stürze ich mich auf Joel, Sekundenbruchteile bevor er den Abzug betätigt, und reiße ihn mit voller Wucht zu Boden. Die Kugel verfehlt Dia um wenige Zentimeter, und ich lasse meine Faust so heftig auf seinen Kiefer krachen, dass mir irgendein Knochen in der Hand bricht. Vor lauter Adrenalin spüre ich das aber kaum. Ich setze alles daran, ihn zu entwaffnen, verdrehe sein Handgelenk, bis er laut aufheult und die Waffe loslässt. Ich schnappe sie mir und richte sie auf seine Stirn.

»Was willst du jetzt tun? Mich töten?«, lächelt Joel, blutverschmiert wie er ist.

Das würde ich nur zu gerne tun.

Ich will ihm das Gehirn rausblasen und zusehen, wie es überall hinspritzt. Aber dann wäre ich ebenso grausam wie er. Und Diamond Mitchell hat einen guten Mann verdient. Ich werde alles in meiner Macht Stehende tun, um so ein Mann zu werden.

Es geschieht teils aus Instinkt und teils aus Wut, dass ich Joel den Pistolenlauf zweimal deftig über die Schläfe ziehe und ihn damit k.o. schlage. Ich springe auf und laufe, ohne ihn eines Blickes zu würdigen, zu Dia hinüber, die kurz davor ist, von den Flammen verschlungen zu werden. Etwas zu spät hebe ich sie hoch und spüre, wie die Flammen teuflisch an meinem rechten Arm lecken. Irrwitzigerweise spüre ich weder die gebrochene Nase noch die Hand – die Verbrennung dafür *zehnmal* so heftig, während ich Dia zur Hintertür hinaustrage. Joel lasse ich im Inferno zurück. Atmen ist fast nicht mehr möglich, aber ich schaffe es, bringe Dia zur Vorderseite des Hauses und lege sie vorsichtig im Gras ab, bevor ich selbst auf die Knie falle.

»Finn!« Ich erkenne die Stimme meines besten Freundes.

Als ich den Kopf hochreiße, sehe ich Xavier und Aveena herbeilaufen, beide offenbar unversehrt. Sie müssen vom Feueralarm und dem Rauch aufgeschreckt worden sein. Entweder war das mit Joels Kumpel gelogen, oder Xavier hat das Problem auf seine Art gelöst. Wie auch immer, ich war noch nie so froh, ihn zu sehen. Dann entdecke ich hinter den beiden auch Theo und Lacey, und damit fällt endgültig eine große Last von meinen Schultern ab.

Es geht ihnen gut.

Sie sind alle okay.

»Polizei und Feuerwehr sind unterwegs«, berichtet Xavier. Ich nicke, habe aber nur Gedanken für Dia. Xavier wird langsamer, als sein Blick auf sie fällt. »Ist sie okay?«

»Ich … Ich weiß nicht.« Mir bricht die Stimme. »Baby, wach auf.« Verzweifelt streiche ich ihr mit der Hand die Wangen.

Doch sie rührt sich nicht.

»Juwel?«, krächze ich.

Nichts.

»Baby, wach auf, bitte. Es ist vorbei.«

»Dia?« Aveena fällt neben ihrer besten Freundin auf die Knie. »Dia?«

Panik steht in Aveenas Gesicht geschrieben

Sie reißt den Kopf zu mir herum. »Was zum Teufel ist mit ihr passiert?«

»Ich … Sie wurde niedergeschlagen, aber sie sollte längst wieder bei sich sein. Es kann nicht so schlimm sein. Ich … Ich verstehe das nicht«, stammle ich.

Ich versuche sie aufzuwecken, ziehe sie am Handgelenk hoch und rüttle vergeblich an ihren Schultern.

Dann spüre ich etwas an meiner Hand.

Etwas … Flüssiges.

Ich lasse ihre Hüfte los und sehe in meine Hand.

Und meine Seele verlässt meinen Körper.

»O mein Gott«, ächzt Aveena. »Sie blutet.«

Mein Baby verliert Blut, es läuft mir über die Hände, und in meinem Kopf beginnt sich alles zu drehen, als mir klar wird …

Ich habe die Kugel nicht gestoppt.

Nein, nein, nein, nein.

Das kann nicht wahr sein.

Ich sollte Joel doch aufhalten.

Ich sollte sie retten.

»Er hat auf sie geschossen.« Ich fange an zu hyperventilieren.

»Ruf einen Krankenwagen. Sofort!«, ruft Xavier Theo zu.

»Schon dabei.« Theo zieht sogleich sein Handy aus der Tasche.

Ich bemerke erst, wie schnell ich atme, als mein Hals zu brennen beginnt.

»Hat sie viel Rauch eingeatmet?«, fragt Aveena.

Mir gehen die Bilder der am Boden liegenden bewusstlosen Dia durch den Sinn, die nicht ihren Mund bedecken und ihre Lungen schützen konnte. Ich selbst konnte durch mein Shirt atmen, was nicht viel half, aber sie hatte gar nichts.

»So viel kann es nicht gewesen sein. Sie lag nicht lange dort drin. Es wird gut. Es wird alles wieder gut«, keuche ich.

Ich sehe zu Aveena hinüber, um mich zu versichern, aber als sie meine Panik nicht eindämmt, blicke ich zu Xavier hinauf. Er sieht mich mit fast nicht zu ertragendem Mitleid an.

»Schau mich nicht so an!«, schnauze ich, packe Dias Hand und drücke sie. »Sie schafft es. Sie … Das wird schon wieder.« Ich breche zusammen, mir laufen Tränen über die Wangen. »Du schaffst das, Baby. Alles wird gut. Versprochen.«

Ich fürchte in Ohnmacht zu fallen, als Aveena Zeige- und Mittelfinger auf Dias Halsvene presst, um ihren Puls zu fühlen. Ich zähle die Sekunden, bis sie etwas sagt. Meine Sinne versagen den Dienst und meine Glieder sind zu schwer, um mich zu bewegen. Ich sehe, wie Aveena die Tränen kommen, als sie die Hand zurückzieht.

»Ich spüre nichts.« Sie fängt an heftig zu schluchzen und ich schwöre, dass in mir etwas zerbricht. »Ich … Ich glaube, sie ist …«

Tot.

Das Wort, nach dem sie sucht, lautet *tot*.

Und dann plötzlich beginnt alles um mich zu verblassen. Vielleicht *lasse* ich auch zu, dass alles verblasst. Ich weiß nur, dass mich mein Körper im Stich lässt, und ich stürze in einen unendlichen

Schlund aus Finsternis, obwohl ich heftig dagegen ankämpfe. Und dann wird mir klar, dass ich sie nie wieder lächeln sehen werde. Ich werde sie niemals wieder küssen. Oder ihr Lachen hören, nachdem ich ihr einen dummen Witz erzählt habe.

Und mit einem Mal will ich nicht mehr kämpfen.

Mit einem Mal …

Möchte ich weiter fallen.

31. KAPITEL

FINN

Die erste Woche ohne dich:

Mein liebes Juwel …

Ich habe mich für diesen Mist nicht angemeldet.

Ich wünschte, in diesem Dasein gäbe es auch eine Beschwerdeabteilung. Ich wünschte, es gäbe eine Hotline zum Anrufen oder einen Manager, mit dem ich reden kann. Dann würde ich für diesen beschissenen Albtraum eines Lebens ohne dich eine Rückerstattung verlangen.

Du bist jetzt seit einer Woche fort, und die Sonne hat kein einziges Mal geschienen. Jeden Tag gab es Regen. Jeden. Verfickten. Tag. Es ist, als wüsste die Welt, was mit dir passiert ist.
Als wäre selbst der Himmel traurig.

Seit diesem Abend sind alle ständig für mich da. Alle machen sich Sorgen um mich. Fragen mich, ob ich okay bin. Du brauchst nur einmal in Ohnmacht zu fallen, schon bemuttern dich alle, und zwar für immer, das schwöre ich.

Der Arzt hat gesagt, das ganze Adrenalin war für meinen Körper zu viel, auch der eingeatmete Rauch und der Schock darüber, dich verbluten zu sehen. Deshalb wäre ich abgesoffen wie die Titanic.

Aber jetzt geht es mir wieder besser. Wenigstens körperlich. Ruben schickt mir Kalendersprüche, um mich aufzumuntern, und ich will nicht undankbar klingen, aber den heutigen Satz fand ich wirklich zum Kotzen.

»Es gibt immer etwas, für das wir dankbar sein müssen.«

Das ist der Spruch.
Schwachsinn, keine Frage.

Es ist wirklich nett von ihm, dass er es versucht, aber ich bin im Augenblick nur dankbar, dass Joel in diesem Feuer verbrannt ist. Klingt krass, ist aber so.

Vor ein paar Tagen haben sie seine Überreste gefunden, und ich frage mich, ob ich deswegen ein schlechtes Gewissen haben sollte. Die Polizei sagte, ich hätte das Nötige getan. Ich hätte mich nur verteidigt. Technisch gesehen habe ich ihn auch nicht getötet, aber ich habe ihn auch nicht aus dem Haus geholt.

Ich habe ihn dort liegen lassen.
Ihn verbrennen lassen.

Aber dann fällt mir wieder ein, was er dir angetan hat. Und schon ist mein schlechtes Gewissen wieder verflogen.

Ich weiß gar nicht, warum ich dir diese Briefe schreibe. Es ist ja nicht so, dass du sie lesen wirst. Noch nicht jedenfalls.

Die Ärzte werden dich noch eine Weile im künstlichen Koma lassen, damit die Schwellung und die Entzündungen in deinem Gehirn weiter abklingen. Sie sagen, der Schlag hätte ein Gehirntrauma verursacht, von dem du dich aller Wahrscheinlichkeit nach wieder erholen wirst. Aber es könnte sein, dass du als völlig anderer Mensch aufwachst.

Die erste Variante wäre mir sehr viel lieber, aber ich dachte, ich schreibe dir mal diese Briefe für den Fall, dass die Dinge nicht so laufen, wie wir uns das wünschen.

Vielleicht können die Briefe bei dir ja Erinnerungen auslösen.
Und falls nicht, dann erzeugen sie vielleicht neue.

Ich liebe dich.

– Finn

* * *

Die zweite Woche ohne dich:

Mein liebes Juwel …

Ruben sagt immer, man muss an einer schlechten Situation auch etwas Gutes finden. Er hat vorgeschlagen, eine Liste zu machen, sodass ich sie immer anschauen kann, wenn du mir zu sehr fehlst. Es war nicht leicht, aber ein paar Sachen sind mir eingefallen.

Etwas Gutes Nummer eins: Du bist nicht tot. Natürlich nicht. Ich bin froh, dass sich Aveena geirrt hat. Dein Puls war zwar nur schwach, aber er war vorhanden. Und darauf kommt es an.

Etwas Gutes Nummer zwei: Du wurdest nicht getroffen. Es war knapp, aber es war nur ein Streifschuss. Es floss zwar eine Menge Blut, aber der Schaden war nicht wirklich groß. Die Ärzte sagen aber, sie wüssten nicht, ob du dich von einem schweren Gehirntrauma, Sauerstoffmangel und einer ernsthaften Schussverletzung erholt hättest. Es hätte also schlimmer kommen können, und dafür bin ich dankbar.

Etwas Gutes Nummer drei: Ich glaube, deine Dads gewöhnen sich langsam an mich. Ich besuche dich jeden Tag, und so müssen sie sich mit meiner Gegenwart abfinden. Gaten hat mir gestern Abend sogar Kaffee und einen Cookie vom Automaten mitgebracht. Das ist ein Fortschritt.

Es wird dich außerdem freuen, dass ich gesehen habe, wie sich deine beiden Dads im Wartezimmer wieder richtig nahegekommen sind. Die beiden spenden sich gegenseitig Trost. Vielleicht mussten sie einfach auseinanderfallen, bevor sie wieder einander finden konnten.

Ach, und die Ärzte haben endlich beschlossen, deine Medikamente abzusetzen. Sie meinen, du solltest demnächst wieder aufwachen, und wir bräuchten nur darauf zu warten.

und genau das werde ich tun.

Ich werde auf dich warten, Juwel.

Egal, wie lange es dauert.

- Finn

* * *

Die dritte Woche ohne dich:

Mein liebes Juwel …

Irgendwas stimmt nicht mit der Zeit.

Ich schwöre, die Tage sind immer länger geworden. Sekunden fühlen sich wie Minuten an, und Minuten wie Stunden. Vor allem nachts. Ich schlafe nicht besonders gut, weil ich ständig befürchte, einen Anruf aus der Klinik zu verpassen.

Ansonsten ist alles noch ziemlich genau wie letzte Woche. Du bist immer noch nicht aufgewacht, aber die Ärzte sagen, es könne jetzt täglich so weit sein. Es ist noch nicht so lange her, dass sie die Medikamente abgesetzt haben, und das Aufwachen aus einem künstlichen Koma dauert unterschiedlich lange, aber jetzt fängt schon Woche Nummer drei an, und ich will ja nicht drängeln oder so, aber so allmählich fange ich an durchzudrehen.

Um etwas Erfreuliches zu melden: Neulich habe ich etwas auf dem Rücksitz meines Autos gefunden.

Einen Brief von meiner Mom.

Ich dachte, die wären alle bei dem Brand verloren gegangen, aber dieser muss mir beim Verladen vom Auto ins Gästehaus aus dem Karton gefallen sein. Ich weiß nicht genau, wie das passieren konnte, aber ich habe gelernt, dass ich die guten Dinge im Leben nicht infrage stellen soll.

Apropos Briefe, ich bin mir ziemlich sicher, dass ich dir das nie erzählt habe, aber als ich damals die Stadt verließ, nahm ich die Briefe mit, die ich mit fünfzehn in der Therapie geschrieben habe. Die bin ich vor ein paar Tagen alle einzeln durchgegangen, und einer ist mir ganz besonders aufgefallen.

In dem Brief ging es um mein Herz und darüber, wie sehr ich es damals hasste. Ich nannte es einen Betrüger, einen bloßen Hohlraum, der die Anerkennung für alle jemals geschriebenen Liebesgeschichten einheimst, aber … wenn ich jetzt an mein Herz denke?

Dann denke ich an dich. Du bist mein Herz, Dia.

Du bist in meine Brust geschlüpft – damals, als ich dachte, es würde dort immer leer bleiben. Du hast mir gezeigt, was es bedeutet, jemanden mehr zu lieben, als man sich selbst hasst.

Und ich finde, dusolltest wissen, dass ich meine Meinung geändert habe. Jetzt hasse ich mein Herz nicht mehr. Aber es fehlt mir.

Ich glaube, damit will ich sagen …

Liebes Herz, du fehlst mir.

– Finn

* * *

»Sind hier Angehörige von Diamond Mitchell?« Die Stimme einer Frau unterbricht mich beim Schreiben mitten im Satz. Aveena stößt mich mit dem Ellenbogen an. Ein paar Schritte vor uns steht Dias Ärztin und blickt sich im Warteraum des Krankenhauses um.

Sofort lege ich Notizbuch und Stift auf den Platz neben mir und gehe zu ihr hinüber, Aveena dicht auf meinen Fersen. Dave und Gaten müssten auch bald hier sein. Sie sagten Aveena, sie würden heute Dias kleinen Bruder zum Besuch bei seiner Schwester mitbringen, aber sie sind spät dran, was vermutlich daran liegt, dass das kleine Ungeheuer nicht kooperiert.

»Das sind wir«, erklärt Aveena der Frau.

»Können wir zu ihr?«, frage ich, ohne zu zögern.

Bis jetzt bin ich immer geduldig geblieben, aber immerhin ist sie seit zwei Tagen wach, und bis jetzt haben sie nur enge Verwandte zu ihr gelassen. Ihre Dads sagten, sie sei noch verwirrt und erschreckend schweigsam, aber die Ärztin versicherte uns, das sei ganz normal, und ihre Persönlichkeit könnte während der ersten paar Tage noch leicht verändert sein.

Gaten meinte, ihr Gedächtnis wäre wohl intakt und Dia habe sie sofort wiedererkannt, aber ich habe eine Scheißangst, ob sie wohl *mich* erkennen wird? Wenn unsere Liebe nun ganz aus ihrem Gedächtnis verschwunden ist? Oder noch schlimmer, wenn sie sich nur an die schlimmen Teile erinnert?

Dia hat mich mal dazu überredet, mir einen Film mit dem Titel »Für immer Liebe« anzusehen. Er handelte von einer Frau, die ihr Gedächtnis verlor und sich nur an die Liebe zu ihrem Ex erinnerte.

Das ist genau mein Albtraum. Ich weiß nicht, was ich tun würde, wenn sie mir in die Augen sieht und mich nicht erkennt. Ich weiß nicht, ob ich das überleben würde.

»Bevor Sie hineingehen, sollten Sie wissen, dass sie mit einigen einfachen Dingen wie Gehen oder Dingehochheben noch Schwierigkeiten hat. Sie wird noch ein paar Wochen Physiotherapie und Hilfe brauchen, bis sie ihre motorischen Fähigkeiten wiedererlangt, aber ich glaube, sie wird sich im Laufe der Zeit wieder vollständig erholen.«

Gott. Verdammt. Sei. Dank.

»Und was ist mit ihrem Gehirn? Kann sie ordentlich sprechen? Hat sie Gedächtnislücken?«, will ich wissen.

»Die Schwellung in ihrem Gehirn ist vollständig abgeklungen – damit hat das künstliche Koma die gewünschte Wirkung erzielt, aber Sie werden merken, dass sie noch etwas langsam spricht. Im Großen und Ganzen redet sie angesichts der Umstände aber außergewöhnlich gut, und sie scheint sich an grundlegende Informationen wie ihren Namen und Geburtstag zu erinnern. Einen gewissen Gedächtnisverlust können wir trotzdem nicht ganz ausschließen. Das werden Sie herausfinden, wenn Sie sich mit ihr unterhalten und verschiedene Dinge abfragen, um sicherzustellen, dass sie sich daran erinnert.«

»Vielen Dank«, sagt Aveena.

»Ich muss Sie allerdings bitten, die Patientin einzeln zu besuchen, um sie nicht zu überfordern«, bemerkt die Ärztin noch.

»Aber natürlich.«

Kaum hat sich die Ärztin umgedreht, wende ich mich schon Aveena zu und suche verzweifelt nach einer Möglichkeit, ihr auf höfliche Weise zu sagen: *Wenn du mich sie nicht jetzt sofort sehen lässt, komme ich möglicherweise um.*

Es ist fast, als hätte sie meine Gedanken gelesen, denn sie lächelt und erlöst mich von meinen Qualen. »Geh schon. Ich warte hier.«

»Bist du sicher?«

Sie nickt. »Ja. Du musst sie dringender sehen als ich.«

Ich bedanke mich bei ihr und mache mich auf in Richtung Dias Krankenzimmer. Der Korridor erscheint mir unendlich lang, während ich mich durch die Menge arbeite. Als ich an der Tür ankomme, sind meine Hände nass geschwitzt.

Bitte erinnere dich an uns beide, Dia.

Bitte.

Während der vergangenen Wochen war ich ständig in ihrem Krankenzimmer – habe während der Besuchszeit an ihrem Bett gesessen und Dia ihre Lieblingsmusik vorgespielt –, aber trotzdem fürchte ich mich vor dem, was mich auf der anderen Seite erwartet. Bis jetzt lag dort ein bewusstloses Mädchen, aber jetzt ist sie aufgewacht, und so glücklich ich darüber bin, macht es mir auch eine Heidenangst.

Ich atme noch einmal tief durch, dann schiebe ich die Tür auf und trotte hinein. Sie hat die Augen geschlossen. Für einen Moment wirkt es, als liege sie immer noch im Koma. Das lange schwarze Haar fällt ihr dort im Krankenhausbett über ihre Schultern.

Aber dann schlägt sie die Augen auf und mein Puls versagt.

Die Ärztin meinte, wir sollten uns mit ihr unterhalten, um ihr über mögliche Gedächtnisprobleme hinwegzuhelfen, aber ein einziger Blick gibt mir alle Antworten, die ich brauche.

»F-Finn«, krächzt mein Baby noch im selben Moment, als sie mich erblickt, und ich laufe zu ihr hin und fasse ihre Hand.

In der nächsten Sekunde laufen mir Tränen über die Wangen und sie versucht, sie wegzuwischen, kann aber kaum den Arm heben, denn selbst das kostet sie zu viel Kraft. Mir schnürt es die Kehle zusammen, sie so kämpfen zu sehen. Ich wische ihr die Tränen ab und klammere mich an das, was die Ärztin eben noch gesagt hat.

Es kann etwas dauern, aber sie wird sich vollständig erholen.

Und ich werde sie dabei auf Schritt und Tritt begleiten.

»Darf ich dich küssen?« Ich setze mich ganz dicht neben ihre Bettkante. Fast habe ich Angst, bei jeder plötzlichen Bewegung könnte sie zerbrechen.

»Okay.« Mehr sagt sie nicht, aber ich muss lächeln.

Gaten und Dave hatten erzählt, sie würde nur das absolut nötige Minimum sagen, und ihr neues Lieblingswort sei »okay«. Jetzt weiß ich, was sie damit gemeint haben.

Sofort beuge ich mich über sie, legte die Hände an ihre Wangen und küsse sie so zärtlich, wie es mir möglich ist. Eine Sekunde später erwidert sie den Kuss, wobei ihr der Atem stockt.

»An was kannst du dich erinnern?«, frage ich, kaum dass ich mich von ihr gelöst habe, um meine Dämonen zu besänftigen. Dia öffnet den Mund, um etwas zu sagen, schließt ihn dann aber wieder. Offenbar braucht sie etwas Zeit, die richtigen Worte zu finden, und mir wird klar, wie schwierig das für sie ist.

»Wie wärs, du zwinkerst einmal, wenn du dich erinnerst, und zweimal, wenn nicht.«

»Okay.«

Ich muss lächeln. »Weißt du noch, was beim Leuchtturm passiert ist?« Ich fange mit etwas Leichtem an.

Zwinker.

Meine Schultern entspannen sich.

Sie erinnert sich.

»Und dass wir jetzt wieder zusammen sind?«

Zwinker.

»Weißt du, wie wir uns kennengelernt haben?«

Zwinker.

»Weißt du, warum du hier bist?«, krächze ich, denn ich fürchte mich vor der Antwort. Für sie muss es ein wirklich traumatisches Erlebnis gewesen sein, mit der Waffe bedroht und angegriffen zu werden.

Zwinker, zwinker.

Sie kann sich nicht erinnern.

Fast alles weiß sie noch – *das* allerdings nicht. So weit reicht ihre Erinnerung also. Vielleicht ist das auch gut so – irgendwie Glück im Unglück.

»Sie haben mir erzählt, was passiert ist, aber ich kann mich nicht erinnern«, bringt sie ganz langsam heraus.

Ich nicke, streiche ihr eine Locke hinters Ohr und versuche, den Kloß in meinem Hals hinunterzuschlucken. Es schmerzt höllisch, aber irgendwie auf eine gute Art, wenn das überhaupt möglich ist.

Sie ist wirklich wach.

Ich kann es nicht glauben.

»Wie fühlst du dich?« Ich führe ihre Hand an meinen Mund und küsse sie auf die Knöchel.

»Ich habe Kopfweh«, sagt sie, und ich wünsche mir sehnlich, ich könnte ihren Schmerz auf meinem Kopf übertragen.

»Es tut mir so leid, Juwel. Es tut mir so verdammt leid, dass ich dich so in Gefahr gebracht habe.«

»Ist schon okay.« Sie lächelt schwach, und zum ersten Mal seit drei Wochen fühlt es sich an, als könne ich wieder atmen. »Du wirst es bei mir wiedergutmachen.«

Leider währt meine Erleichterung nicht lange, denn irgendetwas wirft sich von innen gegen meinen Brustkorb, als würde es versuchen, sich den Weg ins Freie zu bahnen. Mir kommen die Tränen, während ich ihre Worte noch einmal nachklingen lasse und mir überlege, wie nahe ich daran war, diese Chance nicht zu bekommen. Fast wäre uns die Zeit ausgegangen, und deshalb will ich jetzt keine mehr vergeuden.

Ich schiebe die Hand in die Jackentasche und spüre den Brief, den ich vor wenigen Wochen in meinem Auto gefunden habe. Ich habe ihn damals gleich gelesen, aber Dia kennt ihn noch nicht. Und sie muss wissen, was drinsteht, weil es sie im Grunde ebenso angeht wie mich.

»Ein Brief von meiner Mutter ist mir geblieben.« Ich ziehe den Umschlag aus der Tasche. »Alle anderen sind bei dem Brand verloren gegangen.«

Sie macht große Augen. »Wirklich?«

»Ja. Aber sie hat ihn nicht für mich geschrieben – ich meine, eigentlich *schon*, aber eben auch für dich.« Ich reiche ihr das Kuvert; sie dreht es um und liest, was auf der Rückseite geschrieben steht.

Für den Fall, dass du dich verliebst.

»Das würde ich dir gerne vorlesen.«

Sie nickt schwach. »Das wäre schön.«

Ich ziehe den Brief, den ich inzwischen ein paar Hundert Mal gelesen habe, aus dem Umschlag und falte ihn auseinander. Ich sehe Dia an und wünsche mir, ich könnte mit einem Augenzwinkern ein Bild von ihr machen. Ich möchte mich daran erinnern können, wie sie an dem Tag aussah, als ich sie darum bat, mein *Für immer* zu sein.

»Bist du bereit?«, frage ich.

»Ich bin bereit«, bestätigt sie.

Dann fange ich an zu lesen.

Lieber Finley …

Ich hoffe, du wirst diesen Brief niemals lesen …

Nicht, weil das nicht wichtig ist, sondern weil es zu wichtig ist, um nur mithilfe von Tinte und Papier weitergegeben zu werden. Diese Unterhaltung möchte ich lieber persönlich mit dir führen. Ich möchte mich eines Tages, wenn du älter bist, mit dir zusammensetzen und dir erklären, warum Liebe das Allerwichtigste auf der Welt ist.

Aber wenn du diesen Brief liest, dann bedeutet das, dass ich nicht die Gelegenheit dazu hatte.
Wenn du meine Worte jetzt liest, dann bedeutet das, dass du nie die Augen verdrehen und genervt »Mom!« rufen kannst, um dieser Predigt zu entgehen.

Wenn das der Fall sein sollte, dann hoffe ich, du wirst beim Lesen dieses Briefs einfach so tun, als würde ich dir diese Dinge persönlich sagen.

Ob du das hier nun liest, wenn du verheiratet bist, verlobt oder gerade deine erste Freundin gefunden hast – ich möchte, dass du weißt, dass ich dich liebe. Mehr als ich je für möglich gehalten hätte.

Ich weiß selbst, dass ich bei dir und deinem Bruder immer überängstlich war. Ich sage immer, du sollst nicht mit dem Feuer spielen, weil ich mich davor fürchte, dich verletzt zu sehen. Ich möchte dich so unbedingt vor der ganzen Welt beschützen, dass ich manchmal vergesse, dass du in dieser Welt leben musst.

Und ich möchte nicht, dass du in einer Welt lebst, die du fürchtest.
Ich möchte, dass du die Dinge findest, für die sich zu leiden lohnt.

Nicht alles Schmerzhafte ist dazu da, um dich zu verbrennen, Finley. Es ist sogar so, dass die schmerzlichsten Dinge zu den allerschönsten Dingen werden können.

Wie zum Beispiel Liebe. Liebe kann dich umbringen oder dir das Gefühl geben, lebendig zu sein. Sie kann dich zerstören, aber sie kann dich auch aufbauen. Zu lieben ist hart, Finley, aber vor der Liebe wegzulaufen ist noch härter.

Wenn du also jemanden findest, auf den du für den Rest deines Lebens zulaufen möchtest, dann bitte ich dich, nicht in die andere Richtung zu gehen. Ich bitte dich, den Schmerz um deines Glückes willen als Möglichkeit anzunehmen. Ich bitte dich, in deinen Versuchen nicht nachzulassen, auch wenn die Dinge nicht immer gut ausgehen.

Der nächste Teil dieses Briefes ist für die Person bestimmt, die Gegenstand deiner Liebe ist. (Achtung, es ist möglich, dass ich zurückkomme und sie heimsuche, falls sie dir das Herz bricht.)

An das »Für immer« meines Jungen ...

Ich weiß nicht, wer du bist, aber ich möchte wetten, dass du ein Herz aus Gold hast, und aus diesem Grund bitte ich dich ...

Bitte kämpfe um ihn.

Es wird eine Zeit kommen, in der er jemanden braucht, das aber nicht zugeben mag. Einen Augenblick, in dem er sich aufgeben will, aber das darfst du nicht zulassen.

Nicht jetzt.
Niemals.

Versprich mir, ihm dabei zu helfen, sich Dinge zu vergeben, über die er keine Kontrolle hat. Und erinnere ihn bitte immer, immer daran ...

Dass es okay ist, Schmerz zu empfinden.

Nur so weiß man, dass es eine Sache wert ist.

– Mom

Ich lasse den Brief sinken, werfe einen Blick hinüber zu Dia und sehe, dass sie mich mit großen, tränennassen Augen ansieht. Ihre Rührung bringt mich ebenfalls aus der Fassung, während ich den Brief wieder in den Umschlag schiebe.

»Ich verspreche es«, antwortet sie laut und erfüllt damit den Wunsch meiner Mutter.

Sie folgt mit dem Blick meiner Bewegung, als ich die Hand in die Tasche stecke und eine kleine samtumhüllte Schatulle hervorziehe. Ich kaue auf meiner Unterlippe, um die Gefühle irgendwie im Griff zu behalten, die alle meine Mauern einzureißen drohen.

»Finn«, haucht sie, und mein Name klingt himmlisch aus ihrem Mund.

»Ich habe das hier an dem Tag gekauft, als ich wieder in die Stadt zurückkam«, erkläre ich, klappe die Box auf und zeige ihr den Verlobungsring mit dem Diamanten, den ich schon eine ganze Weile mit mir herumtrage. »Von dem Augenblick an, als ich dich wiedersah, wusste ich, dass ich dich eines Tages heiraten würde. Du hast mich gehasst und wolltest nichts mit mir zu tun haben, aber ich konnte einfach nicht anders. Es gibt nur dich und mich, Dia. Es gab nie jemand anderen, und es wird nie jemand anderen geben. Bleibe bei mir. Heirate mich. Werde mit mir zusammen alt. *Bitte.*«

Ich schiebe die Schatulle näher zu ihr hin, während das Gefäß in meiner Brust doppelt so schnell schlägt. Mein Baby weint so heftig, dass ich mich wundere, dass sie überhaupt etwas sehen kann, als ich den Ring so auf meiner Handfläche platziere, dass sie die Gravur lesen kann.

Alles außer dir.

»Diamond Mitchell … erweist du mir die Ehre, für den Rest meines Lebens der einzige Mensch zu sein, den ich *nicht* hasse?«

Dia schweigt für viele Sekunden, und ihr leises Schniefen steigert sich immer mehr zu einem Schluchzen.

Sag Ja.

Sag Ja.

Sag Ja.

»Ja.« Sie macht mich mit einem einzelnen Wort zum glücklichsten Mann des Universums.

Und ab da ist es um mich geschehen. Mir läuft eine Träne die Wange herunter, während ich ihr den Diamantring an den Finger stecke und sie dann mit aller Macht an mich drücke. Und so verrückt sich das auch anhören mag, für einen kurzen Moment bin ich davon überzeugt, dass meine Mom uns zugehört hat. Ich bin davon überzeugt, dass sie hier war, auf uns herabgelächelt hat und mich einen Idioten schimpft für all die Zeit, die ich mit meiner dummen Angst vergeudet habe. Und wenn sie das gehört hat …

Dann wird sie vielleicht auch dies hier hören.

Ich werde deinen Rat befolgen, Mom.

Ich werde nie wieder vor der Liebe davonlaufen.

Ab jetzt …

Laufe ich ihr entgegen.

EPILOG

DIAMOND

FÜNF JAHRE SPÄTER

»Ist die Augenbinde wirklich nötig?« Finn wippt auf dem Beifahrersitz mit dem Bein und ich muss mir angesichts der Ungeduld meines Mannes ein Grinsen verkneifen. Dieser Kerl ist schlimmer als ein Kleinkind. Wir sind jetzt gerade mal dreißig Minuten unterwegs und *fünfundzwanzig* davon hat er mich mit Fragen förmlich gelöchert.

»Ja, ist sie. Du willst dir doch nicht die Überraschung verderben, oder?« Ich sehe noch einmal auf die Navi-App, damit ich nicht die Ausfahrt verpasse.

»Ich sage das sehr ungern, Babe, aber eigentlich ist sie schon verdorben«, neckt mich Finn.

»Wie das?« Mir schießt eine Million Möglichkeiten durch den Kopf. Ich schwöre, wenn Xavier nicht den Mund halten konnte, dann lasse ich ihn seine ganze schöne Sammlung signierter Basketbälle schlucken.

»Es war ab dem Augenblick keine Überraschung mehr, als du mir sagtest, es gäbe eine Überraschung«, sagt Finn, um mich zu provozieren. An seinem Geburtstag hat er immer schlechte Laune.

»Mal wieder als Spaßbremse unterwegs?« Ich muss lachen und stoße ihn mit dem Ellenbogen an.

Wegen seines Geburtstags bin ich auf jeden Fall aufgeregter als er. Was eigentlich nichts Neues ist. Wenn ich nicht wäre, würde Finn diesen Tag ganz unter den Tisch fallen lassen. Zu seiner Verteidigung muss man sagen, dass seine Mom an seinem achten Geburtstag gestorben ist, und ich glaube, die Erinnerung daran macht ihm alle Jahre wieder zu schaffen.

Niemand sollte seinen Geburtstag am Todestag seiner Mutter feiern müssen, und ich habe wirklich alles in meiner Macht Stehende unternommen, damit an diesem Tag nicht an ihr Ende erinnert, sondern ihr Leben gewürdigt wird. Ich rede mir allzu gern ein, dass mir das gelingt, aber ich weiß genauso gut, dass er seine Mom immer vermissen wird. Sie wird immer die erste Frau bleiben, die er geliebt hat …

Ich habe allerdings vor, die letzte zu sein.

»Bei der nächsten Ausfahrt bitte rechts abbiegen«, befiehlt das Navi; ich gehorche und wechsle die Spur. Es ist fast ein volles Jahr her, dass ich dieses wunderschöne Haus im Wald für Finns Geburtstag gebucht habe. Die Warteliste war eine Katastrophe, aber ich habe mich in diesen Ort verliebt, als meine Dads wieder zusammenfanden und dort ihre zweite Hochzeit feierten.

Billig ist es nicht, aber es ist alles vorhanden, was wir für ein perfektes Geburtstagswochenende brauchen – Pool und Whirlpool, den Blick auf den See und genügend Zimmer für unsere kompletten Familien.

Kurz vor der Abfahrt habe ich Aveena getextet, damit sie wie besprochen auf alle Fälle Finns Geschenk abholt. Sie hat geantwortet, ihr Sohn würde ihr gerade den letzten Nerv rauben und sie habe stattdessen Xavier losgeschickt.

Das hat mich überrascht, gelinde gesagt. Seit man Xavier vor zwei Jahren in die NBA berufen hat, findet er kaum noch Zeit zum Atmen, von Besorgungen ganz zu schweigen. Er spielt jetzt für die Charlotte Hornets und muss zu den Spielen halbe Weltreisen unternehmen. Aveena und ihr Söhnchen Tyler sind meistens mit dabei, aber dieser hektische Zeitplan bringt eine Unsicherheit mit sich, die Aveena zunehmend Schwierigkeiten bereitet.

Als sie vor acht Monaten mit ihrem zweiten kleinen Jungen schwanger wurde, machte sie deutlich, dass sie das nicht alleine durchziehen könne. Den Berufseinstieg als Psychiaterin hatte sie nach dem College-Abschluss erst einmal aufgeschoben, um Mutter zu sein und ihrem Ehemann zu folgen, aber sie will sich keinesfalls endgültig in die Mutterrolle verabschieden – erst recht nicht als de facto Alleinerziehende.

Xavier scheint den Schuss vor den Bug verstanden zu haben. Es gelingt ihm immer besser, das Berufliche mit seinen Verpflichtungen als Ehemann und Vater in Einklang zu bringen, und er bekommt es verdammt gut hin, seine hormongeplagte Frau bei Laune zu halten. Er behandelt sie wie eine Königin, wann immer sich die Chance bietet, und bleibt trotz seines lächerlich hohen Spielergehalts ein freundlicher, vernünftiger Mensch.

»Wie lange denn noch?«, fragt Finn, während ich auf die kleine Nebenstraße zu der gesicherten Wohnanlage abbiege, in der das Haus liegt.

»Sind gleich da«, erkläre ich.

Eine Minute später halten wir schon am Tor und ich gebe den Code ein, den mir die Besitzer am Telefon genannt haben. In meinem Bauch melden sich Schmetterlinge, als ich die Auffahrt zu unserer Luxusherberge hinaufsause.

Wer mir vor ein paar Jahren vorhergesagt hätte, dass ich mir einmal so ein dreistöckiges Haus für ein ganzes Wochenende leisten könnte, den hätte ich schlichtweg ausgelacht. Aber die nach meinem College-Ausstieg gestartete Hundesitter-Schrägstrich-Hundeausführ-App hat wirklich eingeschlagen. Die Idee dazu kam mir, während ich nach dem Brand in langen Physiotherapiestunden mühsam wieder laufen lernen musste – ein kleines Projekt, das viel schneller als erwartet wuchs und gedieh.

Ich weiß es noch wie heute, als ich Finn zum ersten Mal davon erzählte. Er war sofort von der Idee begeistert. Er rief seinen Dad an, und keine Woche später hatten wir die nötigen Investoren, um loszulegen. Ein Jahr später konnten wir die App auf die Welt loslassen, und, nun ja, der Rest ist Geschichte.

Mein Herz pocht gegen die Rippen, während ich meinen Wagen in der kreisrunden Auffahrt parke. Es sind schon einige Autos versammelt, offenbar sind alle rechtzeitig eingetroffen.

»Sind wir da?«, fragt Finn und kann sein Lächeln nicht verbergen. Er würde das niemals zugeben, aber er genießt Überraschungen genauso wie ich.

»Wir sind da.« Ich schaffe es nur mit größter Mühe, auszusteigen. Ein Wunder, dass ich mit diesem Bauch überhaupt noch hinters Lenkrad passe. Ich kann gar nicht sagen, wie oft ich auf der Fahrt versehentlich die Hupe gedrückt habe. Ach ja, und ganz zu schweigen davon, wie oft wir anhalten mussten, weil ich aufs Klo musste – *hust*, zweimal ungefähr, *hust*. Wie es scheint, vertreibt sich unsere kleine Nora gerade mit großem Vergnügen die Zeit, indem sie mit meiner Blase Fußball spielt.

Ich bin jetzt fünf Tage über den errechneten Termin, aber es fühlt sich an wie fünf Wochen. Unsere Kleine könnte jeden Moment kommen – auch ein Grund, weshalb ich dieses Haus ganz in der Nähe gemietet habe, für alle Fälle.

Vor dem Öffnen der Beifahrertür habe ich schnell Aveena mit einer Nachricht grünes Licht für unseren Plan gegeben. Ich führe Finn zum Eingang, mache mir eine gedankliche Notiz, unsere Taschen später zu holen, und schließe die Tür mit einem weiteren PIN-Code auf.

Im Haus ist es bei unserem Eintreten totenstill.

Dann nehme ich meinem Mann die Binde von den Augen. Finn kneift ein paarmal die Augen zusammen, bis er wieder klar sieht.

»Überraschung!« In der ganzen Eingangshalle bricht Jubel und Applaus aus.

Finn bleibt der Mund offen stehen, während sein Blick über die Menge wandert und sich auf seinem erschrockenen Gesicht ein Lächeln abzeichnet. Alle, die ihn mögen, sind hier versammelt. Sein AA-Pate, sein Dad, Xavier. Ich sehe meine Dads, meine Schwester und meinen kleinen Bruder Charlie, die sich ein bisschen im Hintergrund halten. Jesse und Izzy müssen noch unterwegs sein.

Dann kommen Aveena und Lacey hereingestürmt und verfolgen Ty, der über und über mit Luftschlangenspray bedeckt ist und mit der Sprühdose in der Hand durch die Gegend rennt. Ich kann nicht an mich halten bei dem Anblick, wie die schwangere Aveena hinter meinem Patenkind herjagt. Xavier schafft es, ihn im Vorbeigehen aufzufangen. Dann wirft er ihn sich über die Schulter, und der kleine Ty kreischt laut vor Vergnügen.

Finn lächelt strahlend, als er sich zu mir umdreht. »Steckst du dahinter?«

»Schuldig!«, bestätige ich. Finn nimmt mich sofort in die Arme, hebt mich in die Höhe und wirbelt mich mitsamt Bauch im Kreis herum.

»Fuck, ich liebe dich.« Er drückt mir lautstark einen Kuss auf die Wange und ich muss lachen.

»Alles außer dir«, krächze ich wie in einer Sprache, die nur er versteht.

»Alles außer dir«, antwortet er prompt.

Kaum haben wir voneinander abgelassen, tritt sein Vater heran und Finn drückt ihn herzlich an sich. Die zwei haben Erstaunliches geschafft. Ihre Beziehung war so kaputt, dass ich mich fragte, ob da überhaupt noch etwas zu kitten wäre, aber durch das Feuer bei Lacey ist Finn offenbar klar geworden, wie schnell das Leben vorbei sein kann. Es fing an mit Verabredungen zum Abendessen, und als dann Erschreckendes über Brodys Vergangenheit ans Licht kam, wurde ihre Verbindung immer stärker.

Nach einem Jahr gründeten die beiden ein Unternehmen und eröffneten gemeinsam eine Handvoll Fitnessstudios im ganzen Land. Neben den üblichen Kursen findet man bei ihnen auch vielfältige Angebote, wie man mit Wut und Ängsten besser umgehen kann. Mein Favorit sind ihre speziellen Boxkurse zum Abbauen von aufgestauter Wut. Ihr Zweck? Etwas Dampf ablassen, wenn einem im Leben alles zu viel wird.

»Was hast denn du hier verloren, Mr All Star? Ich dachte, wir bekommen dich erst nach Saisonende wieder zu sehen«, begrüßt Finn seinen besten Freund seit seiner Kindheit, während er die Runde macht.

»Deinen Geburtstag verpassen? Völlig ausgeschlossen.« Xavier umarmt Finn brüderlich und klopft ihm auf den Rücken.

»Wo ist denn Theo?« Finn blickt sich im Raum um.

»Konnte leider nicht. Musste bei der Lady bleiben. Aber er hat ein Geschenk geschickt, und dazu eine Geburtstagskarte mit Schwänzen drauf«, erklärt Xavier.

»Schon klar«, schnaubt Finn.

Kurz darauf schaltet sich Aveena in die Unterhaltung mit ein und erzählt, dass Lacey auf Tyler aufpasst – Lacey, die gerade ihren persönlichen Albtraum durchlebt, denn sie hat erfahren, dass sie keine eigenen Kinder bekommen kann. Sie verbirgt ihren Schmerz wie ein Profi, aber ich kenne sie zu gut, um ihr die Gleichgültigkeit abzukaufen. Theo als ihr Mann würde sie deswegen natürlich niemals verlassen – nicht mal, wenn man ihm eine Pistole an die Schläfe halten würde –, aber sie macht sich entsetzliche Vorwürfe, weil sie ihm keine Kinder schenken kann. »Nun schau mal einer an!«, ruft Aveena, als sie meinen Bauch sieht. Sie war die letzten drei Monate ständig mit Xavier unterwegs und hat mich daher noch sehr viel dünner in Erinnerung.

»Schau dich mal *selber* an!«, antworte ich und nehme sie in die Arme. Von allen Träumen ist der Gedanke, gleichzeitig mit der besten Freundin schwanger zu sein, ganz oben bei den Favoriten.

Ständig machen wir Witze, ihr Sohn und meine Tochter würden bestimmt einmal heiraten. Immerhin sind sie fast gleich alt, und wenn Xaviers Zeit in der NBA zu Ende geht, werden die beiden alle Sommer zusammen verbringen. Aber ich weiß auch, dass Finn den Jungen in die Mangel nehmen würde, sollte er Finns kleinem Mädchen auch nur ein Härchen krümmen. Und ich möchte es bestimmt nicht ausbügeln müssen, wenn mein übervorsichtiger Ehemann Aveenas Sohn die Hosen strammzieht.

Aveena und ich haben gerade voneinander abgelassen, als Finn den Kopf Richtung Garten herumreißt. »Was war das?«

Ich setze ein ahnungsloses Lächeln auf. »Keine Ahnung, was du meinst.«

Dann schallt ein vertrautes Geräusch herüber, und ich wechsle vielsagende Blicke mit Aveena und Xavier.

»Na … das!«, ruft Finn.

»Keine Ahnung. Vielleicht sehen wir mal nach.« Ich gehe hinüber zur Terrassentür, gefolgt von Finn, Xavier und Aveena.

Vielleicht liegt es auch nur an meinem Hormonspiegel, aber als ich den zwei Monate alten Labradorwelpen sehe, der gerade einen Schmetterling jagt, breche ich sofort in Tränen aus. Finn hat nie den Mut aufgebracht, sich nach Lexie wieder einen Hund anzuschaffen, aber wann immer wir auf der Straße einem Hund begegneten oder Freunde mit Haustieren besuchten, konnte ich sehen, dass es ihm fehlte, so ein Tier mit Liebe zu überschütten. Er wuchs ja mit Lexie zusammen auf, sie war vollwertiges Mitglied der Familie, und als sie starb, war das verheerend für ihn.

Für mich war es einfach unerträglich, ihn der Hündin für den Rest seines Lebens nachtrauern zu sehen.

»Wem gehört dieser Hund?«, fragt Finn, als das niedliche Fellknäuel schwanzwedelnd und mit hängender Zunge auf uns zukommt.

»Dir«, bringe ich stockend und blind vor Tränen hervor.

Ich dachte, ich hätte Finn schon das eine oder andere Mal ziemlich überrascht gesehen, aber das ist alles nichts, und damit meine ich wirklich *nichts*, im Vergleich zu seinem Gesichtsausdruck, als diese Nachricht bei ihm einschlägt.

»Was?« Seine Augen werden dreimal so groß.

»Du hast schon richtig verstanden. Sie ist dein«, wiederhole ich.

»Willst du mich auf den Arm nehmen?« Er sinkt auf die Knie, und sofort läuft unser jüngstes Familienmitglied zu ihm hin. Die Kleine versucht sofort, auf seinen Schoß zu krabbeln. Sie zappelt dabei am ganzen Körper hin und her und fährt ihm mit der Zunge breit über die Wange.

»Dia, ich schwöre bei Gott, wenn das ein Scherz sein soll und wir sie nicht mit nach Hause nehmen können –«

»Das ist kein Scherz«, beruhige ich ihn.

Seine Augen sind blutunterlaufen, als er sie in die Arme schließt. »Sie … Sie gehört uns?«

»Sie gehört uns. Sie kommt mit uns nach Hause.«

Es braucht nur einen einzigen Blick in sein wunderbares Gesicht, und schon schwillt mir das Herz vor Sehnsucht und Liebe zu ihm an.

»Ich … Ich kann einfach nicht glauben, dass du das getan hast«, sagt er, setzt den aufgeregten Welpen ab und steht wieder auf.

»Alles Gute zum Geburtstag, Baby.« Ich drücke ihn an mich und er erwidert die Umarmung sofort, wobei seine tätowierten Arme nicht ganz um meinen Bauch herumreichen.

»Ich liebe dich so sehr«, flüstert er in mein Haar, und ihm bricht dabei die Stimme, während ich so fest halte, wie ich kann.

»Ich liebe dich«, schniefe ich, und Finn hebt mein Kinn mit dem Zeigefinger an und küsst mich so intensiv, dass mir die Lunge versagt. Ich bin in letzter Zeit sowieso ständig außer Atem, aber seine Küsse brachten mich schon zum Keuchen, lange bevor ich schwanger war. Wie schön, dass sich manche Dinge niemals ändern.

Ich muss ihn wegschieben, bevor mir schwindelig wird. Er lacht, gibt mir einen Kuss auf die Nasenspitze und hebt dann wieder die kleine Labradorhündin hoch, die an seinem Bein knabbert, als wäre es ein Hundespielzeug.

Es war wirklich eine turbulente Reise, aber wenn ich meinen Ehemann und Vater meiner ungeborenen Tochter ansehe, verspüre ich das Bedürfnis, dem Universum für jeden Abschnitt und jede Wendung in dieser Geschichte zu danken. Gerade die schweren Phasen und die Hindernisse sind der Grund, weshalb wir heute hier stehen.

Nora Richards hatte recht.

Nicht alles Schmerzhafte ist dazu da, dich zu töten.

Manchmal müssen wir Schmerzen erleiden.

Manchmal …

Nur so weiß man, dass es eine Sache wert ist.

ENDE

TRIGGERWARNUNG

Diese Geschichte enthält folgende sensitive Themen:

ERWÄHNUNG VON KINDESMISSBRAUCH
SEXUALISIERTE GEWALT
PÄDOPHILIE
ABTREIBUNG
DROGENMISSBRAUCH
TOD, TRAUER UND VERLUST
BESCHREIBUNG INTIMER SITUATIONEN
SCHIMPFWÖRTER

DANKSAGUNG

Ganz zu Anfang möchte ich mich bei Rachel Hunt (@Rachellyn-Grant auf Instagram und TikTok!) bedanken. Du warst diesmal meine Testleserin und ich kann dir gar nicht sagen, wie sehr mir deine Sprachnachrichten und deine Rückmeldungen geholfen haben. Ohne dich hätten Finn und Dia niemals ein Happy End erlebt, und ich bin auf ewig dankbar für deine Freundschaft und deine Unterstützung. VIELEN DANK.

Ich danke Amanda Anderson (@allaboutthatromance & The Last Chapter Bookstore). Du bist meine Stimme der Vernunft, wenn ich am liebsten aufgeben möchte. Du bist eine große Inspiration und unglaublich wichtig für mich.

Dank geht auch an Regina Wamba – dir verdanke ich die beste Dia.

Ein Dankeschön gilt auch meiner Herausgeberin Sandra bei One Love Editing, die es immer wieder schafft, mich irgendwie in ihren Terminkalender zu quetschen. Immer wenn ich mal wieder an meiner Schriftstellerei verzweifle, tauchst du in meinen privaten Nachrichten auf und rückst mir den Kopf wieder gerade. Ich bin dir auf ewig dankbar.

Meinen Leserinnen und Lesern, ob neu oder von der OG-Wattpad-Gang – ein riesiges Dankeschön und eine große Umarmung. Ich weiß, dieses Buch wäre nichts, wenn ihr ihm nicht eine Chance gegeben hättet. Ihr seid der Grund dafür, dass ich morgens aufstehe, und eure Unterstützung bedeutet mir die Welt.

Ich danke auch meinem Street Team von »Dear Heart I Miss You«: ohne euch würde ich das nicht schaffen. Ich danke meiner Familie und meinen Schriftstellerfreunden; ich glaube nicht, dass euch klar ist, welche Bedeutung ihr für meine Kreativität habt. Unsere Arbeit kann ziemlich einsam sein, aber dank euch bin ich niemals alleine.

Und zuletzt geht mein Dank an die wunderbare Büchercommunity, die mich mit offenen Armen aufgenommen hat. Das werde ich niemals vergessen.

DIE STERNE IN UNSEREN HÄNDEN

Lexis Able
WESTCOAST SKIES, BAND 2: WO WIND UND WELLEN SICH BERÜHREN
Klappenbroschur
ca. 400 Seiten
ISBN 978-3-551-58533-2
Auch als E-Book erhältlich
Erscheint im Januar 2024

RINA, SHANE UND CADEN: Die drei verbindet eine jahrelange Freundschaft. Als Caden nach einem Sturm in seine Heimatstadt San Diego zurückkehrt, um beim Wiederaufbau der zerstörten Rettungsstation für Seehunde zu helfen, fällt Rina die Nähe zu ihm schwer. Stabil und vertraut – das ist sie mit Shane, denn sie sind inzwischen ein Paar. Intensiv und magnetisch, das fühlt sie plötzlich mit Caden. Aber verzichten kann sie auf keinen der beiden. Je tiefer die Gefühle werden, desto stärker muss sie sich der Frage stellen, ob Liebe wirklich so begrenzt ist …

WWW.CARLSEN.DE

CARLSEN

Aus dem Englischen von Friedrich Pflüger
Lektorat: Janina Roesberg, Veronika Herzog
Umschlaggestaltung: ZERO Werbeagentur, München
Umschlagabbildung: shutterstock.com / © anna42f © Vandathai © Hazano Sun
© seksan wangkeeree © Les Perysty © alyaBigJoy
Satz: Pinkuin Satz und Datentechnik, Berlin
Produktionsmanagement: Gunta Lauck
Litho: Margit Dittes Media, Hamburg
ISBN 978-3-551-58548-6